The Captain of all Pleasures
by Kresley Cole

嵐の海に乙女は捧げて

クレスリー・コール
羽田詩津子[訳]

ライムブックス

すばらしい夫、リチャードに
わたしはなんて幸運なのかしら。

謝辞

人生で最高の機会を与えてくださった担当編集者のローレン・マッケナに心から感謝します。そしてありがとう、ヘレナ・ヴァレンティン、彼女は一冊の小説に注ぎこまれた労力をひとつ残らず理解してくれました（批評するよりも前に！）。わたしのすばらしい創作グループにも、深甚なる謝意を捧げます。テレーザ・ブラウン、ローリ・ジョンソン、カレン・ポッター。あなたたちと出会ってから、本もわたしもより向上しました。

嵐の海に乙女は捧げて

同じ風が吹いても
ある船は東に行き、別の船は西に行く
進む方向を決めるのは
帆の張り方であり
疾風ではない

エラ・ウィーラー・ウィルコックス『運命の風』より

主要登場人物

ニコル・クリスチナ・ラシター……アメリカ人船長の娘。侯爵家の女相続人
デレク・サザーランド……スタンホープ伯爵。ペレグリン海運の経営者。〈サザンクロス〉号の船長
ジェイソン・ラシター……〈ベラ・ニコラ〉号のアメリカ人船長。ニコルの父
チャンシー……ジェイソンの船の一等航海士
タリウッド……〈ディジーラド〉号の船長。伯爵
アマンダ・サザーランド……デレクの母
グラント・サザーランド……デレクの弟
マリア・デルガド……娼館のマダム
アトワース侯爵未亡人……ニコルの祖母

1

一八五六年ロンドン

薄汚い酒場に足を踏み入れ、むっとする熱い空気が顔に吹きつけてきた瞬間、ニコル・ラシターは警戒した。

酒場に静寂が広がる。客たちは彼女を品定めして、娼婦だらけの酒場では場違いの人間だという結論を出した。彼女は男の視線を集めるような服装ではなく、飾り気のないマントの下に、少年のズボンとシャツを着て、輝くばかりの髪は帽子の下に押しこんでいたからだ。それでも、全員が彼女を見つめていた。

ニコルはぞっとしながら息を吐いた。ここに来たのは、父、ジェイソン・ラシター船長を見つけるためなのよ、と心の中で自分に言い聞かせる。しかも、一人で来てしまった以上は、殺されないように細心の注意を払わなくてはならない。顎をぐいと上げ、相手を寄せつけない目つきで、酒場を埋めている荒くれ者たちのあいだを通り抜けていく。調子はずれのバイオリンが、ふたたび耳障りな音楽を演奏しはじめた。

父の居どころについての情報は、どうやらまちがっていたようだ。水夫たちが出航前に〝お相手〟をみつけるような、こんな場所に来るはずがない。ニコルは水夫から父がここにいると聞いたとき、てっきり自分のいないあいだに、〈マーメイド〉は以前ほどいかがわしくない店に生まれ変わったのだと思った。

しかし、そうではなかった。もう一度だけ店内を見回したら急いで帰って、こんないたずらをした水夫を絞め殺してやる。もう一度だけ――。

なんてこと。そこに父親がいた。

厚化粧の尻軽女にしなだれかかられて。

少なくとも、女の一部は父にのしかかっていた。きつい胴着の縁からはみでた地球儀の半球そっくりの乳房が、しゃがれた声で笑うたびに、今にも服から飛びだしそうになっている。しかも、その女がやたらに笑っているので、不快な想像が頭をよぎりニコルは顔をしかめた。

汗とジンの臭いのする息と、だらけた服装のあいだをかいくぐって、ニコルはずかずかと父に近づいていった。娘の姿を見た父は口をぽかんと開け、それからぴしゃっと閉じた。

まったく、いやになるわ……ジェイソン・ラシターは怒るととても怖い顔になった。目はぎらつき、顔は髭と髪と同じ赤に染まっている。父が怒ったときのすさまじさを忘れていたわけではない。しかし、今夜ここに来ると決めたとき、そのことについては見くびっていたし、結局ここに来る以外に選択肢がなかったのだ。時間がもうなかった。

ニコルはぎこちない笑みを無理やり浮かべて、父親の前に立った。

「ニコル」ジェイソンは食いしばった歯のあいだから言葉を押しだした。「いったいここで何をしているんだ?」

娼婦の胴着のてっぺんから大胆にものぞいている紅色の乳首に、ニコルはちらっと視線を向けた。目をぐるっと回すと、ニコルはきつい口調で言い返した。

「お父さんこそ、ここで何をしているの?」

父親は何かあいまいにつぶやき、腕を軽くたたいて娼婦を追い払うと、ニコルにすわるようそっけない身振りで示した。

「情報を仕入れようとここに来たんだ」父はぶっきらぼうに答えた。

「まあ」ニコルは信じられないとばかりに眉をひそめた。「こういうことを情報収集と呼ぶの?」

「利口ぶったことを言いおって」父は皮肉たっぷりに答えると、マグを持ちあげた。ニコルはへこんだ汚らしい入れ物を見て鼻に皺を寄せた。父もマグをのぞきこんで顔をしかめ、離れた場所に押しやった。「船の破壊工作について知っている男と、ここで会う予定だったんだ。たまたまそいつはあの女とよろしくやっていてね」少し傷ついた表情で、父はつけ加えた。「おれのことはよく知っているはずだぞ」

ニコルはしぶしぶうなずき、申し訳なさそうに父親に小さく微笑みかけた。しかし微笑は数秒で消え、ニコルは破壊工作の話に表情をひきしめた。このところ航海はただでさえ危険になっていた。船長たちは速度記録を樹立しようとし、造船業者は新しいデザインを大胆にとり入れようとしている。そのうえ、大嵐でマストが折れ、梯子が飛んでいくよう何者かに仕組まれていたら、命に関わるだろう。

「誰がこんな真似をしているのか、お父さんの考えを教えて」父親の船はまだ標的にされていなかった。今はまだ。しかし、父は攻勢に出ることにしたのだ。

「もう少しで有力な手がかりをつかめるところだ」この話はもうおしまいだという口調だった。「さて、おまえはここで何をしているんだ?」

「実はね、考えていたんだけど……」

パリからの道中でずっと練習していたせりふ――すなわち、グレート・サークル・レースで父といっしょにロンドンからシドニーまで航海するための理由を列挙しかけたとき、またもやさっきの娼婦が父親のかたわらに現れた。じろりとニコルをにらむと、挑発するように父親の耳元で何かささやきはじめた。

父親は女をすぐに追い払わなかったが、ニコルは二人がひそひそ話をしている様子を見ていたくなかったので、二人に背を向けると顎を椅子の背にのせて、英国人水夫たちと〝歓談している〟けばけばしい服装の女たちを眺めた。

どぎつい場面に、ニコルは目を丸くした。この光景は、きっと今夜夢に出てくるだろう。いつも夢の中では黒っぽい服を着た顔のない男が……わたしにいろいろなことをするのだ。埠頭の恋人たちがしていたようなことを。ニコルはため息をついた。今夜の夢はどんなものになるのかしら……?

大きなバタンという音に物思いから覚めた。視線を入り口に向けると、寒い戸外から三人の男たちが入ってくるところだった。

彼らは高価な趣味のいい服を身につけていて、紳士であることは一目瞭然だった。いえ、酔っ払った紳士ね、ともっとじっくり観察してからニコルは訂正した。退屈した放蕩者たちが、ひと晩の安酒と、さらに安っぽい肉欲にふけるために出かけてきたのだ。まあ、正しい場所にやって来たと言えるだろう。

男たちはニコルがやって来たときほど注目を集めなかったが、酒場は彼らの登場でしんと静まり返った。おそらくいちばん大柄な男の存在感のせいだろう——上背は一八五センチ近く、見るからにたくましい体を注文仕立ての服に包んでいる。

しかし、ニコルが注意を引かれたのは男の外見ではなかった。彼が全身から発している、手で触れられるほど強烈な危険な香りだった。リラックスした姿勢で長い脚を投げだして椅子にすわったときですら、彼の内にある脅威が感じとれた。その場にいた他の者たちも同じように察知した。水夫のグループ、斡旋業者たち、彼のテーブルのわきにしぶしぶやって来て、怯えた動物のようにふるまっている派手な娼婦たち。

三人のうち傍目にわかるほど酔っていないのは、その大柄な男だけだった。奇妙なことに、店内を見回した彼の顔に、嫌悪らしきものがよぎった。不愉快に感じるような場所にどうして来たのかしら？

そのとき、ニコルの好奇心に気づいたかのように、男は食い入るような視線を彼女に向け、たちまち、いぶかしむように目をすがめた。ニコルは息を吸いこんだ。変装を見破られたんだわ！　少年の服の下まで見通され、彼の前で裸でいるような気がした。

男のまなざしがあからさまな賞賛に変わったとき、理性的な考えは南国の太陽が焼き尽くす霧さながら、きれいさっぱり消えた。ニコルは胸の奥に秘めた危険な想像がふたたび膨らむのを感じた。

すぐにでもモノにできる半裸の女性がうようよしているその部屋で、ニコルが唯一の女性であるかのように、彼は見つめている。わたしがそういう類の女性だったら、どんなかしら？　膝にまたがり、多色使いのスカートで彼をくるみ、酔っ払った彼に素肌をつねられたり、なでられたりしたら？

いつも見る夢の中の感覚が甦ってきた。恐怖、驚愕、渇望に似た、いわくいいがたい感覚が、下腹部で暴れている。あの男がそれを目覚めさせたのだ。熱いまなざしがニコルの全身を這っていくと、その感覚はいっそう強まった。

「サザーランド船長だ」父親がそっけなく言った。

ニコルははっと目をそらした。頬が猛烈に火照っている。しかし、動揺した頭でも、その名前は理解できた。サザーランド、〈サザンクロス〉号の放蕩な船長であり、つぶれかけているペレグリン海運の経営者。そして父の最大のライヴァル。

「あれがデレク・サザーランドなの？」彼女は驚いてつぶやくと、父親を唖然として見つめた。こんなに凶悪な外見の男としょっちゅう敵対しているなんて、父の勇気をたたえると同時に、正気を疑いたくなった。

「まさにあの男だ」父は言いながら立ち上がった。娼婦にさよならを告げると、ニコルに手振りでついてくるように指示した。「ここを出るんだ」父親の顔は険しくなっていた。「あの野郎がいつまでもおまえをあんな目つきで見ているなら、あいつを殺さなくちゃならない」

人混みを抜けて父のあとを歩きながら、ニコルは衝動に駆られてサザーランドの方を振り返った。彼はまだニコルを見つめていた。

〝見つめる〟というのは控えめな表現だった。自分の前から立ち去るのを許さないといわんばかりに独占欲をむきだしにして、その視線は彼女の全身をなめ回していた。

しかし、ここを立ち去らなければならない。

顔には深い皺が刻まれていたが、とても興味をそそる男性だった。残念だわ、と苦々しく思いながら、ニコルは背を向けた。

その瞬間、長く力強い指に手首をつかまれた。振り返って相手と目を合わせるまえから、サザーランドだとわかった。彼の肌が熱く感じられる。その手はたこができて固くなっていた。

「ここにいるんだ」前置きなしで彼は言った。

その態度からすると、当然ニコルがそうするものと思っているらしかった。ただ命令すればいいと思っているのかしら？　なんて傲慢な男！　それなのになぜわたしは、ここに残りたいという強烈な欲求と闘っているの？

「手を放してちょうだい、船長」

それでも放そうとしないので、ニコルは腕をひねって手をもぎ放した。すると、サザーランドはふざけたように軽くお辞儀をした。どうしてこの人はこんなに平然としていられるの？　その視線でわたしの中に熱くみだらな火をつけたのに、どうして退屈しているような顔をしていられるの？　ニコルは腹を立てて、怖い目つきでにらんだ。

「のんきなものね、船長。グレート・サークル・レースで負けても、そんなに平然としていられるのかしら……」彼女は自分の頬を軽く指先でたたいた。「そうねえ、千マイル差で」サザーランドの唇の両端が持ち上がったかに見えたとき、父親がやって来てニコルを出口の方に引っ張った。

「あきれたよ、ニコル。いつになったら大人になるんだ？」ゴミだらけの通りに出たとたん、父は説教を始めた。「何くわぬ顔で〈マーメイド〉に入ってくるなんて！　まったく、サザーランドのような男がいるんだから、ああいう場所には立ち入るんじゃない」

「もっときわどい目にあったことだってあるわよ」せかせかと先を歩いていく父親のあとをついていきながら、ニコルは言い返した。

「ほう、サザーランドの関心を引いて挑発すること以上にか？」父は肩越しに振り返った。

「おまえはトラブルに引き寄せられるようだな」

「でも、トラブルとわたしは昔からの友だちなのよ」ニコルは父親についていこうと息を切らしながら言った。父は振り向いて、娘に向かって顔をしかめると、埠頭を進みはじめた。

「そんなに悪い男なら、彼を避けて顔を合わせないようにすればいいでしょ?」

「おれにはサザーランドを懲らしめなければならない理由があるんだ。もっともな理由がな。それに、あいつは英国人だ」

父の表情は、アメリカ人の血が流れている人間には自明のことだと言わんばかりだった。

「お母さんも英国人だったわ」二人のあいだでこれまで数え切れないほど口にしてきたことだが、あえてニコルは指摘した。

「母さんはおれがこれまでに尊敬した唯一の英国人だったよ」

その目には亡き妻に対するたんなる尊敬以上のものが浮かんでいた。ローレル・バニング・ラシターは英国生まれの貴族の女性で、父娘は彼女の思い出をいまだに大切にしていた。

娘を見ると、父の声はまたこわばった。

「あの男はひとでなしの獣だ。絶対にあいつと関わるんじゃないぞ。おまえを利用するだけ利用したら、さよならも言わずに捨てるだろう。とりわけ、おれがおまえと関わりがあると知ったらな」父は立ち止まると、きっぱりと断言した。「おまえがおれの娘だと知ったら、あの冷血漢は何をするかわかったもんじゃない」

父と無言で歩き続けながら、ニコルはサザーランドのことを考えていた。ニコルは母親に生き写しで、父にはほとんど似ていないので――赤みがかった髪の色を除けば――サザーランドが彼女の正体に気づいた可能性はまずないだろう。ただし、反抗的な態度はよく似ていたが。

「あの男は朝になったらわたしのことなんて覚えてもいないわよ。だって、これからもっと酔っ払うでしょうからね」ニコルは父を安心させようとしたが、心の奥ではそのことが気に入らなかった。

父親はうなった。「おまえを忘れるほどは酔わないだろう」片手をニコルの肩にかけ、埠頭に散らばった船の残骸をよけさせた。「しかし、あのろくでなしの話はもういい。おまえはどうして学校にいないでここにいるんだ?」

ニコルが目をそらすと、父はあきらめた声でたずねた。

「また追いだされたのか、そうなんだね?」

ニコルは小さく咳払いした。「退学はわたしも了承の上よ」父は顔をしかめて歩き続け、ニコルは小声でつけ加えた。「校長先生は大喜びだったけど」

父の船〈ベラ・ニコラ〉号が停泊している埠頭に近づくと、胸がいっぱいになって目に涙がにじんだ。ネイビーブルーの船体に白と赤の陽気な差し色が入ったすばらしい帆船は、波止場の船のあいだで、石炭の中のダイヤモンドのように目立っていた。

〝ここがわたしの家よ〟。ニコルはずっと海の上に戻りたくてたまらなかった。友人のように船が恋しかったのだ。気持ちが高ぶって息ができなくなったが、父にそんな少女じみた反応を気づかれたくなかった。本心を隠そうとして、ニコルは軽い口調で言った。

「ねえ、お父さん、どうしてわたしに腹を立てているのかわからないんだけど」

「わからないだって? ヨーロッパで最高の教養学校《フィニッシング・スクール》を退学になって、おれがどういう態度をとると思っていたんだ？　喜ぶとでも？」

「他の学校のときみたいに放校じゃないのよ」その話題に飛びついて、ニコルは答えた。

「わたしなら〝結論〟と呼ぶわ」

「だが、おまえがその〝結論〟に従ったのなら」父は髪の毛が押しこめられた帽子と少年用のズボンをじろっと見た。「おばあさまは授業料を返してもらいたがるだろうね」

「でも、初めに学校から九科目中七科目を履修しなくてはならないと言われて、それは達成したのよ」そのために全力を尽くしたことは、父には決してわからないだろう。金持ちで爵位を持つ夫をひっかけるための優雅な身のこなしを身につけるのはむずかしかった。二十歳という年齢と個性的な外見のせいで、ニコルはたんなる行き遅れどころではなかった。梯子をかけなくてはならないほど高い棚の上で売れ残りになっていたのだ。

「で、おまえが七科目を履修して、グレート・サークル・レースの数日前にここに戻ってきたのは、たんなる偶然だと言うんだな」

ニコルはまた視線をそらした。二年前に、あらゆる国籍の船乗りが参加できる世界的な競技会を開くとヴィクトリア女王が宣言した。そのときからニコルはレースに出る計画を心の中で温めてきたのだ。当初は、障害になるものなど何もないと考えていた。学校でまちがったカトラリーを選んだり、ダンスの教師をからかったりして手をひっぱたかれることも、スクールの生徒にしては年をとりすぎているとたえずからかわれることも、予想していなかった。とりわけ、鉄のような意志を持つ女性校長が、ニコルをきちんとしたレディの鋳型に押しこみ、そこからはみでた部分をことごとくちょん切ろうとするとは思ってもいなかった。レースは史上最大のものになり、勝者はたちまち世界じゅうにその名を知られることになるだろう。そして、ニコルはそのレースにどうしても参加したかった。

ニコルが返事をしないでいると、父はふざけてぐいと帽子をひっぱりおろし、なだめるようにたずねた。

「で、教えてくれないか、落とした二科目は何だったんだ？」

帽子をかぶり直すと、ニコルは深刻な表情を作った。

「悲しいかな、フラワーアレンジメントとハープシコードの演奏は、永遠にわたしの手に負えないみたいよ。想像がつくでしょうけど、わたし、致命的にその方面の能力が欠如しているの」出てもいない涙をふく真似をした。

それを見て、父はふきだしそうになった。その顔からは、娘に会えて喜んでいることが伝わってきた。しかし、また表情をひきしめてこう言った。

「聞いてほしい、ニコル。レースまでおまえといっしょに楽しく過ごしたいと思っている。だから、ひとつはっきりさせておきたい」

ニコルは茶色の眉をひそめた。いやだわ、まさか。わたしは……レースに参加できないって言うつもりなの？

「まだ何も言わないで、お願い」ニコルはあわてて言葉を継いだ。「二、三日だけちょうだい。レースでわたしが必要になるってことを証明したいの」そして、レース後のすべての航海にも。

「ニコル、そんなことは――」

「お願いよ！」ニコルは父の腕をつかんで口を開きかけたが、父はロープのせいで傷跡だらけの片手をあげて機先を制した。

これでは父に勝てない。しかし、闘いはまだ終わっていない。次の闘いに備え、えびらにはまだ何本も矢があったのでニコルは言葉をのみこむと、とりあえず争いは棚上げにしておくことにした。

だから父親がこう言ったときも、黙っていた。

「はっきりさせておきたい。ニコル、おまえがこのレースに出場することは絶対にありえない。おまけにサザーランドのこともあるしな。おれが息をしているあいだは、あいつと戦うときに、おまえに近くにいてもらいたくないんだ」

ああ、あの動物たちをこらしめてやりたいわ、とニコルは不機嫌に考えながら、机に投げだした腕に勢いよく突っ伏した。体を起こすと、目にかかった髪を払いのけ、海図が散らばった机を見下ろす。乱雑に書き殴られてぼやけて見える数字や方程式をにらみつけた。父親を感心させる航路を考案するどころか、まともにものが考えられなかった。船倉の中の家畜が十五分以上も甲高い声で鳴いているのでは、とうてい無理だ。

鳴きわめいている動物を黙らせる人間が船にいなければ、当然、そういうことになる。父は酒場の女を通じて手配した会合に出かけてしまったし、クルーのほぼ全員が、たっぷりある上陸時間を楽しもうと出かけていた。

鳴き声が小さくなった。ニコルは息をつめて、今夜はこれっきりおとなしくなりますようにと、心の中で祈った。ふたたびペンをとりあげたとき、動物たちがまた一斉に声をあげた。彼女はうんざりしてペンを放りだした。今夜、見張りの仕事についている二人のクルーは、どうしてこの騒ぎに対処しようとしないの？

おそらく仕事中だというのに眠っているのだ。わたしだったら、絶対に仕事中に寝ることはないわ。

ニコルは思い切り伸びをすると、ボルトで固定した椅子から立ち上がった。あまり遠くまで行くつもりはなかったが、ウールのマントをつかみ、ぎゅっと体に巻きつける。カチャカチャ音を立てるランタンを手に、甲板昇降口に向かった。よどんだ干潮の空気をあまり吸いこまないようにしたが、一、二度こらえきれずにあくびをした。この丸一日、ほとんど何もできなかった理由について考えてみた。眠れぬ夜を過ごして疲れていたせいだ。官能的な夢にうなされて輾転反側《てんてんはんそく》し、シーツは両脚にからみつき、薄手の寝間着が敏感な肌をチクチクチク刺激するように感じられた。

夢の中で迫ってきた男は顔のない見知らぬ相手ではなかった。サザーランドだった。

彼女をレースに参加させないという誤った決断を父親が下したのは、そのサザーランドのせいだ。レースのせいで、いっそう父とサザーランドのあいだの敵意は増すだろう。それなのになぜ、手首をつかむサザーランドの温かく力強い指の感触をいまだに感じるの？

首を振り、ニコルは彼のことを頭から追いだした。気を散らしている時間はないのだ。昇降口で、甲板に見張りがいるかどうか見回した。文句をつける相手が見当たらなかったので、これまで何千回も上り下りしている急な細い梯子を慣れた足取りで下りていった。光が動物を照らしだすと、のんきな山羊は頭だけこちらに向けた。しかし動揺した豚や羊が怯えて哀れっぽく訴えかけてきたので、船倉の中に鳴き声が反響した。

ニコルは唇をすぼめてなだめようとしたが、動物たちは大嵐が近づいているときのようにパニックになっている。低く罵りながらニコルはランタンを床に置き、えさを少し投げこんでやろうとシャベルに手を伸ばした。

その手がはっと止まった。

ランタンの光が、床にしゃがみこんでいる姿をぼんやりと浮かび上がらせた。船の太い梁の影の中に誰かがしゃがんでいる。

男？

ニコルはフードの中の髪の毛を目から払いのけ、男の姿を見極めようとして目をすがめた。誰にしろ、こんな時間に正当な理由なく、ここにいるべきではないと教えてやらなくては。それに、彼が動物を動揺させたのなら、落ち着かせる努力をするべきだ。

「いったい、ここで何をしているの？」ニコルは詰問すると、ブーツをカツンカツンと鳴らしながら男の方に近づいていった。

しかし近づくにつれ、ニコルの中の本能が、もっと慎重になれと伝えてきた。

男は返事をせず、ただ立ち上がってこちらを向いた。ニコルははっと息をのんだ。紫がかった傷跡が男の額を横切り、その下の空っぽの眼窩へと続いていた。悪臭がむっと立ちのぼる。ジンとゴミと……血の臭いだった。えずくまいとしてニコルは息を吸いこんだが、目に涙がにじみ、咳きこんだ。

数回浅く呼吸すると、理性が戻ってきた。この男は絶対に父のクルーではない。となると……わたしは厄介な事態に陥ったんだわ。またもや。

ニコルの顔をよぎるさまざまな感情を、傷跡のある男はおもしろく感じたらしい。焦げた薪そっくりの歯をむきだしにして、にやっとした。ニコルは思わず目を大きく見開き、あわててあとずさった。

さらに一歩さがって大きく息を吸ったが、たちまち後悔した。悪臭をまきちらしながら、男がこちらに近づいてきたからだ。ニコルはどうにかこう言った。

「仕事を続けてちょうだい。ええと、邪魔して悪かったわ」

少しのあいだ、相手の反応をうかがった。あの騒々しい動物にも気づかなかった見張りに、気づいてもらえるかしら？　この男から逃げられる？　ニコルはズボンをはいていた。走って甲板まで逃げられるかもしれない。試してみるべきだ……すぐに行動に移さなくては。

ニコルが昇降口へ向き直ったとたん、誰かが叫んだ。

「そいつをどこかに行かせるつもりじゃねえだろうな、クライヴ」

物陰から、第二の男の巨体がぬっと現れた。最初の男以上に危険だとニコルは感じた。

船倉に二人の男。そして自分。

第二の男のおどろおどろしい外見に、ニコルはまたも息が止まりそうになった。小さく突きでた唇以外はぺしゃんこにつぶれた丸い顔に、ぞっとしながらも目が離せなくなる。口をぽかんと開け恐怖にすくんで動けなくなっている、馬車のおぞましい事故の野次馬さながら、男を凝視した。

次の瞬間、自衛本能がわきあがり、武器がないかとすばやく周囲を見回した。しかし、どちらかの男に襲われる前にシャベルやピッチフォークをつかむことはできそうもない。

そのとき、第二の男の足下の床にさまざまな工具が散らばっていることに気づいた。この気味の悪い連中は、船に工作するためにやってきたのだ！　胸に重しをのせられたかのように、怒りがこみあげたが、なんとかのみくだしてこう言った。

「ここで何を修理していたのか知らないけど、作業を邪魔してごめんなさい。船室に戻るわ……じゃ、おやすみなさい」

「どこにも行かせねえよ」クライヴと呼ばれた男が分厚い唇から声を出した。「あんたにはちょいと、おれとプリティの相手をしてもらうつもりだ」しわがれた声で言うと、いやらしい目つきで彼女の体をねめ回した。ニコルは激しい嫌悪感に襲われた。自制心をとり戻そうとして、手を開いたり閉じたりする。「おれがあんたみたいなべっぴんをたっぷりかわいがらずに、このまま帰すとでも思ってんのか？」

「おいおい、なあクライヴ」彼女から一メートル半ぐらいの場所に立っているプリティがたしなめた。「今夜、女とヤっていいなんてボスは言ってなかったぞ」彼は脂じみた髪の毛をボリボリかきながら、提案した。「つかまる前に、とっとと、これを片付けちまおうぜ。女のことはそれからだ」

「くそくらえだ、プリティ」クライヴは言いながらニコルのマントに手を伸ばした。悲鳴が唇からほとばしると同時に、ニコルは相手に足を突きだした。ブーツの硬いかかとが相手の膝にめりこむ。怒って飛びかかってきた相手をどうにかかわし、男のわきを走り抜けた。

「助けて！　誰か助けて！」必死に叫びながら、階段の下にたどり着いた。誰も助けに来てくれないことはわかっていた。今夜、生き延びられるかどうかは、自分自身にかかっている。

ニコルはすばやく階段を上りだしたが、巨漢はそれ以上にすばやく、三段上がったときに脚をつかまれた。足首を手錠のようにきつく握られ、乱暴に引き下ろされる。ニコルは一瞬ふわっと体が浮き上がるのを感じたが、次の瞬間には跳ね返るほどの勢いで階段にたたきつけられていた。ショックのあまり痛みを感じる余裕もなかったが、材木が胃と胸に食いこみ息ができなくなった。

荒い呼吸をしながら、鳴きわめいている動物の声に負けじと傷跡のある男が怒鳴っているのをぼんやりと聞いた。痛みが全身を貫き、視界がぼやけ……クライヴは彼女をひきずりおろし、ぐったりとした体を引き寄せていった。手がヘビのようにじわじわと太腿へと這ってくる。

戦うのよ、何やってるの、戦いなさい！　残っていた力をふりしぼって、ニコルは思い切り蹴った。かかとがけがらわしい口のど真ん中に命中する。

血が噴きだした。男は痛みに怒声をあげたが、片手はまだ彼女の足をつかんでいる。もう一度力いっぱい蹴りつけると、手が離れ、ニコルは力の萎えかけた腕で、必死に階段を這い上がりはじめた。

自由になれた。これで——。

「またそんな真似をしたら撃つぞ」その言葉とともに、カチリと撃鉄の起きる音が響いた。ニコルは肩越しに振り返った。傷跡のある男がこちらに拳銃を向けている。震えながらクライヴを見下ろすと、血まみれの顔はにたにたと不気味に笑っていた。

男の小さな目に激しい怒りを見てとり、ニコルは一瞬のうちに命がけの決断を下した。背中に向けられた拳銃を無視して、さっと立ち上がると、両腕を必死に振って階段を駆け上がっていく。体が弱っていることも、動きが鈍いこともわかっていた……。

半分まで上がったとき、引き金が引かれる音を聞いた、というよりも感じた。暗い船倉に銃声が轟いた。

2

デレク・サザーランドは怒れる男だった。

近しい少数の人間は、彼がいずれ怒りに牛耳られてしまうのではないかと心配していた。ここ五年のできごとが、確実にその方向に彼を向かわせていた。

この寒く風の強い深夜、デレクは腹を立てているうえに、酔っていた。いつものように。いや、ひとつだけいつもとちがっていた。酔いが醒めかけていたのだ。近くの酒場ですぐにでも手を打たなければならない。大股に、波止場に集まっている人混みの隙間を抜けていく。レースのために集まってきた人々でごった返していても、やすやすと進むことができた。デレクが近づいていくと、大半の人は賢明にも道を空けたからだ。

彼が大男で、ほとんどの連中よりも頭ひとつ分、背が高いからではない。いかめしい顔に、怒りがありありと浮かんでいるせいでもない。失うもののない人間だからだ。それこそ、もっとも危険な人間であり、周囲の人間は一目でそれを察したのだ。

デレクは周囲の連中に自分が及ぼす影響力に気づいていないわけではなかった。長年、そういう自分の前で尻込みしないのはひと握りの人間だけで、その一人がアマンダ・サザーランド、母親だった。まったく残念だ、とサザーランド家のロンドンのタウンハウスでの最近の一夜を思い出しながら、デレクは思った。

夜の町に繰りだそうとしたとき、母親が彼をひどく女性的な装飾の居間に呼びつけたのだ。どういう会話の流れになるかは推測するまでもない。いつもと同じ説教をするのに母がこれほど時間を置いたことを意外に感じたほどだった。

部屋に入ったとき、母親の差しだした頰にキスをするのを忘れ、その目に傷ついた表情がちらりとよぎるのは無視した。デレクは母親の前に置かれたいちばん頑丈そうな椅子にまっすぐ歩いていき、小さな座面に居心地悪くおさまった。

長い脚を足首で交差させると、デレクはゆったりと口を開いた。

「どうしてわたしに会いたがっているのか想像もつきませんよ、母上」

そのせりふに母親は唇をとがらせたが、念入りに皺ひとつないスカートをなでつけると、落ち着き払った声で言った。

「今夜はクラブに寄るつもりかしら？」

母親の馬鹿馬鹿しい質問にデレクは笑い声をあげたが、その声は自分でも耳障りだった。押し黙り、こみ上げてくる猛烈な癇癪——彼をおとしめるためにしか役に立たない——を抑えようとした。

デレクは母の質問には答えを返さずに、椅子の中で体をのりだし警告を発した。

「こういう話は二度と持ちださないでください。わたしがクラブにも、母上の舞踏会や夜会にも、わたしの……事情を噂されるような場所には一切行くつもりがないことは、よくご存じでしょう」デレクは怒りに顔をこわばらせて切り口上に告げた。

こういうことには慣れていたにもかかわらず、母親は息子の短気な反応に驚いたようだった。それでもこう言った。「あなたは爵位に対して責任があるんですよ、デレク。そろそろ、いえ、とっくに跡継ぎをもうける時期です」

「グラントがわたしの跡継ぎです」弟の名前をあげた。

「でも息子が――」

「ありえないし、絶対に起こりえないことです」

彼の毒気を含んだ口調にも、母はひるまなかった。いや、ますます勢いづき、おなじみの議論を蒸し返した。デレクがロンドンに滞在するたびに、二人は同じことを繰り返した。

夜半まで、手を替え品を替え、巧みに痛いところを突いてくる母の長広舌と懇願をデレクは聞いていた。ついに耐えきれなくなって椅子から勢いよく立ち上がると、海に出るまで家族とは会うまいと決意して部屋を出ていこうとした。

しかし、母はそのまま行かせてはくれなかった。

「それで、今度はどこに航海するの？　中国？　南アメリカ？」廊下に出る前に質問してきた。

しぶしぶ振り返ると、デレクはできる限り冷たい表情で言った。

「ロンドンからシドニーです」

「シドニーですって？」母親はいかにも興奮した口調で言った。「ああ、そうだったわ、ヴィクトリア女王のグレート・サークル・レースね。少し前に新聞で読んだわ。なんて愛国的なのかしら」顔に浮かんだ冷たい笑みは、その熱っぽい言葉がまがい物であることをはっきり示していた。「それに、そんなに遠くまで行く機会を見つけられて、実に好都合だったわね」

デレクは反論しなかった。

母親はまじまじと息子の顔を見つめた。

「出航してから戻ってくるまで、どのぐらいかかるの？」

「半年」自分とそっくりな母の冷たい灰色の目に失望の色が浮かぶのを見て、デレクはまたドアに向かった。

予想どおり、母とのやりとりは何ひとつ変わらなかった。しかし、母の捨てぜりふがずっと頭の中でぐるぐる回っていた。

「あなたが海に行くのは海を愛しているからだけかしら、とよく首をかしげるの……もしかしたら卑劣な臆病者だからかもしれないわね」

くそ、一杯ひっかけずにはいられない。

母はわたしにどうしろというのだろう？　それに弟のグラントときたら、目の前を通り過ぎてドアから飛びだしていくわたしを、いまいましいことに哀れみの目で眺めていた。家族全員が、わたしには解決策を、あがないを見つけられないことを承知している。それはわかっている。くそ、だからこそ、それにふさわしくふるまっているんだ。

デレクの中に長年棲みついている怒りに、ついに風穴を開けるものが現れたと知ったら、母と弟はどう言うだろうと、ぼんやり考えた。情熱的な黒っぽい目をした波止場のあの若い娼婦が、伯爵であるデレクの心臓を跳ね上げさせたのだ。少年の服を着て、よりによって〈マーメイド〉で働いている娼婦が――。

前方から聞こえてきた叫び声に、物思いを破られた。今夜の群衆は何に騒いでいるのだろう。好奇心をそそられ、デレクは歩道のわきのキャンヴァス地に包まれた木箱の列の方に近づき、もっとよく見ようとして箱の上に乗った。安っぽい帽子の大きなつぼや、いくつもの頭が並ぶ下を、小柄な少年が走ってくる。少年は波止場を歩いていた数人の女性にぶつかって怒られている。その向こうに目をやると、人混みをかきわけて、むくつけき男二人が近づいてくるのが見えた。

デレクは軽やかに箱から飛び下り、両手のほこりを払うと、歩き続けた。少年は怒らせてはいけない相手を怒らせたようだ。あの男たちは殺し屋だ――相手が一人でも少年の手には負えないだろう。ましてや二人だ。それを承知していながら、デレクは波止場にいるみんなと同じことを期待した。今夜ここにたむろしている下層階級の連中と、まったく同じことを。

ただ歩き続けた。

関わりあいになるんじゃない。

しかし、少年が彼のわきを走り抜けていったので振り向くと、少年が遊歩道に巻いて置かれていた古い麻のロープにつまずくのが見えた。

前のめりになり、両手をやみくもに振り回し、ぬかるんだ地面にバタンと倒れこむ。ころんだことが信じられないといわんばかりに頭を振ると両腕をついて体を起こしたが、脚が言うことを聞かないようだった。

デレクにわずかに残っていた良心が、助けに行けと命令した。しかし、その声は簡単に無視できた。かつての自分とはちがうのだ。それに、めざしていた酒場の看板が見えている。理性を麻痺させる一夜の悪行まであと少しだ……。

前方から聞こえてきた物音から察するに、悪漢どもはすぐそこまで迫っているようだった。

「気をつけておくれ、ごろつき！」

派手な服を着た女性が叫びながら、布のバッグを一人の男の顔にたたきつけた。男が振り返ってにらむと、女は凍りついて黙りこみ、そそくさと夜の闇に姿を消した。理由はすぐにわかった。その男はまさに悪夢から抜け出てきたような外見だったのだ。

思わずデレクは振り返って、改めて少年を見た。けなげにも体を起こそうとして、小さなブーツでぬかるんだ遊歩道に足がかりを見つけようとしている。不思議なことに、デレクは哀れみの気持ちと闘わねばならなかった。それは最近では無縁になりつつある感情だった。

さらに一秒ほど身じろぎせずに立っていた。少年はおそらく盗人で、あの男たちが与える罰に相応することをやったのだろう。少年に背中を向けると、デレクは首を振り、また歩き続けた。

自分もとんでもないろくでなしになったものだ。

別の生き物が体の中に棲んでいるかのように、ニコルの恐怖はふくらみ、窒息しそうだった。必死に立ち上がろうとしたが、心の中では、あとどのぐらい持ちこたえられるかわからなかった。体を動かすたびに、消耗しきった全身に痛みが走る。荒い呼吸をするたびに、炎を吸いこんだかのように肺が熱くなった。

このままではいやだ。薄汚れたロンドンの通りに倒れて、クライヴにいいようにされるのを待っているなんて。

最後までがんばりたい。苦痛とくやしさのあまりこみあげてくる涙を唇を嚙んでこらえたが、気づかぬうちに、しゃくりあげ、ううっと声がもれた。

「なんてざまだ」

背後で男性がいらだたしげに低くつぶやいた。そのあとにありとあらゆる罵倒が続く。と、いきなりニコルの体が持ち上がり、あきれて腹を立てているらしい大男に抱えられていた。男が紅茶倉庫の間の人気《ひとけ》のない路地をめざして歩きはじめたとき、たちまちニコルの警戒心は高まった。でもこの男はあの連中の仲間ではなさそうなので、抵抗はしなかった。

この男が波止場から救い出してくれるのだろうか？　そんなことはありえないだろうが、それでも彼はやさしく彼女を抱きかかえていた。

「怖がらなくていい」男はきっぱりと言った。「傷つけるつもりはない」

ニコルを抱えている男は、いかにも紳士らしい歯切れのいい正確な英語をしゃべったし、彼女の本能もこの人物は危険だとわめいていなかった。ニコルは奇妙なほど恐怖を感じなかった。たった今発砲され、命からがら逃げてきたにしては不思議なほどだ。発砲。自分の船の上で、弾丸が耳のわきをかすめていったのだ。頭のそばで材木が木っ端みじんになり……。

その記憶がよみがえるとともに頭がはっきりしてきた。この男のことはほとんど知らないが、いいカモにされるのはごめんだ。事情を説明する時間はない――自分の身は自分で守らねばならなかった。ニコルは彼の腕の中で体をひねると、相手の脚の裏側をブーツで激しく蹴りつけた。

「あんたを助けようとしているんだぞ。このくそ――頼むからやめてもらえないか？」

抵抗してもむだなようだ。暴れたせいで相手を怒らせてしまった？　ひっぱたかれるか、もっとひどいお仕置きを覚悟してニコルは首をすくめた。

しかし、男は落ち着き払ってまたしっかり抱え直しただけだった。その巨体はニコルの体重の軽く倍はあり、がっしりした腕をしていた。ひとひねりで、彼女をおとなしくできただろう。しかし抵抗にあっても、彼はニコルを傷つけないように細心の注意を払ってくれているような奇妙な印象を受けた。

「落ち着け！　まったく、酔っ払いの性悪女みたいだな」いらだたしげな声で低くつぶやいた。

逃げようとして体をひねりながら、ニコルは救済者だと自称している男をちらっと見た。

そして誰だかわかったとたん、愕然とした。いや、その腕の中で抵抗していたときから、自分を抱きかかえている男が、こともあろうにデレク・サザーランド船長だとぼんやり気づいていたのかもしれない。

殺されることになるのかもしれないというのに、思わず笑いそうになった。フライパンから逃げだして、炎の中に飛びこんだんだわ。

サザーランドはニコルをおとなしくさせようと奮闘していた。暴れる手足を入念に押さえつけ、振り払っている。負かされるのは時間の問題だろうが、それでも抵抗を続けた。そのとき思いがけず彼はニコルの体を両腕で抱えこむようにして、押さえつける手がかりを求めて片手を伸ばした。

そして……なんてこと。

彼の手が開いたマントから滑りこみ、シャツを這い上がり……胸に行き着いたのだ。息が荒くなったが、ニコルは身じろぎひとつできなかった。理由はわからない。彼がじっとしていたから？　あるいは彼の手以外には何も考えられなくなったから？

大きくてざらざらした熱く燃えるような手が、彼女の肌に跡を残した。指先は胸の先端で震えているの？　そのまま手は肌の上を滑っていく。乱暴に胸を覆っていた手が、今はやさしく好奇心にあふれ……胸を包みこんでいる。ああ、これは彼の親指だわ。

また蹴りつけるべきだった。そうすべきだ。しかし彼に触れられ、体から力が抜けてしまった。デレク・サザーランド船長の手がわたしの胸に置かれている。頭の中でマントラのよ

罵り声と同時にサザーランドが火傷したかのようにシャツからすばやく手をひっこめたので、肌がすっと冷えるような気がした。それから体の向きを変えられ、荒々しく抱き寄せられた。

ニコルはばらばらになった考えをまとめようと、むだな努力をした。父の最大のライヴァルが路地裏でわたしを抱きしめている。どうして抵抗しなかったの？　なぜなら体に力が入らなかったから。息が苦しかったから。

するとサザーランドは彼女の腕をなでおろした両手をヒップにあてがった。温もりが全身にあふれ、下腹部に広がっていく。

生まれてからずっと男性たちが周囲にいて、長期間、狭い船室でいっしょに過ごしてきた。でも、これほどの渇望にとらえられたことはなかった。

ニコルはそんな自分を否定したくて、頭を振った。わたしはただとても怯えているだけ。彼はわたしを安全に、いえ安全すぎるぐらいに抱きしめている。ひりひりするほど冷たい夜気の中で、この男の腕の中は繭のように温かい。そして、彼の清潔なすがすがしいにおいが鼻孔をくすぐった。男らしいにおい。彼のにおいは男らしかった。サザーランドのようなごろつきに予想していた酒や安物の香水とはちがった。あまりに魅惑的だったので、顔をその広くて固い胸に埋めて、思い切り彼の香りを吸いこみたくなった。

顔をゆっくりと彼の体に寄せていくときも、心のどこかで自分の正体はばれていないかもしれないと考えていた。フードはかぶったままだった。まだ逃げられる――。

その心を読んだかのように、サザーランドはさらにきつく彼女を抱きしめた。信じられないという思いと、いわくいいがたい別の感覚のせいで吐息をもらしながら、ニコルは彼の固い興奮のしるしが、胃のあたりに押し当てられるのを感じた。ぎくりとして身をよじったが、彼のものにいっそう密着しただけだった。

その結果、サザーランドは鋭く息を吸いこみ全身をこわばらせた。「落ち着いて」彼は言った。その言葉は嵐の名残の雷鳴のように響いた。

「放して――わたし……行かなくちゃならないの」

ニコルは懇願した。息をあえがせ、緊張ととろけるような感覚にさいなまれて立っていることに、これ以上耐えられなかった。ニコルはじっと彼を見つめた。いっこうに手を放してくれない頑固な男を。片方の大きな手がゆるんだとき、フードを下ろそうとしているのだと察した。だめ。そんな真似をさせるわけにはいかない。しかし、温かく力強い体に引き寄せられていて、身動きできなかった。

完全にあきらめたくなくて、ニコルはじっとサザーランドの冷酷な顔を観察した。不機嫌そうに顔がぐっと緊張するのがわかった。二人の視線がぶつかり、そのまま動かなくなる。ゆうべ出会ったときに、彼の目が冷たいことは知っていたが、いまやそれ以上のことがわかった。

デレクは沈みかけた船に乗っている男のように現実の何かに苦しんでいるのだ。

ふとニコルの顔のそばで空気が揺らぎ、マントのフードをつかまれた。ひもがほどかれ、布地が髪から押し下げられた拍子に、サザーランドの指が彼女の頰を愛撫のようにかすめた。そのかすかな感触に刺激されて、全身がわななく。彼にじっと顔を見つめられているときも、まだ体が震えていた……髪をなでられたときも……そして楽々と体を持ち上げられ、肩にかつぎあげられたときも。

3

デレクが驚くことはめったにない。彼は常に最悪の結果を予想する。あらゆる人間に対して最悪のことを予期していれば、たいてい失望しないものだ。しかし、〈マーメイド〉にいた娘をフードの下に発見したとき、彼の中のすべてのものがいささかおかしくなった。

そして肉体もだ。体はたちまち痛いほど興奮して脈打ちはじめた。まるでつがう相手を発見した発情期の動物のように。この驚くべき成り行きが、ふたたび娼婦と会ったことで生じたのか、それとも彼女の抵抗のせいなのか、よくわからなかった。

もちろん彼女はヒップを宙に突きあげ、顔を彼の背に押しつけられた格好で肩にかつがれ、茫然としていた。それでも、さっきと同じように威勢よく、すぐに蹴ったりひっかいたりしはじめた。

「下ろしなさい！　すぐに！」彼女はひっぱたいたり、蹴ったりしながら命じた。「わたしを――今すぐ――下ろして――ちょうだい！」

デレクは娘の抵抗を鼻で笑った。彼女にはそんな力がなかったからだ。悦に入った笑みを浮かべたとたん、刺すような痛みが走った。このお転婆娘ときたら、頑丈な歯で腕の裏側に噛みついたのだ。

「何をするんだ?」デレクは娘を引き離した。「まったく、きみを助けようとしているんだぞ。このあたりにはあの男たちの姿はないが、行ってしまったわけじゃない」

娘がデレクの言葉に耳を傾けるあいだ暴れるのをやめると、さらに続けた。

「どこか安全な場所に連れていくつもりだ。抵抗しても、同じことだよ」

娘はため息をついた。「あなたの言うとおりにするわ。しばらくは」

肩にかつがれているにもかかわらず、威厳を保とうとする娘の態度に、デレクは笑みを浮かべそうになった。しかし、通りの角まで来ると、緊張と警戒の目であたりを見回した。そして男たちがいなくなったことを確認すると、男たちとは反対方向に、〈サザンクロス〉号の方に向かった。

「もう下ろしてくれてもいいわ。逃げないから」数歩進んだところで、彼女が言った。自分で歩かせてもよかったが、また逃げようとされたら困る。少なくとも、いくつかのことを説明してもらうまでは。

「この方が速く進める」ちょっと考えてから、つけ加えた。「きみは、かなりまいっているんじゃないか?」

娘が深呼吸してため息をつくのを、デレクは背中で感じた。

「ええ」しぶしぶ認めた。

小柄で無防備な若い女性を追ってきたさっきの男たちを思い出して、怒りが燃え上がった。

だが、デレクはそれよりも自分自身に腹を立てていた。もう少しで彼女を見殺しにするところだったのだ。だから、乱暴な口調になってたずねた。「きみを追ってきたのは何者なんだ？それになぜ追われている？」

彼女は体をこわばらせた。「あなたには関係ないわ」

「今はあるよ。きみの命を救ったんだから」

娘が何も答えなかったので、彼女のヒップの下に回した腕を揺すった。「さあ、話して」

「しゃべらせるには、もっと激しく揺すぶらないと無理よ。でも、あなたはそんなことはしないでしょ。だからお互いに時間をむだにするのはやめましょう」デレクの背中で嫌みたっぷりに言った。

この娘は……わたしを挑発しているのか？

「わたしがきみの立場ならならそんなに安心しないけどね、お嬢さん」常にデレクの中でくすぶっている怒りが、たちまち燃え上がった。「わたしを怖がらないとは、まちがいなく分別がないな」

娘は彼の背中で顔を上げた。「あなたを怖がるべきなのかしら？」真面目な口調でたずねた。

お上品ぶった質問はもうたくさんだ。「きみがわたしを幸せにできるかどうかによるな。で、今のわたしは楽しい気分じゃない」

「これまで幸せだったことがないように見えるわ」彼女はつぶやくと、また背中に頰を押し当てた。

デレクは歩をゆるめた。「何が言いたいんだ?」

娘がまた深呼吸して顔を起こすのが感じられた。

「しかめ面をしているせいで、眉間に深い皺ができている。でも、目の周りに笑い皺はないわ。しじゅう、しかめ面をしているんじゃない? きっと今もそうなんでしょ」

ふん、たしかにそうだ。でも、他人に分析されるのは大嫌いだ。

「わたしのことは何ひとつ知らないくせに――」

「あら、あなたが笑わないことはちゃんと知ってるわ」

もうたくさんだ。デレクは落とすかのように彼女の体をわざと下に押しやった。

「きゃあああ!」落ちながら悲鳴をあげた娘を、地面にぶつかる寸前につかみなおした。

娘はほっとすると、もつれた豊かな髪を顔から払いのけ、首をかしげた。傷ついた表情を浮かべ、心から困惑した声でたずねる。「どうしてこんな真似をしたの?」

デレクは口を開きかけ、また閉じた。彼女はすばらしい髪をしていた。彼は夜の闇に乱れた巻き毛を眺めた。赤か金か決めかねる色合いの巻き毛。それが奇妙に愛らしい顔を縁どり、ほっそりした首筋で波打っている。そのうなじにキスをしたくて唇がむずむずする……。

そんなくだらない思いを追いやろうとして、頭を振った。

「きみを安全な場所に連れていきたいのかどうか自信がなくなったよ。きみはトゲのある言葉を口にするし、感謝ってことを知らない。〈マーメイド〉にふさわしい人間だよ」

娘は顎を上げた。「あなただって、あそこにいたでしょ」声が高くなる。「それとも酔っ払って覚えていないのかしら？」

「おい、きみの場合は――」デレクが言いかけたとき、二十メートルほど後ろでけんかが始まり、彼女がさっと目を向けるのがわかった。顔が蒼白になり、震えている。勇ましいことを口にしていても、心の底から怯えているのだ。

逃げだされる前に、デレクは娘の腰をつかんでまた肩にかついだ。自分の船に向かって歩きながら、彼女を連れてきたことに妙な満足感を覚えていた。

この娘の何が特別なのかよくわからなかった。おそらく〈マーメイド〉で彼女に見つめられたように、海の精セイレーンのような熱いまなざしを向けられたことがなかったせいだろう。

ベッドに連れていってもらえないなら死んでしまうと言わんばかりのあのまなざし。たんにわたしは好奇心を満たすために彼女を見つけたかったのだ、そう自分を納得させようとした。若い女性、しかもまちがいなく〈マーメイド〉で体を売っていて、ラシターとつきあっている若い女性が、どうしてあの晩、ああいう目つきでわたしを見つめたのだろう。最初は欲望をにじませ、のちには怒りをこめて。

それに、どうしてあれほど強く彼女をほしいと感じたのか、それとも、たんにあの晩の酒のせいだったのか、知りたかった。

いや、酒のせいではなかった。

いったい自分はどうしてしまったのだろう？　この娘は口の悪い礼儀知らずの娼婦で、わたしの最悪の敵と親しくしている。しかも、実に個性的な顔立ちをしていた。とびきり大きな黒い目。小さな妖精のような顔の中では、ふっくらした唇と比較して、大きすぎるし黒すぎる。まるで奔放な芸術家が目と髪に好き勝手に絵筆をふるい、別の芸術家が非の打ち所のない唇の曲線を描いたかのようだ……。

娼婦はまた不機嫌になってきた。今の時点では、追手よりも彼の方を警戒すべきだと判断したにちがいない。彼の背中で体をひねり、逃れようとしている。娘はとても軽かったので、デレクは簡単に押さえこんだ。

すると今度は拳で彼の背中を殴りつけてきた。意外に強い力にびっくりしたが、デレクの足どりはゆるまない。ぴったりしたズボンの中でくっきり輪郭がわかる形のいいヒップをぴしゃりとぶっただけで終わった。

「ちょっと！　まさかおかしな真似をする気じゃ――」

彼は片手をずっとヒップから動かさなかった。

「もちろん、おかしな真似だってできるよ」

デレクは娘の言葉尻をとらえて言った。彼女はカンカンになってわめき、デレクはほくそ笑んだ。すると強面《こわもて》の水夫ですら赤面しそうな悪態をつかれたので、今度は彼がショックを受ける番だった。たんに独創的な罵詈雑言や、一語一語に滴るほどの悪意がこめられていることに驚いただけではない。娘の職業柄、それは予想ができた。

それよりも、波止場の女らしい訛りがないことは前から気づいていたが、怒りに駆られたせいで彼女の話す言葉がより明瞭になり、予想していたものとまったくちがうことがわかったのだ。実のところ、彼女のアクセントはどこのものかまったくわからなかった。下品な罵倒を除けば、しゃべっていることはきわめて教養があり屈辱的で、いささか胸騒ぎがした。デレクはある疑念を追い払った。娼婦がたむろしている酒場にいて、自分の倍ほどの年齢の男と出ていったのだ。レディのすることとは言えない。

この娘が何者にしろ、今夜は何度も抱くことを優先し、その正体やら毒舌ぶりやらを解明するのは、あとのお楽しみにしよう。レースを五日後に控え、まさにおあつらえむきの成り行きになった。この娘を楽しむ時間はたっぷりある。

そして、いつものように……女に飽きて出航することになるのだろう。

ニコルを肩にかついだまま、サザーランド船長は自分の船の甲板に上がり、外に立っていた困惑顔の二人の見張りに気楽に手を振った。こんなふうに連れこまれたことは恥ずかしかったが、〈サザンクロス〉号を目にして、ニコルは一瞬息をのみ、罵ることも忘れた。彼の船を間近で見たことがなかったので、乗船すると畏敬の目であたりを見回した。

船長は自分の船に似る、という水夫のたわごとをニコルはこれまで一笑に付してきた。しかし、どっしりして豪放で黒を基調にした〈サザンクロス〉号は、その意見を裏打ちしていた。力強い面とくっきりした直線でできた船だった。

そして人を寄せつけなかった。

もう一度逃げられるか試してみようと考えたとき、サザーランドは甲板昇降口にたどり着いた。ニコルを肩から下ろして立たせると、彼女をどうするか思案するかのように、頭のてっぺんからつま先までじっくりと観察した。それから、こう言った。「その階段を下りろ」

ニコルは返事の代わりに、とんでもない、という目つきで見返した。絶対に下りるものですか。わたしの頭がおかしいと思っているのかしら？　彼が自分の船に連れてきた理由も、こちらの正体に気づいているのかどうかもわからなかったが、なによりも、ニコルは命令されるのが嫌いだった、とりわけサザーランドのような男から。

「さっさとしろ」

「いやよ」

「いや？」

サザーランドのあからさまな驚きっぷりからして、こんな言葉はめったに耳にしないのだろうとニコルは推測した。

「い・や・な・の」ニコルは一語一語はっきりと口にした。「どうしてわたしを連れてきたのか教えてくれるまでは――」

「今すぐにと言っているんだ」デレクが怒鳴ったので、反抗するという考えは消えた。彼の口調にはじかれるようにニコルは階段に向かい、船の中に下りていった。

彼に脅かされたわけじゃないわ、と自分をなだめた。ただ、驚かされただけよ。

そのあとからゆっくりと階段を下りてきたサザーランドは、彼女を値踏みするように眺めた。彼が天井の梁をよけるために巧みに頭をひっこめたので、ニコルは改めてその背の高さを実感した。あんなふうに怒鳴られたら、怖がってもおかしくなかった。彼についての噂をあれこれ聞いているのだから。父の一等航海士チャンシーは、ニコルは勇気がありすぎて身の危険にさらされかねないとよく言っている。そのとおりかもしれない。というのも、どうしてもサザーランドを警戒する気になれなかったからだ。

もっとも、サザーランドはわたしに危害を加えそうには見えなかった。それどころか、わたしをディナーに食べたそうに見えるわ。手で触れられているかのように彼の視線になで回されると、体が震えた。あの目、濃い灰色の目はもしかしたら冷酷と呼べるかもしれない。しかし、その目に怒りはなかった。冷たい目の底には、まちがいなくもっと期待できるものが見てとれた。それこそが、わたしを自分の船に連れ帰ってきた理由なのかしら？　キスすることが？

これまでニコルは禁じられたことをするたびに、必ず報いを受けてきた。でも、サザーランドとキスすることが禁じられていないなら……。

どういうわけか、心のどこかでその期待にときめいた。でも、そんな突飛なことはありえないわ——サザーランドが、おそらくたくさんの美しい女性たちとベッドをともにしてきた放蕩者が、わたしを求めるなんて。風変わりな顔立ちをしたやせっぽちの娘を。

ニコルは歩をゆるめ、二人のあいだに礼儀正しい距離をとった。ひとつのドアを通り過ぎたとき、つい好奇心に負けて中をのぞいた。さらに隣のドアものぞきこみ、船の細部まで見ようとした。

ニコルがきょろきょろしているのを見て、サザーランドは何を不安に思っているのか気づいたにちがいない。穏やかな低い声でこう言った。

「安心しろ、他には誰もいない。今夜はわたしときみだけだ。甲板の見張りを除けば、船はわたしたちだけのものだ」彼は手を伸ばして、ニコルの顔にかかった巻き毛をかきあげると、かすれた声で続けた。「今夜はたっぷりごほうびをあげよう」

ごほうび？　ある考えが頭に浮かんだが、ニコルはそれを払いのけた。

彼女の表情に何かを読みとったのか、サザーランドは目を細めた。

「今のうちに警告しておく」威嚇するような声で言った。「わたしを相手にゲームをしようとするな」

ニコルは困惑した。何を言われているのか、なぜ怒られているのか、さっぱりわからなかった。

サザーランドは彼女の腕をつかんだ。「どうして追われていたんだ？」

「どうしてわたしをここに連れてきたの？」彼の手から自由になろうと腕を引き抜きながら質問に質問で答えた。

サザーランドはにやっとした。「きみがほしいからここに連れてきたんだ」

なるほど、それだとどうにでも解釈できる。もっとはっきりさせなくては。「何のために?」

サザーランドの目にいらだちがよぎったのでニコルはひるんだが、顔に出すまいとした。さらに質問をする前に、彼のもう一方の手がニコルの頭の後ろをつかんだ。

「何のためにだって? このためだよ」サザーランドは彼女を引き寄せて唇を重ねてきた。

ニコルは抵抗し、胸を押しかえした。本当に逃げたいと思ったわけではなく、本能的に体が動いたのだ。すると彼はニコルのうなじをなであげ、手を髪の中に滑りこませた。これまで首をなでられた記憶がなかったし、そのなじみのない感覚があまりにも気持ちよかったので体が動かなくなった。

サザーランドは彼女が降伏するのを感じとったにちがいない。ニコルの唇に押し当てられた唇に力がこもった。知らないうちに、ニコルの全身から力が抜け、彼の体にもたれかかっていた。サザーランドの舌が唇をなぞっていき、中に入りこもうとして、好奇心をかきたてる。好奇心は身の毒と言うでしょ、ニコル。

でも、これからどういうことになるのかしら……。

ニコルは思い切って、うながされるままに唇を開いた。すると舌が彼女の舌に触れ、ふたたびあの感覚がわきあがった……熱くわななく、抵抗できないような感覚が。彼の呼吸が荒くなる。下腹部に彼の大きな興奮のしるしを感じた。ああ、なんてこと、彼はそれをわたしに押しつけている。快感と衝撃にニコルは頭をそらし、開いた口からは声にならない叫びがもれた。こんなふうに触れられるままになっていてはいけない。止めなくては……。しかし、二人の体が触れあっているところはすでにドクドクと脈打っていた。乳房が疼く。欲望と意思がせめぎ合い、欲望が勝ちをおさめた。そして彼女を支配した。

ニコルは相手の肩をつかんで背伸びをすると、腕の中にさらにぴったりと、さらに深く入りこんだ。その動作で自分の胸が彼に押しつけられ、彼女の体は震えはじめた。理性を失いかけていた。もっとぴったり寄り添いたくて頭がおかしくなりそうだ。この低くすすり泣くような声はわたしが出しているの？

サザーランドはニコルを探るように眺めた。彼はひどく緊張しているように思えたが、喜んでいるようだ。舌先で唇に残る彼を味わい、むさぼられた口に片手をあてがう。熱っぽく押しつけられた唇の味をまだ感じられることがうれしかった。

ニコルはじっと彼の口元を見つめた。石のように冷たく見えるのに、その唇がとても温かなことにうっとりした。彼のキスにすっかり魅了されてしまった。そして、それはまだ続くらしい。

サザーランドの唇から目をそらせず、ニコルはそこに立っていた。彼は敵だというのに、キスがそのことを忘れさせてくれる。ひと晩だけでも。級友たちが暗がりでささやいていたことをついに知るために、彼を利用してもいいんじゃないかしら？

「名前を教えてくれ」

待って！　やはりサザーランドはわたしが誰かを知らなかったのだ。一瞬、ニコルは躊躇した。

「もちろん、本名を教えてくれるとは思っていない……だが、仕事用の名前があるんじゃないか？」

仕事用の名前？　いったい――そこで、彼がまた不機嫌になっているのに気づいた。

「クリスチナ。わたしの名前はクリスチナよ」ミドルネームを教えてはぐらかした。

サザーランドはおもしろがっているのかしら？　でも、わたしの〝仕事用の名前〟は、彼の予想していたようなものではなかったようだ。

身元を明らかにしないかぎり、凶悪な殺し屋に追われていたもっともな理由も見つからない。とりわけ、今は彼の唇のことで頭がいっぱいだ。落ち着かなくなってニコルは深く息を吸うと、仕方なく、無理やり弱々しい笑みをこしらえた。

サザーランドはじっとニコルの目をのぞきこみ、最後にその微笑んでいる唇に視線を向けた。何かに刺激されたかのように、彼女の髪に指を差し入れ、首筋をなでおろし、指を胸にそっと滑らせる。ニコルは目を大きく見開いた。やめさせようとして手首をつかんだが、彼に触れられた感覚が体じゅうに広がったとたん、やめさせようとしたことを後悔した。

サザーランドは手首をひねってニコルの指から逃れると、彼女の両手を自分の胸にあてがわせ、また乳房に指を伸ばした。彼の行動にも、自分の反応にも、ニコルは茫然としていた。自分の指の下で、彼の固い胸の筋肉が盛り上がり、誘惑してくる。触れられている胸の先端が痛いほど疼いている。

ニコルは目を半ば閉じながら、彼の両手を見下ろした。埠頭で見かける男たちのようにつねったり、つかんだりはせず、彼はじっくりと味わっていた。自分自身の手の動きを眺めながら、乳首を愛撫し、それが痛いほど固くなっていく様子にうっとりしているようだ。手が乳房のわきにあてがわれたとき、ニコルは目を閉じた。大きな手が胸を包みこみ、親指がそっと先端をこすっている。

「きみが微笑むと、男をひざまずかせることができる。でも、たぶんそのことはもう知っているんだろうな」かすれた声でささやいた。「今夜、きみをわたしのものにするつもりだ。そして、喜びで満たしてみせる」彼はかがみこむと、そっと唇を合わせた。これからもっと荒々しく唇を奪う前に心の準備をさせるかのように、警告するかのように。

熟練した熱いキスに、ニコルは我を忘れた。サザーランドは飢えたように彼女を求め、もはや欲望をコントロールできないかのようだ。そしてそのせいで、いっそう彼のことがほしくなった。触れられたすべての場所——胸、おなか、脚——が熱くなり、快感が押し寄せてくる。

さっきのように体をきつく押しつけられ、さらにぴったりとふたつの体を密着してきたことにも気づかず、ニコルは弱々しく彼の外套にしがみついた。サザーランドは力をこめて彼女のヒップを引き寄せた。ニコルは何かに、これまで求めていた何かに向かって突き進んでいた。そのときサザーランドの片手が下がって太腿を軽くなでると、少しずつ上へ上へと這いのぼっていった。もう片方の手でズボンを脱ごうとしているのかしら？

息ができないほど興奮が高まり、夢の中でも経験しなかった、今にも体がばらばらになりそうな感覚に襲われ、はっと体をこわばらせた。最後に残った理性のかけらが呼びかけている。この人はサザーランドなのよ。キスだけで終わらせるはずだったのに。

さらに引き寄せる代わりに、ニコルは彼を押しやった。必死に頭を振る。ああ、なんてこと、この人はサザーランドなのに！　どうしてこんなふるまいをしてしまったのかしら？　答えが浮かぶ代わりに、体の疼きがさらに激しくなった。

たった今してしまったことを消し去ろうとして、無意識のうちに唇を手でぬぐった。世界じゅうの男性の中でも、彼にだけは惹かれるわけにいかない。絶対にだめだ。肉体がこれほど激しく反応した男性とは、これまで一人も会ったことがない。でも、ライヴァルに、敵に、わたしを支配させるわけにはいかない。

戦慄が全身を貫いた。ついさっきだったら彼の望むことを何でも許してしまっていただろう。

それに、もっと重要なのは、わたしがここでサザーランドと戯れているあいだ、父の船に被害を与え、わたしを殺そうとした二人の男がそのあたりをうろつき回っているということだ。

ニコルが身を引いたので、サザーランドは冷たい笑い声をあげ、片手で黒髪をかきあげた。「ひとつアドヴァイスしよう――仕事なら、少なくともわたしのキスを楽しんでいるふりをするべきだ」そう言い捨てると、サザーランドはニコルの前を通り過ぎて廊下を歩み去っていった。

欲望に支配されていたせいで、頭がすぐに働かなかったが、ようやく自分が船に連れてこられた理由がのみこめた。

娼婦だと思われていたのだ。

それについてはまったく腹が立たなかった。男を愛することで身を立てている高級娼婦たちとは仲よくしていた。それよりニコルが失望を感じたのは、ゆうべから二人はお互いに強烈に惹かれあっていたのだと信じていたせいだった。そう思っていたからこそ、キスや愛撫を許したのだ。実際はサザーランドはたんに酒場の女たちを品定めしていて、ニコルを選択肢のひとつだと思ったにすぎなかったのだ。

サザーランドがいなくなると、ニコルは回れ右をして帰ろうとした。そうするべきだったからだ。だが甲板にたどり着かないうちに、後悔しはじめていた。追手は外にいる。波止場は凍えるように寒い。それに暗い。

ニコルは舷門の方に歩いていき、見張りの前を通り過ぎた。船乗りたちは彼女がそばいることに落ち着かないようだった。ニコルは埠頭を眺めたが、岩だらけの暗い場所が広がっているだけだった。〈ベラ・ニコラ〉号からはとても遠かった。しかも、お金を持っていない。おまけに父の船にクルーが戻ってきているかどうかもよくわからなかった。

ニコルはためらった。サザーランド船長はわたしを娼婦だと考えている。彼の船室に入って何もされないまま出てこられる自信がなかった。しかし、建物の陰から、いまにも不気味な顔に大きなにやにや笑いを貼りつけたプリティが飛びだしてくる気がした。

むっつりして回れ右をすると、ニコルは船室に引き返した。そうしながらも、感情の高まりを整理しようとしていた。ニコルが入っていったとき、サザーランドの表情は読みとれなかったが、戻ってきたことに驚いているように見えた。だとしても、彼はすぐにその気持ちを押し隠し、ニコルの背後ですぐにドアを閉めた。気が変わらないうちにと思っているのね、ニコルは心の中でつぶやいた。

サザーランドがすぐそばに立ったので、ニコルはその温もりと魅惑的な香りに包まれた。それから船長は部屋の中央に歩いていった。外套を脱ぎ、椅子に放る。すべての動作がさりげなくゆったりしていた。ニコルはもてあそばれているような気がした。彼女の秘密を探りだすために、じっくり時間をかけようとしているかのようだ。

もちろん、ニコルはこの状況を利用するつもりだった。たしかに自分はデレク・サザーランドの船室に、彼のキスでまだ震えが止まらぬまま戻ってきた。それはまずいことだ。しかし、彼女の船にクルーが帰ってきたことがはっきりわかるまでは、安全な隠れ家が必要だった。

「船長、あの、わたし……できたら……」ニコルは口を閉じ、咳払いしてからまた続けた。「二時間ほどここにいさせてもらいたいの。身の安全のために」急いでつけ加えた。

「どうしてわたしがきみを守らなくちゃならない？」

いい質問だ。でも、いい答えが思いつかなかった。

「わたしがそうお願いしているから、ではだめかしら？」

サザーランドはじっくりと彼女を観察した。答えを口にしたとき、その声はかすれていた。

「ここに置いてやろう」

ニコルはうなずいた。ほらね。あんまりひどいことにはならなかった。正しい決断だったのよ、そう自分に言い聞かせたとき、欲望をむきだしにした目で彼に見つめられ、全身を熱い炎が貫くのを感じた。

官能の波が恐怖の塊に変わるのを感じながら、ニコルは思った。

だけど、誰がわたしをわたし自身から守ってくれるのかしら？

4

ニコルがサザーランドから無理やり視線をそらし、船室の中を眺めたとき、最初に目に入ったのは大きなベッドだった。次にわかったのは、自分がそのベッドを見つめていることに気づかれたことだ。彼が厚かましくもにやにや笑いかけてきたので、ニコルは顔を赤くしながらさっと目をそらした。

船室はこの大きさの船にしては驚くほど広かったが、よくある隙間風も吹きこまず、心地よく暖かだった。趣味のよい色使いと装飾を目にして、彼女の船室よりもはるかに上等だとしぶしぶ認めた。冷酷な祖母からのしゃれた贈り物がぎっしり詰めこまれている部屋。その贈り物はしかるべきときに返却を求められるだろうと、ニコルは考えていた。

どっしりしたマホガニーの机が大きな曇りガラスの天窓の下に置かれ、彼女の机同様、海図と数字を走り書きした紙が散らばっている。

磁石に引き寄せられるように、ニコルはサザーランドの航路をのぞき見しようとそちらに近づいていき、薄暗い光の下で目を凝らした。たくさんの数字から彼の航路を割りだそうとしているあいだに、サザーランドはストーヴに石炭をくべ、部屋のランタンをつけた。

ずるをしていると承知しながら、航路を調べた。アフリカ大陸の喜望峰を回るときに南極海をどこまで南下するつもりかを知りたかった。それがわかれば、彼の航路をなぞるか、それとも危険を冒してでももっと近道となるさらに南の緯度を選択できる。どのぐらい南に行くつもりなのかしら、サザーランド船長？

ニコルの眉がつりあがった。無謀な父親が試みた以上に南下している。シドニーまでの距離と時間を節約するために、彼の航路は南極大陸の周囲の危険な海域に恐ろしいほど接近していた。読みちがえたにちがいない。

「そいつは読もうとしない方がいい」彼が忠告した。「頭が痛くなるだけだ」

ニコルは目を細めた。数が勘定できるようになって以来、彼女は航路の計算をしてきた。だから、納得できない数字に指を突きつけて、彼が計算まちがいをしたことを指摘してやろうかと思った。しかし、まちがいはそのままにしておくべきだろう。レースで彼はきわめて不利になるだろうから。冷たい仕打ちかもしれないが、これは子どもの遊びではないのだ。船長自身が問題に対処できなければ、レースでは負けるだろう。

ニコルが黙りこんでいると、サザーランドが彼女をじろっと見て言った。

「それは航路だ。次の航海でこの船を走らせる予定の海図なんだ」

ずいぶんと、ごていねいに説明してくれるのね。

ニコルは手のひらに爪を食いこませ、プライドを抑えつけた。しかし、サザーランドがゆっくりと流れるような身のこなしでこちらの方に歩いてくると、レースのことは頭から消え、下腹部が熱くなった。

サザーランドが手を差しのべてきた。彼の体がすぐそばにあるので、触れないように移動するべきなのに、ニコルは睫毛を伏せてじっとしていた。またキスをするつもりかしら？わたしったら、またあの唇で触れてもらいたがっているの？　だが、二回呼吸をするあいだ、何も起きなかった。

ニコルはぱっと目を開けた。サザーランドは彼女を通り越して、ブランデーのボトルに手を伸ばしただけだった。降伏したところを見られなかったのはよかったが、彼の前でこんなに骨抜きになってしまう自分に腹が立った。サザーランドは冷酷で横柄な男だ。わたしを今夜買ったと思っているのだ、それを忘れてはならない。

まあ、お望みなら、ひと晩じゅうお酒を楽しむのは勝手だが、二度と彼に触れさせるつもりはなかった。自分の意図も同じだといわんばかりに、サザーランドはたっぷりと酒を注ぐと、クリスタルグラスの中身をふた口でぐっと飲み干した。

ボトルを彼女の方に傾けると、気のない様子で酒を勧めた。どうせいらないと答えると思っているからなのか、本当は勧めたくないのか、よくわからなかった。ニコルはかぶりを振ったが、そのせいで頭がくらくらした。

もしかしたら一杯もらうべきだったのかもしれない。急に疲労感に襲われ、体が冷たくなった。震えながらマントをかきあわせ、両腕で体を抱きしめた。

「寒いのか」彼はグラスを置いて、戸棚に歩いていった。

「そうみたい」ニコルは白状した。「すぐに体が冷えてしまうの」

あまりに日常的な会話だったのでニコルは現実に目が向き、これからのことを考えずにはいられなかった。明日について考えるのは、彼にかきたてられた官能の炎に水を浴びせるようなものだ。でも彼にキスをしてもらいたいのか、このまま倒れこんで眠りたいのか、ニコルはもうわからなくなっていた。

戸棚から振り返ると、サザーランドは毛布を彼女の方に放った。体がこわばっていたが、ニコルはそれをどうにか受け止めた。眉をひそめてサザーランドは彼女を眺めた。それからいかにもうんざりした様子で、毛布を彼女の手からとりあげた。一言も言わずに、湿ったマントを脱がせ、毛布でくるむ。まるで人形を着替えているかのようだった。

サザーランドはニコルの頭のてっぺんからつま先までじろじろ眺めていたが、足下で視線が止まった。「こういう馬鹿馬鹿しいことに首を突っ込んでしまった以上……」不機嫌そうにぶつぶつ言いながらかがんでひもをほどき、汚れたブーツを脱がせた。体を支えるためには両手を彼の広くひきしまった肩に置くしかなく、ニコルはその固くうねる筋肉に指を這わせたいという衝動をこらえた。

片方のブーツを脱がせると、サザーランドは目をすがめた。ブーツをランタンの光に掲げると、傷だらけの茶色の革がスポンジのように血をぐっしょり吸いこんでいるのがわかった。

「怪我をしているのか？」彼は怒鳴ってブーツを床に落とすと、もう片方を急いで脱がせはじめた。

「い、いいえ――それはわたしの血じゃないわ」どこで血がついたのか、そして無我夢中で走ったこと、ころんだことを思い返した。

驚いたようにサザーランドは眉をつりあげると、じっとニコルを見つめ、また作業に戻った。彼にソックスを脱がされ、かかとを船室の豪勢なラグに埋める。サザーランドは衣装だんすに歩いていき、厚手のウールのソックスを手に戻ってきた。ニコルは足が冷たいことに自分でも気づいていなかったが、ソックスを目にしたとたん、全身がそれを欲しているのを感じた。

サザーランドに手荒にはかせてもらうと、ニコルはうっとりと目を閉じた。

「とても気持ちがいいわ」そうささやいてからあわてて目を開け、自分のかすれた官能的な声に眉をひそめた。こんな声をいつから出すようになったのかしら？

船長は興味深げに彼女を眺めていたが、いきなり立ち上がった。そして、まるで説明する必要があるかのように口を開いた。「きみの足は氷のようだ」

ニコルはゆっくりとうなずいたが、とてつもない疲労にのみこまれそうだった。深呼吸をすると、頭が前のめりになる。まばたきするごとに、まぶたを開くのがつらくなっていく。あきらめたまなざしで、サザーランドは大きな手を彼女の腰のくびれにあて、ベッドの方に連れていこうとした。「おいで。疲れているんだろ」

「ああ。だめよ、そんなことできないわ」

ニコルが抵抗すると、彼は言った。「きみを傷つけるようなことはしないよ」

ニコルはじっとサザーランドの顔を見つめて、ベッドに入るわけにはいかないと伝えようとしたが、言葉が出てこなかった。脚が震えた。贅沢な学校生活で、すっかり軟弱になってしまったにちがいない。一秒後には脚がくずおれたからだ。自分の弱さに茫然としながら、ベッドに倒れこんだ。

「大丈夫か?」

「ええ。ただ疲れているだけ」ニコルはささやいた。

「夜が更けてくるから、少し休むといい。あとで、あの男たちの正体について話し合おう」サザーランドは言った。その声は威丈高でもやさしくもなく、彼はそっとニコルの肩をつかんでベッドに寝かしつけた。一度だけぎゅっと肩をつかんで、彼女に休息してもらいたいと思っていることを言葉に出さずに伝えると、ベッドから離れて洗面器に近づいていった。濡らした布を持って戻ってくると、ニコルの傷だらけの両手をふきはじめた。

ニコルは顔の汚れをふきとられながら、彼を見上げ、この人を信用できるのかしらと思った。しかし、そうする以外に選択肢はないし、文句は言えなかった。彼の顔はさまざまな感情があらわになっているにもかかわらず、大理石で作られているようによそよそしく近寄りがたかった。ニコルはいつのまにか眠りに落ちていき、サザーランドが信じられないようにこうつぶやく夢を見た。

「彼女の目はブルーだったのか」

デレクは思っていたほどボトルの酒を減らさずに、自分のベッドで寝ている娘を眺めていた。彼女との最初の夜がこんなふうになるとは、予想もしていなかった。たいていそそくさと女とベッドをともにし、さっさと帰らせたが、この娘は怯えていたし、まちがいなく傷ついていた。それでも、すっぱりあきらめて、ひと晩じゅうここで眠らせることにしたわけではなかった。

我ながら、いつものように利己的にふるまわず、思いやりのある行動をしたことが誇らしかった。娼婦にどうしてこんなに慈悲をかけたのかはわからなかった。たぶん酒が判断力に影響したにちがいない。この娘は怒りっぽくて無礼だし、彼は純粋に肉体以外には女性と関わりを持ちたくなかった。

まさにそのために、若い娼婦をかつぐという手間をかけて連れ帰ったのだ。それでなくても重い荷物を背負っているというのに。

さらに意外なことに、誰かを守りたいというまったくなじみのない思いも抱いていた。娘を追っていた二人を殺してやりたかった。彼女はけなげに戦ったのだろう。そのおかげでどうにか生き延びたのだ。いやはや、この癇癪持ちの娘は実際に誰かに血を流させたのだ。

この娘が戦士だという考えに、デレクは好奇心をそそられた。おそらく彼自身は戦わずして多くのものをあっさりと手放してしまったせいだろう。

だが奇妙なことに、彼女は娼婦のようにふるまわなかった。陳腐なあてこすりを口にしたり、年季の入ったすねた微笑を浮かべたりしなかった。キスをして、驚くほど激しく彼女をほしくなったのに、逃げだされてしまった。そのわずか数分後に、彼女は船室に引き返してきた。おかげで狼狽したデレクは思わず酒に手を伸ばした。おそらく十歳は年下のほっそりした娘が自分の船にいると思うと、落ち着かなくなった。

なぜ彼女が自分をたぶらかさなかったのか、理由がわからなかった。そうした手管なら、展開が読めただろう。なのにこの娘はただ首をかしげ、興味しんしんで彼を見つめると、その黒っぽい目に、いや青い目に、睫毛を伏せただけだった。そして顔面が蒼白になった。

彼女がくずおれたときは、安堵を覚えたほどだ。しかし、それはおかしな話だ。この奇妙な夜にひとつ確実にわかっていることは、そのほっそりした体に自分自身を埋めたいということだけだった。あばずれとして生きてきたこの娘が負った傷が和らぐまで、彼女の中に自分自身を埋めたかった。ああ、彼女はどんなふうに反応しただろう？

頭から強烈なイメージを消し去るために、グラスをぐっとあおった。このままでは、彼女はこのベッドでひと晩を過ごすことになるだろう。その考えに顔をしかめた。そんなことは、これまで一度もなかったことだ。

娘を揺すぶって起こそうとした。しかし、肩に触れるまえに手が止まった。何時間も死んだように横たわっている彼女の、シルクのような肌は睫毛の下の薄紫の隈《くま》以外、陶器のように白い。しかし、彼女を起こさなかったら、いったいわたしはどこで寝ればいいのだ？

数分のあいだ、デレクは娘を見下ろしていた。夜明けまで数時間いっしょに眠ってもかまわないだろう。それはそんなに悪いことではないはずだ、絶対に！

心を決めると、デレクはブーツと服を脱ぎ、彼女の横に滑りこんだ。ベッドの中で娘の体はかまどのように熱を発していた。そのそばで温もりを感じているのは心地よかった。腕が勝手な意思を持っているかのように娘のウエストに巻きつき、自分の方に引き寄せた。

彼女を守ろうとしているのだとデレクは気づいた。そのおかげで、たとえ数時間でも、彼は気分がよくなり、強くなった気がした。小柄な体をさらに引き寄せると、髪のやわらかな香りを吸いこんだ。

完全にとは――それは絶対にない――言えなかったが、デレクは満足した。さっき服を脱いだときに、一瞬、躊躇を感じたことを思い出すまでは。もちろん遠慮したわけではなく、自分が服を脱ぐと、この娘が不安になるのではないかとなぜか思ったのだ。もちろん、馬鹿馬鹿しい話だ。彼女はおそらくほとんどの夜を、何人もの異なる男たちとこういうふうに過ごしているのだろうから。

眠りに誘われる前に最後に頭に浮かんだのは、その事実がとても気に障るということだった。

やわらかな光が窓から射しこんできて、ニコルの顔を温めた。彼女は困惑しながら目を覚ました。すばやくまばたきすると、先端だけ金色の産毛が生えた日に灼けた腕が体に巻きついているのが見えた。

サザーランド船長がベッドでわたしを抱いている。

ゆっくりと頭をひねって彼の方を見た。二日前の夜のように不機嫌で退屈そうな表情は完全に消えてはいないものの、眠っていると顔つきは和らいでいた。ニコルの心は動かされた。さっき強烈に感じた肉体的欲求とはちがう引力だった。

目をそらすと、自分がすべての服を着ているかどうか確認した。シャツ、ズボン——目が丸くなり、頬がかっと火照った。サザーランドは彼女の背中に体を押しつけている。少なくとも、彼の体のとても固くなっている部分を。どうやらわたしは服を着ているが、彼は……束縛するものを一切身につけていないようだった。

サザーランド船長は、一糸まとわぬ姿でベッドの中でわたしを抱きしめている。

ニコルの頭の中で警報が鳴った。ゆうべはすっかり混乱していた。無事に生き延びられたことがうれしかったせいで、彼に迫られても歓迎したのだ。そうでしょう？　彼が目を覚まし、また胸に触れてきたら、どうしたらいいのかしら？　興奮している彼の裸の体のわきに横たえられたら？　自分の答えに茫然としながら、もはやこれ以上いっしょにはいられないと悟った。

それに、きっと父親がニコルを捜しているだろうし、たくさんの人間を怒鳴りつけ、娘を見かけなかったかと、問いつめているにちがいない。どうにかしてこの状況から逃げだし、自分の船に戻らなくてはならない。しかし、船長の腕をどかすことができなかった。絶対に放すまいとするかのように、彼女をしっかり引き寄せている。ニコルはゆっくりと自分の体から彼の腕をはがしていった。腕をそっとベッドに下ろすまで、息をすることもできなかった。

ほっとして笑みをもらしたとき、眠っているサザーランドの低くかすれた声がして飛び上がりそうになった。夢を見ながら何かつぶやいているのだ。永遠にも感じられるほど長い時間が経ったあとで彼の息づかいはふたたび深くなり、ニコルは思い切って床に下りた。

歩くと全身がこわばりぎくしゃくしていたが、ようやくソックスを発見した。まだ濡れていたので、借りたぶかぶかのソックスのまま、ひもを結ばずにブーツをはいた。

身支度を調えると、おぼつかない足どりでサザーランドに背を向けた。彼の隣にもぐりこみ、また温かい腕で抱きしめてほしいという衝動に背を向けたのだ。

ドアのところに行く前に、机に視線を向けた。航路の計算。このままあれを放置していくの? ゆうべサザーランドはしようと思えばわたしに好きなことができたのに、傷つけようとはしなかった。それどころか、命を救ってくれたのだ。

すばやく机に走り寄り、もう一度数字にざっと目を通した。短時間で作業を終えると、ニコルは彼の船室を出て、好奇心をむきだしにしたクルーたちの目の前を通り過ぎた。

〈サザンクロス〉号を降りたとたん、父親の捜索隊の一人が彼女を見つけた。彼女をひきずるようにして立ち去りながら、彼らはすぐにでもけんかを始めそうな勢いで、〈サザンクロス〉号のクルーたちに攻撃的な言葉を吐き、侮辱的な仕草をしてみせた。三十分もしないうちに、捜索隊は前夜に泊まった場所の説明ともども、ニコルを父親のところに送り届けた。

父は激怒していた。顔には出していなかったが、それはクルーも同じだった。

父親は詮索好きなクルーたちを海図室からようやく追いだすと、とりあえず癇癪を抑えて娘に目をやった。「疲れているのはわかっている」娘の憔悴しきった顔に眉をひそめながら、口を開いた。「しかし、ゆうべいったい何が起きたのか、知っておく必要がある」

「とても疲れているの――」

「だめだ、誰がこんな真似をしたのか、おまえが休む前に知っておかなくてはならない」

ニコルはため息をついたが、かすかに焦げたコーヒーの強い匂いが漂っていることに気づき、態度を和らげた。父たちはひと晩じゅう起きて、わたしを捜していたのだ。説明は二人組に襲撃されたことだけにしようとした。しかし、サザーランドの話題から父の気をそらすことはできなかった。

大柄で騒々しい、第二の父親のようなアイルランド人、チャンシーがずかずかと船室に入ってきたので、ニコルは刑の執行猶予を期待した。すがりつくような視線をチャンシーに向けると、彼ははからずも父に劣らず威圧的に、船長の後ろの椅子に巨体をどっかりすえた。追いつめられ、苦境に立たされたニコルは、どうしてもサザーランドの助けが必要だったと説明することにした。彼がいなかったら、今朝はここに生きていなかっただろう、しかも、サザーランドはいかなる意味でも彼女の名誉を汚すことはしなかった、と。しかし父は娘がひと晩じゅうサザーランドの船で過ごしたという事実だけを気にかけているようだった。父が船室を歩き回りながら、拳を握りしめるたびに、ニコルはたじろいだ。

「なんてことだ。あいつの船に行くなんて、何を考えていたんだ?」父はまた問いつめた。

その件でもう話すべきことはないと応じたら、父はどうするだろう。ニコルは正直に答えた。「あの二人に追いつかれるんじゃないかと怯えていたのよ。サザーランドといっしょなら安全だと思ったの」

「ああいう男といっしょだと安全じゃない理由なら、すぐにひとつは考えつくよ」父はつぶやくように言うと、チャンシーに目配せした。彼は太い腕を胸の前で組み、同意のしるしにうなり声をあげた。

「しかし、その二人組の手口を考えると、そうした方がよかったんだろうな。それにしても、あいつがどうしておまえを助けたのか、不思議だよ。あの男は堕落した人間だ。絶対に輝く鎧をまとった騎士なんかじゃない」

「充分わかってるし、二度と同じ過ちはおかさないわ」ニコルは約束した。その言葉にはいらだちと怒りがにじんでいた。

「ひと晩あいつと過ごしたとは信じられないよ」父親はひとりごちてから、娘の方を向いた。「本当に何もされなかったんだろうな?」

信じられない。ニコルは父をにらみつけた。「お父さん、もう一度最後に言っておくけど、わたしは何もされなかったし、サザーランドはわたしを傷つけるようなことはしなかった」父がなおも何か言いたそうに見えたので、こうたずねた。「それよりも知りたいのは、ゆうべ、あの連中が船を破壊しようとしていたってことは……今度はわたしたちが狙われているの?」

父はこのまま話題を変えるべきかどうか迷っているように、口ごもった。それから重々しくうなずいた。

「そいつらはおまえが現れるまで、〈ベラ・ニコラ〉号を破壊しようとしていたんだろう。しかし、その二人は誰かに指示された下っ端でしかない」

父は椅子の端に腰をおろしたが、落ち着かない様子だった。

「おれがゆうべ会ったスパイは名前を教えようとしなかったが、首謀者は大物だとにおわせていた。おそらく貴族だろう。それに、おれが第一の標的だということも断言した。チャンシーとおれは容疑者をひと握りにまで絞ったんだが、まさかこんな暴力をふるってくるとはまったく予想していなかった」

ふと思いついてニコルは質問した。「船にいた見張りはどうなったの？」

「のされていた。信じられないかもしれないが、彼らの方がおまえよりも手ひどくやられたようだ」父は椅子からさっと立ち上がり、また行ったり来たりしはじめた。「こんなことになって、申し訳なく思っているらしい」

ニコルは物思いに沈みながら、ぼんやりうなずいた。

「ニコル、サザーランドのことを考えているんじゃないだろうな？」

ニコルはさっと顔を上げたが、罪悪感でかっと頬が熱くなった。

父はドスンと椅子に腰をおろし、口を開きかけ、言葉をのみこんだ。片手で顔をなでると、とぎれとぎれに説明を始めた。

「サザーランドはたちの悪い人間なんだ。おまえが怯えたのも無理はない。ひどい一夜を過ごしたんだろう。しかし、今後はああいう男には近づかないようにしなくてはならない。もう小さな女の子じゃないんだからな」

「もちろんよ、お父さん」

父は深呼吸をすると、立ち上がって娘に近づいた。片手をニコルの頭にのせ、動揺を隠しきれない声で言った。「さあ、寝た方がいい。チャンシーをはじめ、クルーの半分におまえの船室を警護させている。だから、あの連中が戻ってくることを心配する必要はない」

誰があのごろつきを雇ったのか、はっきりした手がかりがない以上、父はすぐにでもサザーランドのところに行き、決着をつけようとするにちがいない。ニコルは立ち上がると父に向き直り、懸念を目に浮かべまいとした。「彼に何をするつもりなの？」

父はニコルが言っている意味がわからないふりをしたが、彼女が眉をひそめて見上げると、表情が変わり、やさしく娘に笑いかけた。「ニック、ただ話をして、おまえのような若い女性を船に連れていくべきじゃないことをはっきりわかってもらうだけだよ」その微笑はたちまちかき消えた。「それから、またおまえに近づいたら……報復があるってことをね」

父があたふたと船室を出ていくと、いま言われたことを考えた。彼女は馬鹿ではなかった。父がサザーランドと〝話をする〟というのは殴打の合間に相手を侮辱するという意味なのだ。父は怒りっぽい人間だった。サザーランドが父を傷つけるのではないかと心配だし、認めたくはないけれど、ゆうべ命を救ってくれた彼にも傷ついてほしくなかった。もっとも父親には気の毒だが、サザーランドが負ける可能性はあまり考えられなかった。

チャンシーに顔をのぞきこまれ、大丈夫なのかとあれこれたずねられたので、気が休まらない一日になりそうだわ、とニコルは思った。チャンシーは心から心配しているらしく、なめし革のような顔に深い皺を刻んでいるので、安心させるようににっこりしてみせた。もっともそれが無理やり浮かべた笑みだと彼にはわかっていただろう。ニコルは不安のあまり神経がピリピリしていて、父が戻ってくるまで気が安まりそうになかった。ぼんやりと成り行きを想像した——そのとき、チャンシーがブーツの中からはみでた大きなソックスをじっと見つめていることに気づいた。

「なんてことだ、ニック！　そいつは誰のソックスなんだ？」

5

デレクはこれまで何百回となくそうしてきたように〈マーメイド〉の店内に入ると、バーに向かった。

女性バーテンダーは何にするかとたずねるまでもなかった。

「あら、お元気、お兄さん？」これみよがしにウィンクすると、マグとコルク栓をしたウィスキーのボトルを目の前に置いた。二度と会わないにちがいない女が好みの酒まで承知しているばかりか、彼が倒れそうなほど酔っ払っていることをやすやすと見抜いたことに、いっそういらだちが募ってきたがなんとか抑えつけた。

肩越しに振り返ってにぎやかな店内を見回してみる。この四年間、航海に出ていないとき、デレクはいつもどうすることもできない運命を罵りながら、こうした埠頭の安酒場にたどり着いた。

そっけない笑みを女性バーテンダーに向けながら、硬貨をたたきつけるように置く。鈍く光っているボトルとマグをつかむと、人混みをかきわけて進んでいった。いつものように、デレクは入り口が見える隅のテーブルを見つけ、グラスに酒を注いだ。またもや、あの娼婦のことを考えた。

今朝、何かがおかしいという気がして、目覚めた。二日酔いで、すでに日が昇っていて、ベッドで一人――何もかもがいつもどおりだった。そのとき昨夜のできごとがぼうっとした頭に一挙に甦った。

あの娘とひと晩、いっしょに眠ったのだ。それはまちがいなかった。目が覚めたときに甘い残り香がしたし、枕に彼女の頭がつけたへこみが残っていた。しかし、娘は姿を消してしまった。きっと、追い払う手間がかからずにすんで喜ぶべきなのだろう。

水夫の一団が娘を連れ戻しに来たとき、デレクのクルーのほとんどが甲板にいた。デレクのクルーの何人かはラシターの船のクルーの顔を知っていた。ラシターが彼女の行方を捜すように命じたなら、やりすぎだろう。だいたい、船を出ていく前にひとことくらい挨拶があってもいいはずだ。自分もしょっちゅう同じことをしているとはいえ、あまり気分はよくなかった。

もちろん、また彼女をベッドに誘うつもりだ。結局、昨日の追手のことはわからないままだが、彼女が嘘をついていただけかもしれない。そう考えると、腹立たしかった。だから、あの娘を自分のものにするまでは、嘘かどうかは考えないでおくことにした。それより、彼女を傷つけようとしたのは何者なのか。

それに、ラシターとはどういう関係があるのか？

もっと悪いのは、彼女をどうやって見つけたらいいのかわからないことだ。今夜ここに戻ってきてくれたらいいのだが。

デレクは飲み物に目を落とし、首を振った。説明のつかないことがひとつあった。彼女にまつわる疑問はたくさんあるが、何よりも彼をとまどわせたのは——目覚めてみると、デレクの航路計算がバツで消されて、彼女の計算と置き換えられていた。正しい計算と。残されていた優雅な女性らしい筆跡と、ゆうべ彼女に見下した口をきいたことを思い出して、顔をしかめた。どうやって彼女は航海術を学んだのだろう？　航海術は船長だけの貴重な知識なのだ。クルーが船長に頼らなくなったら、反乱を起こして船長を殺してしまいかねない。この特別な技術を知っていることは権力を意味した。だから当然、デレクはこれまで航海術を習得した女性になど会ったことがなかった。

その疑問について考えながら、ボトルからおかわりをたっぷり注いだ。彼女が戻ってくるまでここで待っていよう。せいぜいそのぐらいしかいい手を思いつけなかった。夜が更けて一本のボトルが二本になるにつれ、周囲の顔は次々に変わり、しまいには何もかもごたまぜになってしまった。

まさか〈マーメイド〉の客の中に兄はいないだろうというグラント・サザーランドの期待は、隅のテーブルにデレクが腰をすえているのを見たとたんに潰《つい》えた。むこうもすぐに弟を見つけてにらみつけてきた。グラントは娼婦たちをかきわけながら、二人の女につねられて目を丸くしつつも、どうにか兄のところまでたどり着いた。

「兄さんがここにいないことを祈ってたんだ」

「こちらも同じだ」

グラントは皮肉っぽい笑みを兄に向けた。

「ここまで来たくはなかったんだけど、ちょっと問題が起きて」

「自分で対処したまえ」デレクはグラントに目を向けずにグラスをあおった。「いつもそうしているだろ」

「今回ばかりは無理だ。ぼくとは関係のないことなんだ」

デレクは驚きをあらわにして弟の方を向いた。「わたしに関係のあることはおまえにも関係があるんだ。おまえは地所を管理している。ペレグリン海運の権利の半分を所有していて――」

「リディアが兄さんを捜している」

デレクはマグを置いた。グラントはコーヒーを飲みながら兄に話をしたかった。こんな安酒場の喧噪の中で伝えるのではなく。

「彼女は何を求めているんだ？」

「彼女は――」そのとき、一人の男が隣のテーブルの上に投げ飛ばされた。ビールがばしゃんと盛大にはね、あわやグラントにかかりそうになった。「もうたくさんだ」デレクの腕をつかみ、ひっぱった。「この件は帰り道で話し合おう」

デレクは弟の手を払いのけた。「帰るつもりはない」

「どうして？　これ以上自分の身をおとしめようっていうのかい？」

「捜しているんだ……ある女性を」

グラントはうんざりしたように嘆息した。「こんなことを言いたくないけど」――酒場をぐるっと見回す。「清潔な店とはいえないが、ここにいろいろいる女性の中から見つけられなかったのかい？」

「ああ、彼女はまだここに来ていないんだ」

グラントはまた椅子にすわった。「彼女というのは何者なんです？」

「赤毛。美人」

「あるいは、酒のせいでそう思っているだけか」グラントはころがっている空ボトルを片手ではたき、テーブルの上でくるくる回転させた。

デレクはかぶりを振った。「わたしはしらふだ」

「兄さんにしらふなときがあるとは知らなかった」不機嫌そうなデレクに言った。「まあ、少なくとも今はしらふじゃないよ。もう一度その娘を見つけたらどうするつもりなんだ？　酔いつぶすのかい？」

デレクは喉の奥でくぐもった笑いをもらした。「わたしは大丈夫だ」

「じゃあ、立ってくれ」

「わたしは絶対――」

「せいぜいぼくの機嫌をとっておいた方がいいよ」これまで、兄の地所の管理と投資をすべて肩代わりしているという事実を、グラントはめったに持ちださなかった。だがこれからはちがう。グラントは兄に鋭い視線を向けた。「兄さんにはそれぐらいしかできないんだから」

デレクは罵りながら立ち上がった。そしてふらついた。

グラントは聞こえよがしにため息をついた。兄のように大きな男は酔っ払うと厄介だ。断りもなくグラントはデレクの肩をつかむと、押したり支えたりしながら、酒場から連れだし、貸し馬車に押しこんだ。

「いっしょに出てきてやったんだから、リディアが何を求めているのか話してくれ」馬がひづめの音を立てて走りだすと、デレクは言った。

「金だ」

グラントは自分の決意をデレクに話したかった——いや、話さねばならなかった。兄の地所に縛りつけられていることに飽き飽きしたと伝えねばならない。兄がすべてを失わないように目を配っているあいだに、グラントは五年間をむだに過ごしてしまったのだ。

もううんざりだった。

しかし目の前の兄は憔悴してうちひしがれ、見たこともないほどひどい状態だった。まったく、こんな兄を見たくなかった。弱っている相手に追い打ちをかけるのは、性に合わない。とはいえ、兄が落ちこんでいないときがあっただろうか?

サザーランド家のタウンハウスに到着すると、グラントはなおも「まったく酔ってない」と主張しているデレクに手を貸して部屋まで連れていった。グラントは戸口に立ち、デレクがブーツを脱ごうと格闘している様子をおもしろがると同時に眉をひそめて見守った。ようやくデレクがベッドの上に横になると、毛布を見つけてきて放ってやった。

「おやすみ、兄さん。朝になったらこの件について相談しよう」

グラントがドアを閉めようとしたとき、デレクがこうつぶやくのが聞こえた。

「ありがとう。助けてくれて」

「いつでもどうぞ」

そう言ったものの、もはやそれは真実とは言えなかった。


デレクは夜中に目を覚ました。頭がずきずき痛み、壁の時計のカチコチという音にあわせて疼いているかのようだ。時計に目を凝らす。深夜の三時。二日酔いで、まだ夜明けにもなっていない。

ゆっくりと体を起こし、よろよろと洗面器に近づいた。冷たい水を顔にかけても、頭痛はおさまらなかった。デレクはひとつだけ頭痛が治る方法を知っていた。そこで書斎に向かい酒のボトルを見つけたが、ためらった。グラントが起こしに来たとき、たったひと晩ですら酒なしで過ごせなかったことを知られたくない。グラントにあんなふうに〈マーメイド〉からひきずられるようにして連れ帰られたあとではなおさらだ。

とはいえ、ここにはいたくなかった。船を降りると、よく眠れないからだ。実を言うと、船でもよく眠れなかった。でも、ゆうべはちがった。彼は目を大きく見開いた。船に戻って眠ろう。途中で〈マーメイド〉に寄って、あの娘がいないかのぞいてから、帰り道で飲む酒を仕入れる。ああ、また船でいっしょに眠ってもらうためだけに、あの娘に金を支払ってもいい。

計画が決まると、急に動いたり、深くかがみこんだりしないように注意しながら身支度を調えた。玄関ドアから出たとき、ゆうべはどんなに楽しかったかを思い出して、足どりが軽くなった。

しかし、心の奥ではまた酒場に戻ることの愚かさを感じてもいた。酒を手に入れる口実にあの娘を使うこと、あるいは、娘を手に入れるための口実として酒を使うことの愚かさを。なんとなく悪いことが起こる予感もした。今夜はこれ以上ましなことは起こらないとわかっていながらも、デレクは歩き続けた。

いまいましいことに、やはり今夜はましなことは起こらなかった。

悪い予感が的中し、「おまえを殺してやる、サザーランド」とわめきながら、ジェイソン・ラシターが突進してきたのだ。デレクはくるりと振り向いた拍子によろけたおかげで、ラシターの大きな拳をうまくかわすことができた。

ラシターに不意を突かれるとは！

相手が雄叫びをあげてまた拳を振り上げてきたので、デレクは顎をそらしてかろうじて攻撃をかわした。

ラシターがデレクの外套をつかむと、〈マーメイド〉の客たちはあとずさった。

「あいつを泊めるとは、何を考えているんだ？」

やはり、あの娘のことなんだ。

「そんなことをすればおれに殺されかねないとわかっていたくせに！」

われわれには戦う口実は必要じゃないんだ。

ラシターが突進してきたので、デレクはすばやく横によけた。荒っぽいけんかをしたがっているなら、望むところだ。デレクは腕を振り、ラシターが振り向く前に肝臓のあたりにパンチをお見舞いした。

ラシターがあの娘と少なからず関係があると知って、デレクは拳を握りしめた。ラシターの顔つきからして、心からあの娘を気にかけているようだ。デレクは怒りがわきあがった。数ある男の中から情夫を選べただろうに、よりによってなぜラシターを？　デレクは相手を挑発して、とことん戦ってやると決意した。

ラシターが振り向くと、デレクは言った。

「彼女が何者か知らないが、わざわざここまで来るほどの女じゃないだろうに」

ラシターの顔が憤怒にゆがんだ。「おまえを八つ裂きにしてやる！」

「お手並み拝見といこう」

ラシターがまた飛びかかってくると、デレクは首をひっこめて、ジャブをくりだし、ラシターの胸に強烈な一発をお見舞いした。

ラシターは両手でさっと胸をかばい、ゼイゼイと苦しそうな息づかいになったが、これほどの大男だと、そう簡単に降参しないだろう。

そもそも、けんかなどするべきではなかった。デレクはこんなに腹を立てている相手と戦ったことがなかった。デレクにとってはどうでもよかったが、激しい怒りがラシターにさらに力を与え、痛みを鈍らせるのだろう。いい戦いになりそうだ。デレクは歓迎した。それだけで戦う価値があった。

ラシターは痛みを追いやるかのようにぶるっと頭を振り、またもや拳をふりかざした。デレクは二人の周囲で狂乱してわめいている客たちを無視して、ラシターの大きくふりかぶった拳をよけることに精神を集中した。それは二度成功した。だが、三度目に拳は顔面に命中した。デレクは頰を伝わる血の筋に指先で触れた。

そしてにやりとした。

賭け金が飛び交い、長年ライヴァル同士だった船長たちがついに決着をつけるというので、全員が熱狂してはやしたてた。

「冗談でしょ！」ニコルは叫んで、突っ伏してうたた寝していた机から、はじかれたように飛び起きた。すっかり目が覚めていた。「どういう意味？　お父さんが留置場に入っているって」

「ぶちこまれたんだ」チャンシーがさらに説明した。「あんたを起こしたくなかったけど、船長の貴重品入れにゃ、保釈金を払うだけの金がなくてな」彼は眉をひそめた。「金がまるっきりねえんだよ」

ニコルは首を振った。「わたしはここへの旅でお金を使い果たしてしまったわ。でも、何か売ってお金を作れると思う」彼女は期待をこめてつけ加えた。

「それにゃ、時間がかかる。船長がどうしてえのか、聞きに行ってくるよ」

「わたしもいっしょに行くわ」

チャンシーはじっと彼女を見つめ、その決心を翻せないことを悟った。しぶしぶ彼は言った。「船長に会いたいなら、服を着て、上甲板に来てくれ」

彼が背を向けかけると、ニコルはその腕をつかんだ。

「お父さんは怪我をしているの？」

「すぐに治る怪我ばっかだ。さあ、支度して」

衣服箱に飛んでいくと、ニコルは適当に服をとりだした。手早く髪をまとめながら、チャンシーのいる甲板に上がっていく。

けんかがあったにちがいない。サザーランドが挑発されて父親に怪我を負わせたのではないかと不安だった。すべてわたしのせいだ。

留置場はどういうところなのか、ニコルには想像もできなかった。

まだショックから抜けきらないまま、ニコルはぼんやりとチャンシーのあとについて月が消えかけている夜の中に歩を進めた。二人は早足で歩き、まもなく地元の警察に到着した。

かしいだ両開きのドアから中に足を踏み入れたとき、ちょうど太陽が昇りはじめた。

ニコルが想像していたように、内部は薄暗くて蜘蛛の巣だらけということはなかった。ほっと胸をなでおろす。実際、外側の赤褐色の鎧戸が開かれていると太陽の光がそこそこ入ってきて、夜明けの光が空中の細かいほこりを浮かび上がらせている。木の床はでこぼこしているが、清潔だった。それでも、ここが田舎の邸宅なら気にしなかっただろうが、父がここに閉じこめられていると思うと気が滅入った。

ニコルは背筋を伸ばして胸を張り、明るい態度をつくろうと、父に会う心の準備をした。だが角を曲がったとたん、顔が暗くなった。

目の前にいたのは、父ではなくサザーランドだった。


「告発をお望みですか、閣下?」

デレクは心を決めかねていた。心のどこかではあのけんかにはもっともな理由があったと信じていた。自分が爵位があるという理由だけで釈放されるのなら、ラシターも自由の身になるべきだ。

そのとき、どんなふうにこの場所にたどり着いたかを思い出した。夜回りの警官たちがとうとう二人を引き離し、酒場からひきずりだすと、デレクは言った。

「今すぐわたしを釈放した方が身のためだぞ。わたしはスタンホープ伯爵だ」

警官たちは目を丸くし用心深く彼を見つめた。それまで二人の囚人をかなり手荒に扱っていたからだ。

「そのとおりだ」ラシターが口をはさんだので、デレクは驚いたが、彼はこう続けた。「それから、おれは合衆国の大統領だ」

デレクはラシターを無視して、そばにいた警官に言った。

「わたしの名はデレク・サザーランド、スタンホープ六代目伯爵だ。わたしを監獄にぶちこんだら、どうなるかはわかるだろう」

「おまえがまた〝伯爵〟の演技をしているとは信じられないよ」

デレクはラシターににやりと笑い返しただけだった。

「あんたが巡査の相手をしているあいだ、わたしは共通の友人であるあの娘に会いに行ってきた方がいいかもしれない」

たちまちラシターは口を閉じ、デレクが本当に伯爵だと関係者全員が納得するまで黙りこくっていた。急に警官たちは酒場を破壊した件については興味をなくし、アメリカ人が英国の貴族を襲ったことに憤慨しはじめた。

そして今、巡査はデレクに決断を下させようとしている。デレクはこのろくでなしを懲らしめたかったが……。

待合室から聞こえた声に、デレクはゆっくりと振り向いた。その仕草はかなり痛みをともなった。けんかの原因となった女性が建物に入ってきて、そのあとに馬鹿でかい男が続いているのを、信じられない思いで見つめる。

頭のてっぺんでざっとまとめた彼女の髪はほどけかけていて、頬はピンクに染まっている。あきらかにあわてて服を着てここに駆けつけてきたのだ。この女性はベッドで目覚めたときに美しく見えるタイプだ、とデレクは場違いなことを考えていた。

彼女は巡査のかたわらにデレクが立っているのを見て、はっと息を吸いこんだが、かすかなためらい以外に、彼を認めたそぶりは一切見せなかった。彼女はいっしょに来た男にうなずきかけて後ろに控えさせると、デレクのいる独房の前をさっさと通り過ぎてラシターのところに行った。彼女に拒絶されたことは、その晩受けた殴打よりも、はるかにこたえた。あの娘の頭の中では、デレクは一顧だに値しないのだ。命を救ってやったというのに。

あのアメリカ人のろくでなしのどこがいいのだろう？　女たちはいまいましいアメリカ人をなかなか魅力的だと思うのだろうが、あの男は彼女の父親と言ってもいいくらいの年だ。しかし正直なところ、ああいう女性がデレクにどんな魅力を見いだすのかも疑問だった。彼は多くの女性を怖がらせた。意図してのことではない。大きな体のせいもあるだろうが、おそらく彼の態度や評判のせいなのだろう。

しかし、あの娘はゆうべわたしを怖がっていなかった。

デレクは巡査とその背後に控えている大男を無視して身じろぎもせずに立ち、彼女が広い廊下を歩いていくのを凝視した。ほっそりした後ろ姿が、ヒールを軽やかに鳴らして歩いていき、視界から消えた。そのとき、彼女が息をのむのがわかった。たぶん、ラシターの顔にある傷跡をすべて目にしたのだろう。

このわたしの痛みをわかちあってくれる女性がいたら、どんなふうだろう？　彼が傷ついたら、一緒に傷つくような人がいてくれたら。夜明けに、留置場に駆けつけてくるほど心配してくれる女性がいてくれたら。自分の人生には重大なものが欠けているとずっと気づいていたが、この寒い独房に立っていると、別の独房にいるろくでなしほど顔が痛めつけられていなくても、その欠落が痛いほど身にしみた。

あの娘が椅子を動かしたらしく、床をこする低い音が聞こえた。一歩下がると、彼女がラシターの独房の前にすわっているのが見えた。背後の巨漢はデレクの様子に気づいたようで、うなり声を発したが、デレクは彼女を観察し続けた。彼女がすでにラシターを選んだとわかっていても、その繊細で断固とした仕草に魅了されていた。彼女は愛人に気をとられていたので、独房にいるデレクは目に入らず、見つめられていることにも気づいていないようだった。

両手を目にあてがったので、デレクは彼女が泣きだすのではないかと心配になった。女性の涙に心を動かされるような男ではなく、母親の涙に動揺したことは一度もないし、リディアが最後に金の無心に来たときの涙も同様だった。しかし、今朝はここであの娘が泣いたら、どうしたらいいかわからなくなりそうだ。

ありがたいことに、彼女は泣かなかった。小さな手を膝に戻すと、指を組み、悲しげにため息をついた。「ああ、お父さん」

お父さん？

自分が初めて何かを感じた女性は……ラシターの娘だったのだ。

まったく、なんてことだ。

残念ながら、それだと筋が通った。あれ以来彼女を〈マーメイド〉で見つけることができなかったし、あの晩だって娼婦のように見えなかったし、そうふるまってもいなかった。たしかに、才能ある高級娼婦のようにキスしたし、ふしだらな女のように反応した。しかし、物腰もアクセントも娼婦とは大ちがいだった。彼女が娼婦ではなくて喜ぶべきなのか、ラシターの娘だと知ってがっかりするべきなのか、よくわからないが。

「保釈を申請して、今日じゅうにここから出してもらうわね」彼女は自信に満ちた声で父親に言っていた。

「金をどうやって集めるんだ？」ラシターが重い口調でたずねる。

彼女は答えなかった。ただ天井を見つめ、それから壁を見て、デレクを通り越して戸口の方へ目を向けてから、また天井を仰いだ。

そしてふいにラシターがはっとした顔になって、叫んだ。

「ああ、だめだ、ニコル。それは禁じる！　そんなことをおれのためにさせるわけにはいかない。あの女に金を出してもらうぐらいなら、ここで朽ち果てた方がましだ。あの女のところに行ったら、借りを作ることになって、いいようにされるぞ」

ニコルというのが彼女の本名なのか？　クリスチナではないとは思っていたが。

「お父さん、それしか方法はないのよ。レースは四日後、いえ、もう三日後だわ」

「だめだ！　話はおしまいだ。一度でいいから、おれの言うとおりにするんだ。ああ、なんてことだ。こっちに帰ってきたときは、そんなことをする気はさらさらなかっただろ？」

ニコルは深々と息を吸いこむと、残念そうな口調で言った。

「ええ。でも、望むものが常に手に入るとは限らないと、運命が教えてくれているんだと思うわ」

ラシターは黙りこんだ。それから言った。

「どうあっても、あの女の恩義を受けるつもりはない」

ニコルは父親の言葉が耳に入らなかったかのように言った。

「早く行けば、それだけ早くお父さんをここから出せるわ」彼女は落ち着き払って立ち上がって帰ろうとする。ラシターは息せききって数えきれないほどの命令を叫んだが無視された。歩み去りながらニコルが肩越しに「ああ、静かにして、お父さん！　わたしはもう決心したのよ」と言うのを聞いて、デレクは口元をゆるめた。

デレクに近づくと、ニコルは足を止めて彼を見上げたが、その顔は沈鬱だった。おそらくすべて彼のせいだと思っているのだろう。デレクは罪悪感に胸をしめつけられた。彼女が現れなかったら、ラシターを告発していたからだ。

「なあ聞いてくれ、わたしならきみを助けられる」デレクはラシターに聞こえるのもかまわずに言った。

ラシターがほえる。「黙れ、サザーランド」

「地獄に落ちろ、ラシター」デレクは怒鳴ってから、娘の答えを聞くために振り向いた。

「まだ懲りないの？」

ニコルはたずねると、悲しげな目をして立ち去ろうとした。デレクは彼女のすぐ後ろにいたが、待っていた巨漢がデレクの正面に立ちふさがった。

「またけんか騒ぎを起こしたいんじゃなければ、やめとくんだな」

巨漢は警告すると、ドアから出ていった。


雨が降っていた。凍りつきそうなほど冷たく、しとしと降る雨のせいで、このぞっとする土地に最後に滞在したときの記憶がよみがえる。ニコルは五歳だった。父親は破産し、母親は亡くなった。母ローレル・ラシターが息をひきとった南アメリカの港からロンドンまで、父はどうにかたどり着いた。義理の母に娘が亡くなったことを直接伝えたかったのだ。

ローレルの死を知って一週間後、義母の侯爵未亡人は相変わらず険悪な様子で部屋から現れた。ブロンドの白髪交じりの髪は完璧に整えられ、背筋はピンと伸ばされていた。ただ彼女は年齢よりもずっとずっと年老いて見え、服装は黒ずくめだった。父と話をするあいだ、外で遊んでおいでとニコルは追い出された。しかし寒くてたまらず、手足が凍えてきたので、また屋敷にそっと忍びこんだのだ。二人が自分について話している声が聞こえたので、居間に通じるドアの外で立ち止まり、中をのぞきこんだ。

「あの娘は絶対に結婚できませんよ」祖母が予言していた。気の毒な父親に向けられた不気味なほど黒くて冷たい目には、嫌悪感がありありと浮かんでいた。父親は祖母の前で黙りこくっている。

「ニコルをあの汚らしい水夫たちといっしょに呪われた船にまた乗せるなら、あの子が夫を、身分にふさわしい夫を見つける年頃になったときには、評判はずたずたになっていて、貴族は誰一人として結婚したがらないでしょう。それは保証するわ。すでに野生児になりかかっていることは言うまでもありません」

父は反論したいようだった――ニコルは反論してほしいと思ったのを覚えている――しかし、ぐっとこらえて深く息を吸いこんだ。

「まだ手放すわけにはいきません」感情を押し殺した声で父は言った。「ローレルがわたしに遺してくれたのはあの子だけなんです。そばに置いておかなくてはならない」

「相変わらず身勝手ね」二人は暖炉の上のローレルの肖像画に目を向けた。ローレルは愛らしいブロンドの若い女性だった。絵の中の彼女は永遠に楽しげに見えた。たった今、おもしろいことを言われて、今にも軽やかな笑い声をあげそうだ。腕のいい画家はその幸福感を見事にとらえていた……そして彼女の頑固さをうかがわせる部分も。

「どうしてこのすべてをあの子はあきらめたのかしら」侯爵未亡人は豪奢なロンドンの屋敷を示すように片手を振った。「わたしには永遠に理解できないわ」それからひとりごとのように、低い声でつぶやいた。「脅しても、懇願しても……いったんあの子があなたといっしょになると決めたら、何を言ってもむだだった」

凝ったデザインの昼間用ドレスを着た侯爵未亡人は立ち上がり、窓辺に歩み寄った。一歩ごとに贅沢なサテンのドレスがくぐもった衣擦れの音を立てる。父に向き直ると、侯爵未亡人は非難の言葉を投げつけた。

「英国にとどまることはあなたにとって不都合だから、わたしの哀れな娘を世界じゅう連れ回したんでしょ、自分の思いのままに」

ニコルは魅入られたように見つめていた。淡い日差しが祖母のつけている宝石に反射して、壁紙に小さなまばゆい七色の虹を浮かび上がらせている。

「そしてあの子は……逝ってしまった。ローレルはあなたの言いなりだった」祖母は派手な装飾をほどこした机に戻っていった。動作はゆっくりで、威厳が備わっていた。

「馬鹿な。彼女がわたしといっしょに航海することを愛していたのはご存じでしょう」父はしゃがれた声で言い返した。「彼女はあの興奮を心から求めていたし、二人がともにした生活を一度も後悔しなかった……死の床でも」

祖母は意地悪く目を細めた。

「同じことが孫娘に起こらないと確信できるの？　あの子が死んだりしたら――」

父は椅子からさっと立ち上がると、侯爵未亡人の机にのしかかるように身をのりだした。大きな両手はぎゅっと握りしめられている。「娘に何か起きることは絶対にありません。おわかりですね？　あの子は強い子どもで、海で育った。わたしは絶対に娘を守り通します」

「あなたが守れると考えていることはわかるわ」侯爵未亡人は父を見上げたが、相手の威嚇的な態度にこれっぽっちもひるむ様子はなかった。「だけど、ニコルが九十歳まで生きても」と祖母は続けた。「ずっと独身のままでしょうね。わたしがローレルの遺産を譲る前に、あの子は貴族と結婚しなくてはならないのよ。そして爵位のある男性は女性の船乗りとは結婚しないわ。となると、ローレルの遺産はあきらめて、あなたは自分のようなくだらないアメリカ人とあの子を結婚させるつもりなのかしらね？　あの子は女の子というより男の子よ。優雅さのかけらもなく、まともな夫を惹きつける魅力も持参金もない」

その考えにぞっとすると言わんばかりに頭を振った。

「太陽と風に肌と手をだいなしにされて、適齢期を迎える前に老けてしまうでしょう。社交界がそういう娘に対してやさしいとでも!?」祖母は叫んで手のひらで机をたたいた。太い指輪がカタカタ鳴った。「あなたが今正しいことをしなければ、ニコルは孤独な人生を送ることになるでしょう」

「わたしに何をしろとおっしゃるんですか？」父は片腕をぐるっと振った。「あの子を手放すことはできない。それで、あなたは何を提案するんです？」

祖母はゆっくりと身をのりだすと、黒い目で射貫くように父を見つめた。

「十二歳の誕生日に、あの子をわたしのところに連れてくるように。一日たりとも遅れずにね。大人の女性になる前に、連れて来なくてはならないわ。あなたと――」冷笑を浮かべながら祖母は父を見すえた。「あなたの退廃的な生活があの子に及ぼした影響を消し去る時間が必要だから。あの子には貴族として生得の権利を保証し、それにふさわしい結婚の準備をさせるつもりよ」

父は椅子にすわりこみ、ゆっくりとため息をついた。

「大変けっこう。そのときにはあなたにあの子を預けます。しかし、善良な男と結婚させると約束してもらわねばならない」

「もちろんですよ、何を言うの！　あなたが指示されたとおりにすればね」

二人ともニコルがドアの外にいることを知らなかった。それに、亡き母がいつのまにか娘に人生における信念――自分の運命を自分で決めるには戦わなければならないこと――を教えこんでいたことを知らなかった。ローレルがそうであったように。

ニコルは最大限の努力をした。外に出るたびに父親から帽子と手袋を身につけろと命じられると、それに従った。父の過保護ぶりにも理解を示したし、海で万一父親が事故にあったときに備え航海術を学ばねばならない、という要求も受け入れた。クルーにいちばん穏当な罵りの言葉を頼みこんで教えてもらい、さまざまな言語を学びもした――そうした要求をすべて受け入れたのは、それ以外は自由だったからだ。そして、父の元を去る日が来たとき、ニコルは何年もかけて立てた計画を実行に移した。

十二歳を目前にしたとき、英国に行き、祖母と暮らさねばならないと父から伝えられた。ニコルはあのとき自分がやった駆け引きを心から誇りには思っていないが、そのときはそうするよりほかなかったのだ。「わかったわ、お父さん」彼女は洟をすすりながら言った。「言われたとおりにするわ。だけど、唯一の気がかりは、わたしたちがとても遠く離れてしまうことなの。お父さんが病気になったらどうするの？　わたしがそれを知るのは何カ月もあとかもしれないわ。わたしは看病をすることもできない。それに、わたしが病気になったり怪我をしたりしても、お父さんはその場にいられないでしょうし……」

それで五年間もフィニッシング・スクールに通うというくだらない話にケリがついた。

今夜まで、ニコルはとてもうまくやってきた――二十年のうち十八年間ずっと航海をして、世界を見てきた。しかし、雨でつやつやと濡れた波止場に視線を向けたとき、もはやこれまでかもしれないと思った。自分の運命は自分で支配すると信じ、そうしてきたが、そろそろその闘いからおりよう。

完全にではないにしても。

十五年ぶりに豪壮なアトワース・ハウスに到着したとき、ニコルは予想外に落ち着いていた。もっとも目の前の屋敷は威圧的だったが。豪華な大理石の階段が大きく突き出た入り口に続き、その両側には渦巻き装飾をほどこした高い柱がそびえている。正面玄関から少しひっこんで、建物が完璧すぎるほど対称に延びている。それでも、寒い季節なのに緑がみずみずしい庭園は、その近寄りがたいいかめしい雰囲気をいくぶん和らげていた。

この場所はつらい記憶を呼び起こしたが、母親は若い頃の大半をこの家で過ごしたのだとニコルはあえて自分に言い聞かせた。おそらくあの階段の上で笑ったこともあっただろう。そう思うと、唇に微笑が浮かんだ。以前の訪問で一度会っただけだが、いい印象のある年配の執事チャップマンがドアを開けたとき、ニコルは微笑んでいた。彼に客間に案内されたときですら。祖母はその部屋のパラディオ式の窓辺（中央にアーチ形の欄間のある大きな上げ下げ式の窓があり、その左右に小さな上げ下げ式の小窓を配した窓）で彼女を待っていた。大きな窓は部屋のかなりの部分を占め、趣味のいい家具にほどよい光を投げかけている。さらに祖母の皺の寄った顔も照らしていた。

「おはようございます、おばあさま」

ニコルは礼儀正しく挨拶すると、模様が織りこまれた厚手のじゅうたんの上を歩いていき祖母と向かい合った。侯爵未亡人はいまだに謹厳な襟元のつまった黒い服を着ていた。不幸が彼女の顔にくっきりと刻まれている。二匹のパグ犬がニコルを見て立ち上がり、またぶらぶらと定位置に戻っていった。祖母の足下ではなく、部屋の向こうのテーブルの下だ。利口なパグね、とニコルは思った。

「遅かったわね」

侯爵未亡人はニコルにすわるように勧めもせず、切り口上に言った。

ニコルは祖母が学校に送ってくれた昼間用ドレスの一着を選んで着てきた。少しは祖母の気持ちを和らげられるのではないかと期待したのだが、どうやら認めてもらうには、洗練された服装以上のものが必要らしい。何ひとつ変わっていなかった。祖母と、この家全体が、ニコルがいなくなってから今回帰ってくるまで、ずっと凍りついていたかのようだ。

「すっかり遅くなりました」彼女は愛想よく応じると、思い切って祖母の向かいの椅子にすわった。

「八年遅いわ！」侯爵未亡人は批判的な表情で孫娘を眺めた。

目の前の女性――奇妙なほど自分にそっくりな黒っぽい瞳をしたこの女性は、父のために金の無心などしようものなら徹底的に服従を求めてくるだろう。しかし、この闘いに父娘の未来がかかっている以上、ニコルはすべきことをするまでだった。

「お訪ねすることができて、本当にうれしく思っています――」

「たわごとを！　みえすいたお追従はやめて、何がほしいのかさっさと言いなさい」

6

馬上から、デレクはニコル・ラシターが通りの人混みを縫ってぼんやりと歩いていくのを眺めた。襟元でぎゅっとマントをかきあわせ、厚手のブルーのマフラーに顎まで埋め、テムズ川から吹きつけるひんやりする風を防いでいる。無意識のうちに、湯気を立てているミートパイのうるさい行商人と中古の外套を買ってくれと訴える熱心な若い女性をよけていく。

ニコルの顔がちらりと見え、その悲しげな表情にデレクはいまいましいほど動揺した。もちろん、彼女が沈んでいる理由は推測がついた。留置場の方向から歩いてきたので、おそらく父親の保釈が却下されたことを知ったのだろう。

デレクはその情報を数時間前に知った。朝のうちはラシターを独房に閉じこめておいたが、告訴を取り下げるために警察へ引き返したのだ。前夜とはちがう巡査によれば、ラシターはアメリカ人なので、正式に暴行罪の罪状認否をする必要がある、デレクがラシターを告訴するつもりがなくても、他の犯罪の証拠があるので、さらに二週間は留置することになるだろうという話だった。デレクはじっとその巡査を観察し、嘘をついているにちがいないと感じながらも帰ってきた。

もちろんラシターには、ロンドンに非常に手強い敵が何人もいた。あの男の性格を考えれば当然だろう。しかし、どうやらデレクはその連中にアメリカ人を攻撃する絶好の機会を与えてしまったようだ。

なんてことだ。デレクがその娘と戯れたせいで、最強のライヴァルがレースに出場できなくなるとは。そもそも、彼女をどうして娼婦なんかと勘違いしたのだろう？　それに、ラシターとのけんかの最中に娘について自分が口にした中傷を思い返すと、あの男が激怒したのも当然だ。

これでレースに勝っても後味が悪いだろう。いかなる形にしろラシターを助けるのは不愉快だったが、自由の身にするために、デレクはとても気前のいい賄賂を差しだそうとした。しかし、うまくいかなかった。デレクの影響力と金をもってしても、警察は動こうとしなかった。自分よりも権力のある何者かがラシターを留置しておこうと決定したのだろう。

この状況は不公平だった。人生が公平なことはめったにないとよく知っていたが、いまはニコルの力になりたかった。それに、自分がこの件に関わっていると彼女に誤解されないことが、なぜか重要に感じられた。

馬を前へ進めると、ニコルの行く手をふさぎ、咳払いしたが、彼女は物思いに沈んでいて、そのまま歩き続けていく。

「ニコル」彼女は呼びかけに飛び上がった。

「サザーランド船長！」

デレクは帽子のつばに手を触れて挨拶した。

ニコルはさっと顔を赤らめた。デレクは彼女の繊細な顔と、ブルーのマフラーが目の色を引き立てている様子を眺めて楽しんでいた。と、ふいに彼女は別の方向に歩きはじめた。

デレクは馬を回して、彼女の隣に並んだ。「ニコル」低い声で切りだした。「きみの父上に対する告訴は取り下げた。今、父上が留置されていることとわたしは関係ないんだ」

彼女はぴたりと足を止めた。

そしてまたデレクに向き直ると、細めた目で彼を見つめながら近づいてきた。

「それに保釈が却下されたことも知っている」

ニコルは手を伸ばして、おそらく無意識の仕草だろうが、彼の馬の鼻面をなでた。小さな手袋をはめた手が馬の黒い毛をなでているのを眺めていると、心が浮きたつのを感じた。

「どうしてそのことを知ったの?」

「きみを助けられる情報がある」彼はあたりを見回しながら言った。

ニコルは体をのりだし、眉をつり上げた。

「ここではだめだ」恩着せがましい口調で言った。「もっと聞きたいなら、わたしの船に来てもらわないと」

辛辣な言葉を返されるだろうと彼は予想していた。しかしいったん開きかけた口を閉ざし、いらだたしげな表情を消すと、デレクににっこりと微笑みかけた。

「いいわ。わたしの大きな友人――ほら、今朝見かけたでしょ――彼とわたしとで九時頃に

――」

デレクは思わずにやりとした。「きみだけだ」

「でも、わたし一人じゃ――」

「いや、きみは来るにちがいない。好奇心でうずうずしているからね」

デレクは彼女を通りに残して立ち去った。ニコルは茫然とした顔をしていたが、おそらく彼の方もそういう顔をしていただろう。さっきニコルが微笑したとき、顔の印象ががらりと変わった。船での最初の晩に笑顔を見たことがあったが、あのときはその効果をちゃんと認識していなかったようだ。今、顔を縁取る髪を日の光に輝かせ、あの独特の顔立ちが微笑と手を組むと、彼は心臓が止まりそうになった。

この瞬間に風が吹いたら、デレクは馬から落ちていただろう。


行くつもりはないわ、とニコルはこれで百回もひとりごちた。サザーランドの船にまた行くほど無分別ではない。それならなぜわたしは、チャンシーをひと晩じゅう追い払う計画を練っているのかしら? そのとき、チャンシーが船室に入ってきたので、いっそうそうしろめたく感じた。

「ばあさんはどうだった?」外套を脱ぐと、大きな荒削りの木の椅子にどっかりすわりこみながらチャンシーはたずねた。彼は一人でレースの最後の準備をしていたので、顔が疲労でげっそりしていた。

「それほどひどくはなかったわ」ニコルは言ってから、訂正した。「いえ、ものすごくひどかった。でも、わたしが恐れていたのとはちがったの。もちろん、三時間にわたってお父さんの悪口を言い、留置されたことを笑い、わたしの礼儀を嘲笑したわ。でも、お母さんについて、すばらしい話をぽつぽつとだけど聞かせてくれたの」

「そりゃよかった。おやじさんの意思に反してあそこに行くのは気に入らねえと思ったんだが、ま、潮時かもしれねえな」彼はパイプと煙草をとりだした。「金はくれたのかい？」

「ええ。一年以内に、おばあさまが選んだ男性と結婚するという条件でね」ニコルは彼の隣の椅子にすわると、つかのま目を閉じた。「そのお金で保釈を申請したの。でも、却下された」

チャンシーは信じられないという顔になった。「どうしてだ？」

「お父さんが他の罪をおかしたって、さんざん嘘を聞かされたわ。おまけに、外国人はずっと長く勾留されるっていう馬鹿馬鹿しい話もね」

「ああ、今日はろくでもない日になりそうだ」

「他に何かあったの？」

「クランクソンがおやじさんを捜しにやってきたんだ」

「クランクソン商店のクランクソン？」

「そいつだ。ロンドンでの休暇にうんざりしているようだ。彼はレースで〈ベラ・ニコラ〉号が勝つと賭けたんだ。それも多額の金を。だからジェイソンが勝たなければ、クランクソンは出資金を引きあげるだろう」

ニコルは大きく息を吐いた。クランクソン商店は父の会社の資本金を半分出していた。

「彼が手を引いたら、うちの会社はにっちもさっちもいかなくなるわ」暗い引きつった笑い声をあげた。「文字どおり、海の中で立ち往生よ」

ニコルは勝つことがとても重要だとは知っていたが、今の今まで、会社の存続がこのレースにかかっているとは本気で思っていなかった。父が所有しているものはすべて借入金によるものだから、クランクソンが出資金を引きあげたら、会社はあっさり倒産してしまうだろう。そして、ニコルの母親があんなふうに亡くなった以上、祖母は船会社を救うために何ひとつしてくれないにちがいない。

チャンシーはパイプに火をつけることも忘れ、黙りこんだ。

「ニック、はっきり言って、これからどうしたらいいかわからねえんだ」

ニコルは大きく息を吸いこんだ。「サザーランドが今日、接触してきたわ」

「それで？」

「父に対する告訴を取り下げたんですって。で、保釈が却下されたことを聞いたらしいの。それについて情報があると言ってたわ」

チャンシーは膝に肘をつき、体をのりだした。「それで、どういう……」

「その場では話そうとしなかったの。チャンシー、保釈を阻止しているのは彼にちがいないわ。そうじゃなかったら、どうして彼が知っているの？」

「たしかに怪しいな。それは言える。だが、サザーランドのようなやつはいろいろな人間とつながりがある。もしかしたら、ああいうふうに酒場をうろついているから、波止場で起きていることをあれこれ知っているのかもしれねえぞ」

「じゃあ、サザーランド以外に怪しいのは？」

「タリウッド卿だ」チャンシーは答えた。椅子の背に寄りかかり、反論を受けつけまいとするかのように胸の前で太い腕を組む。

「あのきざな男？」なぜか船のレースをおしゃれと同じぐらい気に入っている、なよなよした伊達男のことを思った。

「きざだろうとそうでなかろうと、タリウッドは船を壊した黒幕として、船長の作った容疑者リストのトップにいるぜ。考えれば考えるほど、今おやじさんをこんな目にあわせてやがるやつは、船の破壊工作にも関わってるという気がしてならない。同一人物の仕業だと考える方が筋が通るだろ。おやじさんはそっちでも標的にされたんだ。それに、船の破壊工作があってから、自分自身も何かされるんじゃないかって船長は予想していたみてえだ。うちの会社に損害を与えられるし、おまけにその方がずっと簡単だからな」

ニコルは青白いたるんだ顔のタリウッドを思い浮かべ、首を振った。

「わたしはタリウッドに会ったことがあるの。たしかにうさんくさい人だけど、クライヴとプリティみたいな手下がそばにいたら気絶するんじゃないかしら、ましてや〝ボス〟なんて呼びかけられたら。黒幕はサザーランドにちがいないわ。タリウッドの最大の犯罪は、別のめかし屋と同じ胴着を夜会に着ていくことぐらいよ——ぞっとしちゃう！　どうしてサザーランドを疑わないの？」

「サザーランドを嫌っているおやじさんですら、あいつが黒幕だとは思ってないんだぜ。今、行われていることは陰険だ。サザーランドは危険な男かもしれねえし、善良な男じゃないかもしれねえが、あいつはこういうやり口を軽蔑するんじゃねえかって気がするね」

ニコルは立ち上がって火格子に歩み寄り、眉をひそめた。石炭がまったくない。この船の状況はそれほどひどいのかしら？　チャンシーに背中を向け、消えかけた火の前に立った。

「お父さんの保釈が却下されたその当日に、サザーランドはたまたまそのことを知ったってわけ？　わたしよりも前に情報を手に入れていたのよ。彼を容疑者だと思わない理由が理解できないわ。彼はお父さんの最大のライヴァルなんじゃないの、そうでしょ？」

「ああ、そうとも」チャンシーはしぶしぶ認めた。「だが——」

「それに、お父さんがレースに出なければ、いちばん得をするのはサザーランドじゃない？」

「たぶんね。だけど、おやじさんをレースに出させないためなら、何だってやりかねない連中が他に何人もいるぞ。おれたちは容疑者リストを作ったんだ」

チャンシーの言葉にニコルは首を振った。たしかに、他の競争相手もお父さんが留置されたことで得をするだろう。だけど、誰一人として、それを頼みにするほど経済的苦境には陥っていない。

「お父さんはたしか手紙で、サザーランドの商売が傾きかけていると書いてきたんじゃなかったかしら？」

「ああ、そうだ。だからといって、やつが犯人だとは限らない」

「だけど、もし彼だったら？」

チャンシーはいらだたしげに吐息をついた。「おやじさんはあの男を誰よりも嫌っていて、そのおやじさんですら、やつが犯人だと思ってないなら……」

ニコルは首を振った。「サザーランドに会って、どういう情報を握っているのか確かめてこなくちゃ。彼と対決するしか選択肢はないのよ」

「本気かい？」びっくりしてチャンシーはたずねた。それから見るからに冷静になって、淡々と言った。「わかった。じゃあ、今夜サザーランドの船に行こう。それぐらいのことは我慢しねえと」

「彼はその、わたし一人じゃなくちゃだめだって言ってるの」

「よくもそんなことを！」チャンシーはわめいた。

ニコルは知らん顔で言葉を続けた。「こちらの事情を訴えれば、お父さんをいつまでも留置場に入れたままにはしないと思うの」本当にそう考えていた。理由はわからないが、サザーランドは彼女のためにひと肌脱いでくれそうな気がしていたのだ。

しかしチャンシーは口から泡を吹かんばかりに反論し、頭がおかしくなったのではないかと言いたげにニコルを見た。

「チャンシー、あなた驚いているようね……あまりにも大胆な考えだから」ニコルは彼に指を突きつけた。「だけど、残念だわ。だってあなたはリバプールのアイルランド人でしょ。あそこの船乗り仲間は放縦なふるまいと、いかれた行動で世界に知れ渡っていると思ってたのに」

チャンシーは顔を赤くした。「おれは心を入れ替えたんだ!」

「そう、わたしもいつかそうするわ!」

チャンシーはニコルをにらみつけた。「第一に、おれはあのサザーランドがこの件に関係しているとは思っちゃいないんだ。もしそう思っていたら、やつと対決すべきなのはこのおれで、ジェイソンの娘じゃない!」

なぜサザーランドが犯人でないと確信しているのか、ニコルにはわからなかった。

「多くの疑惑が彼に向いているのに、何も手を打たないでいるわけにはいかないわ。たとえお父さんを助けてもらえるように彼を説得できなくても、船に入りこんで、悪だくみの証拠がないか嗅ぎ回ることはできるでしょ」それに、この重大なレースでわたしたちの役に立ちそうなことを探ってくることも。

チャンシーは絞め殺されそうな声をあげた。それから、いつになく怒りを爆発させて、ニコルの前に仁王立ちになった。何年もいっしょに航海しているが、今初めて、彼はその大きな体格でニコルを威圧しようとした。

「あんたが計画していることはわかってるし、そのことは忘れた方がいいぞ」ニコルに向かって指を振りながらチャンシーは怒鳴った。「あの腹黒いろくでなしのあとを追いかけさせるわけにはいかん！」

ニコルがちらりと振り向くと、数人のクルーがドアで聞き耳を立てていた。彼女がにらみつけると、こそこそ逃げていった。みんなチャンシーが怒鳴ることには慣れていたが、今回はとんでもない噴火ぶりだった。それでも、ニコルは最終的に彼をなだめられる自信があった。なぜなら意地の張りあいでは負けたことがなかったからだ。

「そいつには賛成できないね、嬢ちゃん」チャンシーは行ったり来たりしながら、きっぱりと警告した。「おやじさんだって、こんなことをしてもらいたくねえだろう」彼はニコルの腕をつかんだ。「ただでさえ最近は物騒なんだ。考えてみな、あんたは自分の船で襲われたんだぞ」

ニコルは頑固な男を説得しようとしたが、チャンシーは大きな傷だらけの手を上げて黙らせた。

「あんたはもうりっぱなレディだ。そんなふうに男と二人だけにさせるわけにはいかねえ」彼はちょっとためらい、ちらっとニコルを見てから、また言葉を続けた。「あんたはべっぴんさんだ。やつみてえな男は、あんたをベッドにひきずりこむことしか考えてねえんだ」

ニコルは眉をつり上げてフンと鼻を鳴らした。彼女は美人ではなかった。いくら父親が同情から〝すらっとしている〟と言っても、やせすぎていた。「もっとましなことを考えた方がいいわよ」ニコルは断固たる口調で言った。

その言葉に困惑したようにチャンシーは顔をしかめた。

「いいか、ニック、おれはあの男が好きじゃない。破滅に身を任せるやつは嫌いなんだ」彼はひとりごとのようにつけ加えた。「しかし、ジェイソンを留置場から出さないようにしているやつは狡猾だ。サザーランドがこんな真似をして勝ちたがっているとは思えないね」

あの男がそういう真似をすると思わなくても、父との間の確執は無視できないと言いたかった。しかし、もう時間がない。そこで別の角度から攻めてみることにした。ニコルはわざとらしくため息をつくと、がっくりと肩を落として言った。

「お父さんのことが心配なだけなの。きっとあなたの言うとおりなのね」

その日はずっとチャンシーに説得されたふりをしていた。おかげで、ニコルが〈サザンクロス〉号に出かける準備をしていたときも、チャンシーはあまり彼女に目を配っていなかった。ニコルは心の中で、サザーランドに会いに行くわけではないわ、確かめなくてはならないのよ、とつぶやいた。多くのことが彼の持っている情報にかかっているのだ。

保釈が却下されたとき、ニコルは自分の首に目に見えないロープが巻かれているような気がした。クランクソンに脅されている今、そのロープは持ち上げられ、きつくなっていた。父親がいなければ、レースに勝つことはありえない。優勝しなければ、資金もなくなる。この危うい時期に資金がなくなれば、債権者に支払いをするために会社をたたまなくてはならないだろう。

サザーランドのところに行って窮状を訴えて、助けてもらえるかどうか聞いてみよう。目的を達成できなかったら、うまく彼を操るつもりだ。その計画は野心的かもしれない。サザーランドは簡単に操られるような人間ではないだろう。でも、わたしは相手に自分の望むことをさせるのが得意だわ。もしそれでもだめなら……まあ、今はそこまで考えたくはない。

自分の心に正直になれば、我を忘れてあの男に惹かれていると認めただろう。初めて会ったときからずっと。キスされてからはさらに。好奇心でうずうずしている、と彼は言っていた。ええ、たしかにわたしは好奇心でいっぱいだわ。

時計が午後十時の鐘を打ったとき、ニコルはどうにかチャンシーを夜じゅう追い払うことに成功した。何度もチャンシーに嘘をつくのはいやだった。チャンシーは彼女も自分と同じように正直だと心から信じていたからだ。しかし、今回は仕方がない。

ニコルはチャンシーがいない好機を……そう、情報を得るために利用するつもりだった。

7

「今夜は客が来る予定だ」

甲板長として船をスムーズに走らせている、ジェブ・グローリーにデレクは伝えた。

「客が到着したら、客間に通してほしい」そして少し厳しい口調でつけ加えた。「それから、帰らないように見張っていてくれ」

「あいよ、船長」年配の甲板長はあっさり答えたが、ごま塩の眉は物問いたげにつり上がった。誰なのだろうといぶかしんでいるのだ。

「そのあと上陸許可をもらえますか？」

ジェブと他のクルーたちは夜が近づいているので上陸したがっているにちがいなかった。もっとも昼間のあいだ船に残っていることは気にならないようで、彼らは仕事を終えても、たいてい船でくつろいでいた。そのおかげで波止場の人々は今世紀最大のレースに出航しようとしているクルーたちを眺めることができた。しかし夜になると話は別で、波止場の酒場では名士のように扱われ、レースのファンや航海に夢中になっている連中が次々に酒をおごってくれるのだ。

「かまわないよ」デレクは気もそぞろに答えた。ジェブは頬髯のある顔に満面の笑みを浮かべ、うれしげな足どりで船室を出ていった。

デレクはこれから長い航海に出ようとしているとき、水夫たちが楽しんでいる派手な騒ぎには決して加わらなかった。

まあ、過去にはもう少し羽目をはずした。しかし、今考えられるのはニコルのことだけだった。ラシターの娘だとわかっても、彼女を求める気持ちは変わらなかった。

ニコルをいらいらと待ちながら、ガラス製の棚から一冊の本をとった。しかし、同じページを四回読んだあとで、かたわらに放りだした。もう来ないのかもしれないとあきらめかけたとき、ジェブがドアをノックした。

「船長！　お客さんが来ました」

入ってくるように言うと、ジェブはドタドタと船室に駆けこんできた。

「こないだの朝、そこらを好き勝手にうろついていた娘だと言ってくれりゃよかったのに」ジェブは文句をつけてから、訳知りな笑みを浮かべた。「中に入れて、そこでじっとしてろと命じときました」彼はかすかに眉をひそめた。「だけどあの娘、ちょいと生意気な口答えをしましたよ」デレクにはニコルの受け答えが想像できた。

デレクがニコルのいる船室に入っていったとき、彼女は椅子にすわっていなかった。壁にかけられた海の絵を眺めている。

近づいていき真後ろに立つと、彼女は言った。

「すばらしい絵だわ、サザーランド船長」

「きみが美術愛好家だとは知らなかった」

ニコルは奇妙なことに照れたような表情で彼の方を振り向いた。しかし彼のあざだらけの顔に片手を伸ばしたとき、その表情は消えた。あざは朝よりもさらに色が濃くなっていた。指先であざになった顎にそっと触れる。デレクはどうにか目を閉じるのをこらえた。落ち着かなくなって、ぐっと体をこわばらせる。ニコルはすぐに手を引いた。

「たいしたことないよ」低い声で言った。「もっとひどい怪我をしたこともある」

ニコルは真っ赤になった。衝動的につい触れてしまったようだ。

「けんかするなんてあきれたわ」彼女はさっきよりもきびきびした口調で言うと、デレクからあとずさった。

「遅かれ早かれ起きることだったんだ」ニコルが外套を無造作に脱ぐと、風変わりな服装が現われたので、口調がぎこちなくなった。ズボンとぴったりしたブラウスが体形をあますところなくあらわにしている。

ニコルはそのすばらしい髪を特別に念を入れて整えてきたように見えた。髪は華やかな形に編まれていて、全体に金色の筋が交じっていることがはっきりと見てとれる。編んだ髪を頭のてっぺんに高く結っているので、体の他の部分がきゃしゃで小さく見えた。

ニコルはとてもほっそりして見えるが、骨ばってはいなかった。これまでデレクが触れた中でもっとも美しい形をした乳房は、とてもやわらかく感じられた。その恍惚とする記憶を振り払いながら、デレクはかすれた声でたずねた。「飲み物をどうかな？」

「いえ、わたしは――」ニコルはそこで言葉を切ってから、言った。「ええ、ぜひいただくわ。あなたと同じものを」

デレクはウィスキーを飲んでいた――ストレートで。しかし、それは小柄な女性向けではないと思ったので、水を加えてから渡した。「いくつか質問がある」

「質問なら、わたしもある。だけど、まずあなたの質問を聞きたいわ」

「けっこう」デレクは椅子に向かって歩いていくと、彼女にもすわるように手振りで示した。ニコルは片足を体の下にたくしこんで、彼の向かいのフラシ天のソファにすわった。それからグラスを手にすると、少しずつ味わうのではなく、ゴクゴク飲んだ。涙目になり、しゃっくりを抑えている様子を見て、デレクは噴きだしそうになった。強い酒だし、彼女は酒を飲むのに慣れていないようだ。ゼイゼイ言ったり、咳きこんだりしないだけでも感心した。

ニコルが少し落ち着くと、たずねた。

「きみを追っていた男たちは何者なんだ？」

あの晩のことを話すにつれ、ニコルの表情は険しくなった。もはや恐怖はなく、怒りだけを感じているようだった。

「連中は父の船に侵入してきたの。そこにたまたま出くわしてしまって」

ニコルが鋭い目つきでデレクを見つめた。わたしを観察しているらしい。彼女の言葉に動揺するかどうか見極めようとしているようだ。

ニコルのそっけない答えにデレクが満足していない様子だったので、彼女はつけ加えた。

「わたしに言えるのはそれだけよ」

その話題についてはこれ以上聞きだせないと感じたので、デレクはたずねた。

「このあいだの晩、どうして〈マーメイド〉にいたんだ?」

ニコルはグラスを唇に近づけ、またひと口飲んだ。

「父が情報を手に入れるためにあそこにいると聞いたからよ」

「うまい言い方だな」

彼女は驚いた顔になり、それから笑いを隠そうとするかのようにうつむいた。しかし、顔を上げたとき、その眉はひそめられ、いらだたしげな表情になっていた。

「だけど、あなたもあそこに情報を求めて行ったんじゃないの、サザーランド船長?」

彼はにやっと笑いそうになったが、白状した。「わたしはすっかり酔っ払って分別を失ったから、あそこにいたんだ」

ニコルは目を丸くした。そんな答えは予想していなかったようだ。

「わたしはあそこがどういう場所かよく知らないから」ニコルは真っ赤に頬を染めながら言った。

デレクは彼女の頬を染めた様子が気に入った。とても鮮やかな色に染まっている。こんなふうにかわいらしく頬を染めるとは思っていなかったが、実に愛らしかった。デレクは賞賛をこめてたずねた。

「どうしてこれまできみと会わなかったんだろう?」

ニコルはじっと自分のグラスを見つめて答えた。「遠くに行ってたの」

「遠く?」

ニコルはまた顔を上げた。「ええ、あちこちにね」

デレクの唇がつり上がり、かすかに笑みをこしらえた。しかし、あまり感じのいい微笑になっていないことは承知していた。彼女は過去について話すつもりがないのか? 利口な娘だ。

「どうして身元を教えてくれなかった?」

ニコルはまたぐいっとグラスの酒をあおった。

「あなたがどういう人かわからなかったから。父に仕返しをするためだけに、わたしを傷つけるかもしれないし」

「それでも、今夜はここに来たのか」

彼女はうなずき、ほつれた巻き毛を耳にかけた。

「あなたの話を聞く必要があるからよ。父を釈放してもらいたいの……だからここに来るしかなかった」

実のところデレクはほとんど何も知らなかったし、もちろん、彼女の役に立つ情報などなかった。ただ、今夜彼女に来てほしかっただけなのだ。

デレクは椅子に寄りかかった。「知っていることを話すよ。きみの父上への告訴は取り下げた。そして確実に釈放されるように警察まで行ったが、巡査は他の犯罪の証拠があると言った――

「そんな――」

「嘘にちがいない。他の犯罪行為があるとは思えないからな」

彼女はほっとしているようだが、奇妙だ。わたしがどう思うかをなぜ彼女は気にするのだ？

「わたしは……父上がレースに出られないことでうしろめたさを感じた。それもわたしが……きみを泊めたせいでね。だから釈放させるために、いくつかの方法を試してみた」あいまいに説明した。「それが却下された成り行きからして、黒幕はかなりの権力を持っているか、相当な金を注ぎこんだか、どちらかだと言えるだろう」

しばらくして、ニコルはたずねた。

「あなたがわたしのように、心から愛している人を釈放させたいと思っていたら、誰を怪しいと思う？　そして、どう行動する？」

すぐにふたつの考えがデレクの頭に浮かんだ。ひとつ、自分には愛している人間がいない。ふたつ、彼女はアドヴァイスを求めている。そして、彼女が自分に頼ろうとしていることがうれしい。

「あえて言えば、わたしと同じか、もっと地位の高い貴族だな。莫大な金を持っていて、このレースに利害関係のある人物」

「どうしてわたしはあなたがその張本人だと考えなかったのかしら？」

ニコルの率直さは新鮮に感じられた。

「どっちにしろ、わたしはレースできみの父上を破るからだ。ぜひともそうしたいと思っている」デレクは簡潔に説明した。

ニコルは唇を嚙み、考えこんだ。

「あなたを信じていいのかどうかわからない。でも知っていることをすべて話してもらえたのなら……」最後にウィスキーをごくりと飲むと、グラスを置き、帰ろうとして立ち上がった。

まだ彼女を帰したくなかった。さっきニコルがデレクの顔に触れたとき、その堅苦しい態度がふっと揺らぎ、ほんの一瞬だとしても弱さがかいま見えた。その一瞬によって、彼女はたまらなく魅力的な存在になっていた。

計画したようには事が運びそうになかった。この男をうまく操れると考えていたなんて、どうかしていた。わたしは愚かではないし、もしもサザーランドが酩酊していれば、操ることもできたかもしれない。それに、彼を酔わせるのはそれほどむずかしいことではなさそうに思えた。しかし、目の前の彼はろれつが回らないとかぼうっとしている様子とかはまったくなく、射貫くような目でこちらを見つめている。心の中まで見通して、彼女の秘密をすべて探りだしそうに見えた。

サザーランドが真実を語っているなら、結局わたしはたいした手がかりを手に入れられなかったということだ。もっと悪いことに、わたしが頼もうとしたことを彼はすでにやっていた。サザーランドが嘘をついているとは思えない。レースで父を破りたいと思っているのだから。

状況を考えると、引きあげるのがいちばんよさそうだ。外套をとろうとして歩きながら、ニコルはもう一度だけ彼の顔を見た。いつも怒った表情を浮かべていても、とても人目を引く容貌。冷たく残酷で、堕天使のように見えたが、あの晩の彼の面影がわずかに残っていた。その面影を目にすると、ニコルは頭がおかしくなりそうだった……。

彼の顔をぼうっと見つめるのはやめなさい。お礼を言って、帰るのよ。

「サザーランド船長、わたし――」

「まだあるんだ……」サザーランドは低く重々しい声で言った。もっと情報があるにちがいないとニコルは自分をだまそうとしたが、無理だった。手を差しのべてきて、さっきニコルがしたように、指でそっと顔をなでられると、彼女は背を向けられなくなった。

サザーランドが何か言おうとしたとき、パタパタという足音と女性の高い声が甲板から聞こえてきた。サザーランドはさっと緊張して、ドアに向かったが、出ていく前に足を止めた。

「ニコル」そのグレーの目で彼女をひたと見つめながら言った。「この部屋を出るなよ」

ドアが閉まると、ニコルは脚に力が入らなくなった。神経が張りつめ、またキスをしてほしくてたまらず、ここに来た本当の目的を忘れてしまった。

待って、わたしの本当の目的は何なの？　彼を操り、探り回ること。ええ、そうですとも。これは彼の船を探る絶好の機会だった。それを利用しない手はない。ふだんならためらわなかっただろうが、彼が警告したときの目つきのせいで決断が鈍った。ニコルを見つめて命令したとき、彼はわたしが言われたとおりにすると信じて疑わなかった。さもなければ、一人きりで置いていかなかっただろう。

彼の過失だ。だから、そこにつけこませてもらうことにしよう。ドアを少し開けて偵察すると、声の主とおぼしき女性の顔が見え、ニコルは心が沈んだ。

サザーランドの前で熱っぽく手を振り回している女性は……とても魅力的だった。完璧な顔立ち、最新流行のドレス。ニコルは自分の服装を見下ろしたくなったが、どうせすりきれたズボンに包まれたやせた脚を目にすることになるのだ。二人を見ているうちに、サザーランドとあの美しい女性とのあいだになんらかの過去があったのだと思い、奇妙なことに息苦しくなった。

どうして驚いたのだろう？　相手はサザーランドなのだ。おそらく女性はよりどりみどりの放蕩者。その女性の黒髪と豊満な姿を目にして、当然彼はニコルよりもその女性を選ぶだろうと悟った。経験のない感情が胸を刺したが、ニコルは気持ちを強く持とうとした。大きくため息をつくと、最後にもう一度甲板をのぞき、昇降口の下にある彼の船室をめざして走りだす。

部屋に入ると、彼のベッドから目をそらし、机にすばやく近づいた。引き出しをかき回すと、予想どおりのものを見つけたが、役に立つものはなかった。そのとき、引き出しの奥にタイトルのない書類入れが押しこまれているのに気づいた。中身をのぞいたとたん、ニコルの胸から興奮と期待が消え、顔が曇った。書類入れには彼がボクシング・デイ（十二月二十六日。使用人などにプレゼントをする日）に水夫遺族基金と、海岸地区のいくつかの孤児院に寄付するために注文した品物のリストが入っていた。

　サザーランドが慈善？　寄付は驚くほど多額だった。彼が困窮しているなら、慈善のために寄付などするはずがない。たとえ、寄付が流行だとしても。いまいましいが、アイルランド人のチャンシーは、サザーランドについて正しく判断していたのだ。

　それでも、せっかくライヴァルの船にいるのだから、できるだけ探っておこう。ただ、自分が何を探しているのかはわからなかった。見つけたときには、それとわかるだろうと、鷹《おう》揚《よう》にかまえることにした。どうやら、酔いが回りはじめているようだ。

　甲板で女性と口論しているサザーランドの声が、ニコルのところまで伝わってくる。たちまち、ニコルはかすかな笑みを浮かべた。彼があの女性を好きではないらしいことが、彼女の美しい容姿への嫉妬心を和らげてくれた。

　ニコルは船じゅうを歩き回り、サザーランドの帆船が完璧な状態であることを知った。水夫たちの居住区はちりひとつなく、彼の船室から船首楼にいたるまで、どこもかしこも清潔そのものだった。サザーランドの船は、徹底的に手入れされた父の船に劣らぬほど秩序が保たれていた。

彼女は船倉に向かいながら、壁を指でずっとなぞっていった。酔っているにちがいない。注意力が散漫になっていたし、サザーランドのことを考えてうっとりした気分にすらなりかけているからだ。彼のような船長はクルーに何を食べさせるのだろう？　おそらく、いい食べ物を与えるために、相応の金を出しているにちがいない。

腐りやすいものはぎりぎりまで積みこまないだろうから、彼がどういうものを船に備えるつもりかはわからない。しかし、たっぷり酒が蓄えてあるのを見て、ニコルは首を振った。彼がレースに出ることを知らなかったら、酒を輸出しているのかと思ったほどだ。そんなことを考えていると、軽く壁にぶつかった。

そのとき、船倉の隅に厚手の鉄製の水樽がずらっと並んでいるのを見て、彼女は目を丸くし、大きく息を吸いこんだ。たちまち羨望がわきあがった。父はいまだに木製の樽を使っている。サザーランドのクルーには父親のクルーよりもずっと新鮮な飲み水が与えられていると知り、腹立たしさを覚えた。水の入っている銀色の樽の列に近づいていき、手近の樽をたいて、その鋭く金属的な響きを楽しんだ。

サザーランドの船はニコルたちの船に比べ、たくさんの強みがあった。しかし、それだけにこちらの勝利はいっそう甘美なものになるだろう、と彼女は自分を安心させながら、後ろを振り向いた。そのとたんにサザーランドの硬い胸にぶつかった。

「どこかに行くところかな？」彼は低い声で言うと、ニコルの腕をつかみ、船倉からひきずりだした。ドアを後ろ手で閉め、彼女をじろじろ眺める。「いったいこんなところで何をしていたんだ？　いいか、嘘をつくなよ」

考えるのよ……考えて！　彼はいつから後ろに立っていたのかしら？

「船首からの帰り道がわからなくなっちゃって」ニコルは信じてもらえるように落ち着いた口調で言った。

「それを信じろと言うのか？」サザーランドは彼女の腕をねじりあげた。

「もちろんよ」ニコルは嘘をついた。彼の気をそらそうとして、硬い声でたずねる。「あの女性は誰だったの？」

サザーランドは顔をしかめた。「二度と会いたくないと思っている女だよ」あいまいに言った。

「さて、何を――」

「だけどなぜなの？」ニコルは追及した。「とてもきれいな人なのに」

「そんなことはない」彼はよそよそしい口調になった。「彼女の目を見ればわかる」

「なるほど」実はよくわからなかった。

大きく息を吐くと、サザーランドはニコルの頭の上の壁に手をついた。

「きみをどうこらしめようかな？」

「何も悪いことはしてないわ」ニコルは訴えた。「客用の船室に戻ろうとして迷っただけよ」だが、彼は信じていないようだった。

サザーランドがニコルの顔を探るように見たので、二人の視線がぶつかった。わたしは酔っていたにちがいない。というのも、彼の目をのぞくと、そこに青い斑点が散っているのが見え……催眠術にかけられたように感じたからだ。その目があまりにじっとこちらを見つめているので、ニコルはまぶたにキスしたくなった。それから眉間の皺に、そして、その下のくっきりした唇にも。

サザーランドは彼女の考えていることに気づいたにちがいない。なぜなら表情が怒りからまったく別のものに変わったからだ。その深くて低い声で、彼はあきらめたようにつぶやいた。「なんて娘だ」そして、いきなりかがみこむと、荒々しくニコルの唇にキスをした。

このためにここに来たのではないはずよ。キスを制止しなくては。今すぐ。ああ、なんてこと。この最後の夜を彼と楽しんではいけない理由がひとつも思いつけない。この大きな男性が、板のように固い筋肉が隆々としたこの人は、わたしから手を放すことができないらしい。

このチャンスを逃すつもりはないわ。ニコルは彼の襟をつかみ、さらに自分の方に引き寄せながら思った。祖母はわたしをどこかの年寄りの貴族と結婚させるつもりだろう。となると、こういう気持ちは二度と味わえないにちがいない。生まれてこのかた、これほど誰かに強烈に惹かれたことはなかった。

今を逃したら永遠にこんな機会がないことを悟り、ニコルは彼にもたれ、体を押しつけると、ためらいがちに彼の舌に自分の舌を触れあわせた。最初は軽く、それからぎゅっとからめる。サザーランドは彼女のヒップを痛いほどきつくつかみ、低くうめき声をもらしたので、ニコルの全身に炎が広がった。彼の反応に、このまま続けるべきだとニコルは察した。

このあいだの夜の経験から、彼のズボンにぴったりと体を押しつけると、キスがさらに深まるとわかっていた。相手の方へ体をそらし、興奮のしるしにおなかをこすりつける。サザーランドは手をヒップからウエストへ移動させ、ニコルがつま先立ちになるほど体を持ちあげたので、体はいっそうきつく重なりあった。本能的に腰をこすりつける。サザーランドは彼女の首筋でまた低くうめきながら、舌を軽く這わせ、がむしゃらに体を押しつけてきたので、ニコルのひそやかな部分が燃えるように熱くなった。

そのとき、ふとある考えが頭をよぎった。驚くような考えが……。ニコルはすばやく彼の胸からさらに下へと両手を這わせていった。両手で彼に触れたら、さらに熱いキスをしてもらうことができるはず。

しかし期待していたようにサザーランドは喜ばず、彼女の手首をつかむとあきらかに苦しげな声で言った。

「この場でわたしを果てさせたいのかい？」

ニコルの情熱的な反応にデレクは頭がくらくらしてきた。ニコルが嘘をついているのはわかっている。船内をうろついていたことを忘れさせようとして、こんな真似をしているだけだろう。彼女がスパイ行為を働いていたことには腹が立ったが、それでも、彼女をほしいという気持ちには変わりがなかった。

しかし、ニコルも同じように思っているのでなければ、抱きたくなかった。乱暴にその懸念を追いやると、腕の中の情熱的な娘に唇を戻した。記憶にある限り、キスでこれほど興奮が高まった経験はない。どうして二人ともこんなに熱く燃えているのだろう？　自分がしらふのせいだろうか、それとも、この小柄な娘がわたしにひけをとらない情熱で両腕を巻きつけ、豊かな乳房をわたしの胸に押しつけているからだろうか？

「ああ、何をするつもりなんだ？」デレクはかすれた声でつぶやいた。この小柄な謎めいた女性のことはよく理解できなかった。しかしその熟れた唇と見開かれた目を見たとき、二人をとりまく状況がどうあれ、今夜、この女性に狂おしいほど自分を求めさせようと決心した。かがみこんで、腕を彼女の膝の下に回すと、船室に運んでいき、ドアを蹴って閉めた。

ニコルはベッドにおろされると、肘をついて体を起こし彼に手を伸ばしたが、固くなった乳首がやわらかなブラウスの布地にこすれただけだった。デレクは彼女を自分からひきはがしてベッドに横たえた。「今はそれはやめてくれ」

しかし、彼女は聞く耳を持たなかった。デレクがシャツをむしりとるように脱ぐと、ニコルは膝立ちになり、指を彼の肌に這わせていく。指の下で筋肉の動きが感じられる。彼の肩をなでてから体を起こすと、温かい唇を今度は胸に押し当てた。デレクの頭がぐいとそりかえる。ニコルを見たくて、視線を下に向けると……彼女は自分がどうしようもなく燃え上がっていることに気づいていなかった。ああ、この瞬間はすべてを忘れてもらいたい。もはや彼は自制できなくなりかけていた。ニコルも自分と同じぐらい欲望をたぎらせているのだろうか？

ニコルをベッドに横たえ、乳房のあいだに片手を置き、もう片方の手でブーツを脱がす。次にズボンを。次々に服を脱がせながら、ふと手を止めて、意地悪な笑みを向けた。

「興奮している演技がばれるかもしれないと怯えているのか？」

ニコルは困惑して顔を曇らせた。「あ、あなたはそういう演技ができるの？」

デレクは彼女の言葉の意味することに愕然とした。その言葉に彼の血は沸騰し、彼女の中に体を沈めたくてたまらなくなった。

「シャツを脱いで」

デレクが命じると、またもや彼女はためらってからシャツを脱いだ。ニコルはいったい何を考えているんだ、こんな真似をわたしにしておいて。ふと、怒りとともに閃いた。ヴァージンのふりをしているのだ。女というのは厄介で、常にゲームをしたがる。こんなふうにうめき声をあげ、自分に体をぐいぐい押しつけてくる女が、両手でわたしのズボンの前をなでようとしていた女が、ヴァージンであるわけがない。

ニコルをたたきだすべきかもしれない。だが、完璧な丸みを帯びた胸と、淡いピンクに染まった先端を目にすると、それができなくなった。彼女を味わうまでは無理だ。

ベッドにニコルと並んで腰をおろすと、自分のブーツとズボンを脱いだ。ニコルは彼の大きくなった一物を食い入るように見つめて、目を大きく見開いている。ニコルが自分の体を観察するのを見守った。まるで興奮した男を見たことがないかのようだ。純潔のふりをしているとは……冗談じゃない！

思い知らせてやろう。

片手を乳房に滑らせ、乱暴に包みこんだ。ニコルは目を丸くして息をのんだが、それを無視して、彼はかがみこんだ。顔を左右に振るだけで唇が尖った乳首に交互に触れるように、ふたつの山を寄せ集める。舌を這わせ、吸うと、彼女の肌は唾液で濡れていった。ニコルは身をよじり、体をそらし、デレクの髪に手を差し入れて口を乳房にきつく引き寄せた。

どうにかなりそうだ。こんなふうに女性に反応したことはなかった。その理由についてはあとで考えなくてはならないが、今は彼女自身の反応が大切だ。何よりも。

少し不安になりながら、デレクは片手でニコルのおなかをなでおろした。太腿のつけ根のすぐ上で手を止めたとき、ニコルは全身をわななかせていた。愛撫で光っている乳房までが、いっしょに震えている。

デレクはやわらかなくぼみに指を滑りこませていった。

湿っている。熱い。少し脚を広げさせ、そのあいだにひざまずくと、膝を上げさせる。彼女が目の前にさらけだされると、指をゆっくりと中に滑りこませていった。彼女の全身が緊張する。痛かったのだろうか？　しかし、彼女の中から引き抜いたとき、その指は濡れていた。もう一度押しこむと、ニコルは顔を横に向けてうめいた。出して……入れる……。ニコルが手の動きに合わせはじめる。デレクは期待に笑みを浮かべた。中はとてもきつかった。

何度も何度も指を差し入れ、中を刺激するうちに、そこは燃えるように熱くとろけ、まちがいなく彼を渇望していた。出し入れのたびに、ニコルは短く息をあえがせ、小さな叫びをあげる。青白い腕を頭の上に投げだし、両脚をさらに大きく開く。もうすぐ頂点に上りつめようとしていた。

二本目の指を押しこんで広げ、手を動かしながら、デレクはうっとりと眺めた。ニコルは喉の奥で低くうめき、脚を広げ、背中をそらして体を持ち上げている。すばらしい。

彼女の体は指をしっかりとらえ、やがて感極まったように驚嘆の表情を浮かべて目をぱっと開いた。

彼自身もまったく同じ表情を浮かべていた。なぜなら指先がはっきりと、まだ破られていないヴァージンの証を感じとったのだ。

ニコルは生まれて初めての信じられないような経験から覚めかけていた。心ゆくまでこの感覚を味わい、胸の奥にしまっておきたかった。それまでの緊張が和らいでいくのを楽しみたかった。しかし、サザーランドが困惑から怒りへと変わる表情で詰め寄ってきたのでむずかしくなった。

「説明をしてくれ、お嬢さん」

その口調に警戒するべきだったのかもしれないが、ニコルはぼうっとしていた。ただ彼を愛撫し、感謝して、どうにかしてお返しをしたいだけだった。うっとりしながら、ニコルは指先で彼の胸毛をいじり、つい乳首を愛撫すると、彼が鋭く息を吸いこんだので、にっこり微笑みかけた。今夜のことは決して忘れないだろう。

乱暴にニコルの手首をつかみ、サザーランドは冷たい目を向けてきた。

「いい加減にしろ。これは何かの罠なのか？」

「わ、罠？」ニコルは口ごもり、どうにか体を起こした。

サザーランドは乳房をじろじろ眺めていたが、いきなり彼女の手を放した。

「体を隠せ」

ニコルはシーツを顎までひっぱりあげた。もうこのことはおしまいにして、すべてを打ち明けたかった。そうすれば、彼は船の破壊工作の裏に誰がいるにしろ、それに備えることができるだろう。それからここを立ち去る。どこから話を始めようかと考えていたとき、彼の言葉に体が冷たくなった。

「ヴァージンの誘惑者とはな。父親を留置場から出すためだけにヴァージンほど貴重なものを利用しないだろう」

ニコルはその言葉にひるんだ。するとサザーランドがあることに思い当たったらしく、憤然として問いつめてきた。「それでそんなに積極的だったのか。伯爵を仕留めようとして？」

サザーランドは顔をゆがめ、威嚇するようにたずねた。

伯爵を仕留める？　わたしが彼を結婚の罠に引き入れるつもりだったというの？　そんな無神経なことをするつもりはなかった。自分が結婚するなら、それは祖母が選んだ哀れな相手だと幼いときから承知していたからだ。

ニコルの沈黙に、サザーランドは怒りを募らせたようだった。なぜなら、ぐいと彼女の両肩をつかんだからだ。

「一度だけたずねるから、答えるんだ」彼は怒鳴った。「いったい――」ドスンと音がして彼は言葉を切った。

ニコルははっと顔を上げた。彼の目にもとまどいの色が浮かんでいるのが見えたが、それは苦痛に変わっていき、やがて目がゆっくりと閉じられた。

8

「なんてこと。チャンシー、彼を殺しちゃったの？」

ニコルはさらにきつくシーツを体に巻きつけながら叫んだ。床に倒れているサザーランドの動かない体の方に飛んでいくと、頭を膝にかき抱いた。

「だとしても、かまやしねえ」

チャンシーはサザーランドの後頭部を殴りつけた棍棒を両手で握りしめている。

「わたしはかまうわ」声をつまらせながら言うと、慎重に頭の傷を調べ、鼓動に耳を澄ませた。幸い、強くて安定している。「彼に死んでほしくないもの……誰にも死んでほしくないわ」チャンシーが怒りに顔をゆがめると、ニコルはつけ加えた。「これはあなたが考えているようなことじゃないのよ」

そう言いながら、恥ずかしさに顔が赤くなっていないことを祈った。

チャンシーは手のひらを棍棒でポンポンとたたいた。

「ほう、するってえと、ロンドン一の放蕩者のベッドにあんたが裸でいるのを見つけたが、見かけと真相はちがう、そう言いてえのか？」チャンシーは険悪な目つきをサザーランドに向けた。「じゃあ、何があったのか話してくれ、そうすりゃ、このろくでなしの息の根をきっちり止めるにはどういう方法がふさわしいかわかるからな」

「だめよ！」ニコルはサザーランドに覆いかぶさった。「わたしはここに来て、結局、その……わたしが彼を誘惑したの」

「そうなのか？」チャンシーはあきらかに信じていないらしく鼻で笑った。だが棍棒から手を離し、手首の革ひもからぶらさげた。

激怒しているチャンシーをサザーランドから遠ざける方法を考えるには、時間が必要だった。

「あの、わ、わたし、服を着なくちゃならないの」すぐにチャンシーは背中を向けた。ニコルは会話の方向を変えようとして、こうたずねた。「どうしてわたしの居場所がわかったの？警備の連中をどうやってかわしたの？」

「なんだか嫌な予感がしたんだ。だから調べようとして船に寄ったのさ。すげえ天才じゃなくても、あんたの居場所ぐらいわかるよ。警備の連中は、まあここにいる船長と同じようなざまさ」彼は小馬鹿にしたように言った。

「まあ」ニコルはどうにかそれだけ口にした。サザーランドの胴体と脚にシーツをかけると、急いでシャツを着た。

「急げ。手下どもがもうじき戻ってくるだろうし、おれはあることを追っている最中なんだ」

「ちょっと待って」ニコルは枕をとり、そっとサザーランドの頭をのせた。本気で彼のことが心配になってきた。「ねえ聞いて。これは本当なの。わたしが誘ったのよ。嘘じゃないわ。あなたに嘘をついたことがある？」チャンシーの背中に向かってたずねた。「あなたにはいつも本当のことしか言わなかったでしょ？」

「ふん、二度と学校を退学にならないって約束したことがあったぞ。それに、タルトを盗み食いしているのは自分じゃなくてコックだって言ったこともある。それから今夜だ――おれに偽の手がかりを調べさせた」チャンシーは失望をにじませて反論した。

「それは……あれは重要な手がかりだったのよ。ともかく、あなたの第一容疑者のタリウッドについて、もっと情報を集めるために」ニコルは口ごもりながら答えると、かがんで服を着終えた。

チャンシーはしわがれた大きな笑い声をあげた。自分の耳にすら、その答えは疑わしく聞こえた。ひどいことよね、わたしのやったことは。タリウッドの開く真夜中のブリッジ・パーティーのようなくだらないことを調べさせるために、チャンシーを言葉巧みに送りだしたのだから。

「はいはい、わかったわよ」ニコルは不機嫌に言った。「だけど、この件についてはわたしの言うことを信じてね」

ニコルがブーツをはきはじめると、チャンシーは振り向いて不思議そうに彼女を眺めた。

「すべての責任をサザーランドになすりつけるわけにはいかないかもしれねえな。あんたはかわいいし、夜に波止場をうろついて、付き添いもなしでこいつのところに来たんだから。自分がうってつけの獲物だってことは、ちょいと頭を働かせればわかるはずだ」

ニコルは立ち上がると、まばたきもせずにチャンシーの目を見つめた。

「自分でこうなることを望んだのよ、チャンシー。それに後悔してないわ」サザーランドが贈り物を与えてくれたことは後悔していなかった。彼のとげとげしい言葉や怒りにもかかわらず、彼のベッドで過ごした時間をどんなものとも交換するつもりはなかった。

ようやくチャンシーはあきらめたようにため息をついた。

「とりあえず、こいつは生かしておいてやろう。だが」片手をあげて、ニコルの言葉をさえぎった。「こいつと結婚するならな」

わたしと結婚する？　デレクは意識をとり戻しながら考えた。ひっきりなしに襲ってくる強烈な頭の痛みに、罵りの言葉をのみこむ。痛みをこらえながら、細く目を開けた。声を出したら、巨人は棍棒をふるい、また失神させられるとわかっていたからだ。

どうにか目の焦点を合わせると、口論している二人を観察した。男はこちらに背を向けていたので、デレクにはとてつもなく大きな背中だけしか見えなかった。しかしその体格を考えると、留置場までニコルに付き添ってきた男にちがいなかった。デレクも大男だったが、この巨人はおそらく彼よりも十キロ以上体重がありそうだ。

それにニコル……とても小柄なニコルが巨人に堂々と反論している。わたしと結婚しろという命令に激しく頭を振っていた。

「こいつはあんたを汚したんだ。おやじさんはあんたがこいつと結婚するのをぜひとも見たがるだろうがね、ニック」

「サザーランドと？　あなた、何を言っているのかわかってるの？」ニコルは唖然としてたずねた。「だいたい、お父さんにこのことを伝える必要はないわ」

「おれが話すってことはわかってるだろ」

ニコルの顔が青ざめ、大男はがっくりと肩を落とした。すぐに彼は船室を突っ切ってきて、かがみこんでニコルの頭を大きな手で軽くたたいた。二人が頭を寄せあってしゃべっていることに、デレクは必死に耳をそばだてた。ようやく大男は体を伸ばした。

「じゃあ、あんたはこの船じゅう調べることができたんだな？」

船じゅうだと？

「ええ」

「そして？」

「そして、ここに来た目的を果たしたわ。サザーランドは容疑者リストから消せるわよ」

どういうリストだ？

「今夜、あんたがここでやったことはうれしくねえが、少なくとも目的は達したわけだ」大男は大きく息を吐いた。「あとはどうにかできる。ここのクルーたちが戻ってくる前に、うちのやつらをもっと連れてくる必要があるな。で、無理やり結婚させなくちゃならねえなら、そうするまでだ」

闘いは始まったばかりだと承知しているらしく、大男はすぐにこうつけ加えた。「あんたの意見は必ず変えさせてみせる。だけどニック、何があろうと、あんたはこのろくでなしがやったことのせいで結婚しなくちゃならねえんだ」

どうしてニコルはきっぱりと首を振り続けて、わたしと結婚する気はないと、大男に言い続けているのだろう？　ニコルが目を向けたので、デレクは必死にまぶたを閉じようとした。床に倒れている自分の方にニコルが目を向けたので、ニコルの反応はデレクにとって意外だった。彼女はひどく腹を立てていたから、わたしが目を覚ましたことに気づかなかったのだろう。わたしが飛び上がってダンスを踊っても気づくかどうか怪しいものだ。この娘はわたしと結婚するという考えにかんかんに怒っているのだ。

わたしが彼女みたいな身分の低い娘と結婚したがると思っているんだろうか。だけど、わたしと結婚することがどうしてそんなに嫌なんだ？　たくさんの女性がわたしに目をつけ、プロポーズをしてもらいたがり、中には無理やり結婚しようと画策する者もいるのに。

ニコルはちがった。この小柄な娘は怒りに体を震わせている。それはどう考えてもまっとうなことじゃない。常識に反している。こんなに頭が痛くなければ、この件を解明して、彼女の行動に意味を見つけられるのだが。

「チャンシー」ニコルは低い声で言った。「何があろうと、わたしは彼と結婚するつもりはないわ。この人はろくでなしで飲んだくれで――女性にとって略奪者なのよ。そんな相手にわたしが縛られるのを見たいの？」不快そうに、ニコルは片手を彼の方に振った。「残りの人生ずっと」

なるほど、チャンシーは――待てよ！　彼女はたった今、なんと言った？　デレクは怒りがわきあがるのを感じた。わたしはろくでなしでも飲んだくれでもない。それに、女性から何にしろ奪ったことは一度もない。もっとも、殴られていなかったら、あのまま彼女からヴァージンを奪っていただろうが。

それでもニコルが言ったことが信じられなかった。あの晩、〈マーメイド〉で彼女がわたしに向けた表情はそれで説明がつくのか？　彼女はそんなふうにわたしを見ていたのか？　飲んだくれだと？

デレクは屈辱のあまり胸が悪くなった。その感覚は今まで経験のないものでひりひりと痛く、まったくありがたくないものだった。なんてことだ。立ち上がって、さっきの言葉を撤回するまで彼女を揺すぶってやりたいという衝動を必死にこらえた。

そしてデレクは、ニコルがごま塩頭の水夫に胸を張り、目をきらめかせて近づいていくのをこっそり観察していた。ニコルは王族のような威厳があった。

「チャンシー、今すぐ、ここを出なくてはならないわ。わたしは二度と彼と関わらないと約束したでしょ。彼はこのまま放っておきましょう」警告するようにしめくくった。

水夫はためらった。それから首を振り、ドアの方にずかずかと歩いていったが、戸口を通り抜けるには頭をかがめなくてはならなかった。二人で出ていきながら、水夫は彼女がもっと早く送り返されるべきだったとかなんとか、ぶつぶつ言った。

デレクは立ち上がりかけたが、目の前に闇が広がり、腹立たしいことに船室の床にまたなす術なく倒れこんだ。今夜は彼らを追っていける状態ではなかったが、それはどうでもよかった。いつか二人にこの報いを受けさせてやる。

たとえ殺されても彼女を自分のものにしてやる。そして、わたしを――たしか彼女は馬鹿馬鹿しい呼び方をしていた――略奪者などと呼ぶべきではないことを思い知らせてやる。女性にとって略奪者だと？　絶対に、彼女はわたしに慈悲を乞うことになるだろう。

怒りにまかせて、デレクはもう一度立ち上がろうとした。しかし、赤ん坊のように体に力が入らなかった。頭がずきずきして、さまざまな考えが頭を駆け巡る。それは常にニコルに関わるもので、すべてが混沌として、混乱して……。

軽やかな足音が聞こえ、デレクは目を閉じた。ニコル。

しかしニコルが戻ってきても、混乱をすっきりさせてくれる助けにならなかった。それどころか、彼女が部屋に入ってきて、やさしく毛布をかけてくれたとき、これは幻想にちがいないと考えたほどだ。痛む頭にそっとキスをされ、ニコルが彼の髪に向かってこうささやいたときは、夢を見ているのだと確信した。

「今夜はありがとう」

そして彼女はさっと立ち上がると、消えてしまった。

六十時間。グレート・サークル・レースはあと六十時間で始まる、デレクはニコルがどこに消えてしまったのか見当もつかなかった。彼とクルーで彼女を見つけるまで、絶対に出港するまいと決意を固めていた。この状況が解決されるまで、七カ月も待つつもりはさらさらなかった。

〈ベラ・ニコラ〉号やその近辺でも見つからなかったため、デレクの命令で、クルーたちは海辺に近い宿を片っ端からあたった。波止場を捜し回り、彼女を見つけたら報奨金をはずむと町じゅうに触れ回ったが、どの手がかりも行き止まりだった。

デレクは鼻のつけねをつまんで、机を見下ろした。すでにニコルはわたしを誘惑しているのだから、手に入らないものを追い求めているわけではない。椅子にもたれ、あの夜のことをもう一度思い浮かべてみる。てっきりニコルはわたしを結婚という罠にはめるつもりかと思っていたが、断固としてわたしを拒絶してその考えを否定した。そのくせ、あんなふうにわたしを求めたのだ。

あの夜のことを再現するのはやめよう。いつものように、放縦な彼女のふるまいと、高みに上りつめたときの強烈な感覚を思い出したら、痛いほどに興奮してしまった。棍棒で殴られたあとですら、彼女のキスは甘美に感じられた。そして彼女はわたしに感謝して、姿を消してしまった。

もうたくさんだ。そろそろ、すべての出会いは自分の想像が作りあげたものだと信じたくなった。だが、今も彼女の香りを嗅ぐことができ、その味を唇に感じることができる。唐突な終わり方は気に入らない。もう一度ああいうことが起きてほしかった。

どうして殴られたのかは理解できたが、だからといって、自分の船の上でわたしや警備の者たちが殴られたことに対する怒りがおさまるわけではない。あれからもうろうとしてひと晩過ごしたのだ。ニコルが言っていた容疑者リストとは何か、そして、なぜわたしの船の中を探し回ったのかを知る必要がある。最大の敵の娘が好き勝手をしているのは大問題だ。しかもニコルはなにやら企んでいるらしい。見つけて問いたださなくてはならなかった。

ニコルを客用の船室に残していったのは、そこから出ないと思ったからだ。わたしの指示に従わなかった人間などかつていなかった。だが、あの小娘はわたしが昇降口に上がっていったとたん部屋を出ていったのだろう。昇降口では、警備の一人をひっぱたいて乗船してきたリディアが、ヒステリックに金をもっと要求していたのだ。

リディアが現れるまで、ニコルのことで頭がいっぱいで、何日もあの魔女のことを考える時間がなかった。もっともリディアは何年もわたしにとりついているようなものだが……。

ドアがノックされ、はっと物思いから覚めた。

入れと応えると、驚いたことに弟が戸口に立っていた。正確に言うと、頭をかがめて戸口から入ってこようとしていた。この五年間でグラントがすっかり大人の男になったことに、どうして気づかなかったのだろう？　グラントはもともと背が高かったが、二十八歳の今、長身で手足の長いほっそりした体形になっていた。

デレクはグレーで、グラントはブルーの目をしていたし、その顔からはデレクのようにすさんだ暮らしや憤怒はうかがえなかったが、二人は肉体的にはほぼそっくりだった。ただし、性格はこれ以上ないほどかけ離れていた。デレクは快楽に溺れ、無責任な道楽者をきどっていたが、グラントは地域社会の中心となり、とても控えめな大人になっていた。それでもグラントがもっと若いときはユーモアセンスのあるお調子者で、厄介ごとをしょいこむ才能があったのをデレクは覚えている。

「おはよう、兄さん」グラントは机の前の椅子にすわった。弟の全身から権力と決意が発散されているのが感じとれる。それに応じるように、デレクはさらに椅子に沈みこむと、傷だらけのブーツを机の上にのせた。

弟のことは好きだったが、それでも先日の夜、あんなみっともない姿を見られたせいで気まずかった。デレクは挨拶を省略してたずねた。

「どうしたんだ、グラント？」

グラントは設備の整った部屋を見回してから深く息を吸いこんだ。

「実は航海に出る前に兄さんと話したかったんだけど、このあいだの朝はぼくが起きる前に家を出ていったから」

「じゃあ今、話してくれ」

「いいとも」グラントは身をのりだすと、慎重にたずねた。「兄さんはベルモント卿のことを知ってるね？」

その言葉にデレクは関心を惹かれた。

「あのいかれた老いぼれのことは誰だって知ってるさ。彼がどうしたんだ?」

「今週、ぼくに会いに来たんだ」グラントはひと呼吸置いた。「彼の家族を捜すことを条件に高額の報酬を提案してきた」

「なんだと」デレクは頭を振った。「ベルモント卿がおまえのところに来たのは、たんに、ロンドンじゅうの船長と船主にその馬鹿げた依頼を断られたからだよ。わたしも含めてね。わたしは笑い飛ばして、会社から彼を追いだした」デレクは弟の無表情な顔を観察した。「いったいベルモント卿は何を提案してきたんだ? 少なくとも十回以上さまざまな試みをしていて、すでに財産を使い果たしているはずだぞ」

グラントは弁解じみた口調でこう答えた。

「ぼくが成功したら、亡くなったときにベルモント・コートの地所をくれると言うんだ」デレクは驚いて口笛を吹いた。「ほう、よほどせっぱつまっているんだな」ベルモント卿は捜索費用を捻出するために、相続人がいない土地を売ろうとしていると噂されていた。

この会話には酒が必要だ。デレクは立ち上がるとブランデーのボトルをつかんだ。勧めるようにグラントの方にボトルを振ったが、予想どおり、弟はきっぱりと頭を振って断った。まだ正午にもなっていなかったが、グラントはデレクがグラスに酒を注ぐのを見ても驚いていないようだった。

「まさか彼の提案を検討しているんじゃないだろうな」デレクは机に戻る前に肩越しにたずねた。

「ああ、結局断ることにした」グラントは認めた。「だけど、それで考えたんだよ――行きたいと思えば、行くことができるはずだって」

「それはどういう意味なんだ？　おまえはペレグリン海運の権利の半分を所有している。好きなところに行けるが――」

「いや、行けないんだ」グラントはさえぎった。「ホワイトストーンと兄さんの放置してある他の地所の管理で手いっぱいなんだよ」

「馬鹿な。わたしは財産管理人を置いているし――」

「そいつは数カ月前にクビにしたよ。残念ながら多額の金を兄さんからだましとっていたうえに、小作人からも搾取していたからね」弟は暗い顔になった。「小作人にまでひどい真似をしているのでなかったら、口を出さなかっただろうけど」

デレクはショックを受けて椅子に寄りかかった。財産管理人が使いこみをしていたという知らせだけではなく、グラントが兄の破滅に見て見ぬふりをしたかもしれないことが衝撃だった。デレクはぐいとグラスをあおった。

「どうしてわたしはその件について何も聞かされなかったんだろう？」

グラントは何カ月も無視されている机の上の手紙の山に、いらだたしげに顎をしゃくった。「あらゆる手段で兄さんに知らせを送ったよ。その山を探してみれば、船に届けられた手紙が何通か見つかるだろう」

デレクはおどおどした態度を見せるまいとした。

「ああ、そういえば、見る時間がないときに何通か手紙を受けとったかもしれない」

グラントは肩をすくめた。「ようするに、兄さんがいきなりいなくなったあと、ぼくがあらゆることに目を配っていなかったら、兄さんはひどく困った立場になっていたってことだ。そして、ぼくはそのことにうんざりしてきたんだよ。ぼくはホワイトストーンを継ぐように育てられていないし――」

「わたしだってそうだ」デレクはさえぎった。兄ウィリアムが亡くなってから何年もたつが、すべての責任が自分の両肩に背負わされていることを、デレクはいまだに受け入れられずにいた。

「ぼくのものじゃないんだ」グラントは感情を抑えた声で言った。「ホワイトストーンはぼくの地所じゃない。ぼくは自分の地所を手に入れたいんだ。自分のやり方で。自分にとってなんの未来もないもののために働くことがどんなにつらいか、兄さんにはわからないだろうね」

「どういう意味だ、なんの未来もないとは？　おまえはわたしの相続人だ。すべてはおまえのものになるんだぞ。しかも、わたしは長生きするような生き方をしていないしな」

「いつか兄さんには別の相続人ができるよ」グラントは静かだが、断固とした口調で言った。

グラスを握っていたデレクの指が白くなった。「わたしは絶対に相続人を持たない。この話はもうすんでいるだろ。絶対にそれはないよ」

グラントは片手で顔をこすった。ふいに、とても疲れ、完璧な自制心が失われかけているように思えた。

「そんなことは信じられないよ。ぼくは海運業の仕事をしたかったけど、兄さんがその仕事を引き継いだら、不可能になる」

「この会社のわたしの持ち分は半分だけだ」

「だけど、何年も前にどうしてこの会社を設立したかを考えてくれよ。ぼくたちは航海術を学んだし、ウィリアムが生きていて跡取りになったときに困らないよう、自分たちで生計を立てたいと考えたんだろ。今は伯爵位は兄さんのものだ。リディアとのことがあったあと、兄さんはあまりにも……」グラントは困ったように口を閉ざした。「まあ、ぼくが会社の指揮をとってきた。だけど、いいかい、もう何年もたっているんだ。兄さんは運命を受け入れる時間がたっぷりあったはずだ。兄さんが誰か代わりの人間を見つけ、ぼくを兄さんの義務から解放してくれない限り、ぼくの人生は棚上げになっているんだよ」

デレクはそんな観点から見たことがなかった。地所に寄りつかないことで、グラントにも他のみんなにも恩恵をほどこしているとさえ思っていたのだ。だが実際は、弟がすばらしく有能だったおかげで、デレクは家も、それに付随する心配事も避けていられたのだ。

今、グラントにとってそうした義務が負担になっていると聞き、デレクは自分の仕事に弟を縛りつけているのは不公平だと悟った。しかし、今はその問題について考えられなかった。それにグラントはリディアとウィリアムについて一度に口にするほど思いやりがない人間じゃなかったはずだ。

「どうでもいいことだ、グラント。わたしには他に計画があるんだ。わたしがいないあいだ何があろうとかまわない。誰もおまえを縛りつけないよ」

苦い失望が弟の目をよぎり、彼は立ち上がると背中を向けた。あきらめたらしく、グラントは船室の窓辺に近づき、波止場の光景をじっと眺めた。デレクはだまされなかった。この件について聞かされるのはこれが最後ではないだろう。そして、今ここで終わったのは、グラントが感情的なやりとりを嫌っているせいなのだ。

話題を変えて、グラントは言った。「ともあれ、このレースで兄さんが船長を務めることを喜んでいるんだ。うちの船にぜひ勝ってほしいな」彼はデレクをじっと見つめた。「うちの船が勝つことがどうしても必要なんだよ。ぼくたちの評判はがた落ちになってるからね。去年一ダースの船荷をなくしたんだから、当然だろう？　でも、兄さんはしじゅう、きわめて危険な契約を結んでいる。気づいていないかもしれないが、ぼくたちはいくつかの契約を白紙にされているんだ」

「もちろん気づいているよ」デレクは不機嫌に言った。本当に気づいていた。海運業では、過去の業績と評判に基づいて契約が結ばれる。したがって何度も船荷を紛失し評判が傷つくことは、商売にとっては致命的だった。

「ラシターがこのレースに勝ったら、彼の会社は揺るぎないものになるだろう。そして、ぼくたちの仕事をやすやすと奪うにちがいない」

「そんなことは絶対に許さない」

グラントが眉をひそめた。「どうして兄さんたちは、これほど憎みあっているんだい?」

どう答えようかと考えながら、デレクは酒を飲んだ。「あいつはアメリカ人ならではの貴族への反感から、わたしに嫌がらせをしているんだ。人は自力で道を開くべきだとかなんとか、そういうたわごとのせいでね」デレクは顔を上げ、グラントも同じようなことを言ったことがあるのに気づいたが、弟のしかめ面は無視した。「彼がゼロから必死に働いているのに、わたしが生まれながらにあらゆるものを与えられていることについて、耳を貸してくれる相手なら誰彼かまわず文句を言っているらしい」

「それが事実じゃないことはわかってるだろう」グラントは言った。「それに兄さんは?どうしてラシターを憎んでいるんだ?」

「もちろん、おまえが言っていた一ダースの積み荷の件だよ。ラシターは少なくともそのうちの四個については直接の責任がある——」

ドアがノックされ、緊迫した会話を邪魔した。

デレクが入れと言うと、ジェブが現れて言った。

「船長、運んでいく品物が届きました。船長が出航すると決定するまでは腐る物は積みこまないってことを確認しときたかったので」

グラントはデレクの表情を目にして拳を握りしめた。

「出航の決定だって?　いったいどういう決定なんだ?」弟は声を絞りだすようにして言った。「どうしてまだ食料を積みこまないんだ?」

ジェブは逃げだした方がいいと判断して、「すまない、船長」と言うなり、そそくさとドアを閉めて出ていった。

「落ち着いてくれ。航海の計画は立てている。ただ、まだ完全じゃないんだ」弟の一歩も譲るまいという表情を見て、しぶしぶニコルについて説明を加えた。

「兄さん、ぼくを馬鹿だと思っているんだな」グラントは話が終わると言った。「まさか女性を捜しているって説明を信じると思っているんじゃないよね？　よりによってラシターの娘を」

「本当なんだ。それに、わたしにとっては重要なことなんだよ」デレクはぐいとブランデーをあおった。「おまえはどうやら聞いていないようだが、ラシターは今留置場にぶちこまれてるんだ。おそらくレースが終わるまでね。彼がいなければ、〈サザンクロス〉号に競争相手はいない」

グラントが新しい情報をのみこむと、デレクは続けた。

「それに、今日出航する緊急性はあるのか？　わたしは勝つつもりだが、万一勝たなかった場合、考えられる最悪のことは何だ？　さらにいくつかの契約を失うことか？　だからといって、わたしたちの銀行口座が空にならないのはわかってるだろう」

グラントは机に体をのりだした。「兄さんにはプライドってものがないのか？　レースで勝てばペレグリン海運は英国で最強の会社になれるし、まさにその一歩手前までいってるんだぞ。だけど、女一人のせいで、兄さんもろとも会社を破滅させるつもりなんだね？」グラントはじっと兄を見つめた。「あのアメリカ人にいいようにされてけっこうなことだ。ぼくたちよりも、彼の方が上手なんだよ」

「それはちょっとちが――」

「よくわかっているはずだよ。ぼくたちが雇っている人々のことを考えろよ。会社で働いている連中はどうなるんだ？　水夫の家族たちは？　会社が大きくなり、港町を生き返らせるのを見ているのがどんなにうれしかったか、口では言えないぐらいだ。なのに今、他の人々のことは一切考えずに、兄さんはぼくが誇りに感じているものをすべて破滅させようとしているんだ」

デレクはグラントをいらだたせるためだけに、どうでもよさそうに肩をすくめた。

グラントは嘆息すると、作戦を変えた。

「兄さんはかつてつきあっていた人たち全員を遠ざけるつもりかもしれないが、家族はそうはいかないんだ」

「じゃあ、それが問題なんだな？」デレクは問いつめた。「おまえの上流社会での立場が？　これで見えてきたよ、おまえと母上はレディ・サラの夜会で、堕落した酔っ払いの相続人の話を聞いたんだろう。連中はわたしの噂をささやいていたのか？　そもそも旧家にとって会社経営は恥ずべきことなのに、それすら破滅させかけていると？」

どちらも譲らず、にらみあった。

氷のような目つきで、とうとうグラントは宣言した。

「兄さんが出航しないなら、うちの船でレースに出る」

それによってどうなるかをデレクは悟った。そう、たしかにわたしはニコルを捜すのに好きなだけ時間をかけられる。しかしそうなると、わたしは地所の管理をしなくてはならない。

「それはだめだ。わたしが出航するよ。その気になったら」

グラントが憤然としてにらみつけてきたので、飛びかかってくるにちがいないとデレクは覚悟した——それどころか、そうなることを期待した。しかしグラントはとてつもなく強い自制心の持ち主だった。グラントは自分を抑えたが、怒りに満ちた声でこう言った。

「またもや女性のために自滅しようとしているようだね。ただし今回は、周囲の人々も巻きぞえにしようとしているんだ」グラントはドアに向かいかけて、振り返った。「兄さんはぼくがこれまで出会った不快な連中の中でも、折り紙つきの身勝手な人間だ。血がつながっているだけに、いっそうそれが悔しくてならないよ」

9

「チャンシー、少し落ち着いたら？」

「ここにはもう一分だっていたくねえんだ」チャンシーはぶつくさ言いながら肩越しに振り返って、びくついた目で祖母の豪奢なアトワース・ハウスの客間を見回した。さっき見たときと、貴重な調度品はまったく変わっていないのに、なぜか彼はいっそう怯えた顔つきになった。

ニコルは首を振った。「わたしだっていたくないわよ」サザーランドが波止場を捜索しはじめたので、こうするしかなかったのだ。船はもちろん、波止場近辺にいるわけにはいかなかった。「そんなふうににらみつけていても、花瓶が本気であなたの腰に突撃して骨を折りたいと思ったら防げないわよ」

チャンシーはニコルをにらんだ。ここでふた晩過ごしたが、彼ほど不安になっている人間は見たことがなかった。おまけに、ぴったりとした襟をひっきりなしに引っ張っている。屋敷以上にチャンシーを怯えさせた侯爵未亡人が、二人にドレスコードを守るように命じたのだが、彼の巨大な体格に合う服を見つけるのはほとんど不可能に近かった。それでも侯爵未亡人は譲らなかった。屋敷に滞在し、使用人用入り口以外のドアを使うなら、絶対にきちんとした服装をするようにと。

いきなりチャンシーは立ち上がった。「今日こそ、やっと対決するつもりだ」

ニコルは大きく息をつくと、テーブルに置かれた小さなブドウの房に手を伸ばした。

「この件はもう話しあったでしょ。最後にサザーランドと〝対決〟した人間は、留置場に入る羽目になったのよ！」努めて、穏やかな声を出そうとした。「あなたまで失うわけにはいかないわ、いくらあなたがそれじゃ気がすまないと思っていても。それに考えてみて――ここなら安全よ。サザーランドが絶対に捜そうとしない場所だわ」

「おれはもう隠れているつもりはねえんだ。それに、あいつはあんたの名誉を傷つけたんだから、報いを受ける必要がある」

「名誉を傷つけた？」彼女は叫んだ。それから部屋を見回し、声をひそめた。「もう一度言うわ――わたしは汚されていないの。たとえ汚されたんだとしても、あなたはわたしがあのろくでなしに一生縛りつけられるのを見たいの？」

チャンシーはぎゅっと唇を結び、天井を見上げてから、きっぱりと答えた。

「いや、あんたはおばあさんと約束したように結婚するだろう」

「そのとおりよ」チャンシーにもようやく話がわかってきたのかしら？

「それでも、おやじさんに黙っていたくはない……」

サザーランドの船で起きたことを父親に伝えるかどうかで、二人はずっと口論していた。

そんなことを知ったら、留置場にいる父親はサザーランドに今すぐ報復できないせいでどうかなってしまうと、どうにかチャンシーを説得したのだ。それに今後、父が彼を見つけたらどうなるだろう？　今度こそ二人は殺しあいをするだろう。

今のままでも、サザーランドについてはいろいろと厄介な問題があった。殴り倒される前から、彼はすでにニコルに腹を立てていた。自分と結婚させるようにわたしが罠を仕掛けたと考えているのだ。ニコルは彼の耳をつかんで、〝絶対にあなたとなんか結婚するものですか、なんて傲慢なの！　チャンシーはわたしを守ろうとしただけよ〟と叫んでやりたかった。チャンシーが言ったように、わたしたちはただ〝頭をちょっと殴り、鼻をつまんだだけ〟なのだ。サザーランドを殺そうとしたわけではなかった。

だがサザーランドのせいで、ニコルとチャンシーはメイフェアの祖母の屋敷に潜伏することになった。サザーランドのクルーが定期的に留置場を調べているので、父親を訪ねることすら控える羽目になった。

ニコルはサザーランドに憤慨していた。それなのに、どうして彼と二人で過ごしたひとときがひっきりなしに頭に浮かび、夜の眠りを邪魔するの？

朴訥な言葉ながら、チャンシーはあの男のことを考えるのはやめろと言った。あいつにとって、あれは一夜のお遊びで、あんたは放蕩者のベッドの新しい女の一人ってだけだ、と。チャンシーに言われたことに、ニコルは背筋が寒くなった。サザーランドはろくでなしだと承知していたが、キスや愛撫にはとても情がこもっていたので……自分は特別な相手だと考えていたのだ。

執事のチャップマンが客間のドアをノックしたので、ニコルは物思いを破られた。執事は申し訳なさそうにこう告げた。

「侯爵未亡人がどうして正面玄関に馬車を回すように命じたのか、知りたがっておられます」

「父に会いに行くつもりなの」

チャップマンは重々しくうなずいた。

「それがお答えでしたら、正面ではなく路地の方につけていただきたく存じます」

ニコルがきっと目を細めたので、チャップマンはあわてて咳払いをした。

「次からはそうすると伝えて。ありがとう」ニコルは部屋を出ていく彼の背中に呼びかけた。

それから、父親を訪ねるときにつける贅沢なベールの支度を始めた。サザーランドのクルーたちは、豪奢なドレスを着て留置場に現れた女性をニコルだとは思わないだろう。

「聞いてちょうだい、チャンシー――」

「クリスチナ・バニング！」黒いスカートの衣擦れの音が聞こえ、祖母が戸口で叫んだ。全身から怒りを発散させていて、小柄な女性であるにもかかわらず、その体が戸口をふさいでいるように見える。

「わたしの名前はニコル・ラシターです」二人は名前の呼び方についての小競り合いをこれまでに百回はしていた。祖母はニコルにミドルネームと母親の旧姓を使わせたがっていた。

無事に結婚するまで、ジェイソン・ラシターの船に乗っている娘とイヴリン・バニングの孫娘を誰も結びつけないようにするためだ。

老婦人は眉をひそめた。ニコルは闘いが続くことを覚悟した。不思議なことに、祖母との意固地な闘いがなぜか楽しみになりかけていた。

「わたしのルールに我慢できないなら、結婚するために戻ってこなくてけっこうよ。誰もあなたと結婚したがらないでしょうから。あなたが何者か知ったら、きれいでも持参金があっても意味がなくなるわ。高い地位にある男は、あなたのような過去のある女性を妻にはめとらないでしょう」

「本気でわたしがきれいだと思っているんですか？」ニコルは相手をいらだたせようとして、わざと作り笑いを浮かべながらたずねた。

祖母はニコルの質問を無視した。「このことはどうあっても知られてはならないわ。二十年間、わたしはあなたのわがままな生き方を隠してきました。ニコル・ラシターは水夫よ――わたしの家ではあなたはクリスチナ・バニングなの」

数分間言い争った結果、侯爵未亡人は言った。「わたしの言葉をしっかり心に刻んでおくことね。自分のためにこんなことを言っているんじゃないのよ。あなたのためなの！　どうやら簡単にわたしの世界に入りたくはないようね」チャンシーをひとにらみすると、祖母は部屋から出ていった。

チャンシーは目を見開いて首を振った。「いつも言ってるが、あんたは理性よりも勇気があるよ。あの人は恐怖そのものだ、まったく」

このアトワース・ハウスにやってきてからというもの、チャンシーは侯爵未亡人にひっきりなしに非難を浴びせられ、ずっと惨めだった。そのことと、父に内緒にしておくという、彼にとっては嘘をつくも同然のことを承知したせいで、もはや忍耐の限界に近づいているように見えた。ニコルもその日の午後、父を訪ねたときに限界に達した。父から、レースまでに釈放されそうにもないと打ち明けられたせいだ。

「じゃあ、最大のレースが開催されているっていうのに、〈ベラ・ニコラ〉号はそのあいだ係留されたままなの？」その考えにニコルは泣きそうになった。父親とチャンシーの顔を交互に見る。

チャンシーは心配そうにちらっとラシターを見てから、彼女に視線を戻した。

「いや、ジェイソンがいなくてもレースに出場するって決めたんだ。おやじさんはこのレースで勝つために必死にがんばってきたんだから、出場しないわけにはいかない。おれが船長を務めるよ」

ニコルはチャンシーを見た。「資格がないでしょ」チャンシーは生まれながらの海の男だったが、字を読んだり操縦したりすることができないので、船長の資格を持っていなかった。

「船の経験はあるし、おれに足りないところを補える誰かを見つけるよ」

「たとえば、わたしね」当然の結論であるかのように言った。

ラシターが口をはさんだ。「それはだめだ、ニコル」

「じゃあ、誰が操縦するの？」せっぱつまってたずねた。

二人とも無言だ。

「誰なの？」

「チャンシーとおれはそのことを考えてみた。デニスがやるしかないな」

「デニスですって！」のんきな船の舵手を思い浮かべて叫んだ。「真面目に言ってるんじゃないわよね。わたしがいないあいだによっぽど彼の腕が上がっているんじゃなければ、うちの船は確実に海の藻屑になるわ。絶対に他にいい候補がいるはずよ。うちの他の船のクルーで誰かいない？」

ラシターは立ち上がって行ったり来たりしはじめた。

「いや、うちの船はすべて航海中だ。それにこのあたりの航海士は全員すでに予約済みだ」

「お父さん、わたしの方がデニスより腕がいいってことは知っているでしょ」

「それはまちがいない」

「じゃあ、どうしてだめなの？」

「わたしの娘だからだ。しかも、今回のレースでは地球上でもっとも危険な海に向かうんだ」

「だけど、お父さん……」脅してもすかしても、どちらの男も心を動かされなかった。チャンシーとクルーが航海しているあいだ、ニコルは祖母の家にいることになった。

「意見は絶対に変わらないのね？」

父は唇を結んだ。「絶対だ」

泣くべきか、いらだちのあまりわめくべきか、ニコルはわからなくなった。父は決心を変えないだろう。自分の思うようにやることに慣れているニコルにとって、今はまるで全世界が手を組んで彼女を邪魔しているように感じられた。

「ここから出たらすぐに、どこかいい場所に連れていってやるよ」ラシターは胸に手をあてて約束した。「コネティカットに行ってもいいな。ミスティックに行って、昔の隣人たちに挨拶してくるんだ」

「あそこでは数カ月しか暮らしていないわ。〈ベラ・ニコラ〉号がわたしの古い隣人よ」

父は大きくため息をついた。「辛抱するんだ、ニック。あと数日で、おまえの祖母の家に迎えに行くよ。約束する」

もっともラシターはそれがどこまで実現できるのか自信がなかった。

「弁護士は一週間でここから出られると考えてるよ」ラシターは楽観的な口調で言った。

「一週間も!?　どうして弁護士は異議を申し立てなかったの？」

またもや沈黙。

「どうしてなの、お父さん？」

「けんかの原因が表沙汰になるからだ」父はニコルの啞然とした顔に向かって、言葉を続けた。「あと一週間のことだ」

父はわたしのためにここにいるつもりなのだ。ああ、お父さん。

「実際、たいしたことじゃない。それに快適じゃないとは言えないよ」父は片手をぐるっと振った。

たしかにその部屋はさほどひどくなかった。鳥が巣作りするように、ニコルはその部屋にアトワース・ハウスからくすねてきた毛布、枕、ラグを運びこみ、看守を脅して、父親の環境を滑稽なほど贅沢に整えることを許可させた。父にはトランプ、ペンとインクが与えられ、祖母のコックに頼んで釈放されるまで日に三度食事を運ばせることにした。ニコルは父親が快適に過ごせるように手を打ったのだ。

彼女が航海に出たあとも。

別れを告げると、ニコルは何もかもふだんと変わらないようにふるまったが、いつもより も長く父を抱きしめた。祖母の最高級の馬車のふかふかした座席に落ち着くと、ニコルは自分の決心を思い返した。

この航海を終えたら、侯爵未亡人の望みに従って結婚させられても、その思い出だけで幸せに生きていけるだろう。祖母が彼女のために選んだ男と結婚し、偽りの人生を送ることになったとしても。祖母は保釈金と弁護士を手配したことを、しつこく恩に着せた。ニコルもその恩に報いるつもりだった。

もちろん父はわたしが出航したことを知ったら卒倒しそうになるだろう。祖母も同じにちがいない。しかし、こうするのが正しいのだ。彼女自身のためだけではなく、父とクルーのためにも。彼らはわたしがアトワース・ハウスにおとなしく残り、デニスが――いい水夫で、すばらしい舵手だが、航海士としてはいまひとつだ――〈ベラ・ニコラ〉号を走らせる責任を負えると思っているのかしら？

とんでもないわ。これまでわたしは一度だって期待どおりの行動をとったことがないのだから。

祖母には、ヨーロッパに学校時代の友人を訪ねて次の社交シーズンのためのドレスを買う、と言うつもりだった。うまくやれば、わたしがいないあいだ、祖母に父に目を配ってもらえるだろう。

それからチャンシーがいる……。

レースの朝、アトワース・ハウスから私物箱を引いて馬車で出かけるとき、これからしようとしていることにちょっぴりだけ不安と、ささやかな罪悪感を覚えていた。釈放後にわたしを追ってくるなら、わたしを信用していないと、わたしではレースを完走できないと考えているものとみなします、という手紙を父宛に書いた。やや大げさだとしても、その手紙は本心だった。良心の声が止めようとするたびに、完走して最後には父に感謝させてみせると心に誓った。

「おはよう、チャンシー」四角い背中に向かって呼びかけると、ニコルは〈ベラ・ニコラ〉号に乗船した。チャンシーはぎくりとして肩をこわばらせ、ゆっくりと振り返って彼女を見た。

「まさか甲板にいるのはニコルじゃねえだろうね」

「そのまさかよ、残念ながら」ニコルは言うと、鼻先を指でたたき、横柄な態度で彼に指を突きつけた。「それから、このまま船にいるつもりよ。だから、わたしの私物箱を船に積んで、出航しましょう」

ニコルは近づいていき、チャンシーの視線を受け止めた。

「チャンシー、わたしをこの船から追いだしたら、まっすぐ〈サザンクロス〉号に行って、サザーランドといっしょに航海するわよ。彼がわたしを乗せてくれるだろうことはわかってるでしょ」ニコルは抜け目なくチャンシーを見つめた。

「なんてこった！　おやじさんが心臓発作を起こすぞ。そうじゃなくても、絶対追いかけてくるはずだ」

「いいえ、それはないわ。手紙を書いたから。お父さんは大丈夫よ」ぶっきらぼうに答えたが、実のところ、あの手紙で父がおとなしくロンドンにとどまっているかは疑わしかった。

「いずれにせよ、このレースに出場するつもりなの。あなたにはわたしが必要なんだから、いっしょに航海した方がいいでしょ」

チャンシーがそれでも躊躇していると、ニコルはだめ押しをした。

「直感に従えっていつも言ってるじゃないの。本能の声に耳を澄ませって。そして今、わたしの本能は、このレースに参加するべきだと言ってるのよ」

チャンシーはその考えに心を動かされたように見えたが、またすぐしかめ面になった。

「サザーランドが出航するまでここにいるさ。そうしたらこの船から下ろしたときにあんたが転がりこむ船はもうないぞ」

ニコルはやり返した。「彼の船に行けば、今日は出航しないってわかるわよ。あと二日は出航しないという噂ね。もしかしたらチャンシー、彼はまだわたしを見つけようとしているのかも」そんなことは信じていなかったが、こう主張すれば、チャンシーをあきらめさせることができそうだった。「わたしの居場所を彼に知らせてこようかしら」

ニコルはきびすを返しながら、自分でもこんなふうに駆け引きできることに驚いていた。しかし、今回は例外だった。どうしてもレースに出なくてはならないのだ。

ニコルが道板までたどり着いたとき、チャンシーは罵詈雑言を吐き、しゃがれた声で怒鳴った。

「くだらんダンスの練習で、計算や数字を忘れていないことを祈ってるよ」

〈ベラ・ニコラ〉号からかなり上流で、デレクはブランデーのボトルを手に午後をだらだらと過ごしていた。レースはもうすぐスタートするだろう。そこで彼は船室を出て甲板に上がった。満潮のせいでいつもよりも新鮮な空気を胸いっぱい吸いこむ。そして、世界でもっとも速い帆船がぎっしり浮かび、高いマストが林立している港を眺めた。公式のバンドが演奏する音楽が水を伝わって聞こえてくる。テムズ川の岸辺沿いに商店主が色とりどりの屋台を出していて、全出場者の国旗があちこちで翻っていた。大きな催しだった。デレクとクルーたちは本来なら参加するはずだったが、今はそんな気になれなかった。

ライヴァルたちの装備を調えた染みひとつない船を目にしたら、港に残ることを選んだのが愚かしく感じられるかもしれないと思っていた。デレクは敵たちの船を眺め、習慣で観察したことをメモしたが、自分の決断に後悔はなかった。なぜだかわからないが、出航の前にニコルを見つけなくてはならないと思った。自分自身にはもちろん、憤慨した弟にも、不機嫌なクルーたちにも説明できなかったが、それが最優先するべきことに感じられていた。

決断を伝えたときの茫然としたクルーたちの顔を思い出して、デレクは含み笑いをもらした。賭け金の支払いで、すばやく硬貨がやりとりされるのも見逃さなかった。まあ、笑いたければ笑うがいい。彼女を見つけるために出航を遅らせるという決断は……正しいのだ。

ほろ酔い気分は、〈ベラ・ニコラ〉号が他の船のあいだに見えたとたんに一気に醒めた。ラシターはまだ留置場にいるし、別の船長を見つけようともしていなかったはずだ。では、誰が船を操縦するというんだ？

デレクは舵輪のところに急ぎ、小型双眼鏡を手にとった。震える手で船に焦点を合わせる。輝く髪をなびかせて、ニコル・ラシターが〈ベラ・ニコラ〉号の船首に立ち、彼の船を追い抜いていった。チャンシーがブリッジにいる。

デレクは信じられずに首を振った。片手で顔をなでる。それから、何年も感じたことのない興奮を覚えながら、クルーに向かって命令を下した。

「出航の準備をしろ！」

10

ニコルとチャンシーは昼間じゅう口論をしなかった。

だがその晩……。

「あんたはいったい何を考えてんだ？」

夕食の席でチャンシーは怒鳴った。あまりに声が大きかったので、ニコルはスズの皿がカタカタ鳴ったのではないかと思ったほどだ。

ニコルはふっと息を吐いた。

「丸一日けんかせずに過ごせると思ってたのに」

彼は大きな手でマグの取っ手をつかみ、テーブルにドスンとたたきつけるように置いた。

「これは遠足じゃないんだ。おれたちはザ・フォーティーズ（スコットランド北東海岸からノルウェー南西海岸にかけての海。海深が六十メートル以上ある）に入ろうとしているんだ。どんな嵐に出くわすことになるかわかってるだろ」

「わかってるし、待ちきれない思いよ」ニコルはビスケットにたっぷりバターを塗ると、大口でかじった。

「あんたのためにコースを調整しなくちゃならねえんだ。くそ、そもそもこんなレースに出るべきじゃなかった」またマグをドスンとたたきつける。「あんたが乗っていたんじゃチャンスがない」

「それはまちがってるわ」ニコルはきっぱりと言うと、自分のマグをドスンと置いた。「わたしは船を操縦して、このレースに勝ち、会社を建て直すつもりなの。あなたがお父さんとわたしたちの将来を危険にさらしたくないなら、落ち着いて、何があっても切り抜けていきましょう」

「サザーランドのことは？　あいつがクルーに何か叫んで、全員が甲板の上を走り回ってたぞ。やつは追ってくる。やつはこれからどうすると思う？」

「これから一万三千マイルのあいだわたしたちの後を追ってくるんじゃないかしら」チャンシーのいらだたしげな顔つきを無視して、ニコルはにやっとした。リンゴとナイフをとると、ゆっくりと切りはじめた。「もう海の上なんだから、彼に何ができるっていうの？　わたしたちをつかまえる？」

彼女は鼻で笑った。

「いや、〈ベラ・ニコラ〉号はつかまえられない。でも、万一ってことがあるだろ？」

「どうかしら。ああいう人間は理解できないわ。チャンシー、どうしてサザーランドは今日出航する計画を立てていなかったのかしら？　これがおそらく生涯でもっとも重要なレースであっても、彼にはどうでもいいのかしらね？」

「ああいう男は、ときどき何もかもどうでもよくなるんだろ」チャンシーは答えながら、マグから手を離し、皿をわきに押しやった。

「どうして？」

チャンシーはポケットに手を入れて、陶製パイプの煙草をとりだした。

「自分に対する希望をなくしたからさ」

「そうなると、人はどうなるの？　永遠にそんなふうなの？」彼女はたずねてからつけ加えた。「まあ、そんなふうに疑わしげな目で見ないでちょうだい。何か企んでいるわけじゃないの。ただ興味があるのよ。彼とは二度と会わないかもしれないわ」

チャンシーは疑わしげに彼女を一瞥してから、説明を始めた。

「人間は変わることができる。ただし、変われるのは未来の日々に期待できるときだけだ。毎日毎日朝が来るのを恐れていたら、未来なんてどうでもよくなるさ」

「奥さんが亡くなったとき、あなたはそうなったの？」

チャンシーがパイプを深く吸うと、がっちりした胸がさらに大きくふくらむ。それから彼はゆっくりと煙を吐きだした。

「そうとも。ひでえ状態だった。あんまりひどかったから、おれは生きることを放棄したんだ。だけど、おやじさんが水夫に雇ってくれた。あのアメリカ人はノーと言うのを許しちゃくれねえからな。おれが女房を亡くしたときの気持ちを船長は理解できると言ってくれた。それにすぐわかったんだ、おれは船長を手伝ってあんたの面倒を見なくちゃなんねえって。あんたは猛烈におてんばで、やりたいことだけをやってた。しかも、おやじさんはあんたには厳しくできなかったしな。今でもそうだな、はっきり言わせてもらえりゃ」彼はぶつぶつ言った。

ニコルは最後の意見は無視した。「じゃあ、わたしたちはあなたが希望をとり戻すお手伝いをしたのね?」

「ああ。これからの日々がよくなるんじゃねえかって希望を持てるほど人生を変えるには、けっこう苦労したがね」

未来に希望を持てないから、サザーランドは人生で与えられたものをむだにしているのかしら? 彼があまりに多くのものをむだにしていることが、ニコルは腹立たしかった。その怒りはかきたてておく必要があった。どういうわけか彼にやさしい気持ちを抱くようになり、それが彼女の弱点になっているからだ。サザーランドが本当は見下げ果てた人間だとわかったあとでも、そのやさしい気持ちは消えなかった。彼のことを考えると、必ず胸がきゅっとしめつけられた。でもサザーランドにとってはわたしはただの……遊び。チャンシーにわたしとサザーランドとの結婚の件を忘れさせようとして、あの不思議な夜にサザーランドについて言った言葉は、あのときは手厳しくおおげさに思えたけれど、考えてみればぴったりだわ。

最悪なのは、自分が心の底でそれを知っていることだ。彼は危険な香りをふりまいている。いかがわしい酒場で見かけたことがあったし、会う前から、放蕩ぶりについて耳にしている。

サザーランドを心から憎まずにいられたのは、自分も彼を利用していたからだった。あの夜までベッドで輾転反側しながら情熱について考え、頭がどうにかなりそうだったので、欲望と好奇心をどうしても満足させたかったのだ。

今もニコルは悲しい気持ちでベッドで寝返りを打っている。でも今度は情熱とは何かを知ってしまったからだった。

どうして彼はわたしと同じように心を揺すぶられ、渇望を感じなかったのだろう？

「ニック、なんだか泣きそうに見えるぞ」パイプに火をつけ直しながら、チャンシーがおずおずと言った。

「え？」ニコルはかぶりを振った。「ただちょっと考え事をしていただけ……でも泣かないわよ」彼女はその考えに愕然とした。「わたしが最後に泣いたのを見たのはいつだった？」

チャンシーは少し考えこんだ。「八つのときに、索具の上に落ちて腕を折ったときかな。あんたは小猿なみにすばしっこかったからな」彼はしゃがれた笑い声をもらした。「おやじさんが発作を起こすかと思ったよ」

父親の話が出たので、ニコルは現在の状況に注意を戻した。サザーランドは父親が留置されていることにも、船の破壊工作にも一切関係がないのだ。だから彼の記憶は胸の奥深くにしまいこみ、頭からすっぱり追い払うべきだった。これから数カ月はそれでなくても厳しい日々が待っているのだから。

「とにかくがんばってやり抜かなくちゃ」ニコルはきっぱりと言った。「それがわたしたちのするべきことよ。お父さんはわたしたち二人を頼りにしているわ。今はまだこのことを知らないとしても。サザーランドみたいなろくでなしに、わたしの邪魔をさせるつもりはないわ」

ラシターの留置はその後、一週間ではなく二週間続いた。彼はニコルの手紙を受けとると、娘を引き留めるために何もできないことで地団駄を踏んだ。釈放されるやいなや、メイフェアに飛んでいき、アトワース・ハウスのドアをドンドンたたいた。

ラシターは年配の執事を押しのけると、ずかずかと客間に入っていった。ここは決して忘れられない場所だった。この部屋で、イヴリン・バニングは娘の死のことで彼を責めたのだ。ニコルを不作法だと批判した。そして、十二歳になると同時にニコルをこの広壮で陰気な建物に返すという約束をとりつけたのだ。それはラシターがこれまでに破った唯一の約束だった。

暖炉の上にかけられた大きなローレルの肖像画を目にして、はっと足を止めた。いや、おれはもうひとつの約束を破った。ブラジル沿岸の湿気の多い夜を、ずっといっしょに過ごそうとローレルに誓ったのだ。

おれは妻の命を救えなかったが、娘のあとを追うことはできる。

「ニコルはわたしの船でグレート・サークル・レースに出場してしまったんです」義母の前に立つと、前置きなしでラシターは切りだした。

侯爵未亡人はクロスステッチ刺繍の手を止めようともしなかった。

「パリかどこかに戻ると言ってたわ。オーストラリアにまた航海するのではなく」

「ニコルのあとを追いかけなくてはなりません。だが、うちの船で二週間以内に出航するものがないんです」ラシターは喉がつまった。「ですから……他の船に乗るための運賃が必要です」やっとの思いで言った。

それを聞いて、侯爵未亡人は刺繍の布を置いた。

「あきれたわ、ジェイソン！　そんな芝居がかったことをしないでちょうだい。わたしもニコルには腹を立てていますけど、もはやどうしようもありませんよ。じきに戻ってくるでしょう。社交シーズンの大半を棒に振ることになるでしょうけど」それで話は終わりだという口調でつけ加えた。「あの子の居どころを頻繁に知らせてちょうだい」

「状況をご理解いただいていないようですね。ニコルは危険に瀕しているんです。ですから追っていかなくてはならない」

ため息をついて侯爵未亡人は立ち上がった。

「馬鹿馬鹿しい。あなたはさんざんわたしに手紙を書いてきたじゃないの、あの子がどれだけ安全か、航海がどんなにあの子のためになるかと。今さら話を変えないでちょうだい」彼女は部屋を出ていこうとした。

「わたしがいっしょについていなければ、娘は安全ではないんです」ラシターは義母の腕をつかんで訴えた。侯爵未亡人は鋭い視線を向けたが、ひるまなかった。「今回の航海の問題点についてはお耳に入れたくないと思っていたんだが、他に選択肢はないようです。わたしは船会社数社を悩ませている奇妙な事故について、ずっと調査をしてきたんです。わたしの船も標的にされていることはまちがいありません。というのも、ニコルが船を破壊している二人組のごろつきに遭遇したからです。あの子はあわや命を落としそうになりました」

侯爵未亡人が恐怖のあまり息をのむのを目にしながら続けた。

「あの子は〝荒れ狂う四十度台〟として知られる緯度四十度の航路をとることになります。そこでは地球上で最悪の天候に見舞われるでしょう。わたしの船よりもずっと大きな船でもひとのみにできる三十から六十メートルの大波と遭遇することも珍しくない。彼らがたどっていく予定の航路には、まさに何千隻もの難破船が海底に沈んでいるんです。そしてニコルの性格からして、あの子はおそらく〝雄叫びをあげる五十度台〟へと船を進めるでしょう。そこはさらに――」

「知りたくありません！」侯爵未亡人が握りしめていたクロスステッチ刺繍が床に落ちた。「どうしてあの子をそんな危険なところに連れていったりしたの？」彼女は怒って叫んだ。

「それはわれわれの経験したうちでもっとも困難な航路でした。しかし、今回ニコルは競争相手の予定航路を知った。それは自殺行為に等しいものだった。しかし、相手が緯度四十度深くに入りこむと知った以上、あの子はさらに南へと回りこむでしょう」

「信じられないわ」侯爵未亡人は震える指で高い襟をぎゅっと握りしめた。「あなたがいけないんです、今回も！」

ラシターはつらそうに眉をひそめた。

「ふだんであれば、さほど危険ではないので、これほど心配しなかったでしょう。あの子は有能ですから。しかし、これまではまちがいなく船が完全な状態だった。でも今回は侵入者どもが何か船に工作したのではないかと不安なんです。船が波にいちばん揺すぶられるときに事故が起こるように仕組まれていたら、致命的です」

ラシターは訴えるように侯爵未亡人を見た。

「わたしはどうしても娘のところに行かなくてはならない。あの子はじきに生き地獄を味わうことになるでしょうから」

11

「困ったもんだ」ニコルは見習い水夫が甲板でつぶやくのを耳にした。

それは実に控えめな表現だった。つい数時間前、船は舵を失い、〈ベラ・ニコラ〉号は完全に操縦不能に陥っていた。アメリカ国旗がはためいている美しい堂々たる船はいまや、ブラジル沖に点々と浮かぶ釣り船にとって脅威になっている。

数時間後、どうにか間に合わせの舵をとりつけ、陸地に近づき助けを求めることにした。幸い、追いついてきたレース中の他の船に見られる前に姿を消すことができた。サザーランドにこんなありさまの船を見られたら、海に飛びこみたくなるにちがいないとニコルは思った。

ニコルはうつむけた頭を振り、船首を見上げてまた顔をしかめた。たしかに彼らは助けてくれる船を見つけられたのだが……。

〈ベラ・ニコラ〉号は鳥の糞をどっさり積んだ貨物船に曳航されていた。

ビスケー湾で絶え間ない嵐にもまれながら、デレクはひそかにそれを航海のもっともすばらしいところだと考えていた。そして、ひっきりなしにニコルのことが頭に浮かんだ。あの娘は競争相手のことをずっとスパイしていたのだ。競争相手全員を。わたしはそのリストの一部だったのだろう。

彼女が海図をのぞき見したのは知っている。そしてわたしがかなり南まで行くのを知った以上、それを上回ろうとするだろう。となると、わたしは予定していた航路よりも南極大陸に接近しなくてはならない。

ニコルを見つけたら……なんてことだ、どうするつもりなのかわからなかった。

六千マイル近くのあいだ、ほとんど南南西の進路をそれずに、辛抱強く〈ベラ・ニコラ〉号を追ってきた。すでに他の競争相手たちは抜いていた。ニコルは前方にいて、確実に彼女との差は開いていたが、デレクはこの位置に満足していた。南太平洋で追いつけることに自信があったのだ。どんな船も、その海域ではデレクの船ほどの力は発揮できなかった。

南アメリカ大陸の東端に近づき、海水がこの海域の珊瑚礁特有のエメラルドグリーンに染まりはじめると、クルーたちは沿岸から六十マイル離れた海上に地元の漁船を何隻か発見した。二位の位置を確保したかったので、デレクは近づいていき、漁船に合図した。地元民たちはジャンガーダという丸太作りのいかだ舟で近づいてきて、〈ディジーラド〉号はすでに通過したと報告した。

沈黙が甲板に広がった。タリウッド首位の知らせに全員が衝撃を受けた。〈ディジーラド〉号はすばらしい帆船だったが、タリウッドは潜在能力の半分の速度も出したことがなかったのだ。見下した態度と船長としての怠慢な仕事ぶりのせいで、帆走仲間のあいだでは嫌われ者だった。

タリウッドの首位だけでも驚くべき知らせだったが、さらに〈ベラ・ニコラ〉号がブラジルのレシフェ港に曳航されていったことも知らされた。

曳航？

ビスケー湾の中で貿易風にのって走っていくときに何隻もの船を抜かしたことから、デレクはいまや自分が有利な立場にいることを悟った。南へ進み、アフリカ大陸の喜望峰めざして東に進路を変えるあいだに、タリウッドから首位を奪回するのはぎりぎりの勝負になりそうだ。しかしデレクは停泊する余裕があった。ニコルがこれ以上リードを広げられないからではなく、彼女こそ、いや、彼女の船こそ第一の競争相手だったからだ。クルーにレシフェに向かえと命じてから、自分は着替えのために船室に行った。

デレクは狼のような笑みを浮かべた。レシフェに立ち寄るとっておきの理由を思い出したのだ。有名なマダム・マリア・デルガドの娼館だ……。

いきなり、二日前の夢が頭に浮かんだ。その夢の中で、ニコルは一糸まとわぬ姿でベッドのかたわらに寝ていた。両手でもどかしげにデレクの体をなで回す彼女の方を向くと、デレクは手を伸ばし、裸の体にきつく抱き寄せる。

ニコルの頭がそるほど強く飢えた唇を押しつけると、彼女は熱心にキスに応え、軽く舌をからませてくる。デレクは両手を彼女の体に這わせながら、ときおり親指で乳首を愛撫する。

むさぼるように唇を味わいながら、何度も何度も胸の先端をなでると、ニコルが体を激しくよじりはじめ、腰を突きだしてデレクの固くなったものに押しつけてきたので、彼はニコルに体を押しつけたまま爆発しそうになる。

かすれた小さなうめき声がニコルの唇からもれると、彼女を自分のものにしたくてたまらなくなる。その中に激しく身を沈めて、彼女をわななかせ、自分の名前を叫ばせたかった。しかしニコルの中に滑りこもうとするたびに、腹立たしいことに体をくねらせて彼を避けるのだ。ようやくデレクは彼女に体を重ね、両腕をわきに突くと、彼女の脚のあいだに両脚を置き、またもや彼女の口をむさぼる。

ふいにニコルがキスを中断し、ふたたび離れようとするのが感じられた。そうはさせまいと、すばやく彼は両脚で彼女の脚をはさみこみ、全身でニコルを押さえつける。だが彼女は小さな手を彼の胸にあてがい、止めるまもなく、ずるずると体を下にずらしていったので、しまいにデレクは彼女の肩と頭にまたがる格好になる。茫然としたまま動けない。あまりにも固くなっていて頭がまったく働かない。そしてニコルが彼自身をつかんで、熱く濡れた口に含んだとき、彼女の口に放出するのをこらえられるかどうかこころもとなくなった……。

ベッドで跳ね起きて、デレクはこれまで経験したことのないほど強烈にエロティックな夢から覚めた。欲望が股間に渦巻いていて、暗がりでうめいた。自分のものをつかみ、果てようとしたが、デレクの荒れた手では、女性のやわらかな肉体ややわらかな口には及びもつかなかった。

痛いほどの高まりはおさまる気配がない。ニコルにこの夜のつけを払わせてやる。彼女がこんな目にあわせたのだ。とても若かったときですら経験したことがないほど荒々しく官能的な夢を見たのは、彼女のせいだ。停泊したら、娼婦を見つけ、ニコルのことは心の奥にしまいこんでやろう。

そして、ようやくそれがかなえられる。

港にひしめく多くの船に交じって、レシフェに停泊した。〈ベラ・ニコラ〉号の損害は舵が壊れただけだとわかった。それが修理されたら、半日後には出航できるだろう。しかしそのときにはわたしは一人、できたら二人の女を生鮮食品といっしょに船に積みこみ、広い海原に出ているはずだ。

波止場沿いに軒を並べる市場の屋台を通り抜けながら、彼はコーヒーの香りにも、腐りかけているサトウキビの酸っぱい臭いにもろくに気づかなかった。彼の背の高さや物腰に見とれている地元の連中も、ほとんど目に入らなかった。考え事で忙しかったのだ。

実を言うと、ニコルの船に行こうと決めていたわけではなかった。気がつくと、そこに向かっていて、マリアの店へ行く途中にあるからだと自分に言い訳した。まあ、あまり遠回りにはならないだろう。染みひとつないニコルの船まで着くと、甲板をこすっている水夫にミス・ラシターと話ができるかとたずねた。男は彼を無視した。

乗船したいと言うと、別の水夫に断られた。ここのクルーとけんかを始めたくなかったら、引き下がるしかなさそうだ。最後にニコルについてたずねると、今回は背後から近づいてきたチャンシーが返事をした。デレクは攻撃に備えて、ゆっくりと振り向いた。

大男はただじっと彼を見つめ、値踏みしているようだった。とうとう、チャンシーは言った。

「またあの子に触れたら——おまえは死ぬ」そして、ゆっくりと船に乗りこんでいった。

デレクは最後にもう一度彼女の船を見た。できたらニコルを抱きたかったが、とりあえず代わりの女で間に合わせよう。

心を決めると、デレクは港を見晴らす優雅なスペイン風の堂々たる建物に向かった。カーサ・デ・デルガドは市内でもっとも大きく印象的な建物で、たしか記憶では、完璧な外観に劣らず、内部も非の打ち所がなかった。どの部屋も広く、天井が高く、移民が好む植民地風の豊かな色彩が使われている。どっしりした木製のドアを入っていくと、警備の男が趣味のいい書斎に案内してくれた。

彼に気づいて、マリア・デルガドは帳簿から顔を上げた。無意識に眼鏡をずりあげる。眼鏡のせいで、娼館のマダムというよりも女校長のように見えた。彼女とは、何年も前、まだ青年のときに初めて太平洋に向かう途中で出会った。そしてときどきこの高級娼館での経験を喜びとともに思い返してきた。

「サザーランド船長、また訪ねてくださって、なんてうれしいことでしょう」温かい笑みを浮かべると、立ち上がってデレクの手を握った。「ずいぶんひさしぶりですわね」

たしかに長い時間がたっていたが、マリアの態度はそれを感じさせなかった。これだけ歳月がたったあとで訪ねてきても、まったく驚いていないように見えた。そして、マリアはじっくりと彼を観察していた。

「もちろん、すぐにお入りになってかまいませんわ」

マダム・デルガドは自分の娼館に出入りさせる前に、有望なお客かどうかを見定めた。新しい客はこの娼館に入るためだけに、身元証明書を持ってこなくちゃならないんだ、と多くの常連客が冗談を言うほど、マリアの客選びが厳しいことをデレクは思い出した。

デレクは彼女の手をとった。「またお会いできて光栄です、マダム。相変わらずお美しい」実際そうだった。おそらく四十代前半だろうが、黒い目はきらめき、若々しい輝きを身にまとっている。豊かな黒髪にはまだ白いものも交じっていない。

「できるだけ早くお部屋に入って、すぐに出ていかなくちゃならないんでしょう?」

デレクが問いかけるような視線を向けたので、マリアは重ねて言った。

「グレート・サークル・レースに出場しているんでしょう?」

「ええ、そうですが、たっぷりリードしているので、少し時間があるんです」

「なるほど」マリアはにっこりすると、首をかしげて彼をじっと見つめた。不思議なことに、マリアがそんなふうに首をかしげると、ニコルのことが思い出された。

とたんにデレクのうなじの毛が逆立った。おかげで、マリアの謎めいた質問にも、さほどショックを受けずにすんだ。

「では、今日はどういう女性がお好みかしら?　ほっそりしたウエスト、赤毛に濃いブルーの瞳の女性がよろしいんじゃないかしら。いかが？」

デレクが部屋から出てきたとき、太陽の位置はまだあまり変わっていなかった。こんな真似をしてしまい、ここからそそくさと逃げだしたくなりそうなものだったが、妙に帰る気になれず足どりは重かった。

「あら、サザーランド船長」背後からマリアに声をかけられたので、彼は心の中でうめいた。

「サザーランド船長……」

今は彼女にあれこれ言われたくなかったが、無視するわけにはいかないようだ。マリアの眼鏡をかけた目には、毅然とした表情が浮かんでいた。

デレクは屋根つき通路で立ち止まり、彼女が近づいてくるのを待ちながら、どうしてそんなに満足そうなのだろうと不思議になった。

「船長、ジュリエットにあんなにたくさん支払う必要はなかったんですよ。彼女とひと晩過ごしても多すぎるぐらいのお金だわ」マリアは茶目っ気のある笑みを浮かべた。「五分足らずでは、もちろんですけど」

デレクはぎゅっと唇を結んだ。今、ブラジル人のマダムに遠回しにからかわれるのだけは避けたかった。「ジュリアにはわたしのしたことに対して支払いをしたんだ――」

「ジュリエット」マリアは口をはさんだ。

「ジュリエットにそれだけの金を支払ったのは」とデレクは不機嫌そうに言葉を続けた。

「泣き止もうとしなかったからだ」それに、彼が屈辱を和らげたかったせいでもある。

「あら、からかっているだけですよ」マリアは笑い声をあげた。「本当にご親切なことだわ。なにしろわたしは二十パーセントをいただくことになってますから」と軽口をたたいた。

「だけど、もう帰った方がよろしいですね。ただし東側の出口をお使いになるようにお願いします。その階段を下りたところですわ」マリアは指さした。「庭を抜けていくと、わたしの小さな家があり、あたり一面に美しい花が咲き乱れているのがごらんになれるでしょう」

「そこは遠慮させていただきますよ」残念そうなそぶりも見せずに言う。「植物にはほとんど興味がないので」

「わたしを侮辱なさるおつもりかしら」マリアはかたくなな口調で言った。笑みはもう消えていた。「わたしの家は、どんな男性にもお見せしていないんですのよ」

なぜそんな妙なことをするのかと、デレクは慎重にマリアを観察した。しかし、今は別のことで頭がいっぱいだったし、意固地になっている女性と争いたくなかった。

「仰せのとおりに、マダム」彼は短くお辞儀をした。「その階段を下りていけばいいんですね？」

彼女がうなずくと、デレクは背中を向け、今日はおかしな一日になりそうだと思った。庭園に入ると、たしかに美しいものの、マリアが言っているような恍惚となるほどの風景ではなかった。

彼女の家は母屋に二つの別棟がつき、娼館とは庭園と頑丈な門によって隔てられていたが、今、その門は開いていた。感じのいい建物だが、娼館のようなきらびやかさはない。娼館に来てからのマリアのふるまいは不可解だった――。

と、片方の棟の少し開いたドアから聞こえてくる二人の女性の会話に、物思いが破られた。一人はひどい英国植民地訛りがあり、おそらくインド人だろう。きびきびしたビジネスライクな口調で、その女性は言った。

「さあ、リラックスしてください。それからもっとシャツのボタンをはずして」マリアはここで行われていることをわたしに見せたかったのか？　興味をそそられて、デレクは足をゆるめた。

その女性の次の言葉に、彼は凍りついた。

「リラックスしなくてはだめですよ、ニコル。いいから、わたしを信頼して。これが終わったら、あなたは生まれ変わったように感じるはずよ。だから、悩みから頭を解放してあげて。船のことはチャンシーが面倒を見てくれるわ――」

「船」

「そうよ、船のことはちょっと忘れて。さあ、深呼吸をして、そうしたら終わらせられるわ。あなたが出航する前に」

わたしのニコルに話しかけているはずがない。そんなことはありえなかった。しかし、ニコルの甘美な声が、聞き覚えのある異国風のアクセントのある声が答えた。

「サーシャ、痛くないわよね」

「もちろんよ、お馬鹿さんね」

全身を緊張させながら、デレクはさらに近づいていった。わたしは頭がおかしくなりかけているのだろうか？　それとも、ニコル・ラシターはこのブラジル人マダムの私邸にいて、女性の前で服を脱いでいるのか？　さっとドアノブに手をかけたが躊躇した。じっくり聞いて、もっと状況を知るべきだ。そこでニコルが女性と何をしているかを。

「こんなことしたことがないの」

「するべきだったんですよ」女性がささやく。「殿方は夢中になりますよ」

「ああ、くすぐったいわ！」

「体をよじるのはやめて、ニック」

歯を食いしばりながら、デレクは沈黙に耳をそばだてた。やがて、鋭く命令する声。

「本気で言ってるんですよ！」

「もっと同情してくれなくちゃ。あなたが最後にしてもらったのはいつなの？」

「自分でやってます。もっと時間があればやり方を教えてあげられますよ」いったい彼女たちは何について話しているんだ？

ニコルは残念そうだった。「できたらそうしたいけど。ここに来られなくて寂しかったわ」そうつけ加えてから、クスクス笑いはじめた。

「わたしたちもあなたが恋しかったわ。ちょっと――ニック、あなたがそんなふうにおなかを震わせていたらいつまでも終わりませんよ」

もう充分だ。全身の血が逆流していた。デレクは顎をひきしめながら、息を止めてドアを勢いよく開けると、目の前に現れた光景に大きく息を吐きだした。服は着ているが肌を大胆に露出した東洋人の女性が、半裸のニコルにかがみこんでいる。幸い、ニコルがだしぬけに起き上がると、彼女はさっと手をひっこめた。さもなければ、首まで赤いヘナ染料が流れ落ちていただろう。

痛いほどの安堵がわきあがった。この女性はニコルの体に伝統的なインドのメヘンディというヘナ・タトゥーを入れていたのだ。デレクは唇の端をつりあげてにやりとした。それも当然で、ニコルを見つけられたことに大きな満足感を覚えたからだ。しかも、彼女が素のままでいるところを見つけた。マリアは彼の望みを正確に把握していたのだ。

「船長！　ここで何をしているの？」ニコルは叫んだ。開いたシャツとヘナで染まった肌が、わたしにどんな影響を及ぼしているか彼女は知っているのだろうか？

「同じことをきみに聞きたいね。またきみに会えるにちがいないと思っていたが――マダムの家でだとは予想していなかった」彼は答えた。それからニコルのクリーム色の肌に描かれた、からまった蔦のデザインを目にして息をのんだ。タトゥーはウエストをブレスレットのように一周し、それから渦巻きとつぼみがおなかから胸の谷間へと這い上がっている。その瞬間、デレクはこの光景――彼女の大きく見開かれた目と野性的な装飾をほどこされた体――は、一生記憶に残るだろうと悟った。

ニコルはあまりに驚いたせいで、ただ茫然と彼を見つめることしかできないようだったが、ようやく、彼の熱い視線が自分の体に食い入るように注がれていることに気づいた。あわててシャツの前に手を伸ばし、かきあわせる。

「あら、あら、だめよ」インド人女性のサーシャが厳しい声で叱りつけ、ニコルの手をたたいた。「最後の部分がまだ乾いてないわ」

ニコルは悲しげな目で彼女を見ると、ベッドのわきに移動した。ため息をつき、彼に背中を向けてシャツのボタンをかける。

だがサーシャに耳をひっぱられて手を止めた。

「悪いけど、ニック。このメヘンディをだいなしにするような真似はさせないわ」

サーシャはデレクに向き直り、平たいイヤリングをチリチリ鳴らしながら、穏やかな目で彼を眺めた。それからびっくりして、鋭くニコルを見た。

「彼がサザーランドなのね、あなたの話していた男性でしょ」

その質問にニコルは顔をしかめ、顔がさっと赤くなった。デレクは驚いたが、この女性にニコルが自分のことを話していたと知って、おおいに満足した。それに、あきらかにマダム・マリアにも話したようだ。

ニコルは下を見た。どうやら大切な部分が覆ってあるかどうかを確認したようで、さっとデレクの方に向き直った。しかし、その前に、サーシャにこう問いかける視線を投げつけた。これで満足かしら？

サーシャはデレクに視線を戻し、魅入られたように彼を見つめながら、とてつもない魔力がどうのとつぶやいた。ニコルは用心深い困惑の表情でデレクを見つめていたが、ふいにいらだたしげにサーシャにキッと目を向けた。「いったい何を言ってるの?」

「メヘンディはとても強力なのよ。すでに効果が表れているんです」

「効果ですって?」ニコルは低い声で言った。「メヘンディは幸運を運び、悪運をしりぞけるとあなたは言ったでしょ。でも、サザーランドがやってきたのは不運だし、彼はまだそこにいる。だから、これは——」彼女は胸を見下ろした。「まるっきり効果がないのよ」

サーシャは眉をつりあげた。「いいえ、ちがうわ、ニコル。ここにある蓮が見えない?」

彼女はニコルのシャツを引っ張って、平らなおなかに美しく描かれた繊細な花を指さした。

「わたしはそれを生殖と愛のために描いたの。そうしたら、あなたのお相手がドアから入ってきたのよ! まちがいなく効果を発揮しているんだわ」

ニコルは口をぽかんと開けた。「サザーランドはわたしのお相手じゃないわ! 言っておくけど、わたしたちは生殖なんてものは必要としていないの、だって、決して、決して——」

「種付けのこと?」デレクは笑いを噛み殺しながら口をはさんだ。

「種付けですって?」

ふざけた言い草にニコルは腹を立てたが、デレクはふざけないではいられなかった。彼女をからかうのは楽しかった。

「もう一度たずねるけど、ここで何をしているの?」ニコルは問いつめた。

デレクはサーシャとニコルのやりとりをにやにやしながら眺めていた。しかし、ニコルのシャツの前立てが、その下に透けて見える固くなったピンクの乳首をこすっているのが目に入ると、にやにや笑いはさっと消えた。魅了されて、まともに声が出せず、ただ彼女に微笑みかけたが、それが獲物を狙っている肉食獣のように見えないことを祈った。それから、質問に質問で答えた。

「わたしが娼館で何をしていると思う?」

「もう、出ていって!」ニコルがシルクの枕を投げつける。デレクはそれをやすやすとかわしたが、彼女はシャツがさらに広く開いてしまったことに気づかないようだった。「ここに立ち入る権利はないわ。ここはプライベートな場所よ! わたしを連れ去ろうとして来たなら、そんなことはできないってすぐにわかるわ」

そのためにわざわざここに来たのではなかったが、ニコルを連れ去ることはまさにずっと考えていたことだった。彼女がそう推測したのなら……。デレクのあいまいな笑いは冷笑になった。

「うぬぼれないでほしいな、お姫さま。きみのためにここに来たんじゃないよ」

ニコルはまばたきしながら彼を見つめた。デレクはその目に後悔がよぎったような気がした。彼女は困惑している女性の方を向いた。

「サーシャ、ベルトを呼んできて、この男をここからひきずりだしてもらって。たたきだして!」

「残念ながら、それはできないわ」マリアがデレクのかたわらをすり抜けると、シルクの衣擦れの音をさせ、エキゾチックな香りをただよわせながら部屋に入ってきた。彼女がうなずくと、サーシャは部屋を出ていった。マリアは二人に向かって言葉を続けた。

「彼が帰る気になるには、そのことに納得してもらわなくてはならないわ。あなたのことはかわいいけど、彼は上客ですからね」彼女は鋭い目でデレクを見つめた。

顔が赤くなりそうになり、話題を変えるために、デレクは言った。

「マリア、どうしてジェイソン・ラシターの娘がこんな場所にいるか説明してもらいたいんだが。今すぐ」

「こんな場所？　まるでひどい場所みたいな言い草ね。これまで文句を言ったことはなかったと思うけど」

ニコルが笑いをこらえながらマリアにやりこめられている自分を眺めているのに気づき、デレクはむっとした。

「答えてくれ！」

マリアは気楽な会話をしているかのような口調で言った。

「ニコルはわたしにとって娘同然なのよ」

マリアはデレクの啞然とした顔を見て、口元をゆるめた。

「あなたにとって娘？」デレクはようやく声を発した。

「ええ、ニコルのことは十五年も前から知っているのよ」いったん言葉を切ってからたずねた。「あなたは彼女と知りあってからどのぐらい?」

サザーランドはいらだたしげな鋭い視線を彼女に向けた。

「どうやって彼女と知りあったんだ?」

マリアが問いかけるように見ると、ニコルはこう答えた。

「かまわないわ」

それでもマリアは躊躇した。自分の話をすることになるからだ。しかも、ジェイソン・ラシターについて話したら、彼への気持ちを隠しおおせるかどうか自信がなかった。しかし、それがどうだというのだろう? すでにニコルは知っていた。誰もが知っているように思えた。ジェイソン以外は。

それに、ニコルはデレクに自分のことをもっと知られてもかまわないと思っているらしい。

マリアは重い口を開いた。

「ある晩ここで本を読んでいると、緊急に助けを求める手紙が届けられたの。アメリカ人船長の妻が出産で危なくなりかけているって」

そこで言葉を切り、息を吸った。「ここの医者は誰一人として、彼らを助けようとしなかった。というのも、その前の週、そのアメリカ人の船で黄熱病の患者が出ていたからなの。わたしも怖かったけど、気の毒な女性のことを考えて……まあ、わたしには看護の技術はなかったけど、商売上、何人もの赤ん坊の出産を手伝ってきたのよ。アメリカ人もそう考えて、わたしに助けを求めてきたのね」

　マリアは言葉を続けながら、いつものように悲しみが胸にわきあがるのを感じた。

「船に到着したとき、静かな波止場に悲鳴が響きわたっていたわ。急いで駆けつけたけど、その女性を見たときすでに手遅れだとわかった。あまりにもたくさんの血を失っていたから。もちろんアメリカ人船長というのはジェイソン・ラシターよ。あれほど悲嘆に暮れて我を忘れている人間は見たことがなかったわ」マリアの声はささやかんばかりになった。

　マリアはニコルのかたわらに近づくと、娘として愛するようになった若い女性を見下ろし、耳の後ろの巻き毛をなでた。少し生気をとり戻した声で、マリアはまた話を始めた。

「彼はわたしが娼館のマダムだということは気にしなかった。頭にあるのは若い妻のことだけだったの。わたしたちはひと晩じゅう奮闘して、とうとう女の赤ん坊が生まれたわ。だけど、とても弱っていて、一時間もしないうちに二人とも亡くなってしまったの」

　ニコルの涙がにじんだ目を見て、マリアは言葉を切った。サザーランドはショックを受けているように見えた。まるで、ニコルのこともジェイソンのことも、ほとんど知らなかったと気づいたかのように。マリアに視線を戻して、サザーランドは言った。

「続けてくれ」マリアが眉をつりあげたので、彼はしぶしぶつけ加えた。「頼む」

「ジェイソンは……悲嘆に暮れたわ」マリアはあの運命の夜のことを鮮やかに覚えていた。ジェイソンがわめき、すすり泣き、手当たり次第にものを壊している音が、いまだに聞こえるような気がする。「クルーの誰一人として、彼を制止することができなかったの」

　マリアはぼんやりとニコルのつやつやした髪をなでた。「わたしも胸が痛んだわ。小柄な母親はとても勇敢だったし、ジェイソンは心から妻を愛していたのよ。わたしは奥さんと赤ん坊の葬儀の手配をした。それから帰ろうとしたとき、まだ幼かったニコルが、わたしのあとを追ってきたの。怯えて泣いていたので、抱き上げてあやしてあげた。ニコルは二度と放すまいとするかのように、しがみついてきたわ。わたしはクルーを説得してニコルを家に連れ帰り、その晩、彼女はわたしの腕の中で眠ったわ。それ以来、ニコルをずっと愛してきたのよ」

マリアが語ったことを反芻するかのように、サザーランドは黙りこんでいた。それから顎の筋肉がひきつった。「もう失礼する」彼はだしぬけに宣言すると、ニコルに近づいていき、彼女の腕をつかんだ。「わたしといっしょに船に戻るんだ」

「マリア！」ニコルは身をよじりながら叫んだ。

「ニコルに言いたいことがあるなら、ここで言いなさい」マリアは威厳のある口調で言った。

「マリア、お願い！　この人をここから追いだして。この人はわたしとチャンシーをロンドンで捜し回っていたのよ、報奨金をたっぷり弾んで――」

「それを知っていたのか」サザーランドは空いている方の手で髪をかきあげた。「どうしてわたしから隠れたんだ？」

「どうして？　わたしが馬鹿だと思っているの？」ニコルはようやく彼の手から腕をもぎ放してたずねた。「仕返ししようとしていたんでしょ」

「わたしが仕返し？」

「あの晩のあと、他にわたしを捜す理由があるかしら？」

二人のやりとりを見守っていたマリアは、ニコルがたった今言ったことで、サザーランドがひどく憤慨しているのに気づいた。この男がニコルの居所を見つけるために報奨金まで出したのなら、当然、彼女をもっと求めているということだ。美しいニコルを見れば、デレクが彼女に心を動かされないはずがないとマリアは思った。

それでもサザーランドはニコルに本心を伝えず、ただニコルの全身にゆっくりと視線を這わせている。「ああ、それが唯一の結論だろうね」

まあ、あきれた。もしかしたらこの二人を会わせればうまくいくと期待したのは、まちがいだったのかもしれないわ。

「もちろん、そうでしょ。ねえ、マリア……」訴えるようにニコルは彼女を見た。「あの晩のことで腹を立てて、わたしを連れ戻したがっているのよ。そんなことをさせないで」

「マリアはこの問題に関係がない」サザーランドはぴしゃりと言った。

「もちろん、ありますとも、船長」マリアはやり返した。「わたしが呼んだら、警備の者が駆けつけてあなたをつかまえるわ。あなたが文明人なら、ここで彼女と話しなさい。でも、警告しておきますけど、声を荒らげたら、永遠に追放しますよ。おわかり？」

サザーランドはマリアとニコルを順番に見てから、ようやく短くうなずいた。

「では、それでいいわ」ニコルがかっかしながら言った。「あなたはここにいたければそうすればいい。でも、わたしはいる必要がないでしょ。わたしの腕を放してよ、このけだもの」

「あの夜、わたしの船室ではけだものだと思わなかったくせに……」

マリアは口論している二人をじっと観察していた。これほどお似合いの二人は見たことがなかった。

あるいは、その事実にこれほどまったく気づいていない二人は。

船長としての冷静さは、荒れ狂う欲望に負けそうになっている。そしてサザーランドはニコルの情熱の炎を消そうとはしないだろう。なぜならそれを渇望しているから。衝動的でお茶目なニコルには、鉄の意志を持つ頼もしい男がもたらしてくれる安心感が必要だ。それに、荒々しい官能も。

やはり、この男はニコルを頭から追い払えなかったのだ。そのことと、先ほどのジュリエットに対するふるまいとを考えあわせると、マリアの心は決まった。

ドアに向かいながら、マリアは微笑んだ。「恋人さんたち、わたしは先に失礼するから、二人で解決してちょうだい」

マリアは重いオークのドアを閉めると、鍵をかけた。

12

「おやおや、お嬢さん。きみ一人で置いていかれたようだね。こんな絶好の機会を逃す手はないな」サザーランドは笑みを浮かべながら、ゆっくりとニコルに近づいていった。

ニコルは信じられなかった。サザーランドはたった今、隣の建物にいる女性で欲望を満足させてきたはずだ。本人も、娼館を訪ねるためにここに来たと認めていた。たった一日で、男性は何度女性を抱くことができるのだろう？

でもこんな形で、それを知りたくはない。サザーランドはわたしの体と顔を娼館にいる美しい高級娼婦と比べるつもりにちがいない。そうなったらわたしなどまったく及ばないだろう。

「わたしに近づかないで。外に行かせてちょうだい」

「きみを行かせる？　きみの望むままに？」サザーランドはあざけった。「それはないな……きみに触れるのをひと月も待ったんだ」彼は手を伸ばして、ほつれた巻き毛をいじった。

「いっしょに過ごした夜のことをわたしが何度考えたか、想像がつくかい？」

思わず、ニコルは口ごもりながらたずねた。

「そ、そうだったの？」

「もちろんだ。きみがほしい」

代わりの女性でたっぷり楽しんだばかりじゃないの、と言いそうになったが、嫉妬していると思われたくなかった。

「わたしのことは放っておいてもらえない？　こういうのはいやなの」

サザーランドは目をすがめてニコルを観察した。

「頭ではほしくないと考えているかもしれないが、体は別のことを訴えているよ」

サザーランドは片手で彼女の胸をすっとなでた。一瞬触れただけだったが、ニコルの体はかっと熱くなった。声をもらすまいとしながら、ニコルは彼からさっと離れた。

「ろくでなしね、サザーランド。わたしのことは放っておいてよ」

「それができそうにないんだよ」そう白状してしまったことに驚いたように、口ごもりながら言った。

「でも、そうしてもらうしかないわ。たとえあなたに惹かれていても——幸い、ちがうけど——わたしはあなたに屈服するつもりはないもの。わたしたちは敵同士なのよ。このレースはあなたにとっては意味がないかもしれないけど、父とわたしにとってはすべてがかかっているの」

「このレースが重要なことはわかっている」彼は髪をかきあげた。「あのろくでなし、タリウッドが首位を走っている」

「なんですって?」

「今朝知ったんだ。すぐに出発してあいつに追いつくべきだとわかっているんだが、なぜかきみが関わってくると……」サザーランドは言葉を切ると、ニコルの手首をつかみ自分の方に引き寄せた。かがみこんで、首筋に軽くキスをする。軽く舌が触れただけで、彼女は震えた。

「すぐに出航するべきだとわかっていても、午後のあいだずっときみとベッドで過ごしたいんだ」

ニコルはあらがえなかった。レースのことも、タリウッドが首位を走っていることも、サザーランドにそっと触れられるたびに頭から消えていった。二人が午後じゅういっしょにすることを想像した。

なんてわたしはふしだらなのかしら? この男は別の女性と愛を交わしたばかりなのに、数分後にはわたしにキスをしている。彼にとって大勢の女性の一人にすぎないと、最初のときに学んだんじゃなかったの? それでも別の男性が相手では同じ驚きと情熱を得られないとわかっているせいで、いまいましかった。なのにこの男はさまざまな女性相手に快楽を毎晩味わっていたのだ。

わたしがレースに勝てば、今、この手首をつかんでいる男を負かせば、父とチャンシーばかりか、わたしの将来も安泰だ。けんかをふっかけよう。このままでは彼の前で冷静にふるまえそうもないから。

ニコルはあとずさり、手首をつかんでいる彼の手をにらみつけた。サザーランドは眉をひそめ、手を放した。

「あなたが船を操縦しているの？」ニコルはいきなりたずねた。

サザーランドは困惑したようだった。「もちろん」

ニコルは息を吸いこむと、居丈高に言った。

「すばらしいわ。あなたを負かしたときには、いっそういい気分になれるわね」

「きみが船を操縦していると言いたいのかい？」サザーランドは短く冷たい笑い声をあげ、意地悪くつけ加えた。「舵をなくしたのも不思議じゃないな」

ニコルは全身が熱くなった。幸いにも、今回は怒りからだった。

「今後はあなたの計算まちがいを直してあげないわよ」ニコルはあざけった。「港から出られたら幸運ね」

「あれは概算だったんだ……」サザーランドはのらりくらりと弁解し、いらだたしげな表情になった。だが目に浮かぶ欲望は消えなかった。

「きみの策略はうまくいかないよ、ニコル。あえてけんかをふっかけるってことは、わたしがきみを求めているように、きみもわたしを求めているってことだ」

ニコルは弱々しく首を振った。サザーランドの長い腕がさっと伸びて、また彼女をとらえた。

考えるまもなく、ニコルはとっさにかたわらの椅子をつかむと同時に彼から飛びすさり、サザーランドの行手をさえぎるように椅子を乱暴に置いた。椅子の背が、彼の脚のあいだにがつんと命中する。

サザーランドは目を閉じて顎をぐっとひきしめると、痛みが伝わってくるのを待った。苦痛を感じたとたん、目をかっと見開いてぎらつかせた。そして床にどさりとくずおれた。

「まあ、どうしましょう！」ニコルは叫ぶと、彼のかたわらにしゃがみこんだ。「本当にごめんなさい……ただ逃げたかっただけなの」

その言葉はいっそうサザーランドの神経を逆なでした。彼は必死に言葉をしぼりだした。

「きっと……この報いを……」

これ以上ぐずぐずしているつもりはなかった。ニコルはさっとドアに向き直ると、手のひらでバンバンたたく。たちまち、鍵が回った。

外に出る前に振り返った。彼の言うとおりだった。わたしがけんかをふっかけたのだ。しかし、わざと痛い目にあわせたわけではなかった。もう一度謝りたかったが、謝っても同じことだと思い直し、最後にこう言った。

「あなたが感じている痛みはわたしにはわからないわ……でも、わざとやったわけではないのよ」もっと何かつけ加えたかったが、あえて心を鬼にした。「残りのレースの幸運を祈るわ、船長」

デレクはもう一杯ブランデーをあおりながら顔をしかめた。二時間たった今も、股間の痛みのせいで大きく息を吸えなかった。ニコルにこういう目にあわされたことは、絶対に忘れないだろう。

まともに歩けるようになると、マリアの家の中をくまなくニコルを捜して回った。娼館にも近づいたが、ニコルはその中に入ることを許されていないと知った。彼についての噂が広まっているらしく、娼館の女性たちにニコルの居所をたずねると、あからさまに敵意をむきだしにされた。狼の群れですら、これほど懸命に子狼を守らないだろう。

そうか、あの小柄な娘は船を操縦していたのだ。さっきまでは、ニコルに会い、ロンドンで求められたときのように彼女を抱くことだけが重要だった。だがあんなふうに挑発された以上、デレクは彼女を打ち負かさなくてはならなかった。

よろよろと歩いて甲板を突っ切り、船の輸出品の検査を終えたレシフェの港湾役人を出迎えた。断崖絶壁にあっても繁栄しているレシフェの小さな港は、関税品については手加減をしなかった。いつだったか、マリア・デルガドが港の厳しい関税とそのとりたてを主導しているという噂を聞いたことがある。彼女のビジネスでの辣腕ぶりを知っているので、デレクはその噂を疑わなかった。

役人が〈サザンクロス〉号のドック入りと査察の記録を調べ終えると、デレクは言った。

「迅速ですね、セニョール。さもなければ文句を言っていたところですよ」デレクは陽気につけ加えた。このもったいぶった小男からラシターのクルーについての情報を入手しようと考えたのだ。

「ええ、あなたがグレート・サークル・レースに参加しているのを知っているので、急いだ方がいいと思ったんです」役人は恩着せがましい態度で言うと、書類をデレクに渡した。

「ありがたい」デレクは少し言葉を切ってからたずねた。「〈ベラ・ニコラ〉号はもう調べましたか？」

「まだです」ピンとした口髭をひねりながら、役人は顔を寄せて打ち明け話をするように言った。「ラシター船長の娘にも、急いで会いに行かなくちゃならないな」

デレクは無理やり愛想のいい笑みを顔に貼りつけた。実際には役人が彼女に興味を持っただけで、首を絞めてやりたいところだったが。どうやら、ミス・ラシターの行く先々に賞賛者がいるようだ。何食わぬ顔でたずねた。

「美しい女性ですよね」

役人の熱っぽい同意の言葉を聞いたあとで、デレクは言った。

「どうなんでしょう……ミス・ラシターには特別に親切にしたくなるんじゃないですか？」

相手の男がたちまち興味をかきたてられたようなので、デレクは悲しげに首を振った。

「ええ、あの娘にはたしかにそそられます。しかし、彼女がわたしに関心を示しても、断るしかなかった。きれいな娘だが、伯爵としての立場があるし……わたしのような爵位と地位を持つ人間は、平民と結婚するわけにはいかないんです。おわかりでしょうが」伯爵ならではの苦労ならよくわかる、と言わんばかりに、役人は熱心にうなずいた。

デレクは必死に真面目な顔をとりつくろって続けた。

「彼女はすっかり腹を立てましてね。あまり怒ったものだから、次にプロポーズしてきた男と結婚するつもりだと叫んでました」

「本当ですか？」役人は興奮で一段高くなった声でたずねた。

「本当です。ただ、わたしとの苦い経験から、最初はその気がないふりをするかもしれませんね。でも実際には、とても結婚したがっているんですよ。それに父親は娘を一刻も早く結婚させたがっているので、喜びのあまり持参金についてもいいなりになるでしょう」

「ありがとう、船長。ありがとう」役人は勢いこんで言った。彼はデレクの手をとり、不快になるほど熱っぽい握手をした。

デレクはようやく役人の握手から逃れると、つけ加えた。

「それから、セニョール……ミス・ラシターは非常に強く、支配的な男性が好きなんです。こうと決めたら迷いなく突き進むような男がね。用心してください、あの利口な娘はあなたの愛情を試そうとするかもしれない」

「いろいろありがとう。これからミス・ラシターに会いに行ってきますよ！」彼は自信たっぷりにデレクに敬礼した。

役人が喜び勇んで立ち去るとき、デレクは彼がこう唱えて自分にカツを入れているのを聞いた気がした。「強いぞ《フォルテ》、やったぜ《ブラーヴォ》、負けないぞ《ドミナンテ》」

地獄の猟犬が放たれ、荒い息を吐きながら突進しつつあることにニコルが気づいていないと思うと、デレクは溜飲が下がった。

「あの男の無神経さ、傲慢さときたら！　わたしを抱こうとしたのよ、マリア。まるでこちらが喜んで応じるとでも言いたげに。ひっぱたいてやりたかったわ。わたしはこのレースで勝つつもりよ、そうすればあの男を負かせるし――」

「ニコル！　船長の悪口を言うのをちょっとやめてちょうだい。話したいことがあるの」マリアはニコルの長広舌をさえぎった。

ニコルは口を閉じ、眉をひそめると、お茶を注いだ。「いいわよ……」とつぶやく。

マリアは差しだされたカップを受けとった。

「家から来る途中ずっとあなたに言おうと思っていたんだけど……サザーランド船長はジュリエットに触れなかったの。ちょっとキスしただけで、抱けないと彼女に言ったんですって」

ニコルは衝撃に打ちのめされた。さまざまな考えが頭をよぎる。ジュリエットを抱かなかった？　どうしてその可能性を考えなかったのかしら？

あの放蕩者をやっつけて満足だったが、それは彼がジュリエットと過ごしたと思っていたから。でも今、マリアから本当のことを聞き、すっかり気持ちが変わった。最後に会ったときの険悪なやりとりを思い出しながら、もしこのことを知っていたらまるっきりちがうふるまいをしただろうと思った。彼をあそこまでひどく傷つけなかったはずだ。

レースが終わる前に謝罪できるだろうか？

「ああ、どうしましょう、マリア！　わたし、サザーランドを好きなのよ！」

「大変けっこう《ムイト・ベーン》」マリアはにっこりした。「わたしのプロとしての意見を言わせて。船長がああいうふうにふるまったのは、あなたにすでに恋をしているからなのよ」

ニコルは口にかかった髪を払いのけた。

「いいえ、彼の場合は恋のはずがないわ」

「わたしを信用なさい。あなたたち二人のあいだにはとても強い磁力が存在するのよ。うまくやっていけると思うわ。簡単にはいかないでしょうけど、もともと恋はそういうものよ」

サザーランドとの恋ですって？　ニコルは首を振った。

「今はわたしのことを憎んでいるわ。今日の午後、彼を痛めつけたのを忘れたの？」

「回復するわよ。次に会ったときは、元気になるように手を貸してあげればいいわ」マリアは言うと、クスクス笑った。

ニコルは目を丸くした。

「マリア、わたし、それについて相談したいの……いろいろと。すべて教えてちょうだい。次に彼に会ったときに馬鹿な真似をしたくないから」

「あら、とっても簡単よ」

ニコルは身をのりだした。

「ルールはひとつだけ。あなたがしなくちゃならないのは――」

ノックでマリアの話がさえぎられた。ニコルは眉をひそめた。

「何なの?」ニコルは叫んだ。

チャンシーがどかどか入ってきた。

「手紙が届いてる。それと港湾役人が署名がほしいそうで」

ニコルは立ち上がって手紙を受けとると机に放りだした。

「マリア、すぐに戻るわ。お茶をお代わりしてちょうだい。いろいろ聞きたいことがあるの」

ニコルは急いでドアの方に向かい、港湾役人に会った。彼はがっちりした小男で、トロールを思わせ、やけにもったいぶっていた。ニコルが書類に署名したあとも、ぐずぐずして彼女の前から立ち去ろうとしなかった。

「何か?」ニコルはそっけない口調でたずねた。船室に戻って、たったひとつのルールについて聞きたくてうずうずしていたのだ。

「ミス・ラシター……あなたの最近の恋愛について話しあいたいと思いまして」

「わたしの何ですって?」彼女は凍りついた。

「失恋です。そのことも、すぐにでも結婚するおつもりだということも知っています。実は結婚を申し込みにうかがったんです」

「失礼ですけど、わたしは誰とも結婚したくありませんの」ニコルは冷静になろうとした。

「すみませんけど、もうお帰りください」

動じる様子もなく、役人は口髭をひねった。

「ああ、たしかに、なかなかうんと言ってくださらないようだ。でも、あなたの心をつかんでみせますよ」

この男は頭がおかしいんだわ。完全におかしい。

役人の背後で、マリアが戸口に現れ、問いかけるような視線を向けてきた。ニコルは頭を振ることしかできなかった。男は小太りの胸を誇らしげにふくらませつつ、自分は身分のある役人だが、ニコルの卑しい生まれは見逃し、彼女と結婚するつもりだと語っていた。

ニコルはきっと彼をにらんだ。「わたしがあなたと結婚すると思っているなら――」

役人はさえぎった。

「好きなだけゲームを続けてかまいませんよ」彼は少々不機嫌になって、両手を熱っぽく振り回してから、腹にあてがった。「お父さまと持参金について相談したい」

「父は」ニコルは吐き捨てるように言った。「訪問者を受けつけていません」

役人は面会を要求した。ただちに。ニコルがさらに拒否すると、役人はラシター船長が満潮なのに甲板に姿を見せないことに疑いを抱きはじめた。

父の船を父なしで、あるいは資格のある船長なしで航海させていることは言えない。仕返しのために、役人は騒ぎ立てるかもしれない。

「父はマダム・デルガドのところにいるので、あなたにお会いできません」ニコルは嘘をついた。レシフェの大半の人間が父とマリアとの深い友情を知っているので、説得力のある説明だった。「朝まで戻ってきません」

マリアはそれを聞くと、ニコルに投げキッスをして、そっと船を出て口裏をあわせるために家に帰った。

その役人を追い払うまで何時間もかかったかのように感じられた。船室に戻ったニコルは、マリアにさよならを言えなかったことも、簡単なたったひとつのルールについて教えてもらえなかったことも残念に思った。椅子にぐったりとすわりこむと、トロールみたいな男とのやりとりを思い返してげっそりした気分になった。そのとき机の上の手紙に目が留まった。

眉をひそめたまま手にとると、封を切った。乱暴に走り書きされたインクの文字は、〝二人はお似合いだと思うよ〟というものだった。

サザーランド、あのろくでなし！　彼は大きな字で署名をしていたが、もちろんニコルにはどうすることもできなかった。今頃わたしをあざ笑っているにちがいない、それは確かだ。

彼の悪ふざけのせいで、一日がむだになった。役人が見張っているのを恐れて、ニコルたちは太陽が沈むのを待って、暗闇の中、出航した。船出は喜ばしいもののはずなのに、こここそ出航しなければならなかったせいでクルーは意気阻喪した。

サザーランドにはこの償いをさせるわ。

今回の旅で、鳥糞をどっさり積んだ貨物船に曳航される以上の不名誉は、もうないだろうと思っていた。しかし、またも屈辱を味わわされた。すべてはサザーランドの非道なおふざけのせいだ。

その晩、ニコルは大海に出るのを待ちかねて甲板に立っているとき、彼に謝ろうとしていたことを思い出した。それなのに、あの腹黒いろくでなしときたら、恋わずらいの港湾役人をわたしにけしかけようと画策していたのだ。

謝罪なんてするものですか。

「他の船に追いつくかね？」チャンシーに背後からたずねられ、彼女の物思いは断ち切られた。

ニコルは表情をこわばらせた。「追いつくわ」とりわけサザーランドには。

何時間もたち太陽が昇りはじめたとき、水平線にいくつかのマストを発見した。先頭集団の船にちがいない。いつものように、その数隻は船の速度もクルーの能力も拮抗していたので、極端に後れをとる船はなかった。一万三千マイルの船旅でも、多くの船は互いに数マイルの距離にあった。

チャンシーの命令で、クルーはほぼすべての帆を上げ、速度を増しはじめた。

ニコルは耳に鉛筆をはさみ、甲板の海図テーブルに重しで留めた地図をのぞきこんでいた。

「南南西に向かうわ」彼女はもう一度確認してから言った。

「船団は南西方向だぞ」

ニコルがチャンシーに向かって眉をつりあげたので、彼は折れた。〈ベラ・ニコラ〉号の航路は他の船よりもさらに南寄りになった。

ニコルは説明する必要を感じた。「連中は海面いっぱいに広がって帆走している。だから何マイルかあとをついていかなくてはならないけど、チャンスがありしだい突破できるはずよ」

チャンシーは顎をなでながら考えこんだ。「これまでは問題なかった。だけど、今、あんたは遠回りをしようっていうんだな?」

「結局その方が早い――」

「だけど、クルーはずっと大変だ」

ニコルは黙りこんでから双眼鏡をとりあげ、チャンシーを無視しようとした。

「サザーランドとは関係ねえんだろうな? その顔を見ればわかる」チャンシーはくぐもった笑いをもらした。「やつに勝たせるのがどうしたって我慢ならねえんだろ」

ニコルはすがた目をチャンシーに向けた。「汚い手を使われたのよ」

チャンシーはにやっとした。「おれに言わせりゃ、ずる賢いってとこかな。それに、おやじさんだって同じことをしただろう」

彼女は反論しようとした。しかしチャンシーはたぶん正しいのだろう。

「それにあんただって。あいつの航路を盗み見たのを忘れちまったのか?」

「盗み見てなんかいないわ。わたしは――」

「覚えてきて、家に帰ってきて書き写しただろ」

ニコルはチャンシーをにらみつけた。

「いいとも、あんたの航路をとろう」彼は穏やかに言った。「どこに向かうかだけ教えてくれ」

こうして秩序正しい奮闘が甲板で繰り広げられはじめた。帆を穏やかな風が吹き抜けていく音、また一隻抜かしたときのクルーの歓声——ニコルはそのすべてを愛していた。クルー全員が一丸となって働くことも。気まぐれな船をかろうじて操りながら、次々に競争相手を追い抜いていくことも。チャンシーと話している時間はほとんどなく、ただ航路の変更や速度のチェックを命じるだけだった。そして彼らは着実にタリウッドとの距離をつめていった。

凪ぎのあいだに、見張りが叫んだ。

「タリウッドの船が見えません！」

タリウッドを追うこと自体、クルーにとって屈辱だった。みんな、あの男を嫌っていたからだ。クルーの変化を感じとって、彼女は断固として宣言した。

「もうタリウッドについて心配する必要はないわ。あいつが前より格段に腕が上がってない限り、すでにどこかでリードを失ってるわよ。わたしたちにはやっつけなくてはならない、もっと手強いライヴァルがいるわ」

それから彼女はひとりごちた。「さあ、サザーランドめざして全力疾走だわ」

だがチャンシーはそれを聞きつけて、眉をひそめた。

「まさか、〈サザンクロス〉号を追いかけるっていう意味じゃねえだろうね？」

13

双眼鏡を目にあてて〈サザンクロス〉号の船尾を見つけたとき、ついにサザーランドをとらえたという安堵がニコルの胸にわきあがった。なんとか笑みをこらえる。

これで追い抜けるわ。

ただし、サザーランドは素直に協力する気はないようだった。追い抜けるぐらいに接近すると〈ベラ・ニコラ〉号の前から動かず、針路を邪魔した。

〈ベラ・ニコラ〉号の方がより速く、より敏捷なのに、彼の船の方が速く走っていることが、信じられなかった。ニコルはチャンシーの方を向き、質問をしかけたが思い直した。

「あんたの質問に答えるとだな」チャンシーは含み笑いをもらした。「サザーランドは腕がよくて、冷静だから、こういう真似ができるんだ。確実で秩序立った舵とりだ」

「賞賛しているような口ぶりね」ニコルは耳を疑った。

「別にやつを好きじゃなくても、その航海術は賞賛できる」

ニコルはもはや我慢できなくなった。「チャンシー、北北西に向かって」歯を食いしばりながら命じた。

チャンシーは彼女をにらんだ。

「まさか、冗談だろ。やつの前に出るためだけに遠回りするんじゃねえだろうな」近くにいるクルーに聞かれないように、チャンシーは声を落とした。「まだゴールまで何千マイルもあるんだ。辛抱しねえと」

「だけど、あいつがあの横柄な笑みを浮かべているのがまざまざと目に浮かぶの。それに、わたしにはその笑みをきれいさっぱり消してやれる」ニコルは不機嫌な声で言った。

チャンシーは周囲の波を見て、空を仰いだ。

「じきに風向きが変わる。そうしたらやつに追いつけるよ」

ニコルは帽子をぐいっと目深に引っ張り、何も言わなかった。もちろんチャンシーの言うとおりだった。風向きが変われば、〈ベラ・ニコラ〉号は他の船と〈サザンクロス〉号のあいだに入れる。〈サザンクロス〉号は船団の先頭にいる恩恵にあずかれなくなるだろう。だが、父なら彼女が提案したとおりにすると考えずにはいられなかった。

三十分後、予想どおり風がいつもの東向きに変わり、ニコルの船は有利になった。

「速く走れれば、彼を海峡の手前で抜けるわ」ニコルは言った。

そろそろ岩が露出していることで有名な海域にさしかかっていた。そこは南アメリカ大陸から離れて東に向かったあとで、グレート・サークル・レースに出場する船が通過する場所だった。幸運に恵まれ知識のある者と、未熟でだめな者がここで選別されるのだ。

チャンシーは首を振った。「それは絶対に無理だ。やつのすぐ隣に並んだら、引き下がるしかない」ニコルの目を見つめる。「サザーランドは海域を他の船とわかちあうような男じゃないんだ、ニコル」

「サザーランドを追い抜けば、タリウッドにも追いつけるわよ」ニコルは手の甲を反対側の手のひらでぴしゃりとたたいた。「計算済みのリスクだわ、チャンシー。それがレースってものでしょ！　クルーは喜ぶはずよ。何年も前から、サザーランドを負かしたいって言いあってきたじゃないの」

「もうじき嵐が来る」チャンシーはうなり声をもらした。「このまま進むと、海峡のまっただなかで嵐と遭遇することになるぞ」

ニコルは無慈悲に思われることを承知で微笑んだ。

「じゃあ、急いだ方がいいわね」

チャンシーは彼女を怖い目でにらみつけた。だが、ひとこと罵ると、こう怒鳴った。

「わかった。みんな、北北西だ。帆をすべて上げろ！」

「船長、あそこに船です！」デレクの見張りが叫んだ。

「どこに？」彼は叫び返した。

「船尾でさあ――南方向に帆を全部上げた船が見えました。旗を見た限りじゃ、アメリカ人の船にちげえねえ」

デレクは自分の双眼鏡でまちがいなくラシターの船だということを確認した。見慣れた帆と〈ベラ・ニコラ〉号の三角旗に目をすがめ、ぴしゃりと双眼鏡をたたんだ。

彼女らが追いついてきたことは意外ではなかった。好天とそよ風のときは、あの船ほど速い船はないのだから。しかし、これほど接近して追ってくるとはたいした度胸だ。ブラジルの娼館であわやわたしの男性機能を失わせようとする前に、ニコルはこちらの危険な航行計画を盗み見ていたはずだ。にもかかわらず、わたしの船を負かす気で突き進んできている。

遠くで雷鳴がとどろき、物思いを破られたデレクははっと顔を上げた。南で発生した嵐が勢力を増してきたのだ。それだけでも不安をかきたてる。さらにさっきまで隠れていた岩が、ときおり波間からのぞくのが見えた。

「緯度四十度海域では絶対に安心できない」背後で声がした。振り返るとジェブが舷側に近づいてくるところだった。

「たしかに」デレクは認め、二人は海原を見渡した。ジェブは船長の頭がどうかしたのではないかと思ってやって来たのだろうか、とデレクは思い、安心させるように言った。「嵐になる前に、もっと広いスペースがとれるだろう」

「今まさにおれたちの下に沈んでいる、哀れな難破船の仲間入りはしたくないもんだ」ジェブは節くれ立った関節をポキポキ鳴らした。

「なんだって？　わたしの経験を信用しないのか？」

「そういうわけじゃない。だが、経験は保証にならない。おそらくあんたは嵐が大好きだから緯度四十度海域が好きなんだろう」老人はつけ加えると、足をひきずって調理場の方へ去っていった。

この老人はデレクがひそかに考えていたことを、お見通しだったのだ。たしかに嵐が好きだった。おそらく、嵐だけが生きている実感を与えてくれるからだろう。しかし、この緯度四十度海域では、さすがに不安になっていた。

〈ベラ・ニコラ〉号はどうやってこの嵐の中を進むつもりだろう。船を操縦しているアイルランド人はおそらく幾度となく嵐をくぐり抜けてきたはずだ。この海底山脈を貫く危険な海峡のことも熟知しているだろう。もちろん、この緯度での嵐のすさまじさも。

ブラジルで、チャンシーはラシターのような気まぐれな船乗りではなく、きわめて良心的な船乗りだという噂を耳にした。それでも、彼らが通り抜けている岩だらけの浅瀬と、近づいている嵐とがあいまって、ニコルはきっと不安になっているにちがいない。

畜生、あの船にも、彼女を含めてそこに乗っている人間にも、何が起きようと知ったことじゃない。あの娘はわたしをスパイし、嘘をつき、チャンシーに指示して頭を殴らせた。そのうえ、つい最近ではわたしを痛めつけたのだ。

それに、彼女のせいでつらく苦しい夢を見ている。

ニコルのことを心配してしまうのは、まだ自分のものにしていないからだ。デレクは冷静に自分に言い聞かせた。

ニコルを抱いたらどんなふうだろうというつもの空想に浸っていると、船医のビグズビーに階段から呼びかけられ、現実に引き戻された。

「船長、話があります」

あかぎれだらけの顔は心配そうにひきつっていた。

デレクは医者の不安を見てとり、クルーの何人かがかかっている珍しい熱病のことを思い浮かべた。ビグズビーは彼らがその後悪化していないことを確認してくれたはずだ。デレクは双眼鏡を外套のポケットに戻した。彼がうなずくと、一等航海士がブリッジを引き継いだ。

きびきび歩いていく医者のあとをついて海図室まで行き、ビグズビーがドアを閉めるのを辛抱強く待った。

「船長、水夫たちを動揺させたくないのですが」必死に冷静な表情を作ろうとしながら医者は切りだした。「しかし……さらに調理場の手伝いと船室付きの少年が病に倒れました」

目に見えない敵がクルーたちをむしばみ続けているらしい。デレクは彼らを守れなかった。

「すると全部で十一人になる」デレクは首の後ろをこすった。「あんたを雇ったのは腕がいいからだ。それなのになぜ、何にやられたのかわからないんだ?」

ビグズビーは不安のあまり顔をまだらに赤く染め、決まり悪そうにつぶやいた。

「原因はわかりました。おそらく……」彼はそこで言葉を切ってから顔を上げた。その顔は死刑を宣告するかのように深刻だった。

「この船の水に……毒が入れられているんです」

信じられなかった。なんてことだ、だが、それですべて筋が通る。

中甲板で激しく嘔吐し、苦悶のうめき声を発しているクルーたちのことを思い出した。最初はただの航海中の熱病だと思っていた。水夫のあいだでは珍しいことではなかった。しかし、熱に加えこれほどの痛みがともなう病気は見たことがない。直感的にこの医者の見立ては正しいと感じた。

毒。

どうしても信じられなかったが、迅速な行動が不可欠だ。

「他のすべての水樽も汚染されているのか？」

そうたずねたが、医者の表情からすでに答えは察しがついた。

「ええ、残念ながら。自分で蓋を開けて、水を二羽の鶏にやってみたんです」ビグズビーは眉をひそめ、無意識のうちに両手でくしゃくしゃにしていた帽子を見下ろした。「動物に起きたことからして、原因が水にあることはまちがいないと思います。すべての水に毒が入っていると」

安全な水がない？　喜望峰に着くまでに最低一週間はかかるだろう――たとえクルーたちが全員そろっていても。いまや航海期間を短縮するのに苦労しているのに加え、わずかなクルーだけで喜望峰まで緯度四十度海域を進んでいかなくてはならないのだ。さらに病気になるクルーが出たら？

水夫の叫び声がデレクの物思いを破った。

「見てくれ、あの小さな船が満帆でぐんぐん近づいてくるぞ！」

〈ベラ・ニコラ〉号が接近してきたのだ。だが連中の助けは期待できなかった。

「船長、ついていますよ」医者が叫び、ほっとした笑みを浮かべた。「助けを求めていると合図しましょう。きっと余分な水を積んでいるでしょうし、甲板員が余っていれば……」

水か！　あのとき、ニコルは倉庫にいた……。頭で血がドクドクと脈打ちはじめ、心にあふれてきたいまわしい考えを整理しようとするとこめかみがしめつけられた。片手をバシンと机にたたきつけので、医者ははっと息をのんだ。

「クルーを甲板に集めろ」デレクは怒鳴った。「今すぐ」

数分後、元気なクルーが集められた。疲弊しきったクルーたちを目の前にして、デレクにまた新たな怒りがわきあがった。彼はできるだけ冷静な声を出すように努めた。

「この船で熱病は発生していないという結論に達した」クルーの何人かが期待に満ちた表情を浮かべたので、片手を上げて制した。「これから話すことは、熱病と同じくらい重大なんだ。この病気は備蓄している水が原因で生じている」

一人一人のクルーの目を見つめて続けた。

「船にはもはや汚染されていない水がない」

クルーたちは苦悩に顔をゆがめた。

「とりあえず必要な水は近づいている嵐によって補給できると期待している。しかし、これほど長い旅でずっと雨水に頼ることは危険だ」デレクは手で顔をこすりたかったが、それをこらえ、背筋をさらに伸ばした。

「いちばん心配しているのは、この海域を通過するときに働ける人数が足りなくなることだ。甲板にいる全員が病気にならなければ、どうにか切り抜けられるだろうが」

「船長」見習い水夫が震える声で言った。「おれはすでにやられている気がするんです。あともう少ししか、任務を果たせないんじゃないかと思います」屈辱の表情で弱々しく報告した。

彼が言い終わらないうちに、また一人、さらに一人と症状について訴えた。

「船長、船尾の小さい船はどうですか?」見張りがたずねた。「あれがラシターの船でも、合図を送ったらきっと助けてくれますよ」

デレクは興奮した歓声を静まらせた。

「こちらから助けてほしいと連絡することはできない」連中がどう反応するか推測することすらできなかった。

クルーたちはラシターの船が助けに来てくれるという期待を次々に口にした。デレクはその線は考えるなと言いたかった。しかしみな、経験から、競争相手だろうとなかろうと、船乗りは助けあうものだと信じている。デレクは疑念を口にするつもりはなかったが、クルーに幻想を抱いてもらいたくなかった。さらにこのあと伝えることに対して心の準備をしてほしかった。

「われわれの水に毒を入れた人物は〈ベラ・ニコラ〉号に乗っている可能性が非常に高いんだ」

ニコルは太腿にあてて双眼鏡を閉じると、いつものようにいらいらと甲板を行ったり来たりしはじめた。もうすぐだ、海峡にたどりつくまでに彼を追い抜ける。正直に言うと、サザーランドに追いつこうとした理由のひとつは、彼が本当にこの航路を走るとは思っていなかったからだった。この航路を海図に記していたものの、とり消すだろうと。〈サザンクロス〉号ほどの大きさの船を強力で気まぐれな海流のある海嶺にこれほど近づけるのは、狂気の沙汰だった。あの男はよほど決心が固いか、頭がおかしいのだ。ニコルは後者だろうと結論を出した。

目にかかる髪を、いつもかぶっている帽子の中に押しこむ。そして近づきつつある嵐の巨大な雲を見上げた。嵐が近づいているときに海峡に入るとは、彼はとんでもない愚か者だ。

しかしサザーランドはニコルよりも四百メートルは先にいた。嵐になる前にかろうじて海峡を越えられそうだ。こちらは無理そうだわ、とニコルはぐんぐん大きくなる紫がかった雲を眺めながら思った。

しかし、クルーのことは信頼していたし、自分自身も信じていた。この海域は父といっしょに数えきれないほど航海している。それにこの船は嵐の中で力を発揮するように造られていた。低気圧になっても敏捷で、荒れ狂う風からできる限りの速さをひきだした。ニコルのいちばん気に入っている思い出は、父親といっしょにスコールの中を帆走したときのものだ。臆病にも帆をたたんでしまったもっと大きな船のかたわらを、ニコルたちは満帆にしてフルスピードで滑るように走り抜けていった。

　チャンシーが予想どおり荒れた海に備えるようにと命令すると、ニコルは船室に行ってオイルスキンのレインコートをとってきた。そのわずかな時間に、またもやサザーランドのことが頭をよぎったが、もはや意外には感じなかった。

　腕をレインコートに通したとたん、冷たい恐怖に襲われた。あまりにもその感覚は強烈だったので、椅子にすわりこんだ。

　サザーランドは死んでもかまわないと思っているのだ。

　どうしてわたしがそんなことを気にするの？　彼の悪意のこもったいたずらのせいで、わたしたちはブラジルから逃げるようにして出航してきたのだ。もう何週間も彼に腹を立てていた。しかし、嵐のことと、サザーランドが怪我をするか命を落とすかもしれない可能性に思い当たったせいで、怒りはあっさりとどこかに行ってしまった。

　いまや船は彼に追いつきそうになっている。さらに、シドニーまで残り半分の距離で、タリウッドにも追いつかなくてはならないのだ。怒りは消え、不安がかきたてられ、額にうっすらと汗がにじむ。あわてて立ち上がると彼女は甲板に走っていった。

　舷側までころがるように走っていき、双眼鏡を乱暴にひっぱりだしたとき、チャンシーの問いかけるような視線に気づいた。落ち着いて、と自分に言い聞かせながら深呼吸して、小さな笑みすらこしらえてみせた。馬鹿げた恐怖はすっと溶けていった。さっき見かけたとき、サザーランドはすでに海峡のはずれに行き着いていたじゃない。

そんなに動揺するなんて馬鹿みたい、と震える笑い声をあげ、双眼鏡を目にあてがった。

そして、たちまち双眼鏡をとり落とした。

〈サザンクロス〉号は水面でじっと動かずにいた。

14

「まあ、いったい何をしているのかしら？」ニコルはチャンシーやそばにいるクルーにサザーランドを心配していることを隠そうともしなかった。「帆をおろしているわ、理解できない」

チャンシーは双眼鏡をつかむとつぶやいた。

「とんでもないアホ野郎だ」

「どうしてあんなことを？　彼を助けなくちゃ！」

まさにそのとき嵐の前触れの風が襲いかかり、船を前方に押しやったので、ニコルは叫ぶように言った。あまりにも突発的だったので、〈ベラ・ニコラ〉号でも全員が帆をたたむのに大わらわになった。

「やきもきすることあねえ」チャンシーはニコルの顎の下に拳をあてがった。「帆を少し下ろせば、あそこまで行けるさ」

ニコルはチャンシーに短くうなずくと、小柄な彼女でもクルーを手伝える唯一の場所である舵輪の前についた。全員がラシターをひどく恐れていたので、彼女には危険な索具を触らせようとしなかったのだ。ニコルが舵を押したり引いたりしているうちに数分が過ぎたが、そのあいだもサザーランドの船から視線をそらさなかった。心配のあまり顔がひきつっているのが感じられる。いったい彼は何を考えているのかしら？　そのとき、とまどいながら舵輪にかけた自分の両手を見下ろした。舵輪が滑って手応えがなくなり、船の反応が遅くなっている。この感触は、大量の船荷を下手に積み込んだときに似ていた。認めたくないが、舵輪にかかる抵抗が異様に増している。まるで船体の中央部分が折れてしまったかのようだ。

まさか。何かに衝突したなんてことはありえない。海峡まではまだかなり距離があるのだから。衝撃もまったくなかった。冗談でしょ！　顔を上げると、チャンシーの厳しい表情が目に入った。彼も同じように異常事態を感じとったのだ。

ニコルは片手で舵輪を握りながら、もう一方の手を上げ、激しく首を振った。

「どこにも衝突していないのよ。わけがわからないわ！」

ニコルがそう叫ぶと、チャンシーはぎこちなくうなずき、甲板の下に駆け下りていった。チャンシーが下に行くまでもなく、〈ベラ・ニコラ〉号はじわじわと浸水していることがわかった。

ニコルは思わず笑いたくなる衝動を抑えつけた。自分の船が危険にさらされるとなると、ようやくサザーランドの船のことを心配しなくてすむわ。

チャンシーは戻ってくると、数人にポンプを作動させるように命じ、嵐を、こちらに近づいてくる荒々しく炸裂する稲光の方を眺めた。帆をたたみ終わったデニスに、ニコルと交代するように声をかけた。ニコルは抗議したかったが、チャンシーが悲しげな笑みを浮かべたので黙りこんだ。

ぶっきらぼうな声でチャンシーは言った。「体を縛りつけておいてくれ、お嬢さん。これからかなり荒れそうだからな」

ニコルはおとなしく言われたとおりにした。チャンシーは彼女の作った結び目に満足すると、他のありとあらゆる細かい点を点検しに飛んでいった。索具を確認し、これから直面する事態をクルーが明確に理解するように説明した。

ニコルはロープをいっぱいに伸ばして、〈サザンクロス〉号が見分けられるかどうか目を凝らしたが、思っていたとおり、彼の船がいたあたりには雲が出て、どんどん大きくなりつつあった。何時間にも感じられるあいだ、雨が激しく甲板に降り注ぎ、残っている帆をたたく。一、二メートル先すら見えなかった。やがて稲光がすぐ頭上で炸裂した。

ニコルは恐怖に身をこわばらせながら、鉛色の空から降ってきた目がくらむような光にうずくまった。稲光はぐんぐん近づいてきていた。

稲光はメインマストを直撃し、上部に命中した。ニコルは恐怖におののきながら、信じられない思いで見つめた。焦げ臭い熱気が顔に浴びせられ、首をすくめたくなる。落雷に続いて油が煮えたぎるような音が聞こえてきた。痛烈な光に目が痛む。雷鳴は彼女と船ばかりか、周囲の漆黒の世界も揺るがした。

何度もまばたきして、ようやくマストに焦点が合った。落雷でマストからは煙が出て、引き裂かれ、結びつけられた索具だけで支えられていた。

ニコルは湿った空気に息を吐いた。もしあのロープが切れたら……。

不安は的中した。マストの中央部分が折れて操舵装置のそばに倒れ、轟音が甲板じゅうに響き渡った。マストはかぎ爪さながらあらゆる帆とロープをひきずりおろしていく。衝撃でデニスが操舵室にたたきつけられた。

二秒ほど、ニコルは彼が立ち上がるのを待ったが、倒れたままぴくりとも動かない。ニコルは震える手でロープの結び目をほどこうとした。ちょうどロープをほどいたとき、チャンシーがデニスのそばにたどり着き、ぐったりした体を操舵室の方に運びはじめた。ニコルはチャンシーから猛烈な速さで回転している舵に視線を移し、そちらに向かおうと甲板に足を踏みだした。

船体が波間で激しく上下するたびに、甲板に散らばった木片に足をとられ、なかなか進めなかった。やっとのことで舵柄までたどり着き、回転している舵輪をつかもうとしたが、グリップが手に激しくぶつかってつかめない。悪戦苦闘の末、どうにか渾身の力をこめて舵輪の片側を押さえて回転を止めると、全体重をかけた。

肩越しに思い切って振り返ると、チャンシーがむずかしい顔で舵輪の方に戻ってくるのが見えた。

「手を放せ！　おれが舵輪をどうにかする」

彼は叫んだ。だしぬけにロープがひゅっとかたわらをかすめ、チャンシーの顔を鞭のようにひっぱたく。

うめきながら、チャンシーは彼女からロープへと視線を移した。

「そいつを縛りつけておけ。きつく結ぶんだ」彼はそのロープがどこから飛んできたのか調べるために、また歩み去っていった。

ニコルは舵輪に自分の体を結びつけ、船がまっすぐ進んでいくように、できるだけ固定しようとした。どうにかやり遂げると、顔を上げて、船を見渡した。そのとき、またもや情け容赦ない波が舳先に襲いかかり、チャンシーの巨体が甲板にたたきつけられ、ボロ人形のように放りだされるのを見て、悲鳴をあげそうになった。

彼が立ち上がるのを待つあいだ、ニコルの心臓は破裂しそうなほどドキドキしていた。チャンシー、立ち上がって、お願いだから。立ち上がって！

巨体と格闘するかのように彼はやっとのことで立ち上がると、はためいているロープを結ぶために這うようにして戻っていった。その姿が見えているあいだは、どうにかパニックを抑えこめた。しかし、風がさらに激しく吹き荒れ、海面に大きな泡が四方八方に盛り上がりはじめ、とうとう彼の姿が完全に見えなくなると、息苦しいような恐怖にわしづかみにされた。こみあげる悲鳴を必死にこらえる。

チャンシーが戻ってきますようにと祈った。それからクルーが無事でありますようにと。船のいたるところで奮闘し、風に負けじと叫び、自分たちを待ち受けている破滅をかわそうとしているクルーたち。そして、父がいずれ再婚して、娘やクルーがいなくても人生をやっていけますようにと祈った。

暴風雨の中で、ニコルはサザーランドのためにも祈った……。船のクルー全員が自分たちの命は気ままな海の手に握られていると承知していたし、もはや死が避けられない可能性が全員の頭の中で鳴り響いていた。ニコルは自分たちが敗北したことを知った。そして自分が負けたことを悟った。

突然襲ってきた激しい嵐は、勢いが弱まらないままぐずぐずと何時間も居座っていた。そのあいだじゅう、デレクは〈ベラ・ニコラ〉号の位置を確認できずにいた。クルーたちにラシターの船を見つけたら、必要な備品を供給し、相手のクルーたちに感銘を与えろと命じた。そこで海峡の真ん中で錨を下ろして、ただ待っていたのだ。〈ベラ・ニコラ〉号には〈サザンクロス〉号に接近して航行するしか選択肢はない。そのとき、連中に合図をする。彼らが近づいてくれば、けっこう。もし反応がなければ、舳先に警告の銃弾を撃ちこみ、停船させるつもりだった。単純だが効果的な計画だ。

見たこともないほど猛威をふるっているこの嵐は計算に入れていなかった。雨はたちまち頭上からだけではなく、海がせりあがってきたかのように横からもたたきつけてきた。錨を上げて、船をもっと安全な海域に移動させるしかなかった。

多少の幸運に恵まれたら、ニコルは真っ暗な嵐の中でわたしを追い抜けるだろう。そう考えるとデレクは怒りがわきあがったが、同時に何年も感じていない思いにとらわれた。

恐怖だ。

最初は無視しようとした。だが、周囲の岩にのりあげてバラバラに引き裂かれかねない船に乗っているニコルのことを思うたびに、胸がしめつけられた。ニコルに対して感じているのは憎悪だけのはずだと、無理やり思いこもうとした。

しかし、たとえ彼女が嘘つきの悪女でも、死んでほしくなかった。この嵐を逃れられなかったら、命を落とすことになるだろう。水のたまった凍えるような寒さの船室に閉じこめられ、水の圧力で肋材がうめき声をあげるのを耳にしながら、彼女が怯えているところを想像しないようにした。

子どものとき以来、これほどいらいらしたことはなかったが、デレクは太陽の光が分厚い黒雲のあいだから射しはじめるまで、じっと待ち続けた。クルーたちは疲れきっていたが、ありがたいことに船はそれほどの損害を受けずに嵐をやり過ごすことができた。もう安全になったと判断すると、デレクは急いで〈ベラ・ニコラ〉号を捜すことにした。しかし、何時間もかけてようやく発見したのは、裂けたマストの一部だけだった。

船が破壊されたというまぎれもない証拠だ。デレクはそれを目にして強烈な無力感に襲われた。あの小さな船の痕跡が他に何も見つからず、誰かに腹を痛烈に蹴られたような気分だった。生きて彼女を見つけることができるなら、裏切り行為についても見逃してやろうと誓いそうになった。

「船長、クルーたちが文句を言いはじめてますぜ」ジェブが背後から声をかけた。「早く遅れをとり戻して、喜望峰に着きたがってるんです」

デレクは振り向いた。「日没まで捜索する」

老練な水夫はためらいながら言った。

「今日はずいぶん広い範囲を捜索しましたよ。こっちの方まで流されていますかね？」

「わからない」デレクはいつもとちがってひどく疲れた声に、我ながら驚かされた。「マストを失っているから、どこかで動けなくなっているにちがいない」

「ただし――」

「もういい、ジェブ」ぴしゃりとさえぎると、しぶしぶ頭の中で彼の言葉のあとを引きとった。〝沈んでいなければ〟。「捜し続けるんだ。来週の食料配給は二倍にするとクルーたちに言ってくれ」

「了解、船長」水夫は行きかけたが、眉をひそめて振り返り、口ごもりながら言った。「船長……あの娘のことですが……」

水夫が何を言おうとしていたにしろ、見張りの弱々しい声でさえぎられた。

「船を発見！」

デレクは双眼鏡をつかんだ。〈ベラ・ニコラ〉号はかろうじて波間に浮かんでおり、一本だけ残ったマストにからみついているぼろぼろの帆が見えた。居ても立ってもいられず、奇妙な高揚感を覚えながら、彼はクルーに満帆を指示した。

太陽は相変わらずまだ厚くかかっている雲に半ば隠されていたが、デレクはニコルの船の喫水が危険なほど深く、あきらかに沈みかけているのを見てとった。メインマストは折れ、上甲板に放りだされている。それは不気味な光景だった。

甲板で意識を失っていたラシターのクルーが目を覚まし、うめき声が聞こえた。彼らが経験した地獄を思ってデレクは胸が痛んだ。だが、それを抑えつけた。ラシターはこの航海のために熟練のクルーたちを配置しているはずで、その多くはラシターと二十年もいっしょに仕事をしている。全員ではなくても、その中に毒のことを知っている人間が少なからずいるはずだ。

さらに〈ベラ・ニコラ〉号の甲板を見回してもニコルを見つけられず、猛烈にいらだちを感じている自分に嫌気がさした。あの悪女はまだ船室にこもって怯えているのだろうか？彼女は泥棒やスパイであるばかりか、水に毒を入れたことによって、いまや殺人者になろうとしていた。

誰も死んでいなかったが……まだ今は。しかし、相変わらず次々にクルーたちが倒れている。

生きているニコルを見つけたいのは、愛らしい首を絞めあげられるからだ。

船が接近していくあいだに、デレクとクルーたちは難破船の様子を観察した。小柄な人間が舵輪に突っ伏していて、小さく痙攣する以外は凍りついたように動かないでいる。さらに近づくにつれ、その体に長い髪の毛が広がっているのが見てとれた。ニコルが舵輪にしがみついていたのだ。

彼女は船室で縮こまっているどころではなかった。

ニコルは何も考えられず、茫然として横になっていたが、骨が折れたか、頭蓋骨にひびが入ったかと思うほどの痛みだけは感じられた。

甲板からうめき声が聞こえ、彼女は意識をはっきりさせようとして頭を振った。その動作で倒れそうになったが、ウエストに巻いたロープが引き止めてくれた。目をすがめて、船上の混乱状態を眺める。わたしは舵輪に縛りつけられていたの？

ニコルは結び目をほどいた。自由になると、一歩下がって倒れこんだ。それからまた力なく立ち上がる。こみあげる恐怖を抑えつけながら、目にかかった髪の毛をかきあげた。十歩ほどよろよろ歩いたところで、かつて経験したことがないほど船が嵐に翻弄されたことが思い出された。

はっとして目を開けたとたん、嵐に耐えた果てしない時間が甦った。甲板は水浸しだった。これがわたしの船？　まさか！　でも、何時間も前に〈ベラ・ニコラ〉号が沈みかけていることを覚悟したのではなかったかしら？　それともあれは何日も前？　いつ最初の突風に遭遇したのかしら？

弱った体でできる限り速く、歩いたり這ったりしながら、ロープで体を結びつけて甲板に倒れているチャンシーのところへ向かった。彼を揺すぶると、少しして目を覚ました。それからようやく、ぼんやりと状況を把握したようだ。

あまりいい状況とは言えないが。

「救命ボートは？」彼はかすれた声でたずねた。

「ひとつはなくなった。もうひとつは、こ、壊れているわ」

ニコルは多くの水夫が泳ぎ方を学んでいないことを知っていた。あえてそうしているのだ。海中に沈むのはむろん、下手に泳いで大海で動けなくなる方が、死よりも恐ろしかったからだ。ニコルはそう思うと手が激しく震え、チャンシーのロープをなかなかほどけなかった。

「のろしだ。のろしをあげた方がいい」チャンシーは濡れてむくんだ肌に深く食いこんでいたロープをほどいた。

チャンシーは彼女を助けて、濡れてむくんだ肌に深く食いこんでいたロープをほどいた。

打ちのめされて、ニコルはその場に倒れていた。また立ち上がれるかどうか、心もとなかった。チャンシーはのろしを上げるだろう。サザーランドがさほど遠くまで行ってなければ、助かるかもしれない……。

ふいに、チャンシーが足をドスンと踏みならし、力いっぱい両手を打ちあわせた。

「ニック、立つんだ」彼は弱々しい口調で言った。「あんたの船長が助けに来たぞ」彼の声は安堵でくぐもっていた。「おれが頼んだわけじゃないが、他の選択肢を考えると……」

ニコルは信じられず、期待するのが怖くてゆっくりと首を回した。

すると目の前にサザーランドがいた。ああ、彼はなんて美しいのかしら。

船を横付けして甲板に立っているサザーランドほど、今のわたしにとってうれしい光景はなかった。豊かな黒髪を風になびかせ、ブーツの片方をさりげなく手すりの下段にのせ、たくましい腕を胸の前で組んでいる姿は一生忘れないだろう。ニコルは思わず口元をほころばせた。頭がはっきりしていなかったが、純粋な喜びが全身を駆け抜け、絶望が追いやられてしまうかのように感じられる。彼が無事だということがわかったばかりか、助けに来てくれたのだから……。

いくつものひっかけ鉤が〈ベラ・ニコラ〉号の甲板で跳ねた。

放り込まれたひっかけ鉤が、すでに割れている甲板をずるずるとこすり、漆喰を塗ったばかりの手すりを乱暴にとらえた。その様子をニコルはぞっとしながら眺めた。ひっかけ鉤ですって？　沈みかけているとしても、自分の船に対する乱暴な扱いにニコルは体が冷たくなった。どうして彼は……サザーランドはわたしたちが抵抗すると思ったのだろう？　今すぐ考えなくてはならないのに、頭が働かない。

ニコルはわけがわからず、乗船してきたサザーランドのクルーたちが、まるで抵抗する乗員を鎮圧するかのように武装しているのを見て、目をみはった。はっと顔を上げると、サザーランドの冷酷な目と目が合った。心臓が激しく鼓動している。今回ばかりは、さっき彼を見たときのときめきや興奮のせいではなかった。恐怖のせいだった。

サザーランド船長は彼女に死んでもらいたがっているのだ。

ようやくニコルを目の前にしたので、デレクはその顔に罪悪感が浮かんでいないか観察した。いや、できたら悔恨を見つけたかった。

だが、心からの微笑を浮かべてこちらを見上げていたので、デレクは驚いたばかりか、唖然となった。ニコルの微笑はまるで鎧戸が開いて光があふれだしたかのように感じられた。かつて彼の心を虜にしたその微笑から目をそらせない気がした。今もその力があった——なんて女だ！

デレクの厳しい目つきにニコルは気づいていないようだった。すっかり喜んでいた……もっとも、彼に会えてどうしてそんなにうれしいのか見当がつかなかったが。たしかに救助はするつもりだが、誰がクルーたちに毒を盛ったのかは絶対に突き止める決意をしていた。彼女には復讐が待っていることを覚悟してもらいたかった。だが、ニコルは目を輝かせてこちらを見上げている。まるで彼が英雄であるかのように。

それが神経を逆なでした。

ニコルの視線は別のものに注がれ、じょじょに顔つきが変わった。彼の胸を奇妙な失望がよぎった。クルーたちが彼女の船を固定するためにひっかけ鉤を放ると、美しい微笑は消え、困惑した表情に変わった。

申し訳ないと思う必要はない。ニコルの視線が手荒なクルーたちを追っているのを見て感じるのは満足だけだ、とデレクは思いこもうとした。クルーたちが武装していることに気づくと、ニコルは彼の方をうかがうように見た。いつもよりも顎を引き、肩を落としている。彼女は恐れているのだ。わたしの前で恐れおののきながら、懇願するのだろう。しかし、彼女の次の行動はその予想をひっくり返した。

勢いよく甲板に立ち上がり、ブーツでしっかりと踏ん張ると、赤みがかった金色の湿った髪を風になびかせながら、ニコルは恐怖をきっぱりと振り払った。それから、怒りを前面に押しだした。そして怒鳴った。あの小柄な娘はわたしに向かって怒鳴ったのだ。

「いったいこれはどういうことなの、サザーランド？」

低い声だったが、デレクの答えは冷静そのものだった。

「残っている備蓄品を押収し、きみのクルー全員を捕虜にしようとしているんだ」

ニコルは口をぽかんと開け、それから無言で閉じた。

彼女の反応は意外だった。ニコルをにらみつけながら、デレクはゆっくりと言った。

「きみの船を略奪して、クルーを捕虜にすることに驚いているようだが」言葉を切った。

「しかし、お互いにそれが不当ではないことはわかってるだろ」

ニコルは両手をこめかみにあて、彼を見上げて立っていた。わなわな震え、混乱しているように見えたが、ふいに現実を悟り、落ち着きを失ったようだ。その顔は暗かった。

ニコルが次に口にした言葉はとても低く、耳をそばだてなくてはならなかった。

「あなたが……実は」どういう意味なんだ？

ニコルは苦しげに大きく息を吸うと、もっと大きな声で言った。

「そのとおりよ。なぜあなたがわたしたちを捕虜にするのか、ちゃんと理由はわかってるわ」

彼女は自分のしたことを否定するつもりもないのだ。わたしは心のどこかで否定してほしかったのではないだろうか。そしてきっぱりと否定してくれたら、それを信じるつもりだったのでは？　だが、ニコルはただ打ち負かされ、しょんぼりしているように見えた。ニコルが甲板にしゃがみこむと、オイルスキンのレインコートを着た彼女がどんなに小さくよるべなく見えるか、デレクは気づかないわけにいかなかった。

部下の一人が乱暴に彼女を立たせたので、思わずデレクは顔をしかめた。最後のエネルギーをしぼりだすようにして、ニコルは部下に向き直ると、思い切り蹴ったので、部下は思わず手を放した。彼女はけんかの武器になるようなものがないかときょろきょろとあたりを見回している。

ニコルは闘士なのだ。ひとつわからないのは、どうして彼女に惹きつけられるのかということだ。

ニコルにはなすすべがなかった。サザーランドの捕虜になるしかない。自分たちの船はすでにかなり沈んでいて、甲板が〈サザンクロス〉号の喫水線とほぼ同じ高さになっていた。終わりはもう目前だ。クルーの大半はまだ意識がなかったが、すでにサザーランドの船にかつぎこまれ、縛られた。またもやとらえようとした水夫の手をニコルは払いのけた。どうしても降伏しなくてはならないのなら、自分のやり方を貫きたかった。

胸を張ってニコルは歩いていった。デレクはそれを楽しんでいるようだ。

馬鹿ね、サザーランドはわたしを救出に来たんじゃなかったのよ。いえ、結局、サザーランドはわたしの思ったとおりの人間だったのよ。彼がすべての破壊工作の陰にいたんだわ。しかも、競争相手の船に損害を与えるだけでは充分じゃなかった。完全にやっつけなくては気がすまなかったのだ。

頭が割れんばかりに痛かったので、そういうことを考えるのはいっそうつらかった。彼の船が海面で動かなかったのも当然だった。自分が仕組んだとおり、彼女の船が嵐で制御不能になるのを待っていたのだから。そう、船が沈んだのは破壊工作のせいだったのだ。サザーランドとそのクルーたちがレシフェにいたのは偶然ではなかった。

ニコルは叫びだしたいのを必死にこらえた。二日間、彼女とクルーは死を覚悟していた。飲まず食わずで、寝てもいなかった。そして、船に工作した男に捕虜にされるとは……。そう考えると息がつまり、倒れそうになった。

それでも、彼の前を歩かされたときは、頭をまっすぐもたげ、視線を前方にすえていた。

「わたしを見るんだ、おい」

サザーランドは低い声で命令した。従わないと、彼は無理矢理自分の方に向かせた。サザーランドはニコルの外見に驚いているようだった。彼への憎悪が伝わればいいのに。でも残酷なほどハンサムな彼の顔を見ると、ニコルはくずおれてすすり泣きたいのか、彼を殺してやりたいのか、わからなくなった。

サザーランドの驚きが消え、きどったしかめ面になったとき、ニコルはくずおれて泣くことは絶対にするまいと思った。

ニコルに対する自分の反応にはいつも驚かされる。彼女の腕をつかんで、引き寄せたとき、デレクは感情をあらわにしすぎないように用心しなくてはならなかった。何週間も彼女と会っていなかった。そして今こんな形で会うとは……。彼に向けられた目はあきらかに傷つき、ショックで大きく見開かれている。肌は不自然なほど青白く、透き通って見えるほどだ。眉にもまつげにも髪にも塩がこびりつき、消えかけた赤い太陽の光に照らされて顔の周りできらきら光っている。やはり彼女はとても美しい。

驚くべきことだ。ニコルに対してさまざまな疑念を抱いているにもかかわらず、わたしはいまだにこの娘に心を動かされる。性的な理由だけではない。もちろんそれもあったが、強力に彼女に惹きつけられるのだ。心の中のどこかで、ニコルが悪女でもかまわないと思っていた。

しかし苦しんでいる部下たちのことを思い出すと、デレクは両手でニコルの腕をつかんだ。

「なぜだ？」かすれた声で問いつめた。

「どうしてこんな真似をした？」まるで彼が見えないかのようにニコルがその背後に視線を向けたので、彼女を揺すぶった。「誰かに頼まれたのか？　誰かが無理やりきみにやらせたのか？」

遠くから、彼女のクルーたちの抗議する声が聞こえた。ニコルは耳が聞こえないかのように立ち尽くし、こちらを見ようとしなかった。デレクはさらに腕をきつくつかむと、吐き捨てるように言った。

「誰にやれと言われたんだ？」

とうとうニコルは顔を上げたが、その質問にとまどっているように眉をひそめた。

デレクがニコルを揺すぶっているのを見て、意識をとり戻した捕虜の水夫たちは憤慨し、いましめと押さえつけている男たちの手をほどこうとしていた。好きなだけ暴れればいい。わたしの復讐の邪魔は誰にもさせない。ニコルは彼の部下たちを傷つけたのだ。したがって、自分には彼女を好きに扱う権利があるはずだった。

ニコルはわたしをもてあそんだ。あきらかにわたしをだしぬいた。あのときは、父親のことでわたしを訪ねてきたのだと信じていたが、実は冷血にも勝利を確実にするためだったのだ。それ以上に悪いのは、彼女のせいでわたしのクルーたちが病に倒れたことだ。

この船に乗っているかぎり、ニコルはわたしのものと言ってもいいだろう。ラシターの水夫たちの方を見た。デレクの薄ら笑いに彼らは考えを察したようだ。彼らがさらに激しく抵抗してニコルのところに来ようとしたので、デレクは思う存分笑うと、ふたたびニコルに注意を戻した。

どうして彼女がこんな真似をしたのか、知らなくてはならなかった。ほっそりした腕をつかんでいる手に力をこめる。とうとうニコルは激した声で答えた。

「誰もわたしに無理強いすることはできないわ。わたしは自分のしたいようにする！」

甲板で殴りつけるわけにはいかないと自制しながら、デレクは彼女の肩をつかんで揺すぶった。

とうとう、苦しげな悲鳴をあげると、ニコルは彼の腕の中に倒れこんだ。

ニコルの体から力が抜けたとき、デレクの背筋を恐怖が這いのぼった。彼女を受け止め、抱き上げることしかできなかった。顔を上げると、チャンシーと呼ばれている男がデレクと目を合わせ、何をするつもりだったんだ、というように鋭い視線を向けてきた。デレクは顔を赤らめた。この娘を傷つけるつもりはなかった。冗談じゃない！　だが、これほどの怒りを覚えたことはなかった。リディアに対してですら。

罪悪感に襲われ、すぐにでもニコルを自分から遠ざけたかった。デレクはチャンシーのところまで歩いていき、意識を失っているニコルを引き渡した。チャンシーは縛られているにもかかわらず、長い腕で楽々と彼女を大切そうに抱えた。

デレクは船の端まで戻ると、〈ベラ・ニコラ〉号に飛び乗り、クルーといっしょに備蓄品を略奪する作業にとりかかった。さっきの甲板でのシーンがまたも思い浮かび、自分のふるまいに嫌悪した。船内を進んでいくと、部下たちは船に固定されていないありとあらゆるものを略奪してしまったようだ。船尾にある士官と船長の船室以外は。そこだけは彼が調べるから手を触れないようにと命じておいたのだ。

いちばん大きな船室の何かがつかえて開かなくなっているドアに肩をぶつけて開けると、海水が足首まであふれだした。壊れたランプの油の臭いが鼻を刺す。机とたんすにいっぱい入っている男性用衣類から、ここはラシターの部屋だと判断した。華美なところは一切ない質実剛健な部屋だった。

水の中を歩いて、隣の船室に行った。部屋を見回すと、ニコルの部屋だとわかった。磨かれた机と彫刻をほどこしたマホガニーのベッドは、金めっきとサテンウッドの縁飾りがついている。コンパス数個、壊れた気圧計、温度計は床のすぐ上にプカプカ浮かんでいた。壁に飾られた田園風景のすばらしい二枚の絵が、とりわけ注意を引いた。

ラシターの船室は簡素そのものだったが、ニコルの船室は贅沢品であふれていた。ラシターは装飾に一切お金をかけていなかったが、と思い出しながら、デレクは窓にかかった豪華なレースを眺めた。デレクは高級品や絵画の価格には詳しかった。ラシターが財政的に困窮していたのも無理はない。

あらゆるところに地図が浮かんでいる。デレクでもこれほどたくさんの地図は持っていない。彼女は部屋の隅に予備の帆を置いていた。おそらく、ときおり繕い物をしていたのだろう。女らしい私物箱に歩み寄り、中身をひっかき回した。

最初に見つけたものに、デレクは驚かされた。レースとシルクの下着がぎっしり入っていたのだ。女っぽい下着。男物の服以外のものを着ているニコルは見たことがなかった。しかし、急いで彼女の服をはぎとったあの晩、もっと注意をしていたら、その下に隠されていたものに気づいたのではないだろうか？　長旅に備えて服を運んでいくべきかもしれない。彼女の肌がきわめてやわらかく、なめらかだったことを思い出した。肌理の粗い布地では肌がチクチクするのではないだろうか？

いや、それこそ、望むところではないのか？　彼女を罰することが。しかし、つかのまでもその肌を楽しんだのはたしかだし、とても魅惑的だと思っているものを傷つける理由は見当たらなかった。デレクは戸口まで行くと、そばにいた二人の水夫に声をかけ、私物箱を床からはずして船に運ぶように命じた。

「船長、こいつが沈むまで、もうあんまし時間がなさそうですぜ」一人の水夫が叫んだ。

「全員をこの船から退去させてくれ――わたしはおまえたちのすぐあとから行く」

足下の床がぐいと激しく持ち上げられ、彼は横に滑った。船が沈没する直前に起こす横揺れだ。デレクは悲しげに首を振ると、甲板を走り抜けた。

〈サザンクロス〉号に戻ると、チャンシーを見つけた。そして二人の水夫の手を借りて、意識のないニコルを彼の腕からひったくった。デレクは自分を勇敢な男だと思っていたが、チャンシーの獣のようなうなり声を聞くと、うなじの毛が逆立った。デレクはニコルを腕に抱えてチャンシーに向き直ったが、たちまち後悔した。

また縛られる前に、チャンシーは押さえられていた腕を一人の水夫の手からもぎ離した。そして一本の指で喉をかき切る仕草をし、デレクをにらみつけながら殺してやると目で伝えてきた。

答えの代わりに、デレクは歯をむきだしてにっこりした。そのときバリバリと木の裂ける音が、死にかけた船から轟いた。

二人の男は振り向いて、〈ベラ・ニコラ〉号がばらばらになって海面に散乱する様子を眺めた。美しく塗られた船が破壊されていくのを目の当たりにして、デレクは胸が痛んだ。引き裂かれていく木材が悲鳴をあげている。その音には背筋が凍りついた。だが、耳障りな音ですら、貪欲に泡立つ海に船がのみこまれてしまったあとの不気味な静けさよりもましだった。

耳をつんざかんばかりの騒音にも、意識のないニコルが身じろぎひとつしなかったことに、デレクは気づいた。しかし次の瞬間、涙が彼女の頬を流れ落ち、静寂の中、絶望のうめき声が唇からもれた。

15

デレクがニコルを船室に運んでいくと、心配そうなドクター・ビグズビーがあとからしつこくついてきた。デレクは医者の鼻先でぴしゃりとドアを閉めた。

「でも、サザーランド船長！　彼女には治療が必要です。深刻な傷を負っている可能性がある」

デレクは一顧だにしなかった。もうじきニコルが目覚めるにちがいないという確信があった。そうしたらまず、水に何を入れたのかと、問いつめたかった。ニコルをベッドに寝かせる。放り投げたとまでは言わないが、それに近い手荒さだった。ニコルが痛みで悲鳴をあげたので、彼はぎくりとした。

手早くブーツとレインコートを脱がせる。肌は氷のようだった――これほど冷たい肌には触れたことがない。すりむいた首と手首を目にして、彼は抑えた声でビグズビーを呼んだ。黒い診察用鞄を手にして、医者はすぐに入ってきた。ドアの前から動いていなかったのだ。

「この傷はどうしたらいい？」デレクは手首を持ち上げてみせた。レインコートに塩がたまり、彼女の肌を紙やすりのようにこすったようだ。

「膏薬がありますが、この傷はたいしたことありません。彼女のクルーたちをざっと診察しましたが、多くが深刻な傷を負っています。彼女もただちに体を温めなくてはなりません」医者の不安そうな声音に動揺して、デレクがただ棒立ちになっていると、ビグズビーは彼を押しのけ、ニコルのシャツを切り裂きはじめた。

肌が少し見えたとたん、彼は言った。「これはいったい……？」

それはまだうっすらとニコルの肌を飾っていたメヘンディだった。

「わたしがやろう！」デレクはハサミを医者の手からひったくった。別の男に彼女の彩られた肌を見られるのは気に入らなかった。彼のために彩ったのだから。

ビグズビーはびっくりした表情を浮かべてデレクを見た。

「タトゥーをしていても、別に問題はありませんよ。ちょっと驚いただけです」

デレクはハサミを手にしたまま立ち尽くし、眉をひそめてニコルを見下ろした。

医者は当惑した口調でたずねた。「彼女をどうするつもりですか？」

「彼女については、ちょっと策が思い浮かばないんだ」いらだたしげに髪を手ですいた。

「なるほど」医者はつぶやいた。それからもっと力をこめてきっぱりと言った。「わたしに彼女の世話をさせてくれないなら、あなたがご自身で濡れた服を脱がせ、体を温めなくてはなりませんよ」

デレクはシャツを切りはじめた。しかし、あらわになった体に、彼は息をのんだ。胸に打ち身の痕がずらっとできている。思わず、デレクは彼女の肌に手をあて、生々しい傷痕を指先でなでた。

「サザーランド船長」ビグズビーが鋭い口調で言った。「やはり、わたしが彼女を診察しているあいだ席をはずしていただきます。彼女が目を覚ましたら、不快に感じるでしょうから」

「そんなことはどうでもいい」デレクはぴしゃりと言い返した。「今はわたしが彼女に対する責任を負っているんだ。この女性は……わたしのものだ。一人だけにするわけにいかない」

ビグズビーは頭を振るとドアに向かって歩いていき、湯を入れたバケツを持ってくるよう水夫に指示した。戻ってきて診察を始めると、雌鳥のようにチッチッと舌打ちした。デレクの疑い深い目から見ても、彼の医者としての行動は非の打ち所がなかった。すべての衣類を脱がせていたが、診察していない部分はすっぽりと毛布で覆っている。

ようやく診察を終えると、ビグズビーは言った。

「頭にいやなこぶがありますね。そのことがいちばん心配です。頭部の怪我はどういう結果になるかわかりませんから。さらに、嵐のあいだじゅう濡れた服でいたことも心配しています。おそらく熱が出るでしょうね」

「これから何をするつもりなんだ？」医者が湯をベッドわきに置くように水夫に指示すると、デレクはたずねた。

「傷口を洗うんです」

「それはわたしがやる」

「なんだと！　ここはもういいから、クルーのところに行ってくれ。わたしのクルーをまず診てほしい」医者の困惑した表情を見て、デレクはぶっきらぼうにつけ加えた。「それはわたしがやる」

ビグズビーはうなずいた。

「どうか手早くやってください。できるだけ早く乾かして温める必要があります。サザーランド船長、彼女を温められなかったら生死に関わると言っても大げさじゃないんですよ。それから、やさしく扱ってあげなければならない。意識がなくても、肉体は痛みを感知します。これ以上傷つけてはなりません」

医者は出ていく前につけ加えた。「内臓に損傷を負っていないか確認できないので、絶対にそのベッドから移してはなりませんよ」

デレクはいらだたしげに医者をドアから押しだした。

彼は作業に戻った。湯気を立てているバケツから布をとりだし、それをニコルの体に持っていく。手当てすることは、彼にとって罰のようなものだった。なぜなら布をあてがうたびに、ニコルは苦悶の悲鳴をあげたからだ。毒を盛られたせいで彼女を憎んでいても、デレクはひるまずにはいられなかった。

両脚と腰骨には、胸よりもさらに黒いあざができている。細い腰にロープが巻きつけられていたせいで、繊細な肌が傷だらけになっている場所がはっきりと見分けられた。頭のこぶは小さくなっていないし、数カ所で皮膚がすりむけている。デレクはこんなひどい状態の女性を見たことがなかった。そのせいでひどく怖くなった。

デレクは特別な感情を抑えて手当てをしようとしたが、最後に楽しんだときの肌と美しい体をつい想像してしまい、必死に自分をいさめなくてはならなかった。ニコルの肌と傷から塩を洗い落としたときには、すっかり汗をかいていた。これまで男性女性問わず、病人や怪我人の世話をしたことは一度もなかった。荒れた手を小柄な体に置くたびに、自分がひどく手際が悪く不器用に感じられた。

体をふくと、着せる服がないかと私物箱の中を探したが、女性の下着はあまりにも謎めいていた。レース飾りのついた布きれも、どう身につけさせたらいいのかよくわからなかった。彼女がそうしたレースや透ける布地をつけたところを想像すると楽しかったが、のぞき屋か詮索屋になったようで、うしろめたくなった。

自分自身に腹を立てて、デレクはすべてを私物箱に押しこむと、いらだたしげに蓋をバタンと閉めた。二番目の私物箱の中を探す気にはなれず、手早く自分のシャツを着せると、ありったけの毛布で彼女をくるんだ。

「あざはかなりひどい」その夜、デレクはビグズビーに報告した。「それから、まだ意識が戻らない」

「船長、骨はどこも折れていないし、致命的な傷はないと申し上げるのは、これで五回目ですよ。それに睡眠は、彼女の肉体が必要としているせいなんです」

デレクはまた歩み去った。ビグズビーを信頼していた。だからこそ、医者が彼女に触れることがいやだったにもかかわらず、診察を許したのだ。しかし、ニコルを乗船させてから、デレクがビグズビーに近づくたびに、医者は訳知り顔をした。ときには医者に哀れまれている気がすることもあった。

それでも、明日までにニコルが回復の兆しをまったく見せなかったら、喜望峰に到着したときにケープ・タウンで別の医者を見つけなくてはならない。それに治安判事も。その考えが頭に浮かぶと、デレクは却下した。彼女をケープ・タウンの腐敗した司法制度に委ねるわけにはいかない。彼女のような女性がどんな虐待を受けるか推測がつくだけに、なおさらだった。いまやニコルはわたしのものなのだ、とデレクはひとりごちた。

船室に戻ると、彼女がちょうどベッドで寝返りを打ったところだった。そのとたん全身を震わせ、眠ったまま声を出さずに泣きはじめた。チャンシーを殺してやりたかった。こんな海域を航海させ、あの船で緯度四十度海域に突き進み、彼女の命を危険にさらすなんて。しかも、クルーは嵐の中で彼女に舵をとらせたのだ。そんな無思慮な行動をとったせいで、ニコルは岩だらけの浅瀬に乗りあげ、父親の船に穴を開けてしまった。わたしが近くにいなかったら、彼らはおそらく助からなかっただろう。

「船長、甲板にすぐ来てください！」ビグズビーが戸口で叫んだ。

「何事だ？」デレクは医者を追い抜きながらたずねた。

「彼女のクルーが船を乗っとろうとしているみたいなんです」

夜明けにデレクが疲労困憊してよろめくように船室に戻ってくると、ビグズビーがニコルの枕元にいた。ゆうべの小競りあいのあいだ、医者はここに残り、彼女に付き添っていたようだった。デレクはそれについて考えたくなかった。できるだけ自分で世話をして、ニコルに回復してもらいたかった。

目覚めたときに、すぐに問いつめられるように。

「具合はどうだ？」

「大丈夫です、船長――」

「出ていってくれ」

ビグズビーは椅子から飛び上がった。

「もちろんです、船長」医者は戸口で振り返った。「もうじき目が覚めると思いますよ」

ドアが閉まると、デレクはニコルの枕元に近づいた。自分のシャツを着た女性は、ほっそりした体形を覆いかくす外套がないと、とてもきゃしゃに見えた。ふと気がつくと、ニコルに目覚めてほしいと心から願っていて、どうしてそんなに彼女の回復が気がかりなのか不思議になった。ニコルに対する自分の気持ちは分析したくなかった。誰かに追及されたら、彼女に報復できるように目を覚ましてほしいのだと答えただろう。

自分でも理由はわからないが、これから数日間は食べ物が喉を通らず、酒をあおり、ほとんど眠れないだろうと、デレクは覚悟した。

その晩、仕事を終えて戻ってきて、机について酒をあおるうちに、またもや彼女の私物箱に視線が引き寄せられた。無頓着に船に運びこんだ私物箱。そこに女性にとってなくてはならない品々が入っているのかどうかさえ、デレクにはわからなかった。というのも、女性のために荷造りしたこともないし、女性と暮らしたこともなかったからだ。

奇妙な恐怖を覚えながら、それらを眺めた。女性的なふたつの私物箱は、ただそこに置かれているだけだった。彼の私物箱のすぐかたわらに。そのままずっと自分の船室に置かれることになりそうだと気づき、パニックになりそうだった。ビグズビーによれば、ニコルを動かすことができないからだ。

彼女を船に乗せたとき、彼は船室にハンモックを吊ったが、いざ横になったら、何度も目が覚めて、朝までぐっすり眠れそうになかった。まったく、わたしのベッドを返してもらいたいものだ。

夜ベッドの中でうっかり体が触れたら、ニコルを苦しめてしまいそうだったが、彼女は小柄で、大きなベッドのわずかな部分しか使っていないのだから、その隣で寝ればいいではないかと、考えたこともあった。だが彼はすわって物思いを巡らし、何時間も酒を飲んでいた。するとついにニコルが体を震わせはじめた。

部屋は寒くなかった。船室付きの水夫がひっきりなしにストーヴに石炭をくべてくれている。それでも、横たわった彼女は刻々と震えが激しくなっていった。ビグズビーを呼んだ方がいいかもしれない。いや、自分一人で面倒を見よう。デレクはすぐに寝支度のために服を脱ぐと、彼女のかたわらに滑りこみ、温めようとした。

しかし、効果はなかった。ニコルが深い呼吸をして何かつぶやいたので、熱が出たのではないかと心配になってきた。そろそろと体を近づけていき、慎重に自分の体で彼女をすっぽりと包みこむ。ニコルはたちまち落ち着き、体をすり寄せてきた。

デレクは奇妙な達成感を覚えた。かたわらにいて温めただけで、彼女の震えを止めることができたのだ。デレクは珍しくすぐさま眠りに落ちた。

夜中に目覚めると、ニコルが温もりを求めて背中を彼の胸に押し当てていた。頭は彼の伸ばした腕にのっている。たちまち、全身が緊張した。ニコルは彼のシャツを着ていたが、太腿までめくれあがっていたので、脚の感触を味わうことができた。さらにもっと上まで……。

これは拷問だ。デレクの興奮のしるしは固くなり、脈打っている。彼女の中に身を沈めたくてたまらないときに、触れることができないなんて頭がおかしくなりそうだ。

ニコルが下半身をさらにデレクに押しつけてきたとき、この小娘はわざとわたしを苦しませているのだと確信した。デレクは息を吸いこんだ。彼のものはニコルの内腿に押し当てられている。歯を食いしばって、彼女の香りと胸に押しつけられているやわらかな髪以外のことを考えようとした。しかし、自分の腰にニコルの体が押しつけられていることしか考えられなかった。二人の肉体はパズルの二片のようにぴったりあわさっている。彼女を抱いたらお互いの体がいかにしっくりなじむか実証できるはずだ。

ニコルに裏切られる前だったら、やさしく愛を交わしただろう。丹念に、献身的に、彼女が感じる場所を残らず味わい、青白い太腿のあいだに舌を這わせ、乳房を愛撫したにちがいない。今、彼女としたいと思っている激しいセックスとは大ちがいだった。そう考えると苦い思いがこみあげた。両方の選択肢があったらいいのに。

それから毎晩、デレクは自分のベッドにもぐりこんで眠った。彼女が目を覚ますといけないので、自分は早く目覚めてベッドを出た。それからその日の命令を下すためにブリッジに行ったあとで、戻ってきてまた容体をチェックした。

ベッドでいっしょに眠っていることにニコルが気づいていなければ、親密さが増したことにはならないと、自分に言い訳した。どっちにしろ、この件について選択肢はなかったのだ。ビグズビーにはまだ言っていなかったが、ニコルは毎晩ぶるぶる震えていた。肌は熱いとは言えないので、おぞましい悪夢にうなされているのだろう。ただし、彼がベッドに入ると震えはおさまった。

デレクがブリッジで指揮をとっているあいだ、ビグズビーはこっそりニコルの世話をしにやって来たので、医者は一日の大半を彼女と過ごしていた。デレクが彼女の回復を手助けできるのは夜だけだったが、やめたくはなかった。彼女を落ち着かせるのはやりがいのある仕事だった。

三日目の夜は、ニコルを腕に抱きしめたが、三枚の毛布をかけても震えを止めることができなかった。デレクはこれ以上ないほどぴったりと体を寄せた。二人の肌はありとあらゆるところが触れあったが、ニコルは低くうめき、体をわななかせている。困り果てて、デレクは片手を彼女の髪に差し入れ、そっとなでた。それが功を奏すると、耳に唇を近づけてささやいた。「しいっ、ニコル。眠らなくちゃだめだよ」

ニコルはおとなしくなり、またも彼にぴったりと体を押しつけた。デレクは罵りの言葉を吐いた。こんなふうに毎晩悪夢にうなされるよりも、熱の方がまだましだ。嵐の悪夢を見ているにちがいない。ずっとなでてやっていると、ニコルの呼吸は深くなり、やがて穏やかになった。彼はささやいた。「いい子だ」そして、ぐっすりと眠りこんだ。

四日目の夜、ニコルの目が震えながら開き、デレクの努力が報われた。

ニコルが青ざめた唇を開いたので、グラスに水を入れてやり、彼女の質問を待ちかまえた。何度かまばたきしてから、彼女の目が大きく見開かれた。ニコルは不安と闘っているようだったので、彼女が明確な質問を発すると、デレクはほっとした。

「ここはどこ？」

「〈サザンクロス〉号に乗っている」

ニコルはごくごくと水を飲み、困惑してまたベッドに倒れこんだ。

「わたしの船は……？」

「沈んだ」

その答えに、彼女は弱々しい手で顔を覆い、苦悶のうめきをもらした。

「ク、クルーは？」ささやくようにたずねる。

「きみのクルーたちは」デレクは言葉にトゲを含ませながら言った。「ケープ・タウンに着いたら謀反を企んだかどで投獄されるだろう。きみの無事が確認できなくて、連中は頭がおかしくなったらしい」

「あなた……彼らを傷つけたの？」とがめるようににらみながらたずねた。

「ああ、わたしの船を守ったときに、連中は怪我をしたよ！」ニコルの顔はいっそう青白くなり、今にももどしそうに見えたので、デレクはあわててつけ加えた。「誰か殺された者がいるかどうかという質問なら、答えはノーだ」

大きな安堵が彼女の顔をよぎった。あの連中は彼女にとってどれほどの存在なんだ？

ニコルは小さな手を伸ばすと、びっくりするような力で彼の手首をつかんだ。

「チャンシーに会わせて」

触れられたとたん、デレクは雷に打たれたように感じた。あわてて彼女の肌が熱いせいだと自分に言い訳した。実際、熱が出ているのかもしれない。彼女の頼みに、デレクは憤慨した。

「それはできかねます、王女さま」そっけない口調で言った。

いきなりニコルは彼の手を放し、自分の手もだらりとわきに垂らした。すべての力が抜けていく。希望を失い、目に深い絶望を浮かべているので、デレクはもう少しで今の言葉を撤回しそうになった。

ことラシターの娘となると弱腰になる自分に、デレクは心の中でうんざりした。わたしのクルーに毒を飲ませた女に、この船を乗っとろうとした男と会わせるつもりはない。頭がどうかしたのか？　そんな馬鹿馬鹿しいことは、絶対にありえなかった。

「わたしはきみのクルーが毒を入れたことについて情報を得ようとしたんだが、彼らはまったく知らないと言うんだ」デレクは冷酷な目つきで彼女をにらみつけた。「そろそろ、一連の破壊工作について話してもらいたいね」

彼女は驚きのあまり目を見開き、こうささやいた。

「まるであなたは何も知らないみたいな言い方ね」

「それはどういう意味なんだ？　どうしてわたしが知ってると思うんだ？」

ニコルは見るからに弱っていたが、じょじょに高まる怒りをこめてしゃべった。

「あなたがやったんだから知っているはずでしょ」

「わたしがやっただと？」デレクは笑いをこらえてベッドから立ち上がると、船室の中を歩きはじめた。「わたしには他人の船を壊す理由など何もない」彼はおもしろそうに言うと、机の上の残り少なくなったボトルからブランデーをグラスに注いだ。

「あなた、わたしの船に細工したでしょ」デレクが酒をあおっていると、ニコルは言った。

「わたしが到着する前にきみの船は手の施しようがなくなってたよ。あの嵐に突っ込んでいったせいでね。わたしに感謝するべきだよ。あの沈みかけた船からきみを救いださなかったら、まちがいなく今頃死んでいただろうからね」

彼の言葉どおりだったのか、ニコルは記憶をたどっているかのように黙りこんだ。やがて、こう答えた。

「たしかに、あなたは命を救ってくれたわ。だけど、わたしは絶対に船をどこにもぶつけてないのよ」

「〈ベラ・ニコラ〉号はひとりでに沈んだというのかな」

ニコルはいらだたしげに息を吸いこんだ。弱っているせいで、ため息のように聞こえた。

「何者かが破壊工作をしたせいで〈ベラ・ニコラ〉号は沈んだのよ」

「そんな馬鹿げた話にしがみつくつもりなのか？　じゃあ、そうしていればいい」からかうようにグラスを掲げた。「真実に乾杯」

ニコルは彼をにらみつけた。「ケープ・タウンでクルーたちといっしょにわたしを解放してもらえない？」

「だめだ」デレクはお代わりをこしらえてベッドに戻ってきた。

「それじゃ、誘拐だわ」ニコルはかすれた声で叫んだ。彼がまたすわると、力なく少し離れた。

「いや、正義のためだ。きみは陰謀を企てたんだからな」デレクは彼女の嫌悪を見てとり、さっとベッドから立ち上がった。「うちのクルーにああいう真似をしたんだから、わたしにはきみを罰する権利があるんだ」

「わたしが何をしたと言うの？」

ニコルは困惑してたずねた。弱々しくこめかみをもむ。

悲劇にあったひとりぼっちの無実の若い女性として彼女を眺めることは、とても簡単だった。しかし、デレクは彼女の本性を知っていた。もっとも憎むべき敵の娘なのだ。しかも、ニコルが水に毒を入れた直後に、この手で彼女を倉庫からひきずりだしている。

憤慨して、デレクは部屋を出ようとした。ドアの前で振り返る。腹が立ち、自分と同じように彼女を傷つけてやりたかった。しかし、ニコルは完全に途方に暮れている様子だった。そして一粒の涙がその頰をつたい落ちたとき、デレクは自分を罵りながら、外に出ていった。

だが、その前にニコルのかすれた声が聞こえた。

「なんて人かしら。それなのに、わたしはあなたのことを心配していたなんて!」

サザーランドとやりあったあと、何時間もたってからニコルは目を覚ました。体があまりにも弱っていて身動きできなかった。ざっと自分の体を点検して、ひどいありさまだとわかった。こんなに簡単に打ち身ができるとは思ってもいなかったが、全身に青と黒の打ち身ができている。そしてめったに泣いたことはなかったが、〈ベラ・ニコラ〉号が海の底に散らばっていることを思うと、涙が次から次にあふれてきた。ショックと怪我のせいで倒れたのだと思っていた。でも本当は、子どもの頃から送ってきた暮らし、ずっと願っていた暮らしが、彼女にとっても父にとってもチャンシーにとっても永遠に失われたせいだった。

何時間ものあいだニコルはベッドに横たわったまま船の記憶をかき集め、頭に刻みつけようとしていた。短く切った明るいブロンドの髪に天使のような表情をしたほっそりした男が船室に入ってきたので、その物思いは破られた。

「ああ、ノックをせずに大変申し訳なかった。眠っていると思ったものですから」男はベッドに近づきながら言った。「わたしは船医のビグズビーです。ずっとあなたの傷の手当てをしてきました」

「わたし、どのぐらい悪いんですか？」

「三日間目覚めなかったので、少々心配しました。しかし、こうして起きて話ができるくらいなので、じきによくなると思いますよ」

「三日……三日も意識がなかったんですか？」

「そのとおりです。それだけ休んだおかげでよくなったんですよ」医者は診察用鞄から小さなガラスのレンズをとりだすと、それをニコルの目にかざした。「さて、上を見ていただけると……左、次に右。大変けっこう。では反対の目もお願いします」

医者が器具をしまうと、ニコルはたずねた。

「ここに連れてこられてから、わたしのクルーたちはどうしているんですか？」

医者は彼女の脈をとりながら、しぶしぶ答えた。「実は、その、彼らが船を乗っとろうとする騒動があったんです。でも誰一人重傷は負いませんでした。彼らにちゃんと水と食べ物が与えられるように、わたしは気を配っています。あなたがどんどんよくなっていると伝えて、彼らを安心させることもできました」

「暴動を起こしたなんて信じられないわ」

「ええ、もうちょっとのところで反乱は失敗に終わりましたが」

「それでチャンシーは？　彼は無事なの？」

「檻に入れられたトラのように歩き回ってますよ。でもあなたが順調に回復していると伝えたら、ちょっと落ち着きました」

ニコルは医者の手を不安そうに握った。

「ああ、ありがとう、ドクター・ビグズビー。本当にありがとうございます」

そのときサザーランドが部屋に入ってきて、冷たい視線が二人の手に注がれた。

「ビグズビー、外に来てくれ。早く！」

サザーランドは怒鳴った。医者はサザーランドから彼女に視線を戻すと、励ますように彼女の手を軽くたたいた。

「また来ますよ」彼は言うと、船長のあとから外に出ていった。

二人の話は聞きとれなかったが、サザーランドが一人で戻ってきた。

「もう医者の助けは必要ないよ」彼はまだ廊下に立っている医者の面前でドアをぴしゃりと閉めた。

ニコルは顔をしかめた。サザーランドの声はひどく厳しくて重苦しく、ドクター・ビグズビーの穏やかな口調とは大ちがいだ。彼が船室を歩き回って乾いた服を集めるのを用心しながら眺めた。どんなに必死にがんばっても、どんなに彼と同じ部屋にいることで緊張していても、眠気が襲ってきた。

やがて木と木がガツンとぶつかる音がして、ニコルははっと飛び起きたが、逃げ場所はなかった……。

ぱっと目を開けた。ここは自分の船ではない？　わたしの体は温かく、乾いていて……でも安全なのかしら？

さっきの音は船室のドアが勢いよく開かれた音だった。病人のような青白い肌をした少年が食べ物とトレイを運んできて床に置くと、中身をトレイにぶちまけた。

ぼさぼさの髪を顔に垂らしながら、少年はこぼれた食べ物を眺め、「あんたはひとかけらだって食べ物をもらえる資格はないんだ」とつぶやいた。

戸口で振り返って彼女に敵意に満ちた視線を投げつけると、少年はバタンとドアを閉めた。そしてサザーランドが今朝やったのと同じように、ドアに鍵をかけた。

何なの？　わたしが船から逃げられるとでも思っているの？　馬鹿みたい！

しばらくして、ゆっくりベッドに体を起こすと、失神せずに食べ物にかがみこめるかどうか試すことにした。結局、試すのはやめた。怪我のせいだけではない。会ったこともない少年にあんなに悪意のこもった目でにらまれ、食欲がなくなったのだ。しかも、少年のあの態度からして、食べ物に危険なものを入れたかもしれない。少なくとも、唾は吐きかけているだろう。立ち上がろうとしただけですっかり疲れ果て、ニコルはまた眠りに落ちていった。

四日後、彼らはケープ・タウンに到着した。ニコルはまだ頭痛に苦しみ、一日の大半を寝て過ごしていた。ドックに入り、ニコルのクルーたちを降ろすあいだ、デレクは彼女がずっと寝ていてくれることを祈った。

縛り上げた水夫たちを甲板に連れてくるのを見ながら、これでは寝ていてくれそうもないと思った。

チャンシーが大声で叫びはじめたからだ。

「ニック、強くなれ。あんたはラシターの娘だ！」

チャンシーが先を続けるために息を吸いこむと、チャンシーを連行している水夫がデレクを横目でうかがった。デレクは答えの代わりにうなずいた。

「シドニーで彼から逃げてくれ、おれが迎えに――」とチャンシーが言いはじめたとたん、腹に数発をお見舞いされ、叫び声は中断した。

デレクは昇降口の方に不安そうな一瞥を向けた。この騒ぎできっと目を覚ましただろう。

起き上がろうとしたら、怪我をしかねない。一分後、デレクが船室のドアを乱暴に開けると、案の定、ニコルはベッドから落ちて床にうずくまっていた。

デレクはすばやく彼女を抱き上げ、その軽さに顔をしかめた。この数日ですっかり体重が減っていた。もっとたくさん食べさせなくては。

ニコルが両手で彼の襟をぐいっとつかんでささやいたので、物思いは破られた。

「もうやめて、サザーランド。お願い、うちのクルーにこんなことをしないで」顔はやつれ、その言葉を口にするのにもとてつもない苦痛を感じているかのようだった。

しかし、彼は心を動かされなかった。動かされるわけにはいかない。あの連中を早く船から降ろさないかぎり、わたしのクルーたちは身の安全を感じられないのだ。自分のクルーのことをまず考えねばならない。

「仕方がないんだ」

「じゃあ、お願い、どうかお願いだから、彼らが傷つかないようにして」

ニコルの目には気魄がこもり、強がっているようだったが、実は弱っていることを彼は見てとった。緊張が急速に解け、ふたたびニコルは意識を失った。

16

「ええ、ええ、そうですとも、彼女は起き上がって歩き回ってますよ」一週間後、ドクター・ビグズビーは聞いてくる相手に片っ端からしゃべっていた。「血色もよくなってきました。強い娘だ、あの子は」

ようやく毒入り水の中毒から回復してきた水夫たちから、険悪な表情や刺すような視線を向けられていることに、医者が気づいていないことが不思議だった。水夫はニコルの回復をやきもきしながら待っていたわけではないのだ。

「サザーランド船長、そこにいましたか！」

デレクは医者に見つかり、内心でうめいた。

「われわれの患者の今日の様子はどうですか？」ビグズビーは陽気にたずねた。

「元気だ」

医者は眉をつりあげ、さらなる情報を期待したが、それっきりデレクが何も言わなかったのでたずねた。「打ち身の方は？」

「大丈夫だ」

ビグズビーは眉をひそめたが、またにっこりした。

「ちょっと気になっていたので。診察はおろか、彼女と話をするのすら許してもらえませんからね。興味がわくのも当然でしょう」

医者はその浮ついたおしゃべりに、非難を隠しているのだ。デレクはもうたくさんだった。

「彼女は回復してきている……元気だ」

実を言うと、デレクも知らなかった。ニコルは服を着ていたし、一人で風呂を使っていたので、打ち身の様子は見ていなかった。それに、彼女は心配事があっても、デレクには絶対に打ち明けないだろう。眉をひそめて医者の前から立ち去ったデレクは、結局、彼女のことを一日じゅう考える羽目になった。まだ具合が悪いのか？　回復していると本当に言えるのか？　少なくともよくなっているのか？

翌朝、デレクは夜明けに目覚めたが、ニコルは眠っていた。そっと彼女を仰向けにすると、シャツのおなかのボタンをはずした。そのとたんに彼女が片腕を頭の上に持ち上げ、枕に顔を戻したので、デレクはぎくりとして息をつめた。また動かなくなると、胴体をむきだしにして打ち身が消えかけているのを確認した。メヘンディも色あせていた。その模様を指先でなぞることをずっと夢見ていたのに。

今、それをしてもかまわないのでは？　彼女はわたしのものだから、好きなようにできるはずだ。

ためらいがちに、デレクはウエストの図柄をなぞり、それから平らなおなかに指を這わせていった。線はシャツの中に伸びていたので、少しシャツを押し広げた。胸をどきどきさせながら、抜けるように白い乳房の下側をなぞっていく。ずいぶん長いあいだ女っ気がなかった。そうとも。彼女に対してこんなに強烈に反応するのは、それが唯一の理由だ。複雑な模様をたどって、乳房のあいだへと指を這わせていく。

シャツのボタンをさらにはずして裾の方もはだけると、ニコルのヒップとおなかのすぐ下の肌まで見えた。そこに口づけしたくて唾がわいてくる。しかし彼の手の下で、寒さのせいでニコルの体が震えはじめたのを感じた。デレクは名残惜しそうに、新たにむきだしになった部分を指でなでると、しぶしぶシャツを着せて毛布でくるみこんだ。

何が起きたのかしら？　ニコルはサザーランドが両手を彼女の体に這わせている夢を見た。ごつごつした指先とちがい、触れ方はとてもやさしかった。その夢はまるで現実のようでニコルはとまどった。少しだけ目を開けて、隣にいる彼をこっそりうかがう。彼の視線には所有欲がにじみ、じっくりと彼女を観賞しているようだ。頭では彼の勝手なふるまいに腹が立ったが、体は熱く、けだるくなった。

本能的に、まずサザーランドを平手打ちしてから、起き上がって体を覆おうとした。しかし、ニコルは彼の震える手が軽やかに体を滑っていくのをこっそりと眺めていた。

まもなく、触れられたところに快感が広がりはじめた。ニコルは彼の前で肌をさらけだすのがうれしいことに気づいた。なにしろ、こんなに何ひとつ見逃すまいというように熱心に見つめているのだから。どうして？　彼を嫌いじゃないということかしら？　もちろん、こんなふうに感じられる相手なら、少なくとも好きにちがいないわ。彼を軽蔑しているにちがいないと思っていたけど、爪が短く切られた指先をわたしの肌に滑らせ、念入りになで回すのを見ていると、もっと肌をさらしたくなる。

サザーランドはこちらの心を読んだにちがいない。シャツをさらに開いて、胸の谷間へと手を滑らせていった。起きているのを悟られるのが怖くて、ニコルは目を閉じた。それは彼女がこれまで経験したことのないようなめくるめく喜びの引き金になった。

全身の感覚が鋭くなっている。次に彼がどこに触れるのか見当がつかない。以前したように、手で乳房を包みこんだり、もっと親密な場所に触れられるかもしれない。それなのにどうして彼を止めないの？　ニコルの体はわななきはじめた。このまま続けられたら、頂点に導かれてしまうのではないかしら？　欲望で頭がくらくらしはじめ、彼の手をとって脚のあいだに押しつけるべきかもしれないという考えが頭をよぎったまさにそのとき、彼はシャツを閉じ、毛布でくるみこんだ。

サザーランドに対してニコルは気持ちを抑えきれなかった。そのせいで彼が怖かった。いまや彼がすべてにおいて有利な立場にあった。憎んでいるはずが、次の瞬間には純潔を捧げたいと願っているのだから。

それから数日間、朝、デレクがクルーに命令を与えて船室に戻ってくると、ニコルは窓辺にすわってぼんやりと海を眺めていた。毎回、重苦しい沈黙が彼を出迎えた。今朝も同じだったが、彼女は初めて自分の服を着て、巻き毛を編んで頭のてっぺんでまとめていた。服は小柄な体にはだぶだぶの少年が着るようなズボンとリネンのブラウスだと気づき、デレクはがっかりした。

「目覚めたと聞いたのでね」デレクは低く言うと、船室のドアを閉めた。

ニコルは答えず、身じろぎもせず、窓の外をただ眺めていた。まったく、なんて態度だ。たいていの女性はおしゃべりだった。おそらく彼がほとんど口をきかないせいだろう。ニコルのように押し黙っている女性とは会ったことがない。

それに女性たちは決まって彼に惹きつけられた。もっと正確に言うと、彼の金に。でもニコルとわたしの場合は、おたがいに相手をいまいましく思ってる。

ニコルをどう扱ったらいいのか途方に暮れていた。彼女のやったことに対して罰を与えたかったが、さすがの彼も、相手の具合が悪いときに傷つけるような真似をするほど冷酷ではなかった。それに、ニコルが船を失ったことから立ち直れるのか疑問に感じはじめていた。彼女にとっては罰にも等しい打撃だったようだ。無気力で、さらに体重が減っていた。

ビグズビーは食欲のないニコルのために、ケープ・タウンで果物を買ったらどうかと提案した。贅沢なオレンジがいいんじゃないかとまで言った。意外にもデレクはその提案を受け入れた。今日にも、ニコルはまた普通に食べられるようになるだろうと、医者は楽観的な意見を述べた。

「ええと、新鮮な果物を持ってきたんだ。そこに置いて――」

まばたきする暇もなく、ニコルは彼に飛びついてきた――というか、彼が机に置いた果物に。三つのオレンジとふたつのリンゴをひったくるようにとると、腕いっぱいに抱えて顎で押さえ、さらに三つを手品師のような手つきでとろうとした。

ベッドの隅にすわりこんだニコルは、どうやらデレクがとり返しにこないと判断したようだ。肩の力を抜き、オレンジの皮をむきはじめた。ニコルはうっとりとした表情で、果汁を顎に滴らせた。

今の行動を見てデレクはあることに気づき、怒りがふくらんだ。

「船に乗ってから、ちゃんと食べていなかったようだな」

ニコルは眉をつりあげ、〝どうしてわかったの?〟と言いたげな表情をした。

デレクは必死に癇癪を抑えたので、次に口にした言葉はさっきほど厳しくなかった。

「一日に三度食べ物を運ばせている」彼は鼻のつけねをつまみながら問いつめた。「なぜもっとたくさん食べなかったんだ?」

ニコルは答えようか、オレンジの最後のかけらを食べようか、迷っているようだった。オレンジが勝ち、デレクは彼女がゆっくりとおいしそうに食べ終わるのを待たねばならなかった。もうひとつをほっそりした指で手早くむきながら、彼女はたずねた。

「あなたはわたしがクルーに毒を盛ったと信じているんでしょ?」

信じているのではない、確信しているのだと指摘しようかと思った。しかし、ニコルが冷静に説明しようとしていたので、彼はうなずいた。

「それは、〝はい、ミス・ラシター〟の意味だと解釈するわよ」

生意気な娘だ。デレクがうなるように返事をすると、彼女は続けた。

「あなたの船室付きの少年は、おぞましい卑劣な行為をしたわたしにわざわざ食べ物を与えるなんておかしいと思う、とはっきり口にしたわ。あなたのクルー全員が同じように考えているにちがいないわね」

ニコルはリンゴをブラウスのすそで磨きはじめた。

「わたしの立場だったら、あなたはそういう人たちが運んでくる料理に口をつける？」

たしかに彼女の言うとおりだったが、絶対に認めたくなかった。

ニコルはリンゴのほうに顔を向けると、両方の手で持って、小さな白い歯でうれしげにかぶりついた。

この問題をどうして予見できなかったのだろう？　この娘を餓死させるわけにはいかない。大きく息を吐くと、彼は言った。

「きみの食べ物には何も入れられていなかったと断言できるよ。今後も、きみの食事に手を出さないように気をつけよう」

わかったという代わりに、ニコルは王のようにうなずいてみせた。彼女に厳しい態度をとれないことにいらだち、デレクは帽子をつかむと背中を向けた。

「サザーランド？」彼が出ていく前にニコルは呼びかけた。

「何だ？」

ニコルは袖で顎をぬぐうと、大きく息を吸った。「あなたに何かをたずねるにはとてもエネルギーがいるんだけど、ようやく元気が出てきたから、質問させてもらうわ。どうやってわたしの船を沈めたの？」

てっきり贅沢品を要求されると思ったので、デレクは、まったく違う質問に度肝を抜かれた。

「なんだって？」

ニコルはベッドから飛び下りた。「どうしても知っておかなくちゃならないのよ！」

「わたしは一切関わってないよ。自分たちで、船を沈めたんだろ！」デレクは叫ぶように言った。

「いいえ」ニコルは首を振った。「あなたの仕業にちがいないわ」

「わたしを混乱させて、自分の罪を逃れようとしているのか――」

ニコルは部屋の中を行ったり来たりしはじめた。「あなたの動機はわかってるわ」彼の言葉が耳に入らないかのように続けた。「父はこのレースに勝つにちがいなかった。そして、あなたが敗北すれば、その名声と会社にとって大打撃になる」

「大げさな」

彼に視線を戻して、ニコルは言った。「このレースは船長と船会社を大成功に導くか打ちのめすかのどちらかなのよ。英国じゅうが注目している。わたしたちの名誉がかかっているの」

「それには異論はない。しかし、ペレグリン海運は一度のレースで地に落ちてしまうほど弱体じゃないんだ」

ニコルはデレクに哀れみのまなざしを向けた。

「あなたの会社についてはよく知っているのよ。この数年、たびたび仕事を失っていること
も。その事実を隠蔽することに、あなたは多少なりとも成功しているかもしれないわね。でも、内情を知っている人間なら、あなたがペレグリン海運をつぶしつつあると考えるでしょうね」

ニコルの指摘は、つい数週間前の弟の非難と似たようなものだったが、この娘にまでそんなことを言われたくなかった。

「えらそうなことは言えないだろ。きみはわたしのクルーに毒を盛り、父親に勝たせようとしたんだから」

「どうしてわたしがあなたのクルーの病気に責任があるの?」ニコルは唖然としてたずねた。

「きみは船倉にいて、水樽の周囲をうろついていた」激して答えた。「それにわたしを容疑者リストから消せるとあのアイルランド人の男に話しているのを聞いたんだ――そしてわたしの船の中をくまなく調べたと」

「あきれた、なんて馬鹿なの。アルコールのせいで頭がどうかしたにちがいないわ」

「いや、アルコールに助けられたよ。ボトルを手放さなかったおかげで、毒入りの水を飲ま

ずにすんだからね」

「もう一度言うわ、別の何者かがやったのよ。おそらくわたしの船に細工したのと同一人物ね」

「じゃあ、きみはあのとき船倉で何をしてたんだ？」

「スパイ行為よ、もちろん」

あまりに当然のように言われたので、もう少しで信じるところだった。しかしラシターほどの手強い敵はいなかったし、けんか騒ぎのあとで報復しようとしたのは筋が通っている。

「信じられないな。お父さんはきみの軽薄な贅沢品の支払いのために、勝とうと必死だったんだろう」

ニコルは妙に無表情になり、それから説明した。「父はうちよりもっと大きな船会社で繰り返し起きている事故について調査していたの。何者かが破壊工作をしているにちがいないとにらんで、その情報を得るために父は〈マーメイド〉にいたのよ。わたしはあなたがいちばん怪しいとにらんでいた。父とチャンシーはタリウッドだと考えていたけど――」

デレクは笑い声をあげた。

「そうよね、あのタリウッドにできるとはわたしも思わなかったわ」彼女は認めた。「父がずっと勾留されていることにも、あなたが関与していると信じていたの。父たちは容疑者のリストを作ったわ。だけど、わたしはそういうことをしそうなほど冷酷にちがいないあなたを疑い、有罪の証拠を集めようとしていたの」

「そして結果は?」

「結局、あなたは無実だと判断した。でも今はちがう。わたしとクルーにした仕打ちを考えると、疑いの余地はほとんどないわね」

「嘘だな」彼は淡々と言った。「きみの説明の中にひとつ嘘がある、プリンセス。わたしが無実だと一度でも信じる人間なんて一人もいないさ」

デレクは最後にひとにらみすると、足音も荒くドアから出ていった。


ニコルは甲板を歩き回れるぐらいに回復していたが、デレクは船室の外に出ることを許さなかった。ただでさえ、彼女が乗船していることに憤慨して報復しかねないクルーがあたりにいるのだ。クルーたちはニコルのような女性を船長が捕虜にしたがる気持ちもわからないでもないが、毒を入れたような女は彼女のクルーたちといっしょに監獄に放りこんでほしいと思っていた。

デレクが予想していたように、ケープ・タウンを出航してまもなくニコルは外に行きたいと訴えはじめた。

彼はこう言えば簡単にあきらめるにちがいないと思っていた。

「どうしてクルーに毒を盛ったのか教えてくれたら、すぐに上甲板に連れていくよ」

「もう一度言うわ――わたしはあなたのいまいましいクルーに毒なんて盛っていないの」

「そう言っていればいい。話す気になったら、外に連れていってあげるよ」

「あなたに連れていってもらう必要はないわ。いいから外に出して！　逃げることを心配しているの？　船の位置を観測する時間はなかったけど、南極に近づいていることはわかっているわ。泳いで逃げようとすると思う？　ちっぽけな氷のかけらをケープ・タウンの方に飛ばすぐらいならできるでしょうけどね」彼女は嫌みな笑みを浮かべた。

デレクはお得意の横柄な口調で答えた。

「クルーたちは……きみを嫌っている。わたしの付き添いなしで外に出たがるとは信じられないな」

ニコルは彼をにらみつけた。痛烈な口答えをのみこもうとしているかのようだ。彼女はとんでもなく頑固だった。しかし、それを言うならこのわたしもそうだ。外に出してやる前に白状しなくてはならないと言ったのは本気だった。絶対に口を割らせるつもりだ。

窓辺に歩いていくと、ニコルは大きく息を吸った。

「わたしが毒入りの水について何も話せないことを納得してもらわなくちゃならないわ。なぜって何も知らないから。時間をむだにしているだけよ」

「誤解しているのはきみの方だと思うね。わたしにしゃべるか、この船室であと二カ月過ごすか、どちらかだ」

ニコルは首を振り、誇らしげな表情で彼を見た。

「そんなことを言うなんて、わたしについてまったく知らない証拠だわ。わたしを引き留められると思っているなら、完全に頭がいかれてるわよ」

彼女は小首を傾げ、指で頬を軽くたたいた。

「そういうことは……酔っ払っていると起こると聞いたことがあるわ。でもあなたの場合」彼女はデレクをじろじろ眺めながら続けた。「年のせいかもしれないわね」

午前中ずっと、ニコルはサザーランドとのやりとりを思い返していた。彼女の船を沈めたのは彼にちがいないと、大胆にも言い放ってしまったが、今は半信半疑になっていた。彼が犯人なら、これほど長いこと無実を主張しないだろう。すべてに無関心な男だから、あっさりと白状したはずだ。

サザーランドは最初に断固として罪を糾弾すれば、彼女が動揺して白状すると思ったのだろう。本気で彼女がクルーに毒を盛ったと信じているから、一貫して憎悪を向けてくるのだ。かたやニコルの方も自分の船を沈めたのは彼だとずっと確信していた。結局、犯人は他にいるのかもしれない。となると、その朝サザーランドにぶつけた侮辱に良心が少しとがめたが、それは押しやった。

サザーランドはわたしの船を沈めなかったのだ――彼を嫌う理由がひとつ減った。しかも、わたしがクルーに毒を盛ったと信じていたにもかかわらず、看病をしてくれたのだから。それでも、うちのクルーをケープ・タウンの監獄に放りこんだことを許すわけにいかなかった。

ニコルは船室にいて何もやることがなかった。傷が癒えたことは彼も知っていた。今のところ、上甲板に行きたいと要求していなかったが、ちょうど嵐をくぐり抜けたばかりだったので、早く外の空気を吸わないと船酔いしそうだった。

サザーランドが正午に船室に来たとき、ニコルは自分の服を着て歩き回っていた。

「サザーランド船長、ちょっとお話ししていいかしら？」ニコルは状況に合わせて礼儀正しくもなれた。

彼はベッドの端にすわり、ブーツを脱いだ。全身びしょ濡れで、疲れて見えた。

「何の用だ？」口調はぶっきらぼうだった。

あらまあ、今朝の言葉に憤慨しているんだわ。サザーランドにはいくつか弱点があった。ニコルはのちのちのために、その情報を頭に入れておくことにした。

「今日は甲板に連れていってくださるんじゃないかと期待しているの、とうとう嵐になったから」

「だめだ」考えるまでもなくサザーランドは言った。

「だめ？　それだけ？」彼女は叫んだ。

「ああ」

意地の悪い言葉を言ってやりたくてうずうずして、我慢しているせいで頬が火照ってきた。だが言えなかった。あと一日でも、ここに閉じこめられていることには耐えられない。

「お願い、サザーランド」

彼女を無視してサザーランドは私物箱に近づくと、乾いた服をとりだした。それをベッドに放りだすと、濡れたシャツを頭から脱ぎはじめた。ニコルは湿った広い胸から視線をそらした。サザーランドは冷酷で傲慢なろくでなしよ。それなのにどうして彼の体を目にすると、どきどきするのかしら？

ニコルは落ち着いて話せるように顔をそむけた。

「考え直すようにお願いするわ。わたしをここに閉じこめているなんて、非人間的な仕打ちよ」

黙ったまま着替えを続けている彼に、ニコルはまた目を向けた。すでにズボンを着替え終わっているのを見て、失望したのか安堵したのかよくわからなかった。

ニコルの計画では、彼が聞く耳を持たないなら、嘘をつくつもりでいた。彼女は椅子にくずおれるようにすわり、片手を頭にあてがった。「新鮮な空気と太陽の光がないせいで、頭痛が戻ってきたみたいなの」

一瞬、サザーランドが心配そうな顔をした気がした。

「そうなのか？」

あきれた、どうして信じてないみたいな声を出すのかしら？

「ええ、そうみたい。お願い、一日一時間でいいわ。わたしは働ける。何か仕事を割り当てて」

「われわれは料理や裁縫をしてくれる人間は必要ないんだ。それに洗濯をする人間もね。わたしにしてみたら、きみは役立たずだよ」

「役立たず？　役立たずですって？　あなたは陸で普通の女性がやる仕事しかあげていない。

わたしにできるのはそれだけだと思っているの？」

「きみがいろいろできることは承知しているよ」彼はあざ笑った。

　このろくでなし！

　サザーランドがあきらかに会話を打ち切って立ち去ろうとしたので、怒りがわきあがった。またこの船室に閉じこめられるかと思うと、泣きたくなった。

　彼がドアにあと少しのところまで行ったとき、ようやくニコルは口がきけるようになった。

「だけど、一日じゅう何をしていればいいの？」小さな声で苦しげに訴えた。

「何をしようとまったくかまわないよ」

　ドアの鍵がカチャリとかかる音を聞いて、ニコルの惨めな気分は怒りへと変わった。クルーが歌っている船頭歌が聞こえ、そして船が風を帆に斜めに受けながらぐんぐん進んでいくと、怒りがさらに増した。ここに閉じこめられているのは不自然だ。しかも、わたしは何も悪いことをしていないのに。ああ、本当に彼に毒を盛ってやりたい！

　船室を見回したが、壊したり傷つけたりしたいものは何もなかった。それに、ものを破壊するのは彼女の好みではなかった。創造することの方がずっと好きで……。

　あるアイディアが浮かんだ。自分の私物箱を見る。サザーランドがヘビのように嫌っている私物箱。ここに、この中に、報復の手段があった。わたしの看病をしたことを後悔させてやる。そして、報復を終えたら、彼は二度とわたしを忘れられなくなるだろう。

「サザーランド船長?」ビグズビーが甲板に上がってくるとしかめ面でたずねた。

「何だ?」

医者はデレクの後方に鋭い視線を向けた。「ミス・ラシターもごいっしょかと思っていました。天気がこんなにいいんですから」

「いっしょではない」デレクは反対方向に行きかけた。

ビグズビーはついてきた。「ほう。彼女の具合はどうなんですか? 頭痛は?」

デレクは眉をひそめた。頭痛がするというのは絶対に嘘にちがいない。とんでもない女優なのだから。だが……。

「どうして頭痛のことを聞くんだ?」

「彼女が頭を打ったことについては、前々から懸念を申し上げていましたよ」

「頭痛はない」

「ああ、それはよかった。ご気分がよくなってわたしがとても喜んでいると、彼女に伝えていただけますか?」

ビグズビーがやけに親切なのを目のあたりにして、デレクは彼女にそっけなく接したことを後悔しそうになった。狡猾な嘘をつくのは、生まれつきずるい性格の女だからだと思っていた。しかし、彼女の状況を考えてみれば、わたしもたぶん同じことをせざるをえなかっただろう。

大半の人が考えているのとはちがい、デレクはもともと冷酷な人間ではなかった。彼は船室にニコルの様子を見に行くことにした。

「船長！　船です。帰路についている英国の船みたいです。郵便船かな。〝話をしたい〟と合図してきてます」

デレクは躊躇した。レースの情報がぜひともほしかったし、物々交換もしたかった。ニコルはあと数時間、船室で元気で過ごしているだろう。二隻の船が近づくと、デレクは船長の招待に応じて、ボートで船長夫妻を訪ねていった。

デレクが乗船すると、陽気でおしゃべりな夫婦は上等のボルドーワインを開けて、ぜひともディナーをいっしょにと勧めた。デレクは承知した。その晩の風は弱かったので、さほどロスタイムはなさそうだったからだ。さらに後押ししたのは、船室に閉じ込めている女性から気をそらしてくれることに、何でもいいから飛びつきたいという思いだった。

それでも、ニコルのことを考えずにはいられなかった。数時間後、ようやく隣あわせの船に礼儀正しくいとまを告げて帰ってきた。ニコルに対する罪悪感と怒りを和らげてくれると期待していたワインは、たんに彼をほろ酔い気分にさせただけだった。

手すりの前に立ち、冷たい風にあたって頭をはっきりさせようとした。ニコルと顔をあわせたときに自制心を持っていたかった。きっと今頃彼女はひどくいらついているだろう。

ニコル。インク色の空を見上げたとき、デレクはついに彼女の目の色を見つけたと思った。世界の底に広がる夜空のブルーだと。たちまちデレクは自分の感傷的な考えに赤面した。やれやれ、酒はやめるべきだ。ジミーが声をかけてきたので、たわいない物思いが破られてほっとした。

「船長、あの娘におかしなところがあったら報告しろってことですが、一日じゅう何も食ってないんです」

これがデレクに罪悪感を覚えさせようという計画なら、彼女は見事に成功した。「具合が悪そうに見えたか？」冷静な声を出そうとしながらたずねた。

ジミーはその質問にそわそわと足を踏み替え、つぶやいた。「おれは彼女と会ってないんです、船長」

「どういうことだ？」

「昼飯と夕飯のときに、服を着てないから、部屋に入れられないって言われたんです。だから、ドアの外にトレイを置いてきました」

ジミーは他のクルー同様、彼女のことなど気にかけていなかったので、食事をしようがしまいがどうでもよかったのだろう。

「食べ物には手をつけてないんですが、水は飲んでました」その情報が船長のこわばった表情をほぐしてくれるのではないかと期待したのか、ジミーはつけ加えた。

ニコルはほんのちょっぴりしか食べなかったが、デレクが食べ物について保証してから、少なくとも毎食きちんと口をつけていた。何かがおかしい。

冷たい風が吹いているにもかかわらず、額にうっすらと汗をかきながら、デレクは船室に戻った。だいたい、どうしてこんなに気になるのかわけがわからない。おまけに、クルーたちはすでに中毒から回復していたので、毒のことで彼女をこらしめたいという気持ちを持ち続けるのはむずかしかった。

心配そうな顔をするまいと心に誓いながら、ドアを開けた。

ニコルは暖かい毛布にくるまってベッドの上にいた。船窓が開いて夜気が流れこんでいたので、それは賢明なことだった。それでもシンナーのような臭いが鼻をついた。部屋のランプは薄暗かったので、ベッドにいる彼女の姿をかろうじて見分けられる程度だったが、髪と顔に黒いものが点々とついているのがわかった。ドアの近くのランタンを手にとり船室を見回したとき、デレクははっと息をのんだ。

部屋はすっかり変わっていた。

ニコルは、この小娘は壁を塗り直したのだ。田園風景が描かれていて、それは……見事だった。

ひどいことに、船室全体がキャンヴァスにされていた。デレクのシャツが壁にかけてあってもおかまいなしに、彼女はその上から描いていた。きちんと並べられていた本の背表紙はいまや緑の草に覆われ、鏡はアシの生えた池と化している。壁の羽目板のあらゆる部分を風景にとりこんでいた。

ニコルがトレイからとった水入れを眺めようと、デレクはさらに近づいた。そこには絵筆がぎっしりささっていた。贅沢な銀の柄には、〝ニコルへ、お誕生日おめでとう、E・B〟という言葉が彫られている。いったいE・Bとは何者なのだ？　またもや贅沢品だ――しかも父親からの贈り物ではなかった。

誰か、おそらく別の男性が、こうした高価な贈り物を与えるのがふさわしいと考えたのだろう。彼女がそれに返礼をすることはあえて考えまいとして、デレクは部屋を眺め続けた。インク壺のインクは一滴残らず、靴クリームまできれいに使い果たしていた。それでも、ニコルは相当たくさんの絵の具を持っていたにちがいなかった。

私物箱。私物箱の中身を調べなかったと、デレクは心の中で舌打ちした。おそらく絵の具がそこにぎっしりつまっていたのだろう。

ニコルの船室の風景画……あれは本人が描いたのだ。彼女にはあふれんばかりの才能があるようだ。目の前の作品を眺めながら、デレクはふうっと息を吐いた。ニコルはすばらしい仕事をした。しかし、どうやってこんなに短時間で完成できたのだろう？

またもやうしろめたさを感じた。八時間か九時間、船室にひとりぼっちにしていたのだ。それでも、この複雑な絵をたった一日で描き上げるには、憑かれたように作業したにちがいない。ニコルはあらゆるものに絵を描いていたからだ。

デレクのすべての所持品に絵筆を走らせていた。それなのにどうしてわたしはいつもの怒りを感じないのか？　怒るべきだった。しかし、心のどこかで当然の報いを受けたと思っていた。

デレクの心を読んだかのように、ニコルが口を開いた。

「わたしが何をしてもまったくかまわない、って言ってたでしょ」

デレクは壁から彼女の顔に視線を移した。ニコルは平然と彼を眺めている。

「たしかに」彼は認めた。目の下の淡い紫色の隈から、疲労困憊していることが察せられた。また具合が悪くなったらどうするんだ？　罪悪感が彼の胸をぎゅっとしめつけた。それを抑えつけようとして、もう少しで彼女に謝りそうになった。だが、ぼうぜんとしたままこう口にしていた。「わたしは怒りを感じるべきなんだろうな」

一瞬の沈黙が広がった。「あなたがどう感じようと、わたしにはどうでもいいことだわ」

ニコルは感情のこもらない声で言うと、目をつむった。

ニコルが眠りに落ちたとき、デレクは重苦しい物思いだけを相手に、周囲の風景に心を奪われていた。

17

ニコルが窓辺にすわって髪を編んでいると、ドアをノックする大きな音がしたのでびっくりさせられた。ノックですって？　この船の無教養なクルーはこれまでノックなんてしたことがなかったのに。ニコルは服がはだけていないか、ざっと点検した。

ビグズビーが彼女を訪ねるのを禁じられてから、ノックをする者もなく、ドアは勝手に開けられていた。幸い海で育ったことで、ニコルはさほどそれを気にしなかった。

サザーランドが海と潮と冷たいきりっとした空気の匂いを漂わせて大股で船室に入ってきた。ああ、ここからどんなに出たいことか！　その思いがあまりにも強烈だったので、彼には海の香りをまきちらさないように調理場にでもひっこんでいてほしいほどだった。

外に出たいがために、毒を入れたことについて嘘の自白をしようかという誘惑に駆られた。しかし、毒のことはまったく知らなかったので、信用してもらえそうな話をそもそもでっちあげられそうになかった。

自由を手に入れるために嘘をつこうとまで考えたことに、ニコルは唖然とした。彼女が白状するのをサザーランドが待っているなら、がっかりしたことだろう。ニコルには怒りをこめて彼をにらみつけることしかできなかった。すると、サザーランドはそわそわした様子になった。

「キャンヴァスがなくなったから」彼は船室を鋭い目で見回しながら言った。「新しいものがほしいんじゃないかと思ったんだ」大きなキャンヴァスの束を野生の獣を置くみたいに机にのせた。ニコルも野生の獣になりつつあった。

それから小さな木箱から、缶を三つとりだした。「ペンキも必要かなと思って」ニコルにペンキをプレゼントしながら、彼は悦に入っているように見えた。

おそらく、やさしい言葉やおもねるような態度が返ってくると期待していたのだろうが、ニコルはじっと見つめ返しただけで、そっけない仕草でキャンヴァスに触れた。それから手を止め、頬をひきつらせた。

「きみに気に入ってもらえるかと思ったし、きのうの埋め合わせになるかと……」

ニコルが立ち上がって近づいていくと、サザーランドは言葉を切った。何をするつもりだろうととまどっている彼に向かって、ニコルは振りかぶった。

そして彼の顔を殴りつけた。

「なんてことだ！　どうしてこんな真似をするんだ？」

痛みのあまり顎をつかんでいたので、サザーランドの怒鳴り声はゆがんで響いた。

彼の怒りがあまりにも大きくて、ニコルは体が震えた。

「帆を切ったものと古いペンキぐらいで、このいまいましい船室に閉じこめられていることを忘れさせられると思っているなら」言葉を切って、大きく息を吸いこんだ。「お気の毒だけど、誤解してるわ。わたしはあなたが投げ与えてくれるちゃちな気晴らしで喜ぶようなまぬけじゃないのよ！　絵を描くのは、いつも一日一生懸命働いたあとだったの！」

サザーランドを殴りつけてやった！　信じられなかった。でも、岩のように固い彼の顔にぶつかった衝撃で、手がジンジンしている。外で人の気配がした。ジミーがドアの外にずっと立っていたのだ。どのくらい前からかはわからないが、少年はサザーランドが顎を押さえ、非難と罵倒の言葉をつぶやいているのは見たにちがいなかった。

いったん怒りを思い切り爆発させてしまうと、笑いがこみあげてきた。サザーランドが脅すような声をあげてドアから出ていったときも、そのにやにや笑いは消えなかった。

ニコルはおおいに満足していた。この噂は数分で船じゅうに広まるだろう。

翌朝、二度目のノックがされ、礼儀正しい間をとってからドアが開かれたので、ニコルはうれしくなった。ジミーが彼女を起こすまいとするようにそっと入ってきた。日ごとに彼の目は明るくなり、血色がよくなってきている。かたや彼女は弱りつつあった。ジミーが憎らしくなりそうだ。

きのうと同じように、ジミーは彼女が絵を描いた壁を驚嘆の表情を浮かべて観察してから、トレイを置いていった。しかし、今日は床ではなく机にトレイを置いた。いつも義務のようにしかめ顔をしていたのが、出ていく前に開いた戸口で立ち止まり、ニコルの方を見た。

「何かしら?」

彼女はつっけんどんに言った。風で赤くなった頬からして、少年はすっかり病気から回復しているように見えた。サザーランドのように彼も日差しを浴びていたかのような匂いがする。自分が外に行けないのに、ジミーは外にいたのだと思うと耐えがたかった。

クルーの彼女への態度は変わりかけていた。まずジミーから。ニコルは少年の方に近づいていった。

ジミーはあとずさった。「ほ、本当に船長を拳で殴ったんすか?」

ニコルは眉をつりあげてみせたが、答えなかった。

「ええと、その、あんたが船長をのしたのかなと思って」

ニコルはいっそう険しい顔でにらみつけた。いいわ。ジミーがあの見事な一発について非難するつもりなら、受けて立ちましょう。

「ええ、船長を殴ったわ。だったら、あなたはどうするつもり?」首をかしげて少年を眺め、相手の実力をはかろうとした。彼はニコルと同じぐらいの体格だった。もう一発殴ってやろう、と彼女は決意した。彼ならやっつけられる。

「待って!」ニコルが近づいていくと、少年は片手を上げて制し、ドアの方にあとずさった。不器用にドアの陰に隠れると、顔だけのぞかせた。「やめてくれよ……ねえ、自分のやったことを恥ずかしく思わねえのか?」彼は叫んだ。

船長を殴ったことではなく、水に毒を入れたことについて言っているのだとわかった。そんな質問に答える必要はないと思ったが、いまや怒りを通り越していた。

「恥ずかしく思うですって？　わたしは恥じるようなことはひとつもやってないわ！」金切り声で叫んだ。「あなたが船長ほど頭が鈍くなければ、わたしが誰にも毒なんて盛ってないってとうにわかってるでしょうよ。わたしは完璧な人間とは言えないけど、あなたを毒殺するほど邪悪じゃないわ。もっとも、今はそうすればよかったって思いはじめているけど！」

ジミーは息を吸いこみ、目を丸くするときびすを返した。おそらくニコルの叫び声を聞きつけたのだろう、ドアの前に集まってきていた水夫たちをかきわけて彼は出ていった。何人かはニコルの方にうなずきかけ、なにやらつぶやいていたが、彼女は無視した。妻の件をはっきりさせるには絶好の機会だ。もうひと月船室で過ごすつもりはないし、彼らにそれを知っておいてもらいたかったからだ。

ニコルはドアを広く開けると、いちばん近くにいた水夫に顔を向けた。

「じゃ、あなたはわたしが水に毒を入れたと思っているのね？」彼女は叫んだ。「あなたたちがわたしに危害を加えるのを心配して船長が甲板に出してくれないんだから、みんな、そう信じこんでいるんでしょ」ドアの周囲に集まった水夫全員をぐるっと見回した。

「まったく、冗談じゃないわ！　たしかに無能で卑劣な連中といっしょの船に乗っているのは不運だけど、わたしは何ひとつ悪いことはしてないのよ！」ニコルはもはや引き返すことはできなくなり、拳を固めた。

「危害を加えたいなら、どうぞ今すぐそうしてちょうだい。わたしはそのドアから出て、太陽を顔に浴びるつもりだから……さもなければ、自殺するわ。わかったわね？」

あまりの怒りに、頭の中で血がドクンドクンと脈打っている。周りのヒューッという口笛にも、ぶっきらぼうなうなり声にも、ろくに気づかなかった。ドアに飛びつき、すばやくよけなかった連中をドアで押しのけた。

サザーランドも含めて。

陰気な表情でサザーランドは棒立ちになっていた。

渾身の力をこめて彼を押しやると、ニコルは甲板に上がっていき、海を見晴らした。

デレクはこれまで自分が最低の男だと感じたことはなかった。ニコルが手すりのそばにいるのを見て、そして小さな肩が新鮮な空気を吸いこむたびに震えているのを見て、真相を悟った。

彼女がやったのではなかったのだ。

クルーに怒鳴ったことも、彼を押しのけたことも信じられなかった。しかし、その憤慨ぶりに、彼の直感が閃き、あっさりと理解した。ニコルはあの晩、船でやっていたことについて真実を語っていたにちがいない。

デレクは彼女から離れ、ジェブを捜しだした。

「ミス・ラシターをこの船の賓客としてもてなすように、全クルーに伝えてくれ」

「あいよ、船長。彼女が船長の顔を殴ったときに、まあ、うすうす気づいてはいたんですがね」

デレクは水夫をにらみつけた。「年をとっているからといって、船長への敬意をないがしろにしていいわけじゃないぞ」

「いんや、船長が自分を笑いものにするときゃ、そういうこともできますよ」

もう一度怖い顔でにらみつけると、デレクは彼を置いて、ニコルを眺めるのに好都合な場所を探しに行った。それから二時間、ニコルは手すりのわきに立っていた。ようやく気分が落ち着いたときにはすでに午後も遅くなっていた。誰かに引き戻されるのではないかと彼女は恐れているようだった。

こんなにすぐ近づくのは賢明ではないと思ったが、デレクは自分のことやクルーについて、これ以上不安を感じてほしくなかった。

「ニコル」デレクは彼女の後ろに立って話しかけた。ニコルはまったく反応しなかった。

「わたしを見てほしい、頼む」そっと彼女をこちらに向かせる。そして、ニコルが必死に手すりにしがみついているのに気づき、胸が痛くなった。「きみが水に毒を入れていないことを信じるよ」

ニコルは返事をしなかった。

「そして、何者かが……何者かがきみの船を傷つけたんだ」

「わたしはずっとそう言ってたでしょ」

デレクは深々と息を吐いた。「きみに謝りたい——」

「大変けっこうですこと」ニコルは堅苦しく言った。

デレクが謝っても、彼女は無関心なようだった。

「申し訳ないと言っているんだ」デレクはかすれた声で言った。

「だから言ったでしょ、大変けっこうって」

「わたしにどうしろっていうんだ？ 誤解を正すために何を求めているんだ？」

ニコルは彼の向こうに視線を向けた。「シドニーまで乗せていってもらいたいわ」彼から離れると、手すりに沿って歩きはじめた。

いつものように相手がニコルだと、デレクは途方に暮れた。彼女がどういう人間なのかようやく理解できたと思うたびに、すぐにその概念は木っ端みじんにされた。

最初は彼女を娼婦で、危険な陰謀を巡らしていると考えていた。今はまたスタート地点に逆戻りしてしまった。ニコルは父親といっしょに航海して、父親が海運業を経営するのを手伝いたがっているのか？ それとも、あのすごい芸術的才能を本気で開花させたがっているのか？ ふさわしい男を見つけて家庭に落ち着くまで、航海しているだけなのか？

ニコルが別の男と結婚すると思うと、生々しい嫉妬がわきあがった。もはや彼女はたんなる欲望の対象にすぎないと、自分をだますことはできなかった。デレクは彼女を理解したかった。彼女を知りたかった。

といっても、なかなかそういう機会はなかった。それから数日、ニコルは彼と口をきかなかったし、彼は思慮深くも、その件について深入りしなかった。

「ブヨみたいに彼女に知らんぷりされてるようだな」ある朝、デレクが彼女を見つめているところにジェブがやって来て、そう言った。

デレクはジェブにしかめ面を向けた。心を見透かされたことで居心地が悪くなった。クルーが自分のことを気の毒に思っていることにはもちろん気づいている。ほとんど毎日のようにデレクが彼女を見つめているのを、彼らは見て見ぬふりをした。しかし、その目には同情の色が浮かんでいた。

「ありがとう、ジェブ、頼んでもいないのに分別臭いご意見を」

「いっそのこと彼女が今すぐ怒鳴ってくれたらいいのに、と思ってるんだろう？」ジェブはたずねた。

デレクは歯を食いしばった。

「だが、だめだね、あの娘は非難して泣きわめいたりしないだろう」

奇妙なことに、ニコルはそういうふるまいをして、彼に罪悪感を覚えさせようとはしなかった。しかし彼女が失ったものと、誰も頼れる人がなくひとりぼっちで味わった苦痛を考えると、デレクは罪の意識にさいなまれた。おまけにニコルはこの船に連れてこられ、監禁され、飢えに苦しんだ。最後の飢えについてはこちらが意図的にしたことではなかったとはいえ。

「わたしはとことん避けられているようだ」デレクはぼんやりとつぶやいた。

「それじゃあ、傷口に塩をすりこまれているようなもんだな」老人は少しやさしい口調になった。

思わずデレクはうなずいていた。そのとおりだった。それに、ニコルが船のクルーで口をきくのはビグズビーだけだという事実もつらかった。

デレクと同じく、クルーたちも彼女に対して考えを改めたが、まだ仲間としては受け入れていなかった。ニコルは彼らとも関わりを持ちたくないようで、船内ではうまく全員を避けていた。

とりわけ、わたしを。

ニコルは自ら仕事をこなしていた。ただし、必要と判断した繕い物とか掃除だけだったが。自分たちを助けるためにやってくれている、という幻想は抱かなかった。そんなことでもしないと退屈きわまりないので、働いているのだろう。

彼女が他の人々とのあいだに置いている距離はデレクにとってとても大きく、不愉快だった。しかもどうやっても――。

「おはよう、ミス・ラシター」

「どうも」

その距離を縮めることはできそうになかった。

ただし、ベッドにいるときは別だ。

ロンドンでいっしょに眠ったときから、デレクは彼女と眠るのは至福だったので、彼女が怒りを爆発させたあとでも、毎晩そうしていた。毎朝、二人が暗黙のうちに――彼女の側は無意識に——休戦状態になっているベッドから去るのがますます名残惜しくなっていた。ニコルを胸に抱き寄せると、彼女はそれを歓迎し、おそらく反射的にだろうが、眠りながらいっそうぴったり寄り添ってきた。

その晩、デレクは船室に戻ってくると、眠っているニコルをじっくり眺めた。小さな両手で顎の下まで毛布をひっぱりあげ、豊かな編み髪は肩先に落ちている。美しい。デレクの目に映ったニコルは美しかった。快楽以上のもののために愛を交わしたかった。デレクは彼女を抱きたかった、この賢く勇敢な女性を自分のものにしたい。

なぜかニコルをほしいという気持ちが、今夜はいつも以上に強烈だった。ほしくてほしくて胸が悪くなるほどだ。今夜はいっしょに眠らない——いや眠れない。椅子にすわって、ベッドにいる娘のことを忘れられることを期待しつつ酒をあおろう。もう一本ボトルを開けようと立ち上がったとき、ニコルが目を覚まし、目をこすった。

「何をしているの？」

ニコルは〝ここで何をしているの？〟とは言わなかった。毎晩、ベッドに入ってくるのを知っていたのだろうか？　いかにわたしの心を惑わせているのかを知っているのだろうか？

「酒を注いでいるんだ。一杯やるかい？」

彼女はかぶりを振り、体を起こすと膝を抱えて丸くなった。

「どうしてそんなことをするの？　どうしてそんなに飲むの？」

酒を満たして口に運びかけたグラスが止まった。これは彼女が初めて口にした個人的な質問だった。初めて示したデレクへの関心だった。しかしそれはデレクの最大の弱点をついていた。

すでに酔っていたので、正直に答えることができた。

「忘れるために飲むんだ。自分自身ではどうしようもないことを忘れるために」

ニコルは首をかしげた。「お酒が役に立つの？」

「わからない」眉をひそめてグラスを見下ろした。「以前は役に立つと考えていたが」

「悲しいわね」そっと言うと、また横になり眠ろうとした。

夜更けに、デレクはそのときの二人のやりとりを思い返した。〝悲しいわね〟は〝お気の毒に〟と言われたように感じられてきた。

なんてことだ。わたしは誇り高き男で、彼女に尊敬してもらいたかった。求めてほしかった。絶対に哀れんでなどもらいたくない。

飲むのをやめても――それが可能だとしてだが――彼女を手に入れるための時間は尽きようとしていた。こういう長い夜を過ごすたびに、船は港に近づいている。考えていた以上に二人のあいだには障害が存在した。

今わかるのは、ニコルが強く上陸を待ち望んでいるということだけ。いっぽう自分はシドニーに到着することを、喜ぶ気分になれなかった。なぜならニコルは彼を置き去りにして、二度と振り返らないだろうからだ。

18

それからふた晩、ジミーはニコルに夕食を運んでくると、トレイを仰々しい身振りでテーブルに置いた。少年が彼女に対する態度をがらりと変えたので、実はこれまでずっと食べ物に唾を吐きかけていて、今になってうしろめたく感じているのではないかと、疑うほどだった。少年はニコルを質問攻めにした。そしてニコルをほめ、毎日、吟味した食べ物ばかりか、洗面用の湯まで運んできてくれた。実のところ、ニコルはこれほどおいしくて高級なものを食べたことがなかった。

親切ではない他の水夫たちも意地悪というわけではなく、ただ彼女と距離を置いていた。それでかまわなかった。彼女にはすでにお気に入りの優秀な船乗りがいたし、仲間に入れてもらうつもりもなかった。

ジミーのおしゃべりを聞き流しながら、レーズンをひとつかみ手にとり、自分の立場を考えてみた。これ以上恨みを抱いていることはできそうにないし、もともと根に持つタイプではない。怒りを爆発させると、数分後には何で争っていたかも忘れてしまう。おそらくデレクとクルーもわたしと同じなのだろう。

ただしデレクはなかなか厄介だった。ニコルの望みをかなえるため、すべて先回りしようとしている。きのう帰途についているフランスの船とすれちがったときは、船に合図して、時間をロスするのを承知のうえで水夫といっしょに相手の船までボートを出した。そしてニコルのために袋いっぱいの果物を買って戻ってきた――リンゴ、オレンジ、そしてこのレーズン。大枚をはたいたにちがいない。デレクがインクをどっさり買ってきて、〝お父さんに手紙を書きたいんじゃないかと思って〟と言ったときは、ニコルは驚きのあまり口をポカンと開けた。

最近すれちがうときには、すれすれに通り抜けながら、片手をわたしの背中にあてがった。それだけでは充分じゃないと言わんばかりに、その手をいつまでも離さないこともあった。そういうやり方で、許しを乞うているのだろうか。

デレクのかたわらで眠ることも、悩みの種だった。毎晩彼がベッドに入ってくることには気づいていたが、向こうはニコルが目を覚ましていることを知らないようだった。

デレクの勝手な真似に怒るべきだった。でもこのまま知らないふりをしていれば、寒い夜に彼が与えてくれる温もりを享受することができる。

彼が両腕をニコルの体に回して引き寄せる拍子に、片手が胸をかすめることがあった。その衝撃に、ニコルは凍りついたように動けなくなった。毎晩、反応しないようにするのがますますむずかしくなっている。彼の温かくてひきしまった体に自分の体をこすりつけないようにするには、大変な意志の力を必要とした。背中から伝わってくる鼓動に、とてもリラックスさせられ、眠りに落ちていった。

ニコルが弱っていたときは、デレクは横になったとたんに寝入ってしまった。しかし今は目を覚まして緊張していた。ニコルが彼の興奮のしるしを感じない夜はひと晩もなかった。彼は自制しているのだ。わたしのために。我慢しなければいいのに、とニコルは思った。わたしを胸に引き寄せ、いつかの夜みたいに触れてくれればいいのに、と。

そのとたん罪悪感が押し寄せてきた。自分のクルーたちを投獄されたというのに、どうして彼に欲望を感じることができるの？ デレクはわたしの健康状態について、クルーに何も知らせていなかったと言っていた。彼らが暴動を起こしたのも当然だ。わたしがどういう扱いをされているかわからなかったのだから。やはり、彼に対する警戒心を解くわけにはいかない。わたしのクルーを苦しめ、反抗したらケープ・タウンの狼どもの群れに投げこむような人間は、信用できるわけがない。

「大丈夫ですか？」ジミーはたずね、彼女を物思いからひっぱりだした。

ニコルは下を見て、両手をきつく握りしめていたことに気づいた。

「大丈夫よ」

ジミーは眉をひそめてトレイをとりあげた。「こいつはコックに戻した方がよさそうだ」

ぼんやりとニコルがうなずくと、彼はトレイを運んでいった。

ふいに落ち着かなくなり、ほとんどすべての服を着込んで毛布をはおると、ドアから出た。

一時間ほど、ニコルは海を眺めていた。月の光が海面を照らしている。月は大きすぎるか重すぎるかして昇れないかのように、水平線のすぐ上にかかっていた。

「すばらしいな」背後から近づいてきたデレクが言った。「まるで海面から離れるのをいやがっているみたいだ」デレクはそこに立ったままで、いっしょに並んで手すりにもたれるつもりはないようだった。

ニコルは答えず、彼に身を寄せたいという衝動を抑えつけていた。彼に触れてもいないのに感じている温もりに身を預けたかった。

「この旅でいちばん気に入っているのは今だな――はるか南まで来た最後の数日間」

どうして彼の声にこんなに胸が震えるのかしら？　どうして振り向いてその胸に顔をうずめたいという思いに駆られるの？

ニコルは首を振り、彼がクルーたちを苦しめたことを自分に思い出させた。

「あら、そう」ニコルはよそよそしい口調で言った。「こんなに寒いのに」冷淡にあしらえば、彼は立ち去ってくれるかしら？

沈黙が続き、ニコルはそっけない口調を後悔しかけた。デレクは片手を彼女の肩に置いた。

「震えているね。どうして用意しておいた温かい服を着ないんだい？」

「ああ、それでベッドの上に置かれていたの？」つい関心を示してたずねた。

「そう、その、どうやったらきみにわたしの服を着てもらえるかわからなかったから」

「今後は時間をむだにしないで」

デレクはふうっと息を吐いた。「ニコル、聞いてくれ」彼は口ごもりながら言った。「わたしたちのあいだがこんなふうになって、残念に思っている。できるなら、これまでとはちがう態度できみと接したい」

ニコルが黙っていると、デレクは彼女を振り向かせた。

「きみはわたしを憎んでいるかもしれないが、わたしたちのあいだには、もはや無視できないものが存在している。ほらこういうふうにすると、とてもしっくりくると感じないか？」

彼はそっとニコルの頬をなでた。月光で銀色にきらめく彼の目の放つ強烈な磁力に、ニコルは催眠術にかけられたようになっていた。

ニコルは目をそらし、あえてさりげない口調で言った。

「まるでわたしたちにはどうしようもないことだ、と言わんばかりね」

「わたしはまさにそう感じているんだ。きみが毒を盛ったと思っていたときですら。ただ、その気持ちに抵抗しようと、必死に努力はした」

デレクはニコルが感じているのと同じ磁力について説明していた。クルーのことも、チャンシーのことも忘れさせてしまうような、やむにやまれぬ気持ちを。

ニコルは体をこわばらせた。「わたしたちのあいだには、あまりにもたくさんのことがあったわ。もう遅すぎる。ここでわたしが受けた扱いに対して申し訳なく思っているなら、償いをして。わたしを一人で放っておいてちょうだい」

翌朝、デレクは決意を固めた。前夜、ニコルはきっぱりと告げた——彼と一切の関わりを持ちたくないと。しかし夜明けまで彼と触れあっているニコルの肉体は、別の欲求を示していた。ニコルを完全に自分のものにするために、公明正大にふるまわねばならないなら、そうするつもりだった。毎晩、彼女に拒絶されても、いつかは自分のものにしよう。

いつもの朝と同じように、デレクはブリッジでコーヒーを飲みながらニコルを眺めていた。彼女の外見は魅力的だった。冷たいそよ風に頰がバラ色になり、いつもかぶっているやわらかい帽子から編んだ髪がのぞいている。

彼女は甲板を突っ切ってジェブのところへ歩いていった。ジェブに近づくのは初めてのことだ。いったいどうしたんだ？　彼女はわたしのセーターを着ている。

わたしのお気に入りのとてつもなく高価な厚手のセーターを。

そういえば、わたしの服を着てくれと言ったのではなかったか？

これはいい兆候だった。どうやらジェブもそう考えたようだ。なぜなら熱心にうなずいてから、できる限りの早足で調理場に向かったからだ。数分後、彼はえさと釣り道具一式を手に戻ってきて、彼女を船の中央に連れていった。ニコルがまた何かジェブに言うと、走り去る彼の胸は誇らしげにふくらんでいた。年老いた顔に笑みが刻まれている。

とうとう船が北へ向かいはじめ、ふたたび釣りができるようになるとすぐ、ニコルは釣り糸を垂らす準備をした。えさの小魚をとりだし、切って針につけているのを、遠くから眺めてデレクは感心し、満足していた。ところが、そのときニコルが汚れた手を彼のセーターの前身頃にゆっくりとこすりつけた。セーターの上等な編み目にうろこがひっかかって日の光に輝いているのを見て、彼は罵りそうになった。しかしニコルはくつろいで釣り竿を握ると、糸を垂らした。

まったく彼女ときたら——。しかし、それならそれでかまわない。それで彼女の気分がよくなるなら、服に魚の切れ端がついても。

ニコルが手すりから身をのりだした。心配する必要はないとわかっていたが、不安になった。彼女は船上で完璧に歩けるところを何度も見せている。それなのになぜ大股で甲板を突っ切っているのだ？

デレクが近づいていくと、ニコルが船腹から海に向かって甘い声であやすように呼びかけているのが聞こえた。

「ほらほら、お魚さん。おいで、おいで、お魚さん」

デレクは笑いを噛み殺した。

「ほら、ひっぱりあげてほしいんじゃない？」彼女はいたずらっぽく言うと、船縁越しにお辞儀をした。

彼女のところに行くと、えさの周囲をサメが心を決めようとしているかのようにぐるぐる泳ぎ回っていた。

「どうやってそいつを引きあげるつもりだ？」デレクはたずねた。「かなり大きいように見えるが」

ニコルはデレクがそばに来たことに驚いていないようだった。いらだたしげにため息をつくと、自分が握っている釣り竿と釣り糸に視線をすえた。幼い子どもに言い聞かせるかのように、ゆっくりと言った。「魚がえさに食いついたら、甲板に上がってくるまでこのクランクを回すのよ。魔法みたいでしょ」小馬鹿にしたように息を吐く。

「わかった、わかった」デレクはにやっとした。「そいつはきみが釣りあげるにはちょっと大きすぎる気がしただけだ」

ニコルは怒りに顔をこわばらせた。「過小評価されることにはもううんざり――」ニコルは最後まで言えなかった。釣り竿の先が水中にまっすぐ没し、ぐいと前方に体が引っ張られたからだ。

「あ、大変、サザーランド!」

しかしデレクはすでに背後にいて、片手でニコルのズボンの後ろ側をつかみ、もう片方の手を彼女の体の前に伸ばして釣り竿をつかんだ。さらに彼女がクランクを回しているあいだ釣り竿を支えていた。そして、またも驚かされた。ニコルが釣り糸を繰り出しては、またすばやく巻きこむことを何度も繰り返したのだ。サメを疲れさせる方法を心得ているおかげで、釣りあげるのがぐっと楽になりそうだ。

航海という荒々しい世界でどうやってニコルは生き延びてきたのだろうと前から不思議だったが、今回の行動でいろいろわかった。彼女は力はないかもしれないが、それを補う方法を常に見つけてきたにちがいない。

念のためデレクはニコルの後ろに立ち、釣り竿をつかんでいたが、引きが来るたびに、彼女は後ろを振り向いてにらみつけた。

このひとときはデレクを何よりもときめかせた。冷たい空気の中でニコルの髪の香りを吸いこみ、両手を彼女に回しながら、彼女の体の温もりを楽しんだ。このひとときをできるだけ引き延ばしたかったが、ニコルが疲れてきたのを感じた。

意外にも、ニコルはサメを船腹まで引き寄せたが、その大きさから、一人で甲板までひきずりあげられるとはとうてい思えなかった。ニコルに片手でひっぱたかれたり、押しのけられたりしてもめげずに、デレクは有無を言わせず釣り竿をとりあげ、水夫がひっかけ鉤を手に待ちかまえている場所まで暴れるサメを引きあげた。

獲物が甲板でおとなしくなると、彼とニコルの視線がぶつかった。すると、とまどったようにニコルは暴れている獲物に注意を向け、ひざまずいてじっくりと観察した。

彼女の高揚感が伝わってきた。おそらくこれまで百匹は釣ってきたのだろうが、その目はまばたきを繰り返し、興奮で輝いている。しかし、唇は無意識にへの字になっていた。それから、デレクがじっと見ていることに気づいたのだろう、顔を赤らめた。

デレクは反対側にひざまずいて、思わずこうたずねた。

「こいつを一人で釣りあげられたと思うか？」

ニコルは巻き毛を顔から払いのけた。「たしかに一人だったら釣り糸を切って、もっと小さな魚を探したでしょうね」

デレクはにっこりした。それに応じるように、小さな笑みが彼女の唇をよぎった。ニコルはじっと彼の顔を、それから唇を見つめてから、恥ずかしそうにうつむいた。

いきなりデレクはニコルの手をとり、立ち上がらせた。ニコルを連れて、一見無関心を装っている甲板員のわきを通り抜けて船室へ向かう。途中で足を止め、ジェブに獲物を夕食のためにさばくように命じた。

今朝は彼女のすぐそばにいて、いっしょに過ごせただけで満足していた。この穏やかな天候のあとには、嵐がきそうだ。すぐに甲板で指揮をとらねばならなくなるだろうが、こうして彼女の手をとり、紅潮した顔を眺めていると喜びがわきあがった。ニコルがほしかった。必要としていた。今すぐ。

しかし、絶対に譲りたくない計画があった。だから忍耐強くならねばならない。あることを簡潔に彼女に打ち明け、信頼を得たかった。

ふと見ると、デレクのふるまいにニコルが目を丸くしている。しまった、強引な態度で驚かせてしまったようだ。控えめに言っても、波乱のスタートを切ったようだ。彼女に対しては慎重にふるまわねばならない。船室のドアを閉めると、デレクは礼儀正しく、すわるように手振りで示した。好奇心のあまり抵抗することもなく、ニコルはゆっくりと帽子を脱ぎ、椅子にすわった。

「われわれのあいだにはずっと……誤解があった。それをまたここで蒸し返すつもりはない。しかし、和解する必要はあると思うんだ」自分の耳にすら押しつけがましく聞こえる口調になった。彼女の顔がこわばる。

けっこうな前置きだ。魅力的そのもの。彼女がわたしを避けるのも無理はない。

「ふーん、誤解ね」彼女の顔を影がよぎった。「ずいぶん軽く言うけど、実際にはわたしにとって地獄だったわ。自分のクルーがどうしているかもわからず、船を失ったことを悼んで」彼女の目に涙が光った。「あの船はわたしの家だったの」

彼が触れようとすると、ニコルがさっとよけたので、デレクは心の中でこれまでと変わらないじゃないかとぼやいた。

悲哀に満ちた目つきに胸がえぐられるような気がした。

「わたしは人生の大半を〈ベラ・ニコラ〉号で過ごしたのよ。そして、そのあいだほとんどずっと船のクルーたちといっしょにいた。彼らはわたしの家族だった。わたしには他に父しかいなかったから。そして、今、それがもっとひどいことになった」彼女は流れ落ちてきた涙をすばやくぬぐった。「あなたが彼らに何をしたのか知ってるのよ」ニコルの声は苦しげになった。「反逆罪は絞首刑になる罪だわ」

デレクは立ちあがりながら、低くうなり声を発した。

「クルーのことが心配なら、出航して一週間後に彼らを自由にするように命じてきたよ」

ニコルは目をぱっと大きく見開き、それから怪しむように細めた。

「彼らを……釈放するように命じたの？」

「そうだ」彼女が信じるかどうか迷っているのがわかった。「もっと早くできたんだが、きみのあとを追ってきてほしくなかったんでね」ニコルの迷いが消えかけるのを見て、言葉を続けた。「わたしは誓って――」最後まで言い終えることができなかった。ニコルに飛びつかれたからだ。ぴったりと体を寄せ、つま先立ちになって両腕を巻きつけてくる。デレクが手を伸ばすと、彼女は両手で彼の頭をつかみ、微笑みながら顔と首じゅうにキスの雨を降らした。

ニコルがさっと離れた。「みんな無事なのね？　釈放されたのね？」

彼はうなずいた。「わたしが反逆罪で彼らを裁判にかけるとでも？」

ニコルはつかのま目を閉じた。

「ああ、わたしのことを血も涙もないやつだと思っていたにちがいないな」デレクは言いながら、彼女の髪をなでた。「当然そう思うだろうな」

「今はちがうわ」彼女はやさしく言った。「どうしてあんなにわたしに怒ったのかもわかる。たしかにわたしは怪しい行動をとっていたものね。でも正直に言うと、わたしが船倉にいたのは、鉄製の水樽を近くで見たことがなかったからなの」

彼はうめき、低い声でつぶやいた。

「そもそも、わたしに対してスパイ行為を働いていたというのが信じられないよ」

「ええ、そのとおりね」彼女は頬を赤らめた。「でも、あなたにとても魅力を感じていなかったらあの晩来なかったわ」またつま先立ちになり、彼の髪に両手を差しこんだ。「それにあの晩のことは一度も後悔したことはない」

デレクは眉をひそめた。今聞いたことが信じられなかった。自分と同じように、彼女があの晩のことを思い返すことがあるのかどうかずっと知りたいと思っていた。そうだったことを知ると、ニコルを求める気持ちがいっそう強烈になり、ぎゅっと彼女を胸に抱きしめた。編みこんだ豊かな髪をほどきながら、指を髪に差し入れ、唇を首筋に這わせていく。彼女はあえぎ、それから鋭く息を吸いこんだ。

奇妙なことに、ニコルは静かになり、あとずさると、彼の胸に向かって顔をしかめた。指を一本立てると、こうひとこと言った。「魚」

デレクは自分の服を見下ろし、魚のうろこがついているのを発見した。デレクは顔を上げ、眉をつりあげ、困ったように微笑した。

彼は笑うしかなかったのだ。「たしかにね。でも問題はないよ」彼は新しい服を着るために歩いていった。いちばん上の服を脱いで着替え終わって振り返ると、彼女が唇を噛みながら、せっせと彼のセーターからうろこをとっているところだった。

にやにやしながら、彼は清潔なセーターを放った。

「夕食のために着替えておこう」

その夜、海の静けさのせいでニコルは眠れなかった。霧がなめらかな海面を濃く覆い、あらゆる音を増幅させる。その不気味なほどの静謐《せいひつ》は、まちがいなくとてつもなく荒々しい天候の前触れだった。しかし、正直なところ、今夜の不安は近づきつつある嵐のせいではなく、デレクのせいだった。

あれから、自分の強烈な感情を整理したいと思っている彼女を置いて、デレクはブリッジに行ってしまった。釈放を命じたと明かしたとき、初めてデレクの心からの微笑を目にしてとまどいを覚えた。面食らったニコルに、たったひとつの言葉しか浮かばなかった。すてき。

今夜、デレクはわたしを抱くだろう。実際の行為自体については心細かったが、そこから生じるさまざまな問題については冷静だった。今日、彼への思いはただの欲望よりも深いと気づいたのだ。それを愛と呼べるかどうかはわからなかったが、彼女をとらえているものが何であれ、無限の力を持っていた。

ドアが開き、きしみながら閉まった。デレクが服を脱ぎはじめると、そのありふれた物音にすらニコルは緊張し、両脚のあいだが熱くなった。こんな夜はもうひと晩だって我慢できそうにない。どうにかしなくては。

数カ月前、デレクはわたしが求めているものを教えてくれた。いまやその渇望、欲望は静まるどころか、ますます強さを増している。彼が隣に身を横たえ、両腕を回してきたとき、振り向いて唇と舌を彼の肌に這わさないようにするには大変な努力を必要とした。

今夜は彼にとっても特別だった。いつもは疲れ果てて眠りに落ちるまで、ニコルの隣で夜半まで緊張して横たわっていたが、今夜は身を寄せて彼女の耳の敏感な部分に軽く舌を這わせた。ニコルはくぐもったうめき声をもらし、体を震わせた。唇が首のつけねへと肌をなぞっていくと、その震えはいっそう激しくなった。

わたしが本当は目覚めていて、彼を求めていると知られたら問題があるかしら？　もう彼を憎むことはできなかった。それに障害がなくなった今、感情がまったくちがう方向へ突き進んでいくのがわかった。自分では止められなかったし、止めたくもなかった。

寝間着の胸の部分をなでられると、ニコルは快感にあえいだ。しかしその声に彼は手をひっこめた。ニコルはじれったくて叫びだしそうになった。これほどの情熱を抑えこんでずっと過ごしてきたのよ。もう一秒もむだにしたくない。

背中にあてがわれた彼の腕をつかむと、指をそのまま下に滑らせていき手を見つけた。勇気があるうちに、その手を自分の胸に導いた。デレクは息をのんでから、低くうめき、手のひらで胸を包みこむと、親指で胸の先端をなでた。

ニコルは彼に体をすりつけ、固い感触を確かめてうれしくなった。彼女に押しつけられたそれはぐんぐん大きくなっているようだ。ニコルは喉の奥で低いうめき声をもらした。たちまち、デレクは彼女を仰向けにして、唇をふさぐと、体をぴったり重ねて腰を動かした。ニコルが肘をついて体を起こしてみると、男性のしるしが自分の体にこすりつけられ、繰り返しおなかにあたっている。それを両手でなでると、彼の腹筋と、胸と肩の太い筋肉が緊張し、盛り上がった。

デレクは頭を下げると、疼いている左右の乳首に唇を交互に這わせ、胸を覆っている布地を濡らした。もう我慢できない。ニコルは腰を彼の方に持ち上げた。そうすればめくるめくような快感を見つけられると思ったのだ。これほどすぐそばまで近づけば。

「ニコル、あと少しで、もう我慢できなくなりそうだ。やめてほしいなら今言ってくれ。でなかったらきみを抱く」声を絞りだすように言った。いまやすっかり固くなった彼の体は、おなかをしなやかにこするのではなく、太腿の合わせ目に押しつけられ、そこを覆っている布地を突きながら、侵入をもくろんでいた。

ニコルはうなずいた。「いいえ、わたしはあなたがほしいの……あなたをわたしの中で感じたいの」

デレクは彼女の言葉にふっと息を吐いた。

「もう引き返せないんだよ」デレクはまた顔を尖った乳首に近づけた。

「待ちきれなくて死にそうな気分よ。お願い……」ニコルは身をくねらせながら、切れ切れにつぶやき、彼のために大きく脚を開いた。

わずかに残っていた自制心が消えうせたようだ。デレクは荒々しく男っぽいうめき声をもらすと、彼女のシャツをはだけた。ニコルはわなないた。彼のたくましさに、大きさに——それに怯えていても、彼の肉体から発散されている目に見えない力に反応した。わたしと同じように彼も自制心を失っているなら……。

デレクは彼女を指で愛撫した。

最初はごくそっと、やがてじょじょに内側に滑りこんでいった。まず一本の指が、次に二本の指が滑りこむ。すると他のすべてのことが頭から消えた。指が彼女の中に入ってくるたびに、デレクの全身が彼女にのしかかり、固くなったものが太腿を突いた。まるでこれから彼がやろうとしていることに、心の準備をしなさいと命じているかのように。

しかし、ニコルの体はもう待てなかった。体の中でうっとりするような快感が高まり、理性を失っていき、すすり泣くように彼の名前を呼び、頭を左右に振った。そしてとうとう固くなった乳首をなでる冷たい空気と、彼の執拗な指をきつくしめつけている感覚しか存在しなくなった。

「ああ、すごいよ、ニコル、きみを感じることができる……もう我慢できない」

苦しげにつぶやくと、手を太腿にあてがって、さらに大きく開かせた。ニコルの目は彼の一挙一動を観察した。彼の首、腕、顎の筋肉までが緊張でこわばっている。デレクは彼女に痛い思いをさせまいとして、自分が苦しみを味わっていた。

「ためらわないで、お願い……」

ニコルは彼の胸に両手をあてがい、岩のように固い胴体に爪を立てた。彼はぶるっと体を震わせた。ニコルは大胆にも体を起こすと、彼の固くなったものをつかみ、そのベルベットのようになめらかで熱い肌にうっとりと指を滑らせた。

「ニコル、やめるんだ……」

デレクが苦しげな声をあげながらも、彼女の手のひらに自分自身をそっとこすりつけてきたので、彼女は大胆になった。先端部を親指でこすると、彼の体がピクンと動いた。指の腹が触れている太い先端が濡れてきたので、ニコルは目を丸くした。彼よりも先にニコルがうめき声をもらした。ニコルが好奇心に駆られて指を這わせ続けているので、デレクは頭をそらした。上から下までなでていく。とうとう彼はかがみこんで、じっと彼女の目をのぞきこんだ。

デレクはニコルをマットレスに横たえると、彼女の指を払いのけ、自分のものをつかんだ。ゆっくりと震える手で位置を定めると、彼女の体に何度かこすりつけてさらに彼女を熱く濡らす。恥ずかしさのあまり頰を紅潮させ、ニコルは彼から顔をそむけた。

「だめだ、ニコル。きみは完璧だよ」彼は太腿をなでた。「今夜、そこにキスして、きみの反応が見たい」

ニコルの口が言葉もなく開いた。そこにキスって……？　考えるまもなく、彼が中に押し入ってきた。力強い先端が彼女の内側にもぐりこみ、彼女を引き伸ばし、満たしていく。デレクはいったん腰を引くと、ゆっくりとさらに奥まで押し入った。

「ああ、神さま。お願い、デレク。もっとよ」

何度彼がそれを繰り返したのか、もはやニコルにはわからなくなった。というのも快感がぐんぐん高まっていき……。

だが船室の外から物音がするのが、ぼんやりと聞こえてきた。ノック、それから乱暴にドアをたたく音。ニコルはいつからドアの外に人がいたのかわからなかったし、気にもしなかった。全身をうねっている感覚に意識が集中していた。きっちりと彼が自分の中におさまっている感覚。下腹で何かがとぐろを巻き、体の奥から震えが伝わってきて……。

まさに彼がすべてを与えてくれると思ったとき、彼は身を引き、ベッドから出ていった。むなしい喪失感にさいなまれ、体をわななかせている彼女を残して。

「いったい何事なんだ？」

デレクは叫んだ。ニコルは彼がそんなに怒った声を出すのを聞いたことがなかった。彼女のところに戻ってくると、デレクはぐったりした体を抱き上げ、膝にのせた。ヒップの下の彼は固く、どうして欲望を満たさなかったのかわからず、ニコルは困惑していた。

デレクはかがむと彼女の髪に口づけしてから、そっとベッドの上に下ろした。

「服を着るんだ。急いで」デレクは彼女のピンク色に染まった体を眺めると、いまいましげにつぶやいた。「厄介なことになった」

19

満身創痍の〈サザンクロス〉号はよろよろとシドニーに向かっていた。かつて帆があった場所では、細長い布きれがはためいている。事情を知らない人が見たら甲板に死体がころがっていると思っただろうが、この長い長い数時間のできごとのせいでクルーが虚脱状態で横たわっているのだった。

自分とクルーにとって本物の試練と言えるような嵐に遭遇したい。そうずっと願っていたことを思い、デレクは首を振った。あの最後の嵐がなければ、ニコルを自分のものにしていただろう。あと少しでそうなったこと、彼女がとても感じていたことはあえて頭から閉めだした。嵐のあいだはそうすることができた。生き延びること以外に何も考える余裕がなかったからだ。

〈サザンクロス〉号が嵐の中を生き延びられるかどうかは最後の最後までわからなかった。デレクは必死に戦い、クルーたちも、これまで経験したことがないほどの生死を賭けた戦いに挑むことになった。誰も眠らなかった。不寝《ねず》の番が続き疲労困憊した。切り傷の走る手のひらを眺めながら、おそらく全身に切り傷を負っているにちがいないと思った。奇妙なことに痛みは感じなかった。

嵐のあいだデレクの頭を占めていたことが何か、自分ばかりかクルーもはっきりわかっていた。デレクは頭がおかしくなったかのように、波や風を受けながらクルーを極限まで奮闘させた。最初のうち、デレクはもはやこれまでと覚悟し、死の恐怖から逃れるために必死に働いた。そのときニコルが目に入った。彼女はデレクの言いつけにそむいて甲板に上がってきていた。その目には揺るぎない信頼が浮かび、青ざめた顔には彼へのあふれんばかりの思いが表れていたので、奮い立たされた。あなたが守ってくれることはわかっていると、ニコルは告げていたのだ。

船首にはニコルが立ち、シドニーの方へ視線を向けていた。帽子からはみでた髪がたなびいている。彼女がとても勇敢だったことを思い出した。彼女を誇らしく感じたことも思い出した。他者への誇りは、家族だからこそ抱く感情ではないのか？　ニコルが協力してみんなを助け、しばしば別の水夫のかたわらで索具にとりついていたとき、デレクは誇りで胸がふくらむのを感じた。そのあとの記憶はぼやけている。クルーが彼女を驚嘆の目で見ていたのだろうか？　クルーは彼女の体がちゃんと船に固定されているか、こっそり確認していたのではなかったか？

「やあ、そこの船！」ジェブが近づいてきた漁船に呼びかけ、デレクの物思いを破った。「グレート・サークル・レースについて何か知らないか？」

「ああ」小さな漁船に乗った日に灼けた男が答え、デレクに指を突きつける。「あんた、サザーランドかい?」

　デレクがうなずくと、男は叫んだ。

「これを聞いたら急いだ方がいいぜ。〈ディジーラド〉号がきのうここを通過したぞ」

　デレクは歯を食いしばった。〈ディジーラド〉号はタリウッドの船だ。たとえ負けるとしても、くだらない男に負かされたくなかった。とりわけタリウッドが破壊工作の犯人ではないかと疑っているのだから。何かを殴りつけたい気持ちを抑えて、漁師にお礼を言った。

　実を言うと、レースはもうどうでもよくなっていたが、勝利をおさめてニコルを感心させたかった。彼女はもはや優勝できないのだから、せめて勝利をわかちあいたかった。

　ニコルが彼の腕に手を置くのが感じられた。デレクのいらだちを理解してくれていると思うと、心が慰められた。そして感情を押し殺した声で言った。

「タリウッドを抜かしたと思っていたんだが」

　ニコルは短い苦々しげな笑い声をあげた。「わたしもよ」

　その言葉にはっとした。ニコルはすべてを失った。かたやわたしはレースに負けただけだ。それはたいした問題ではない。なぜなら勝利してもしなくても、ペレグリン海運を立て直すことができるからだ。ニコルは彼の手をぎゅっと握り返してきた。

「港に近づいているわ。もうあまり時間はないわよ」

　デレクは眉をひそめて彼女を見た。

　ニコルは少しふらついているように見えたが、彼の問いかけるような目にはしっかりした声で答えた。

「もうすぐ、もっとたくさんの船と出会うようになるでしょ。こんな様子の船を見せるわけにはいかないわ」デレクは甲板に視線を向けた。「ごめんなさい。でも、こんなありさまのあなたのクルーと船は見せられないわ」

「連中はまさにこれを目にするだろうね。聞いてなかったのかな――タリウッドが勝ったんだ」デレクがいらだたしげに言ったので、ニコルは彼の手から自分の手を引き抜いた。

「聞いたわ。でも、こんなざまでシドニーに入港するつもり？　帆はぼろぼろだし、木ぎれがそこらじゅうに散らばったまま？」

「ああ、そのつもりだったよ」デレクは彼女に背を向けて船室に歩いていくと、すぐに酒を注いだ。

ニコルはデレクのすぐ後ろにいた。

「クルーに船を片付けるように命令して！」

大仰に酒をあおると、手で顔をなでた。「クルーたちは疲れ切っている。わたしも疲れた。われわれは負けたんだよ」

「じゃあ、終わりなの？」ニコルは啞然としてたずねた。

「もう寝るよ。いっしょに来るかい？」デレクは横目で彼女を見ながらつけ加えた。

ニコルが何か言いかけたので、てっきり痛烈な答えが返ってくるものと思った。だが、その目を悲しげな表情がよぎっただけだった。

「以前なら、そういう答えが返ってくるだろうなと思っていたけど」彼女は静かに言った。ニコルが船室から出ていくと、デレクはついていった。「ニコル、待ってくれ」

彼女は耳を貸そうとしなかった。

「ニコル」

ニコルはブリッジまで来ると、ごわごわした濡れたロープをたぐり寄せ、索止め栓にきれいに巻きつけはじめた。のろのろと一人の水夫が立ち上がり、ニコルを手伝いはじめた。さらに一人、また一人と加わる。ジェブがニコルからデレクに意味ありげに視線を移すのがわかった。そして、いたずらっぽくにやりとすると、がらがらした老いた声で驚くほど力強く水夫のはやし歌を歌いはじめた。まもなく残りのクルーも歌いながら、ニコルのかたわらで作業を始めた。

わたしは戦いに負けたのだ。大きく息を吐きだすと、デレクはグラスをジミーに渡し、帆の状態を点検しはじめた。

一時間後、染みひとつない〈サザンクロス〉号は残っている帆をすべて張ってシドニー港に入った。船はどこもかしこもきちんとしていて、水夫たちは疲れ果てていたが、士気は高まっていた。

ニコルはデレクを避けていて、彼にちらりと目を向けるときは、心を決めかねているような表情を浮かべていた。

港にいるタリウッドの船が見えたとき、デレクは大きな失望を味わった。タリウッドに負けたことは承知していたが、彼の船が自分の船よりも先に港に着いているのを実際に目にすると、やはりショックだった。

しかし、すぐそのあとで、自分たちの船をきれいにしておいてよかったとつくづく思った。〈ディジーラド〉号はひどいありさまだった。片付いていなくて、甲板にはゴミが散らばり、索具がだらんと垂れ下がったままだった。観衆の目の前に、同じ英国人がこんなみっともない姿の船で到着して優勝したかと思うと、デレクは恥ずかしくなった。

今も波止場にずらっと人がならび、船の到着を待っている。〈サザンクロス〉号は優勝しなかったかもしれないが、少なくとも贅沢な船旅から帰ってきたかのような外見をしていた。ニコルのおかげだ。

船が入港し、査察を受けると、到着にともなう騒ぎも一段落した。デレクは彼女がいないかと甲板を見回した。

「あなたの船室だ」ジェブが訳知り顔で教えた。いったい何のことだ、と言いそうになったが、逆らわないことにした。あまりにも疲れていた。それに、自分の思いは顔にはっきり出ているのだろう。

船室に入っていくと、ニコルは机の前にボルトで固定したウィングチェアにすわっていた。デレクに気づきもしないようだった。では、すねているのか？　だが、今はそんなことに対応する気分にはなれなかった。

「なあ、今朝のことを怒っているなら、わたしが馬鹿だったと認めるよ。わたしたちが敗れたという知らせをうまく受け止められなかったんだ」

口にしたとたん、説得力のない言葉だと感じた。この数日間にニコルが見せたエネルギーを前にすると、自分がちっぽけな人間のように感じられた。

「わたしの言ったことは忘れてくれ。自分の欠点はわかっている。しかし、いつまでも腹を立てている必要はないだろ」

彼女が何も言わないので、デレクはいらだった。

「ニコル、謝っているじゃないか。他にどうしろっていうんだ？　きみのそばにいるときは、もっといい人間になりたいと思っているんだ。それは無意味なことかな？」

ニコルはやはり黙りこんでいる。デレクはかっとなった。部屋を出ていきたかった。しかし、部屋を突っ切って、彼女の前に立った。

そしてニコルが眠っていることに気づいた。椅子の肘かけに置いた手に頭を押しつけて眠っている。デレクは思わず口元をゆるめた。彼女は今のわたしの罵声にすら気づいていなかった。

ニコルは風呂に入り、自分の寝間着を着ていた。何も知らずにぐっすり眠っているところを見ていると、デレクはいっそう疲労を感じた。ついに愛を交わそうと計画していたが、ニコルにとって初めての経験はすばらしいものにしたかった。終わった直後に彼女の上で気を失ってしまうのは望ましくないだろう。

デレクは服を脱ぎ、彼女をやさしく椅子から抱き上げながら、その肌のやわらかな香りを吸いこんだ。ベッドにそっと横たえると、隣にもぐりこむ。目を閉じたとたん、眠りこんでいた。

日没近くになって、船室で動き回るニコルの気配でデレクは目を覚ました。

「いったい何をしているんだ？」デレクは目をこすりながらびっくりしてたずねた。

「荷造りしているの」

ニコルが言うまでもないことを口にしたのでデレクはいらだった。

「それは見ればわかる。わたしが知りたいのはその理由だ」

「長居をしすぎて嫌われるんじゃないかと思って。それに、町に用があるの」

デレクはすばやく立ち上がった。彼の裸を見て、ニコルは顔を赤らめ、顔をそむけた。ただし前ほど大あわてではなかったが。彼は急いでズボンをはいた。

「どういう用なんだ？」それからはっと気づいて顔を紅潮させた。「タリウッドか。きみはあいつを追うつもりなんだ」

「ちがうわ」

「じゃあ、他に理由があるかい？　ニコル、わたしは今、タリウッドの行き先を二人の水夫に追わせているんだ。残りの連中は酒場や水夫のねぐらで情報を集めている」

「言ってるでしょ、そのことじゃないって！」

「わたしを調べたみたいに、あいつを調査する計画なんじゃないのか？　タリウッドが犯人だったら、いずれ報いを受けるだろう」デレクの声は荒々しかった。それは彼の恐れていたことだった。入港したとたんに船を降りたがることはわかっていた。少なくとも今は彼女を引き留める理由がある。デレクはニコルの腕をつかんだ。「危険な目にあうかもしれないのに行かせるわけにはいかない」

「行かせるわけにはいかないですって？」怒りのあまりニコルの声が一段高くなった。「ここにいてくれと、わたしに頼んでもいないくせに」

「きみはここにいるんだ」

デレクの言っていることは筋道が通らず、無礼だったが、彼女を心配するあまり口調が鋭くなった。

ニコルは彼の手から自分の腕をもぎ離した。

「どういう意味？　またわたしを監禁するつもりなの？」

デレクはうなじをさすりながら、行ったり来たりしはじめた。ニコルの正面に立つとこう言った。

「きみを行かせるわけにはいかないっていう意味だ」

ニコルは少し黙りこんだ。「じゃあ、囚人でしょ」

「たぶんそうだね」意思に逆らってまで引き留めたくはなかったが、危険な目にもあわせたくなかった。それに二人をつなぐものがほしかった。またニコルが彼の元に戻ってきたいと思うような何かが。「ニコル、わたしがきみを求めているのに劣らず、きみもわたしを求めていると認めない限り、この船室から出すわけにはいかないよ」

デレクの渇望ににじんだ目で見つめられると、ニコルの体から力が抜けたが、降伏しようとはしなかった。この船を出る必要があるのはわかっていた。さっき風呂に浸かりながら、ようやくこれまでに起きたことを洗いざらい考える時間ができた。今置かれている状況を、よりはっきりと頭に思い描くことができた。

この男を信頼して自分の命は預けたが、クルーたちは彼に託すことはできない。ときどき、今日のようなときに、今この瞬間のようなときに、ニコルはデレクの利己的な一面を垣間見た。クルーたちが釈放されるように手配したとデレクが言ったときは、その言葉を信じた。しかし、彼らの命をその言葉に賭けられるだろうか？　それに、もし釈放に際して何かまずいことが起きていたらどうなるのだろう？

デレクはニコルがタリウッドを追いかけようとしていると考えていたが、そんなことは思ってもいなかった。でも、万一クルーが投獄されたままで、役人を買収できるなら、ケープ・タウンの仲介者に送る銀行小切手が必要だ。直感はデレクを信用しろと告げていたが、自分が計画していることは彼に知られたくなかった。

ひとつには、デレクが多額の金をすんなりくれるとは思えなかったので、ニコルは彼から盗むつもりでいたからだ。そして逃げだし、一人で事を進めるつもりだった。

命令するのではなく、いてくれないかと頼んでくれれば、ここにとどまりたかった。本当のところ、そうしてくれることを期待していたし、そうなったら抵抗できるかどうか自信がなかった。だから、彼が寝ているあいだにこっそり出ていこうと決意したのだ。今は彼のえらそうな態度と横暴ぶりにニコルは怒りを感じていた。

わたしは言いなりになる女じゃないのよ。しかし、デレクの胸に引き寄せられ、顎を上に向けて温かくひきしまった唇を重ねられると、決心が揺らいだ。ニコルは嵐の夜に始めたことを最後までやり遂げたいと強く願っていた。

あの先にどういうことが待っているのか、知らなくてはならない。道を歩きはじめたのに、目的地を知らないままでは頭がおかしくなりそうだ。このままここにとどまりたくなるほどに。しかし彼に船室の壁に押しつけられると、背中に隠し持っていたブランデーのボトルが背中のくぼみに食いこんだ。

「やめて……」ニコルは息を切らしながら言った。意外にも彼はそれに従った。

片手で彼女の髪をすく。「きみがほしい。ここにわたしといっしょに残るんだ」

「わたしがあなたをほしくなかったら？」

デレクはうめいた。「今にほしくなるよ！」

傲慢ね。「最後のチャンスをあげるわ。戻ってくると約束したら、外に出してもらえる？」

「最後のチャンスをあげるだと？」彼は鼻で笑った。

この船室に閉じこめられたときの記憶が甦り、ニコルはかつての怒りがまたたぎりはじめるのを感じた。

「力尽くでここにいさせることはできないわよ」

「いや、できるとも。戻ってくると信用できないんだ」

「わたしを信用できないの？」ニコルは愕然としてたずねた。

「この話題はおしまいだ。町での用事がなんだか知らないが、朝になったらいっしょに行くよ。さあ、ベッドにおいで」

デレクの頭ごなしの物言いに、ニコルは眉をつりあげた。さらにもう一度だけ念を押した。

「本気でわたしを外に行かせないつもりなの？」

「絶対に」

気楽に答え、じっと彼女の目をのぞきこんだとき、デレクは自分が口にしたことの意味にはっと気づき、ぎくりとして顔をそむけた。それは失敗だった。なぜなら彼の背後で、ニコルは厚手のガラスのボトルを振り下ろしたのだ。またもや彼の世界は真っ暗になった。


デレクは意識をとり戻し、ベッドに縛りつけられ、さるぐつわを嚙ませられているのがわかると、ロープをほどこうと手足をばたつかせた。しかし、ニコルは船乗りだったので、頑丈な結び目をこしらえるやり方をちゃんと心得ていた。彼女は自分の手際に誇らしげににやりとした。

「ほどこうとして時間をむだにしない方がいいわ……」じろっとデレクをにらんでしめくくった。「そのロープを」

ニコルが口に結びつけた布地越しにデレクが何か言った。自由になったらニコルをどうしてやりたいかについて、どんな言葉を用いたかは想像するしかなかった。その氷のような視線に、どうにかニコルは震えをこらえた。お金がないかと机とトランクの中を探し、彼の怒りから気をそらそうとした。

「あれは何なの、船長？」ニコルはたずねた。「ええ、ええ、そうね、ご親切に……いくらかお金を借りるつもりよ」ずっと探していた硬貨の袋を見つけると、彼ににっこり笑いかけてから視線を戻した。

「相変わらず気前がいいわね。もてなしぶりも、つきあい方も……いつも物惜しみしなくて」

自分の私物箱に近づき、くすねた袋に服を詰めこみはじめた。

「なんですって？　ああ、もちろん、返事は書くわ、きっとあなたからひっきりなしに届く手紙には。残念、出発する時間だわ。きっとあなたは涙ながらに別れを惜しみたいんでしょうね……」デレクがまたうめいたので、言葉を切った。

とても痛いのかしら？　それほど強くは殴らなかったし、チャンシーが教えてくれた特定の場所を殴りつけた。でも、彼の声は……。

デレクを見たとたん、懸念は消えた。デレクは彼女を、というよりも、彼女のシャツを見つめていて、シャツはかがんだ拍子に前がはだけていたのだ。ニコルは顔を赤くしながら、襟を喉元できっちり押さえつけた。なすすべもなくベッドに縛りつけられているのに、デレクは今にも襲いかかってきそうに見えた。その目つきは愛撫よりも強力だった。

今でもわたしを求めているのかしら？　確認しようとして、ニコルは大胆にもまたかがみこんだ。袋の中のものをいじりながら、むきだしの乳房が彼にはっきり見えるようにした。デレクはまたもやうめき声をもらした。強烈な高揚感がニコルの体を貫いた。デレクの体を眺めると、興奮した彼のものがズボンの布地を突きあげている。ニコルは息をのんだ。このあいだ二人が体を密着させたときのことが頭に甦る。もうちょっとで、彼はわたしを自分のものにするところだった。そうしてもらいたくてじりじりしていたことが思い出された。

禁じられたことをすると、必ずニコルは報いを受けた。でもデレクと愛を交わすことが禁じられていないなら……。ニコルはゆっくりとベッドに近づいていって端にすわり、手を差しのべて彼に触れる勇気を奮い起こそうとした。

デレクは半ば目を閉じ、胸を上下させている。ニコルは両手を彼の胸にあて、そっとなでながら、固い筋肉と、V字形に生えている胸毛の感触を味わった。毛並みに沿って片手をズボンのすぐ上まで滑らせていく。爪が彼の肌をこすっていくと、固いおなかがへこむのがわかった。

ニコルは動きを止めた。彼は興奮しているけれど、わたしをほしくないと思っていたらどうしよう？　ロープが欲望をそいだはずだ。ロープをほどくべきかしら？　いいえ、そんなことをしたら、頭を殴って、縛り上げるという屈辱を与えたことで、わたしを罰するだろう。

これからどうしようかと迷いながら、ぼんやりとまたなではじめた。ああ、これは狂気の沙汰よ。わたしは逃げるために彼を失神させた。だけど、彼は無力になっても、わたしをとどまらせることができるようだ。こんなことはできないわ。もう部屋を出ようとしたとき、デレクの体が緊張するのを感じた。見下ろすと、自分の手が彼を愛撫していた……あらゆるところを。ほっそりした腰を上から下へ、縛られたしなやかな腕の内側をさする。

「ああ！」思わず声をもらしてしまい、そのことに自分でびっくりした。デレクは身を引き、横向きに体をねじり、ニコルを見るまいとした。

わたしから逃げるなんて。ニコルは彼がほしかった。でも、ロープはこのままにしておこうかしら？

ニコルは膝をつくと、全体重をかけて彼の体を仰向けにして、腰の上に横ずわりした。いましめが許す限り彼が体を起こし、彼女を膝の方へ滑らせたとき、その顔に決意がよぎるのがわかった。

わたしを導こうとしているの？　ベッドに結びつけられて何もできないはずなのに。支配権を握っているのは自分だと考えているのかしら？

もう一度彼を意のままにする高揚感を味わいたくて、ニコルはゆっくりとシャツのボタンをはずした。彼の目が熱を帯びる。

信じられないことに、デレクは彼女の下でさらに固く、さらに熱くなった。本能的にニコルは体を押しあて、感じる場所を見つけると、とても心地よくなった。彼は布地越しになにやら罵っているようだ。ニコルはまたひとつボタンをはずし、ゆっくりと体を押しあてた。

そうしていると、さっきまで感じていた恥ずかしさがきれいに消えてしまった。

両手をシャツのわきにあてがい、勇気が萎えないうちにこうたずねた。

「わたしを見たい？　デレク」

20

わたしを見たいかだって？　デレクはニコルを見たかったたし、味わいたかったし、その中に体を沈めたかった。彼女を渇望しているのに、そのしなやかな体を手に入れられず、生き地獄にいるようだ。ニコルを絞め殺してやりたいという気持ちはきれいに消え、生まれてこのかた経験したことのないような激しい欲望だけがたぎっている。

しかし、こんなみっともない状況では、のちになって彼女だけではなく、自分自身にも腹が立つにちがいない。だが欲望が全身で脈打っていて、股間を鋼のように固くしている。彼女への燃えるような欲望のせいで、殴られた頭の痛みも気にならないほどだった。このままニコルに合わせよう。彼女を興奮させれば、ロープをほどいてくれるかもしれない。無力感と怒りが消えていった。たとえ縛られていても、望めば、彼女をベッドに誘いこめるはずだ。

ああ、何が何でもそうしたい。どんな状況であっても。

ニコルの問いかけるようなまなざしに短くうなずいて答えると、なんと彼女はゆっくりと、とてもゆっくりとシャツを脱ぎ、胸をあらわにした。デレクは息を吸いこみ、彼のものは荒々しい欲望のせいで固くなった。ニコルの胸はとても白く完璧な形で――記憶をたどると

――シルクのような手触りだった。

ニコルは顔を上げ、これからどうするか途方に暮れ、とまどっているように見えた。デレクは彼女のズボンの方にうなずきかけた。ニコルはうつむき、ズボンのウエストのあたりをいじった。

「今これを脱いでほしいの？」

デレクはすばやくうなずいた。そして、彼女が興奮した彼の体から離れ、立ち上がると、恥ずかしそうにズボンのボタンをはずすのを魅入られたように見つめた。唇を嚙み、そのインク色の目には不安がにじんでいる。だが一糸まとわぬ姿になっても、ニコルは背中を向けたり、体を覆ったりしようとはしなかった。決然として、彼に心ゆくまで自分を眺めさせた。やわらかでなめらかな体を目にして、改めてデレクは、これほど自分にとって美しく見える女性はいないと思った。これまでの女性では経験できなかったほど、ニコルは自分にしっくりなじむ気がした。ツンと上を向いた豊かな胸は、この手にすっぽりとおさまるようにできているかのようで、今すぐ両手に包みこみたくなり、彼は必死にロープを引っ張った。胸から目をそらすと、彼女の体にじっくりと視線を這わせ、ウエストからゆるやかに広がったヒップのやわらかな曲線を観察した。

何も考えられなくなり、太腿の合わせ目の茂みから目が離せなくなった。獲物をうかがっている狼さながら、口に唾がわいてくる。口で彼女を味わいたかった。ロープをほどいてくれたら、狂気に駆られたように飛びかかり、彼女の濡れた唇に舌を差しこむだろう。うっとりと、彼女の体がピンク色に染まるのを眺めた。まるで彼の考えていることを正確に読みとったかのようだった。

彼女がちらりとドアを見たので、不安がわきあがった。ニコルの気が変わるかもしれない。わたしにはそれを阻止するために何もできないのだ。彼が自分のズボンの方にあごをしゃくると、ニコルはすぐに察した。彼女はうれしげにベッドにかがみこみ、震える指で、ズボンのいちばん上をつかんだ。その拍子に指がおなかに触れる。デレクは思わず息を吸いこみ、ショーツの中のものはいっそう張りつめた。

ニコルが飛びすさり、驚嘆の目で見つめたので、彼は自分の体を罵った。なんてことだ、こんなに固くなるとは思っていなかった。いまやニコルはすっかり躊躇している。彼女の気が変わらないうちにと、デレクは頭で自分のショーツを指し示した。言葉には出さずに、それを脱がしてほしいと訴えた。

今度は決然としてニコルはそれを引き下ろし、彼のものが勢いよく現れると息をのんだ。彼女の目はそこに釘付けになっていたが、デレクはただ眺めていてほしくなかった。今すぐニコルの中に入りたかったからだ。

デレクがまたうなずきかける。何をしてもらいたがっているのかしら？　ロープをほどくのは恐かった。それでも、こういうことが起きるのを望んだのよ。デレクはわたしを求めているのかしら。

ニコルはベッドのわきに回り、デレクのかたわらにひざまずくと、猛々しくそびえるものをうっとりと見つめた。それは独自の存在感を放っており、脈打ち、ますます大きくなっていた。大理石の彫刻のように美しいが、熱を帯び、太い先端は湿っている。思わず、ニコルは両手でそれに触れていた。手のひらで包みこむと、彼は身震いした。鋭く低い声がもれる。射貫くような視線をニコルに向けると、布地越しにしゃべった。あきらかに、ロープをほどいてもらいたがっていた。

「ほどくつもりはないわ」

デレクは首を振った。こんなありさまは見られたくないだろうから、彼が見張りを呼ぶとは思えなかった。そこでゆっくりと、慎重にニコルはかがみこみ、頭の後ろの結び目をほどき、布をとった。彼は深呼吸すると、何を言ったらいいかわからなくなったようだった。我慢しきれずに、ニコルはふたたび、彼の突き立ったものをなではじめ、頂の部分がとても敏感なことを発見した。いつまでも触れていられそうだ……。

火傷させられたかのように、デレクは苦しげな顔になった。

「ロープをほどいてくれ」

「言ってもむだよ、ほどくつもりはないから」

「ほどいてくれたら、嵐の夜に経験したよりも、もっとすごい快感を味わわせてあげるよ」

あの夜のできごとはニコルを動揺させ、苦しめ、熱くさせた。しかし、それはただの思い出ではない。あの夜したいと願ったことが今これからできるのだ。

ニコルは彼のものを片手でなでさすることに集中していた。恍惚としながら、もっとしっかりとつかめるように、片膝を彼の両脚のあいだにつく。デレクの太腿が持ち上がり、彼女の太腿のあいだに押しつけられた。ぎくりとして息をのみながら、ニコルはあとずさった。逃げださなくては……。でも、その感触は火傷に吹きかけられた息のように心地よかった。彼のものを手に握ったまま、ニコルは彼の太腿に下腹部を押し当てていた。

わたしの手が彼を握っている。息が荒くなり、彼の脚に押しつけている部分が濡れてくる。するとデレクはひきしまった太腿を伸ばし、わたしの脚のあいだに押しあててきた。ニコルはうめき声を押し殺した。デレクはもう一度太腿をこすりつけてから中断し、かすれた声で言った。「やってくれ。きみの望むことを何でも……」

そこでニコルは言われたとおりにした。彼の脚にまたがり、右手で筋肉質の胴体をつかむと、左手で彼のものをなでた。

「ニコル！　こっちを見て」

デレクの顔は苦しげで、低い声はくぐもっていた。

「味わったことのないことをわたしにしてほしいかい？」

彼の低い声の響きにぞくぞくしながら、ニコルはやっとのことでささやいた。「ええ」

「それをきみの中に入れるんだ」

ニコルはもはや恥ずかしさを感じなくなっていた。頭がくらくらし、肌はひどく敏感になっている。脚のあいだが焦がれるように濡れているので、デレクに言われたとおりにしようと決意した。

さっき脚にまたがったように、ニコルが彼の上に覆いかぶさってくると、デレクは息をのみ、たちまち爆発しそうになった。さっき脚に押しあてられたときはどうにかなってしまいそうで、彼のものをさすられているときは手の中で達しそうになった。そして、今、ニコルを感じるために……。

「やっぱりやめてくれ」彼は声を絞りだすように言った。「わたしをきみの中に入れなくちゃならない」

ニコルは二人の体が触れ合っている場所を不安そうに眺めた。

心の奥で、デレクは自分が人でなしのような気がした。この姿勢だと、ニコルはよけいに痛いだろう。しかし、自分はうつぶせになれなかった。もっとまともなやり方で彼女を抱けないのは、いまいましい彼女自身のせいなのだ。

それでも警告しておくことにした。「これだときみは痛いだろう……わたしがきみの上になるよりも、ずっと痛いと思う」

ニコルは探るように彼の目をのぞきこんだ。

「以前こういうことをしたとき、女性が痛くないように何かしたの?」

デレクは眉をひそめた。「つまり、女性の純潔を奪ったときという意味かい?」

「ええ」また彼の上で体をくねらせながら、あえぐように言った。

デレクは彼女の目が情熱にきらめくのを眺めていると、自分の体が反応するのを感じ、まともに声を出せなくなった。

「したことがないから……ヴァージンを抱いたことがないんだ。でも、きみが、その、わたしに欲望を感じているのならスムーズにいくと思うよ」かすれた声で説明しようとした。

「きみはその点はクリアしているようだね」

ニコルは目を開けた。うるんだ目は楽しげにきらめいている。

「それ、皮肉じゃないわよね？」ニコルはにやっとして、二人の体が触れ合っている部分を見下ろした。

「なあ」デレクはにやりと笑い返そうとしたが、それ以上我慢できなくなりかけていた。

「ちゃんとするか、さもなければ――」最後まで言えなかった。ニコルが立ち上がって彼のものをつかむと、それを自分の方へ導いたのだ。

ニコルの体が彼の上を滑ると、デレクは低いうめき声をもらした。その快感はめくるめくほどに強烈だったので、彼女を突き上げるまいという決意を忘れてしまいそうになった。

ゆっくり。彼女にはゆっくりしてやらなくてはならない。

ニコルはそれを理解していないようだった。彼の先端を自分の中におさめるとき、ニコルは少し身を引いたが、またすばやく体を沈めてこようとした。彼の上で浅く上下に腰を動かすうちに、股間で疼いている一物が少しずつ深く彼女の中にもぐりこんでいく。これ以上つらい拷問はないだろう。そもそもわたしは彼女の中におさまりきれるのだろうか？

「ニコル」ようやくの思いで声を出した。「もう少しわたしをきみの中に入らせて――すっかりきみの中におさめてほしいんだ」その狭い鞘の中に完全に入らなかったら、腰を動かして彼女を突き上げてしまうのをもはや我慢できないだろう。

ニコルがじりじりと体を下げてくる様子を、デレクはまばたきもせずに見つめていた。彼女も目をそらそうとしなかった。デレクに励ましてもらわねば勇気が出ないと言わんばかりに。しかし、ニコルの目に涙が浮かんだので、助けが必要なことを悟った。息を吸うと、かかとをベッドにめりこませ、彼女の中心めがけて腰を突き上げた。

ニコルは悲鳴をあげ、彼の胸に爪を立てながら、ぐったりとその上にくずおれた。

「ニコル？　大丈夫かい？」

ニコルは彼の肌に向かってささやいた。「え、ええ」

デレクは彼女の中でじっとしていた。きつくしめつけられるのをじっくりと味わいたかったし、彼女には慣れる時間が必要だとわかっていたからだ。

どのくらいそんなふうに横たわっていたのかわからない。ニコルの中で動けないせいで、苦悶のあまりデレクの全身の筋肉はこわばっていたが、男として、これ以上痛い目にあわせたくなかった。

とうとうニコルの体は彼に満たされていることに慣れ、欲望が目覚めはじめた。体を起こすと、慎重に腰を落としていく。ニコルは彼の上でますます速く動き、吐息をつき、うめき、彼を深く中に導いたときには顔をしかめた。それでもすべて埋まっていなかった。両手が自由だったら、デレクは彼女の体に這わせ、ウエストをなでて、激しい動きを少しゆるやかにさせようとしたかもしれない。

縛られているという感覚が、しだいにエロティックに感じられてきた。あまり早く果ててしまわないように、デレクはロープのことを考えまいとした。縛っておけば、ニコルは快感を得るために彼の体を使ってどんなことでもできるのだから。

ニコルはいまやめくるめくような解放感まであと少しのところにいた。その感覚に気づくと、そこに早く到達しようとしてあらゆることをした。彼に完全に身を任せ、両膝を大きく開いてもっと深く彼を中に導き入れようとする。ふたつの肉体はぴったり重なり、ニコルは頂点に近づきつつあった。ロープをほどいて胸に触れてもらえばよかったと思った。デレクは彼女の考えていることを察したらしく、こう命令した。「背中をもっとそらして。胸をこっちに向けるんだ」

ニコルが言われたとおりにすると、デレクはいましめを思い切り引っ張りながら、舌を尖った胸の頂に這わせた。彼が仰向けになると、ニコルの体もいっしょに倒れこみ、彼に乳房を愛撫してほしくてたまらなくなった。彼の上に重なったとき、かろうじて右手で胸を示すことしかできなかったが、彼はその仕草を理解してむさぼるように頂を吸い、乳首はますます固くなっていった。

デレクは左右の乳房に交互に舌を這わせた。やがて片足でベッドに踏ん張ると、それを支えにして腰を持ち上げ、彼女の体を宙に突き上げはじめた。もうだめ……。ニコルの全身が硬直した。そのとき燃えるようなうねりが全身を襲い、彼女は濡れそぼちながら激しく痙攣した。彼もそれに続いた。乳房に口を押し当てたまま、うめき声をもらし、興奮を爆発させた。

デレクは身じろぎもせずに横たわっていた。ニコルは彼が頂点に達したあと眠りこんでしまった。彼の胸に頭をのせて体を重ね、腕を巻きつけている。

デレクは心の中に渦巻いているあらゆる感情と質問を徹底的に分析した結果、ひとつの結論に至った。彼女を失うわけにはいかない。これほど完全に一人の女性を自分のものにしたいという感覚は、デレクにとって謎だった。それに警戒心をかきたてられた。

相手が他の女性だったら、縛り上げられ、セックスのあとで逃げだせない状況には決してならなかっただろう。セックスが終わったあとで、相手の女性といっしょに過ごしたことはなかった。いつもなら、誰かと親密になりかけているときに決まってわきあがる、おなじみの動揺を感じるはずだった。だが、この状況が腹立たしいのは、彼女は立ち去りたければ立ち去れるが、彼にはそれを阻止できないことだ。二人のあいだに起きたようなことはこれまで経験がなかった。そして心の底で、ニコルがいなかったら今後も二度と起きないだろうと思った。

あとどのぐらいわたしのクルーたちは陸に上がっているのだろう？　三時間？　彼らが戻

ってくるまでニコルを引き留められれば、彼女も去らない方が賢明だと思い直すかもしれない。そして時間をかければ、ずっとわたしといっしょにいるように納得させられるだろう。船の見張りを呼ぶこともできたが、彼女が目覚めたとたんに裏切られたという表情を浮べるのではという考えが頭をよぎり、躊躇した。

はっとデレクは顔をこわばらせた。見張りが部屋に入ってきて、こういう状態のニコルを目にすることを考えたのだ。だめだ、そんなことをさせるわけにはいかない。となると、できるだけじっとしていて、クルーが戻ってくるまで彼女が目覚めないことを祈るしかなかった。

少なくとも、それが彼のもくろみだった。ニコルの中でまたもや固くなるまでは。ニコルは眠りながら身じろぎし、何かつぶやき、軽く彼の肩をつかんだ。幸い、ニコルは目を覚まさなかった。ただし、それは彼の意のままにはならない分身には当てはまらなかった。

別のことを考えるんだ。何でもいいから他のことを。しかし、彼の上に重なっているほっそりした温かい体の感触、胸に押しつけられた乳房で頭がいっぱいだった。二人の上に広がっている豊かな髪の香りと、部屋に漂うセックスの匂いを吸いこむ。負け戦になりそうだった。

別の案がないかと頭を絞ったが、ひと晩じゅう愛を交わしながらニコルをここに引き留めておこうと決心した。二度目が終わったら、彼女はまたぐっすり眠るだろう。

ニコルが身動きすると、彼の分身は疼くほど固くなり、あらゆる考えがどこかに行ってしまった。ニコルが彼の肩をぎゅっとつかみ、自分の中で圧迫感が高まっていくことに息をのむ。そしてまもなく目覚めると不思議そうに小首をかしげて、まばたきしながら興味しんしんの様子で目を開いた。

ニコルは彼の表情から読みとったものが気に入ったにちがいない。なぜならゆっくりと唇の両端がつりあがったからだ。ニコルはゆっくりと体を重ねてきた。デレクはまたもやうめき、頭を彼女の方に持ち上げると、唇と舌をむさぼり、激しいキスで火傷させた。ニコルもそれに応え、唇を官能の喜びにわななかせた。二人の舌がダンスをしているあいだに、ニコルのヒップは彼の上で動きはじめた。

21

デレクの険悪な表情にもめげずに大胆な行動をとったことに、ニコル自身も驚いていた。彼を残してきたのだ。部分的に結び目をゆるめただけでそのまま置いてきた。

「ニコル、こんなことはやめるんだ」デレクは命令した。彼の声は低く威嚇的だった。

ニコルは自分のクルーに対して責任があると説明した。しばらくのあいだデレクとともに過ごすことは、彼女にとって最大の願いだった。自分のことだけ考えていられるなら、このまま残っただろう。しかし、彼の言ったことを鵜呑みにするわけにはいかない。自分の目で確かめなくてはならないのだ。そうニコルは言った。

デレクの反応を見たとき、そして縛られているせいで怒りをあらわにできずにいる様子を見たとき、ニコルは怖くなった。

彼は吐き捨てるように言った。「どこに行くつもりなんだ？　誰がきみの面倒を見てくれるんだ？」

わたしの面倒を見る？　彼の質問に勇気をとり戻すことができた。

「あなたのお金で、わたしは自分自身の面倒が見られるわ。それから、泊まる場所を提供してくれる友人が港にいるの。わたしを捜さないで。絶対に見つからないし、これがいちばんいい方法だと信じているから……。こういう関係から何か生まれると思う?」

最後の言葉にデレクはいよいよ猛り狂った。その目は彼女を軽蔑したようににらんだ。

「なんだって? 何を言ってるんだ、ニコル。わたしたちのあいだに起きたことは、誰にでも起きることじゃないんだ。きみが去る理由が……何も生まれないと思っているせいなら……きみは何も見えていないんだ」

ニコルは小さな声で言った。「いいえ、正直に言うと、それが理由じゃないの。まちがっているかもしれないけど、わたしはとても……またあなたといっしょに過ごしたいと思ってるわ。これから何週間かあなたのベッドで過ごせたら、天国みたいでしょうね」

その告白がデレクの気持ちを和らげたようだったので、ニコルはそのすきにドアから走りでた。

それからの二日間は、その前の晩がすばらしかったのと正反対で、とても惨めだった。デレクか彼のクルーに見つかるかもしれないと、しじゅう神経が張りつめていた。さらに悪いことに、波止場にたむろする荒くれ者の水夫たちのあいだを歩き回らねばならなかった。厚手の外套を着るには暑すぎたので、外套なしで出かけた。目立ちたくはなかったが、連中の視線は彼女に集まった。馬鹿馬鹿しいことだが、最近したことを感づかれたのだろうかとニコルは不安になった。彼らはわたしの女性としての変化を嗅ぎとったのだろうか?

不愉快な仕事ではあったが、成果はあった。ニコルはケープ・タウンに小切手を届けてくれる船長と連絡をとることに成功した。彼は向こうの仲介者にそれを渡してくれるだろう。それから、父とマリアに数通の手紙を書いた。さらに祖母にまで。そしていくつもの異なる手段を用いて送った。

ニコルはほこりだらけの荷馬車の後ろに乗り、持ってきたリンゴをぼんやりとかじり、これからどうするかを決めようとしていた。これ以上彼と別れていられるかどうか心を決めるところまできていた。彼を残してきたあの夜のこと、二人がしたことを思うと……ああいうことをもっともっとしたかった。

しかし、それはわたし自身にも彼にも公平ではない。わたしの将来に彼の居場所はないのだから。いずれすぐに終わらせねばならず、そのときふたたび彼の元から去ることができるかどうか心もとなかった。

本当にわたしたちが出航したあとにケープ・タウンで釈放されたのなら、チャンシーはまもなくここに到着するだろう。チャンシーは強硬な態度をとろうとするはずだ。今デレクに対する態度を自分で決められないなら、頑固なアイルランド人に決めてもらおうと決心すると、ニコルはあがくのをやめた。別れ別れになる前にデレクとの一分一秒を楽しまなくてはならない——彼がまた受け入れてくれればだが。

心が決まるとリンゴの芯を港に投げ捨て、船までの長い道のりを歩いて戻った。すばらしい日没にも、店が閉まりあたりが静かになっていくことにも、物思いにふけっていたのでほとんど気づかなかった。十四歳のときの記憶が、ひっきりなしに脳裏をよぎった。

その日は空も海も真っ青で、赤道近くのあらゆるものが巨大な青い球体に包みこまれていた。風が凪いで退屈し、彼女と船室付きの少年水夫はマストの途中にロープでブランコをとりつけた。思いついたのが彼女なのか水夫なのか覚えていないが、ブランコを海面に垂らし、父親につかまるまで、目もくらむ高さから水中に飛びこんだ。デレクのことを考えると、あのときと同じ鋭い感覚が下腹部にわきあがる。まるで空からまっすぐに落ちてくるみたいな。だから恋に落ちると言うんじゃないかしら？

ああ、なんてこと、よりによってサザーランド船長と恋に落ちるなんて。

現在の立場を考えてみる。あんなふうに飛びだしてきたのだし、彼に求められても、気持ちを抑えつけるべきではないだろうか。彼のベッドの誘惑には抗えそうになかったが、これ以上正気を失うわけにはいかない。英国に戻ったら結婚すると祖母に約束していたし、デレクのような放蕩者では、祖母の理想の結婚相手のリストにとうてい載らないだろう。父親との敵対関係については言うまでもない。

やっと〈サザンクロス〉号に着いたのは、真夜中近くだった。

「帰ってきてくれてよかった」ニコルが乗船すると、甲板にいた三人の見習い水夫の一人が言った。全員が彼女の姿を見て心から喜んでいるようだった。

ニコルは眉をつりあげた。「わたしがいなくて寂しかったの？」挨拶代わりにたずねた。

「そうですとも。船長はおれたちに当たって、がみがみ怒鳴るし」

「あなたのせいなんです」別の水夫が真面目な顔でしめくくった。仲間たちもそのとおりと熱心にうなずいているので、ニコルは口元をゆるめた。

「船長はあなたのことをすげえ心配してたんです、ミス・ラシター。物も食わなくて。あなたがいなくなってから二時間と寝ちゃいないっすよ。さあ、行ってやってください」彼は手振りで船室の方を示した。「行き方はわかってますね」

デレクの部屋に入っていくと、明かりはしぼってあった。彼はベッドに横たわり、入り口に背中を向けて眠っているように見えた。大きなひきしまった体にぴったり寄り添いたいと思い、ニコルはすばやく服を脱いだ。寝間着用のシャツを探したかったが、彼を起こしたくなかった。いいえ、正直に言うと、肌と肌を触れ合わせたかった。そっとベッドに入ると、ぴったりと体を寄せる。

枕の端に頭をのせようとすると、デレクが言った。「帰ってこないかもしれないと思った」

ニコルはためらいがちに彼の腕に手を置いた。デレクの体が緊張した。「わたしをまた受け入れてくれるかどうかわからなかったの」

デレクは肩の力を抜かなかった。とても怒っているのかしら？

「きみを捜したんだ——一人で出ていったから心配していた」

「それだけが理由なの？」彼女は指先でデレクの広い背中をなで下ろした。

デレクが息を吸うと筋肉がうねった。「いや、わたしといっしょにいてほしかった」彼は振り向いた。「ここに」

「可能な限りいるわ」正直に答え、彼もそれを受け入れたようだった。

デレクは体を起こし、すでに固く敏感になっている乳首をこすりながらシーツをはぎとっていき、ニコルの全身をあらわにした。ニコルはキスしようと腕を伸ばしたがそれを押さえつけ、愛撫しはじめた。

ニコルの腕を片方ずつ頭の上に持ち上げると、脇の下から胸の横、さらに腰まで唇を這わせていく。彼女が体を震わせると、デレクは微笑した。それから鎖骨に唇を走らせ、なめたり、軽く噛んだりしながら乳首へと下りていく。彼が片方を口に含み、きつく吸うと、ニコルは快感のあまり叫び声をあげそうになった。

体に軽く歯を立てながら、乳房を両手で包みこみ、まず片方を、次にもう片方をゆっくりともみしだく。耐えがたいほどの刺激に、ニコルはいつのまにか手首を布で縛られていることにも気づかなかった。

だがようやく気づくと、両手を自由にしようと必死に引っ張った。

デレクはその抵抗を笑った。「お返ししなくちゃならないことがあるからね」彼はかすれた声で言った。獲物を襲うかのように彼女にのしかかると、いましめをきつくして、ニコルをベッドに固定した。

「さあ、きみをわたしのものにするよ」デレクは両手で彼女に触れた。その手はざらざらしていて燃えるように熱かった。「わたしのやり方でね」

ニコルはこれからどうなるのか予想がつかなかった。何をするつもりなの？　不安に駆られ、いましめをほどき、彼の手を払いのけようとしたが、またもや乳房をなでられた。

デレクは手のひらで乳首をこすりながら、なであげていく。やがて体勢を変え、固くなった自分のものを彼女の脚に押し当て、熟練した愛撫の手を下へ下へと移動させていくと、彼女の抵抗はおとなしくなった。片手で両脚を開かせ、もう片方の手の指を中に滑りこませる。情け容赦なく。指は彼女の中でうごめき、彼女をしとどに濡らした。と、残酷にも手を止めた。

デレクは両手で乳房をつかみ、唇を近づけていく。ニコルは腰を突き上げ、愛撫を求めたが、彼は無視した。ニコルは絶頂のすぐ手前にいた。体をわななかせ、もう一度触ってと懇願しそうになった。わたしは彼にもこういう思いを味わわせたのだ。今、ニコルは理解した。彼は残酷になっている。

「サザーランド、お願い……」すがりつくように言った。

「名前で呼ぶんだ」デレクは低い声で熱っぽく命じた。「きみがわたしの名前を呼ぶのを聞きたい」

「デレク！　お願い……」

とうとう彼は自分のものを彼女の両脚のあいだに移動させたが、このあいだのように中に滑りこむのではなく、彼女のヒップを両手でつかみ、自分の顔の方に引き寄せた。唇の方へ。「何カ月もきみを味わいたかったんだ」彼女のすぐ上でささやいたので、吐息の熱さが感じられるほどだ。それからニコルが愛撫をしてとせがんでいたまさにその場所に唇をつけ、舌で責めると、彼女は腰をくねらせた。

こんなのまちがっているわ！　ニコルは逃げようとしてもがいた。

デレクは彼女をベッドに乱暴に下ろすと、顔を上げて彼女と視線を合わせた。「これは拒否できないだろ。絶対に」両腕を太腿に巻きつけると、腰を肩にかつぎあげながら、再び花芯を口の方に引き寄せた。彼女をとらえたまま、舌を彼女の上下に這わせ、中にもぐりこませ、また外に出てくると……敏感なつぼみを唇にすっぽりと含んで吸う。彼女は体がバラバラになりそうだった……。

「だめ、デレク、だめ。そんなこと……」ニコルは彼の唇に翻弄されながら溶け、ほとばしらせ、濡れた。口を離さずに、デレクは手を伸ばし、指先で乳首を刺激し、引っ張ったり、つねったりする。

いきなり狂気がニコルを襲い、ヒップを彼の口に、固い唇に、自分の内側をこすっている巧妙な舌にぴったりと押しつけたいという欲望がわきあがった。デレクは容赦なく快楽を引きだそうとした。舌が触れるたびに、全身に痙攣が走り次々に快楽の波が襲ってくる。

ぼうっとしながら、ニコルはぐったりと横たわり、ようやく目を開けた。デレクの呼吸は荒々しく、その表情から彼女に劣らず彼も楽しんだことが察せられた。

ニコルが我に返り、たった今起きたことをすっかり理解する前に、デレクは自分の上に彼女をのせて、すばやい動きで彼女の奥まで突き進んだ。ニコルはうっとりとうめいた。こんなに早くまた味わえるとは思っていなかった。デレクは彼女が求めているもの、必要としているものをちゃんと知っていた。

「デレク。いいわ！」ニコルの体の中の緊張がまたもや高まっていき、こみあげてくる快感が今にも爆発しそうだ。もう一度荒々しく突かれると、ニコルは絶頂に達した。彼女の悲鳴をデレクは唇でふさいだ。

ニコルが彼をまだしめつけているうちに、彼は手を伸ばしていましめをほどいた。それから彼女をうつぶせにし、ヒップを抱え四つん這いにさせると両脚を大きく開かせた。何をするつもりなの？　どうして彼は……。

デレクは彼女の秘めた部分を指で押し開くと、すっかりむきだしにした。いや！　こんなのおかしいわ。ニコルはこれほど無防備に感じたことはなかった。しかし、心の奥底に隠し持っていた衝動にとらえられてもいた。彼にすべてを預け、意のままにされたかった。

そのとき、デレクが彼女の中にキスした。ニコルは我を忘れ……震え、うめき、背中をそらして両膝をさらに大きく開いた。デレクは片手を乳房のあいだに這わせ、体の下へと滑らせていき、さっき口をあてがった場所まで来ると親指を中に差し入れた。デレクは意地悪だった。もはや引き返せないところまで彼女を導いていく。まさにニコルが頂点に達しかけたとき、巨大な一物を彼女の中にたたきこんだ。

「すごくきつい。濡れている」低くつぶやいた。彼女のウエストをわしづかみにして、前後に動かす。ヒップをもまれると、ニコルは背中をそらした。

「ああ、ニコル……押し返して。わたしの方に来てごらん」

その言葉に彼女はうめいた。デレクは髪をつかんで彼女の体を起こして自分の胸に寄りかからせると、下から突き上げ続けた。両手は彼女の体の前をさまよい、乳首を親指でなで、彼女をあえがせた。「デレク、お願い、お願い……」ニコルは言い続けたが、何を頼んでいるのか自分でもわからなくなっていた。

荒々しく突かれるたびに乳房が揺れ、彼は乳房を両手ですっぽりと覆うと、胸ごと彼女をさらに引き寄せた。唇を彼女の耳に触れるぐらいに近づけると、ささやいた。

「きみはわたしのものだ。わたしのものだよ！」

片手を滑り下ろすと、二本の指を彼女の小さな花芯にあてがった。指を上下に動かす、上へ下へ、上へ下へ……背後から強烈な力強い突きをくれながら、指の動きを速めていく。

「デレク！　もう……いきそうよ――」ニコルは彼をぎゅっとしめつけ、絶頂に達するとわなわなと震えながら前のめりに倒れ、枕に顔を押しつけて切なげな悲鳴を放った。彼女が彼を包みこんだまま痙攣しているあいだ、快楽が痛みになりかけるほど彼は腰を激しく動かし続けた。ついに獣のようなうめき声とともに、デレクはヒップをぐいと引き寄せると中に放ち、彼女を熱く満たした。

休戦のあいだ、二人は彼女が去ったことや、その前のできごとについては一切口にしなかった。ニコルが戻ったとき、デレクはすべてを水に流したのだと彼女は信じていた。

その夜、デレクは彼女を何度も抱いた。実を言うと、二人はそれから四日間船室から出ることがなく、快楽をわかちあえるありとあらゆる方法を、彼はニコルに体で教えた。

とうとうデレクは帰りの航海の積み荷を手配するために船を離れなくてはならなくなったが、戻ってきて彼女を目にしたときは、何日も会っていなかったような気がした。デレクが留守のあいだ、ニコルは彼が気をきかせて持ってきてくれた新しいペンキを使って、以前、船室の壁に描いた絵を修整していた。

それでも、ことに一人きりのとき、閉じこめられていることで気が滅入った。ニコルが口を開きかけたとき、デレクが伝えた。「今夜、出かける」

ちょっと黙りこんでから答えた。「それはいい考えだと思わないわ」以前出かけたとき、ニコルの突飛な服装を男たちがポカンとして見ていたことが思い出された。

「どうして？　きみがそわそわしているのはわかってるよ」

ニコルはひどくびっくりした顔をした。彼が気づいているとは思っていなかった。そこで眉をひそめた。「船の外で着る服はすべて〈ベラ・ニコラ〉号に積んであったの」

彼は微笑みかけた。「服のことならわたしにまかせてくれ」値踏みするように、デレクは彼女の全身を観察すると、両手をウエストにあてがった。「八時までに戻ってくるよ」その声はかすれていた。

その午後、ふたつの箱が船に届けられた。わくわくしながらニコルは最初の箱を開け、息をのんだ。中には見たこともないほど美しい三着のドレスが入っていた。彼は深みのある色とあっさりしたデザインを選んでいた。自分でもそういうドレスを選んだだろう。濃いブルーの波紋のあるシルクを広げて、今夜のためにハンガーにかけた。見ただけで、体にぴったり合うことがわかった。

ふたつ目の箱には、お気に入りの香りの石鹸と、三着のドレスに合う舞踏用の靴と小さな布製のブーツが入っていた。さらに、それらを身につけるために必要な付属品がすべて。入浴しながら、贈り物について考え、サザーランドに——いえ、デレクよ——驚嘆した。デレクはわたしがアーモンドオイルの香りが好きなことを覚えていたのだ。

入浴を終え、髪をとかして乾かすと、編んだ髪をアップにまとめ、顔を縁どるように何本かの巻き毛を垂らした。着替える前に鏡の前に立ち、その姿に目を丸くした。彼女はふっくらして見えた。さらに胸が大きくなったようだ。おまけに、これまでひそかに自慢にしていたヒップの曲線がさらに魅力的になっていることにわくわくしながら気づいた。

以前はやせすぎているとあきらめていた体のラインが変わったことがうれしかった。鏡の前でくるりと回りながら、新しい姿を見せびらかしたくなる。サザー——いえ、デレクが毎晩ほめてくれたセクシーなスタイルを自慢したかった。ドレスを着ると、ニコルは最後にもう一度自分の姿を確認し、何カ月ものあいだ年老いた女校長がたたきこもうと苦労していた態度が自然に身に備わっていることに気づいた。

ニコルを迎えにくると、まずデレクは息をのんだ。ニコルはあわてた。これまでずっとやせっぽちでぶざまだと感じていたので、新たに獲得した自信がしぼんだ。デレクのおかげで美しくなったように感じていたが、自分の外見が嫌でたまらなかった時代が甦ってくる。

デレクはしばらく黙っていたが、ようやく彼女の耳元にかがみこんでかすれた声で低くささやいた。「すごくきれいだよ、ニコル」涙が目ににじみ、それを隠そうとしてニコルは微笑んだ。

デレクはいたずらっぽい笑いを返してきた。「笑うといっそうきれいだ」

あけっぴろげな賞賛に恥ずかしくなり、ニコルは目をそらした。クルーの何人かは少し離れたところで、笑みを浮かべながら作業をしている。恥ずかしくなって、ニコルは話題を変えた。

「食事ができる場所を知っているわよ、よかったら」高潮を渡ってくるやわらかな夜風のおかげで、さりげない口調で提案できた。

彼はにやりとしてお辞儀をした。「案内をお願いします。ここがきみにとって見知らぬ町じゃないことを忘れていたよ」

ニコルは船を降りて歩きながら微笑んだが、数歩進んだところで、彼がついてこないことに気づいた。デレクは立って彼女を眺めていた。

「あら？　どうかしたの？」ニコルはあせってスカートを調べた。

彼の唇の両端が持ち上がった。「きみが立っているところをじっくり見たことがなかったんだ」

ニコルは眉をひそめてから、彼のどぎまぎするような言葉に小さく口を開けた。低く響く声で彼は言った。「きみの歩き方が気に入ったよ、ニコル」

その晩、ニコルは思う存分楽しんだ。デレクは気配り上手で、辛口のウィットで彼女を喜ばせた。いっしょにいてほしいという彼の提案を断り心を閉ざすことは、ますますむずかしく思えてきた。別れるなら早ければ早いほど、傷は浅いだろう。

もうひとつの心配事が彼女の心にひっかかっていた。この数日、他のレースの船が一隻も入港していないのだ。〈ベラ・ニコラ〉号や〈サザンクロス〉号に起きたことを考えると、他の船も破壊工作の犠牲になったのではないかと疑わずにはいられなかった。しかし、デレクはタリウッドについて何も発見できなかった。

デレクは彼女の不安を感じとったのだろう、楽しませようと気を遣ってくれた。今夜、デレクは芝居に連れていってくれた。その芝居の最初のせりふすら、ニコルは覚えていなかった。というのも、デレクは彼女の手をとってすわると、手のひらを愛撫し、ゆっくりと指を一本一本なでていったからだ。彼は欲望を隠そうとはしなかった。

デレクはこれからも毎晩いっしょにベッドで過ごしたがるにちがいない。もちろん彼女もそうやって過ごすことにやぶさかではないが、他の男性の前で彼がニコルに対してわが物顔にふるまうとはらはらした。デレクはニコルを自分だけのものだと思っているようだ。

今夜は、デレクにひきずられて帰るのではないかと思ったほど、独占欲をむきだしにした。帰り道に、ニコルは彼をたしなめた。「あの老人までにらみつけることはなかったでしょ！」

デレクは片方の眉をつりあげると笑った。「あいつはわたしとあまり年が変わらないよ。それにわたしといっしょだとわかっているくせに、きみの豊満で若々しい胸をじろじろ眺めるのをやめなかったんだ」

ニコルは顔を赤らめた。ベッドという楽園の外で、性的なことを話題にするのには慣れていなかった。「彼は無害だと思うわ」

「それはああいう男が何を考えているのか、きみが知らないせいだよ。だが、わたしは知っている。正直に言って、知ったらきみは逃げだしただろう……」彼は言葉を切った。「ニコル、どうしたんだ？　顔が真っ青だ」

息が浅くなり、体が冷たくなった。というのも、背後の三メートルと離れていないところから悪夢の中の声が聞こえてきたのだ。

「このことでお仕置きを食らうぜ、見ていろよ」プリティが泣き言を口にした。

クライヴが答えた。「馬鹿野郎、プリティ、船長はおれたちを丸一日船に閉じこめたりできねえよ」彼女の顔から血の気が引いた。

「おい、どうかしたのか？」

ニコルの足どりがとても遅くなっていたので、二人はほぼ横に並んでいた。とっさに、ニコルは通りに背中を向けると、デレクの襟をつかんで引き寄せ唇を重ねた。

「ああ、これはいいね」デレクはつぶやいた。

「しっ！　いいから、わたしをこっちに向かせておいて」唇を触れあわせたままニコルは言った。

「会いたくない人を見かけたのかな？」デレクはふざけた口調でたずねた。

二人がニコルを通り越して行ってしまうと、ニコルは彼から離れた。

「前方のあの二人、大きな男とイタチみたいな男はロンドンでわたしを襲った二人組だったの」

デレクの体から怒りの炎が燃え上がったかのように感じられた。

「ここで何をしているのかしら」彼女は震える声で言った。「連中をつけていって、シドニーにどうやって来たのか突き止めた方が――」

「ここにいるんだ！」彼は命じると、二人の男の方に突進していった。

スカートをつまんであとを追おうとしたとき、デレクに地面に殴り倒されたクライヴの鼻が折れる音が聞こえた。プリティがあわてて逃げようとすると、デレクは彼の背中に飛びかかり、針金のような男を振り向かせると、かまえていた拳をお見舞いした。

「こ、この人たち、船長のことで何か言ってたわ」ニコルは彼の後ろからつかえながら伝えた。

デレクは地面にぐったりと倒れてほとんど意識のないクライヴから、ガタガタ震えているプリティに視線を移した。

「さて、おまえたちの船長が誰なのか、どっちが話してくれる？」

タリウッドの船の捜索には一時間もかからなかった。その英国人伯爵が二人の船長だとわかったちょうどそのとき、夜警がやって来た。数隻の船の破壊工作にタリウッドが関わっているのではないかと父親が疑っていた、というニコルの話を聞くと、オーストラリア当局は〈デイジーラド〉号の捜査を請求した。噂はあっという間に狭い帆船業界に広まり、野次馬が埠頭に詰めかけた。デレクはニコルを目の届かないところには置きたくなかったので、彼女もいっしょにタリウッドの船に乗りこませた。

「不当だ！」タリウッドは、オーストラリア当局に拘束されると、青白いたるんだ顔を怒りに震わせながら叫んだ。「こんな真似をして、思い知らせてやるぞ」彼を押さえている男を怒鳴りつけた。「わたしは伯爵だぞ！　おまえたちはただの囚人の子孫だろ」

二人の警官は屈強そうな強面の二人組で、タリウッドが泣き言を口にするたびに、乱暴に小突いた。

タリウッドの金庫を開けて、詳細なリストとレースに出場していた数隻の船に対する複雑な計画を見つけだした。

リストを目にすると、ニコルはデレクを引っ張って進みでた。

「わたしたちの船はここのリストに入ってます？」彼女は警察署長にたずねた。「彼はわたしたちの船を破壊したのかしら？」

「〈サザンクロス〉号ですか？」

デレクはうなずいた。

「船に積まれる前にあなたの水樽を汚染していますね」署長はニコルの方を向いた。「〈ベラ・ニコラ〉号ですか？」彼女が不安そうにうなずくと、署長は非常に残念そうに言った。

「ええ、舵をゆるめ、船倉の支柱を傷つけています」

ニコルは唇が震えるのを感じた。理由を知らなくてはならない。デレクを見て問いかけるようにタリウッドの方に視線を向けると、デレクは彼女を止めたがっているようだった。彼に何か言われないうちに、ニコルは甲板を突っ切り、二人の男が囚人をとらえている場所まで行った。

「どうしてこんなことをしたの？」

タリウッドは無視し、答えるつもりがないようだった。彼女が背中を向けかけたとたん、卑劣漢は口を開いた。

「みんなに笑いものにされたからだ」あまりにも低い声だったので、耳を澄まさなくてはならなかった。

「下っ端の水夫たちも波止場の娼婦たちも、わたしをおおっぴらに馬鹿にしていた。だが、わたしは優勝した」その口調はしだいに熱を帯びてきた。「わたしは今世紀最大のレースで優勝したんだ……」彼はわめき続けた。

ニコルはそれをさえぎって、彼の言葉に反論したかった。しかしこういう男と議論できるとは思えなかった。あまりにも尊大で、世間が自分を高い地位からひきずりおろしたがっているということもわからない男とは。

タリウッドをとらえている警官の一人が言った。「よかったらやつが絶対にあなたを忘れないように、一発お見舞いしてもいいですよ、お嬢さん」

「こんな真似はやめろ、いますぐに」タリウッドは金切り声で叫んだ。彼はニコルの方を向いた。「おまえはただの平民だ。貴族を殴ったらどうなるか知ってるのか?」

もう一人の警官が彼女の方にかがみこみ、ウィンクして言った。

「あなたの手を痛めることはないですよ」

彼はレースに勝ったが、それ以外のすべてを失ったことを冷静な言葉で伝えるのは無理だ。そこで、ニコルはスカートをつまみあげると、彼の股間にまともにブーツの先をめりこませた。

盛大な式典が開かれ、シドニー市長によってグレート・サークル・レースの優勝がデレクに授与された。そのあと彼とニコルは、飲めや歌えの馬鹿騒ぎから逃れるように彼の船に戻っていった。彼はニコルの手を握った。

「きみが、その、きみが……」くぐもった声で言いかけた。「レースを制したかもしれない」それを認めたとき彼は目をそらしたが、ニコルはただうなずいた。

「きみの船はぐんぐん進んでいた」デレクはニコルに視線を向けた。「しかも、きみとチャンシーは巧みに船を操っていた。今日、シドニーで祝われたのはきみときみのクルーだったかもしれない」

「それは永遠にわからないことよ」ニコルは応じたが、デレクが正しいということはよくわかっていた。

「このことがきみにとってどんなにつらいか、これまで気づいていなかった」

ニコルはそれを否定したかったが、彼は言葉を続けた。

「ともかく、わたしはきみに知っておいてもらいたいんだ……きみを気にかけてるってことを。心から気にかけてるから、この優勝もむなしく感じるほどだ」デレクはさらに何か言おうとしたが黙りこみ、歩き続けた。

船室に入ると、彼はニコルに近づき両腕で抱きしめ、片手を頭の後ろに添えて胸に引き寄せた。ニコルは彼にぎゅっと抱きついた。

デレクはニコルの髪の中にささやきかけた。「すまない」

ニコルは胸の中で泣いていた。涙が彼のシャツを濡らす。胸で反響する自分の小さなしゃくりあげる音に、恥ずかしくなった。やがてデレクはきっぱりとこう誓った。

「二度と誰にもきみを傷つけるような真似はさせないよ」

彼女はそれを信じた。

22

デレクはあいまいな関係を続けていくことはできないという結論を下した。二人のあいだの絆を確かなものにしておきたかった。そこである晩、お互いに堪能してベッドでくつろいでいるときに、その話題を持ちだした。

「きみに」彼は自信たっぷりに切りだした。「わたしの愛人になってもらいたいんだ」彼女が口を開きかけると、デレクは片手で制止した。「答える前に、どういう計画かを聞いて――」

「いやよ」ニコルは彼の腕の中から抜けだすと、ベッドから飛び下りて服を着はじめた。彼女が最後にブーツをはき、両手をパンパンと払う様子をデレクはむっつりと眺めていた。

「愛人にはなりたくないわ、船長」

デレクは自分が腹を立てているのが、拒絶されたせいなのか、生意気な口調のせいなのかよくわからなかった。ニコルはまるで彼がよく考えずにその提案をしたかのように反応した。しかし実際はニコルが水に毒を入れたことと無関係だと知ってから、ほとんどずっとそのことを考えてきたのだ。

これほどまでに自分を怒らせた女性はいない！　デレクはいらだちを隠そうともしなかった。

「もちろんそうだろう、きみは高貴な身分がほしいんだろう？　警告しておくが、プロポーズを求めているなら、時間のむだだよ。選択権以上のものをきみに与えるつもりはない」

「まあ、伯爵」軽蔑をたっぷりこめてニコルは彼の爵位を口にした。「わたしはそれ以上のものはほしくないわ――というより、そんなものもほしくない。あなたとはどんな関わりであれ持ちたくないの！」

デレクは驚きもあらわに彼女を見つめた。なんてことだ、ニコルは本気で言っている。彼女との間に絆を持つことを拒絶されたことで、デレクはひどく動揺した。

「上流階級の男性と愛人について、わたしはこう理解しているの……男性は愛人に家を提供して住まわせ、宝石やドレスを買ってあげる」ニコルは目を光らせながら、立ったまま彼を見下ろした。「どう、それに近いかしら？」

デレクは同意したが、次に何を言いだすのか知りたくてうずうずしていた。ニコルの行動は先が読めなかった。

「わたしが陸地の家に閉じこめられたいわけがないでしょ？　あなたの都合に合わせて毎日毎日同じ場所にいるなんて。それも絶対に身につけない宝石とドレスのために」

デレクは過去にうまくいったことを提案しただけだった。女性はいろいろなものを買ってもらい、大事にされるのを好んだ。すべての女性が自分の楽しみのためだけではなく将来の保証として、美しいもの——高価なもの——をほしがるものだ。そうではないのか？

ニコルは英国に帰ったら惨めな暮らしになることに気づいていないのだろうか？

「この数カ月に起きたことを考えると、わたしじゃなかったら、誰がきみの世話をしてくるんだい？　父上が釈放されても、彼のいる英国にどうやって帰るつもりだ？」デレクはベッドから飛びでると、服をひっかけた。もう少しで癇癪を起こしそうになっていた。「きみの船は南太平洋の底に沈んでいるし、わたしはきみのクルーをケープ・タウンに置いてきた。きみは自分のお金を二十シリングだって持ってないんだぞ」

彼女は傲慢な顔つきになり軽蔑を隠そうともしなかった。

「生き延びるすべならあるわ。あの晩、あなたはロンドンでどう言っていたかしら——伯爵を仕留める、だったかしら。結婚するにしろ愛人になるにしろ、わたしはそんなことをするほど卑しい育ちじゃないの」彼女は切り口上に言った。「シドニーに置いていくなら、それでもけっこうよ」

それっきりニコルは口をきこうとしなかったが、そのあいだデレクは頭を冷やし、二人の関係についてもっと客観的に考えてみた。なんらかの手段でニコルを縛りつけておきたいという気持ちは消えなかったが、それをごり押しすることはしなかった。それから数日間、デレクは将来についてひとことも口にしなかった。

実際、自分自身の人生がこんなに哀れな状況なのに、ニコルに将来の提案をする権利などあるだろうか？

最初はぎこちなかったものの、結局、二人は議論について忘れることにした。その償いのために、デレクはダウンタウンにあるシドニーの高級な地区にニコルを連れていった。何時間も彼女は興奮のあまり顔を輝かせていた。彼がこれまで相手にした女性たちのように、ニコルは人生に疲れきった退屈そうな態度はとらなかった。ニコルは彼の知っている人々よりも世界を見てきているからだ。しかし、ニコルは身近のごくささやかなことにも満足した。

一時間ほどぶらぶら歩き回ってから、宝石店を通りかかったとき、デレクはウィンドウのある品にふと足を止めた。厚いショーウィンドウの方にニコルを引っ張っていき、サファイアのイヤリングと、おそろいのネックレスが優雅に飾られているのを眺めた。彼の注意を引いたのは、その色合いの深さだった。

その濃いブルーの色は石の稀少さを示しているのではないだろうか？　それ以上に、それはニコルの目の色と同じだった。

「そのサファイアをどう思う？」

「とてもきれいだわ」ニコルはちらっと眺めただけで、通りの行商人に注意を向けている。何を売っているのかしらと考えるように首をかしげていた。

ニコルの注意を引き戻そうとして、デレクは髪にキスした。「よかったら――」

「まあ、デレク」彼女はさえぎって、片手をデレクの腕にかけた。「あそこを見て。あの人、イチゴを売ってるのよ。イチゴを最後に食べたのがいつだったか知ってる？」

ニコルにひきずられていく前に、かろうじてデレクはその店の名前を記憶した。そして彼女にねだられるままイチゴを買ってやった。

夜明け直前に目覚めると、腕の中のニコルは静かに呼吸していた。いつものように、彼女の肌に触れただけで、興奮を覚えた。しかしデレクが彼女を求めていたのは快楽のためだけではなかった。たしかに、彼の体は彼女に焦がれていたが、ニコルが警戒心を解くときのその後の親密さを求めてもいた。

眠っているニコルをなでると、たちまち反応したので深い満足感を覚えた。彼が中に入ったとたん、ニコルは短くあえいで目を覚まし、愛撫しながら奥まで進んでいくと、喜びの吐息をついた。

デレクはその日一日、輸出の依頼を検討しながら、その朝の愛の行為についてずっと考えていた。優勝したおかげで大量の仕事が入ってきて、無数の契約書に署名しながら、口笛を吹きたい気持ちをかろうじて抑えこむ。

成功を知ったら、グラントは有頂天になるだろう。二日かけて船に荷物を積みこむ予定で、帰りの航海は意気揚々としたものになりそうだった。

しかし、ニコルのことはどうしよう？　もうあまり時間はなかった。ときどき彼女はデレクが出航したあともオーストラリアに残ってチャンシーを待つかのようにふるまったが、日ごとに、そういうふるまいは減っていった。根負けしたのかもしれない。

今夜、ニコルと話そうと決心した。しかし、そのチャンスがくる前に、二人はまた愛を交わした。そしてディナーがすむと、ニコルは彼が町で買ってきた新しい本を読みはじめた。明日だ。明日になったら、いっしょに来てほしいと彼女に言おう。

でも、拒絶されたら？　最後の切り札を使うしかないだろう。自分でも意外だったが、デレクは毎日ますますニコルに惹きつけられていた。きみは妊娠しているかもしれないと言おう。彼は避妊の用心をしてこなかった。意図的にだ。これまではずっと用心してきたのだから。彼女から離れることはできそうになかった。それはまちがったことのように感じられた。

ニコルは妊娠のことをまったく考えたことがないのではないだろうか。多くの点で、ニコルは経験がなかった。日にちを数え、月のものが来ますようにと必死に祈る必要もこれまでなかったのだろう。わたしが彼女に教えてやろう――厳しく。それは必要なことだ。

ニコルが手に本を持ち、ベッドにいるデレクの方ににじり寄ってきたので、彼は物思いを中断した。ニコルは本にのめりこんでいるようで、ヘッドボードに寄りかかった拍子に、彼の股間のど真ん中に膝が当たったのにも気づかない様子だった。デレクは体をこわばらせた。

デレクは痛みをこらえようと目を閉じ、歯を食いしばった……膝に彼女の乳房がのっているのが感じられる。ニコルは彼と直角に体を重ねていて、本を開いている肘が彼の腰に触れている。その体のうっとりするような感触を心ゆくまで味わおうとして、デレクは目をつぶった。

ゆうべは数回、今日は二度、彼女を抱いていた。彼の年齢だとすぐに固くなった。固くなったものが乳房をこすると、彼女は唇を尖らせた。だがデレクの果てしない欲望にうんざりしているのでもなく、おもしろがっているのでもなかった。片手をガウンの下に這わせ、花芯を開くと、すでに準備ができていた。

そしてニコルも彼を求めていた。

ニコルは隣に眠る男を眺めた。眠っていると、ようやく彼の顔にリラックスした表情が浮かんだ。全身からも力が抜けている。この数週間、彼はとても満足しているように感じられた。自分も同じだ。とても幸せだったので、デレクがまた愛人になってくれと言ったら断れるかどうか自信がなかった。

その提案を受け入れたら、祖母との約束を破ることになり、それを知った父親は奈落の底に突き落とされるだろう。それはわかっていた。なのに、できるだけ長くこの男といっしょにいるようにと、なぜ心の声が言うのだろう？

母ならどうするかしら？　母はいつも夢を追いなさい、どんなものにも夢の邪魔をさせてはいけないと言っていた。母は愛する男性といっしょになるために、すべてを捨てたのではなかった？　そのせいで自分の母親すら捨てたのでは？　父はわたしを勘当したりはしないだろうが、どうしてデレクが結婚を求めなかったのかいぶかるだろう。ニコル自身も不思議だった。

デレクがわたしを愛するようになっていることは感じられた。しかし、彼が結婚というものを嫌っているのか、たんにわたしとの結婚をいやがっているのか、判断がつきかねた。ふと、ある考えが浮かんだ。彼は伯爵だから、あきらかに身分も財産も家柄もないわたしのことを、花嫁として考えられないのではないかしら?

もしそうなら、どうして彼に本当のことを打ち明けなかったの? ニコルは複雑な気持ちだった。

23

あのいまいましい男はますます尊大になっている。チャンシーはシドニーに着いてすぐにサザーランドを見つけると、そう思った。とんでもない馬鹿者のくせに、ますます軽薄になっている。肩から重荷がとり除かれたかのように、サザーランドは微笑していた。たびたび。チャンシーは何が起きたのだろうと考えた。そのときニコルが甲板に笑いさざめきながら現れ、サザーランドの腕に抱きすくめられた。

ニコルのせいだったのか。

あの男が敵だということをあの子はあきらかに忘れているらしい。まるで彼が自分のためだけに存在しているといわんばかりに、愛しているかのような目つきで、あの男を見ているとは！　チャンシーは腹の中で毒づいた。二人は結婚するしかない。その親密ぶりから、すぐに結婚しなくてはならないと、チャンシーは判断した。

サザーランドがニコルを抱きしめ、自分の女に近づく者は誰であろうと許さないという態度をあらわにしているときにずかずかと船に乗りこんでいくほど、チャンシーは愚かではなかった。それに船長を殺してやりたいだけではなく、チャンシーはサザーランドの水夫二人に落とし前をつけたいと思っていた。しめた、ニコルに見送られ、サザーランドがちょうど出かけるところらしい。ろくでなし野郎が名残惜しげな長いキスをしているのを見て、チャンシーは拳を握りしめる。しかし、彼がもう一度ニコルを引き寄せ、頭のてっぺんにやさしくキスするのを見たとき、あいつが彼女を求めているのは欲望からだけではないようだ、と胸をなでおろした。

船から話が聞かれない場所までサザーランドをつけていき、チャンシーはいきなり彼の背中に一発お見舞いした。戦いに備えて全身を緊張させながら、サザーランドはすばやく振り向いた。サザーランドの顔をかすかな驚きがよぎったが、すぐに冷たい表情の下にそれを隠した。

「そろそろ話しあいをする頃合いだ」

サザーランドはすぐにうなずいた。

船長を従えて、チャンシーは午前のこの時間はまだすいている手近のパブに入っていった。二人が奥のテーブルにすわると、チャンシーはウィスキーを二杯注文した。彼には酒が必要だったし、まちがいなく目の前の男にも必要なようだ。

チャンシーはあれこれ質問し、まもなくサザーランドは緊張を解いてしゃべりだした。ニコルが水に毒を入れたと信じていたこと。嵐とタリウッドについての疑惑。必要に応じて、チャンシーがニコルについての質問をすると、サザーランドにとってはお気に入りの話題のようでいくらでも話し続けた。

ニコルが安全で、ひどい扱いを受けていないと確信すると、チャンシーはほっと肩の力を抜いた。自分と船長は多くの見解が一致していることもわかった。サザーランドがニコルを誘惑した自堕落な酔っ払いでなければ、友だちになれたかもしれない。

ふいにサザーランドがまた冷酷な表情を浮かべたので、会話の流れが変わることをチャンシーは悟った。サザーランドはチャンシーが「明日、おまえはあの子と結婚するんだ」と言っても、顔色ひとつ変えなかった。

サザーランドが黙っているので、チャンシーは続けた。

「あの子と結婚させなくちゃならねえから、今回は見逃すが、二度とこういう真似はさせねえよ」

「彼女とはぜひとも結婚したいが――できないんだ」デレクは暗い顔に手をあてがった。

「できないのか、したくないのか？」チャンシーは体をのりだし、低い声で問いつめた。

「あの子をきちんと扱わないなら、おまえを殺すぞ」

サザーランドはひるまず、感情のこもらない声で続けた。

「わたしは残りの一生を彼女といっしょに過ごしたいと思っている」言葉を切ったが、その目には絶望が浮かんでいた。「しかし、わが家の事情があり、彼女との結婚が不可能なんだ」

「不可能？　不可能なことなんてない」チャンシーは吐き捨てると、グラスを口に運んだ。

がぶがぶと飲むと、彼はつけ加えた。「あの子との結婚の障害がなんであれ、それをとり除く方法を考えなくちゃ――」

「不可能なんだ」サザーランドはチャンシーにというより、自分自身に言い聞かせているかのようだった。

チャンシーは椅子から飛びだし、落ち着こうとしてテーブルのわきを行ったり来たりしはじめたが、ついに癇癪を爆発させた。

「何を言ってやがる、サザーランド」すごみのきいた声で言った。「ニコルと結婚するのが不可能な唯一の理由は――」

チャンシーははっと言葉を切り、ふいにすべてを理解して息を吸いこんだ。それから肩を落とした。自分のたどり着いた結論ばかりか、サザーランドの生気のない目にチャンシーは衝撃を受けていた。

怒りのあまり、チャンシーはサザーランドを椅子からひきずりだし、襟首をつかんだ。しかし、サザーランドは一切抵抗しなかった。

とうとうサザーランドは口を開いた。

「彼女の世話をしたいと思っている。家と財産と、彼女の求めるすべてを与えたい」

チャンシーは思い切り彼を殴りつけたので、その衝撃に拳がジンジンしびれた。サザーランドはよけようともしなかった。

「ろくでなし！　あの子をおまえの愛人にするつもりなのか」チャンシーは怒鳴った。「妻と子どもと二晩過ごし、それからおまえがニコルに生ませるガキたちと過ごすっていうのか？」

「いいや。ニコルとだけ過ごすことになるだろう。妻には指一本触れたことがないんだ」

そのことにチャンシーは唖然としたが、そのことは問題ではなかった。

「おまえはどれだけあの子に犠牲を強いたのかわかってねえんだ。ニコルの身分については話してないようだな。だが言っておくが、あの子には将来有望な結婚相手がいるんだ。りっぱな連中がね。おれはこの目で見てるから知ってる。想像もつかないほどえらい連中だよ」

ふいにチャンシーは年をとった気がして、とても悲しくなった。ドスンとすわると、大きくため息をつき、さらに酒をあおった。「あの子を一人にしてやらなくちゃならねえ。荷造りして出航しろ」

サザーランドは慎重に腰をおろしたが、チャンシーの提案に体をこわばらせた。

「彼女を置き去りにするのか？　説明もなしで？」

「結婚せずにおまえを愛したことなら、彼女は自分を許せるだろう。だけど、不倫をしたと知ったらどうかなっちまう」

サザーランドは顔をしかめてたずねた。

「わたしが何も言わずに姿を消したら、彼女はどうなると思う？」

「まちがいなく傷つくね。だけど、いつか乗り越えるよ」チャンシーは鋭い視線をサザーランドに向けた。「そうしなくちゃならないんだ」

「できない――彼女には」サザーランドはきっぱりと言った。

「できないのを彼女のせいにしてるのは、てめえのことしか考えてないからだよ。おまえには彼女に与えられるものがあるのか？」チャンシーはいきなり立ち上がった。「どっちにしろ、おまえは空っぽの人間だ——ただの酔っ払いだよ。アイルランド人はよくそういうそしりを受けているがね」彼は歩き回りはじめた。「おまえがきっぱりニコルと別れれば、いずれあの子は忘れるだろう。まだ若いから新しい相手を見つけられる」

チャンシーはサザーランドの顔にはっきりと浮かんだ感情を目にして、見なければよかったと思った。生々しい苦痛が浮かび上がり、そこにあった希望を打ち砕いたのだ。チャンシーの言うとおりだと、サザーランドが理解したこともわかった。だからそれ以上何も言わなかった。

またも冷たい表情になり、サザーランドは言った。

「もうひと晩だけ彼女と過ごしたい」

チャンシーはきっぱりと首を振った。「絶対にだめだ」

「そうでなければ、この提案は受け入れられない。それに、あんたには金を受けとってもらいたい。一生涯、彼女が必要とするものを手に入れられるように」

「そのことは忘れろ」

チャンシーはこの酔っ払いのろくでなしを、結婚している男を、できるだけ早くニコルの人生から抹殺する必要があった。

船長は立ち上がり、立ち去ろうとした。彼がドアにたどり着く前に、チャンシーはその腕をつかんだ。

「ひと晩だけだ。おれのニックを傷つける真似をしたら、すぐさま、おまえを殺すぞ」

ニコルは王女といっても充分に通じる、とテーブルをはさんでワインを飲んでいる彼女を眺めながらデレクは思った。実際、周囲の客たちは王女を見るかのような目でこちらを見ていた。その反応はたんに彼女の美しさによって引き起こされたのではなかった。この排他的なレストランですら、彼女は王族のようにひときわ目立っていた。

デレクが贈ったドレスでニコルは完璧に装っていた。エメラルド色の模様入りのシルクは、顔色をひきたて、青い目に緑の翳りを添えている。全体的に東洋風の雰囲気をかもしだし、輝く髪にはデレクがドレスにあわせて贈った、繊細な彫刻をほどこした翡翠の櫛《くし》を差していた。

この食事の席でニコルを見て、別の求婚者がまちがいなく現れるだろうと、デレクは確信した。王だって彼女に恋をしそうだった。

船の外でのニコルの非の打ち所のないマナーを、デレクはかねがね意外に感じていた。サメを釣ったり、悪漢の膝を蹴飛ばしたりしていないとき、ニコル・ラシターは貴族階級のお転婆娘のようにふるまった。たしかに、とても元気はつらつとしていた。ドレスを着た瞬間に、レディに変身するかのようだ。今夜も例外ではなかった。彼女はすべての銀器を彼よりも上手に扱ってディナーの料理を食べた。どこでそんな技術を学び、磨きをかけたのだろう？

ニコルは謎めいていた。ベッドでは恐れを知らなかった——快楽を引きだすために彼が提案するどんなことでもためらわずにやってみた。さらに、二人でいっしょにいることを受け入れたあとは、想像もしていなかった一面を見た。愛を交わしていないとき——ときにはその最中でも——彼女はお茶目になったのだ。彼をくすぐり、からかうように彼の手から逃げ、屈託のない笑い声をあげた。

今、デレクはテーブル越しにニコルを観察しながら、別の人間が彼女の中に棲んでいるように感じた。社交の席に出たら、デレクの母親に負けないほど、ニコルは完璧だった。チャンシーの言うとおりだ。

運悪く、デレクがそのことに気づいたのは、ニコルが警戒を解き、彼を受け入れたあとだった。事情をのみこんだらニコルはいっしょにいてくれるだろうと、彼は信じていた。その状況の皮肉に身にしみる。ニコルを自分のものだと考えはじめた矢先に、彼女の肉体以上のものを手に入れたいと思った矢先に、彼女を手放さねばならないとは。

馬車から降りたとき、デレクはむっつりと考えこんでいたが、彼女のあとから道板を渡っていると、微笑まずにはいられなかった。ニコルにはきわめて常識はずれの部分があった。たとえ礼儀正しくふるまっていても。本人はそれに気づいていないのだろう。

ニコルは海上で過ごしているときの、きびきびした正確な足どりで歩いていた。まるで地面が今にもかしぐと信じているかのように。熟練した水夫の癖をレディが身につけていることに、デレクはにやりとした。しかし、女らしい体つきのせいで、その歩き方は流れるような足どりになり、とてつもなくエロティックにヒップが揺れていることに気づき、たちまち微笑は消えた。

その晩いっしょにベッドに入ると、ニコルはすでに濡れていて、彼を迎える準備ができていた。すぐに彼女の中に滑りこまずに、彼女の体を観賞し、閉じたまぶたと、小さな貝殻のような耳にキスをした。ニコルのすべての部分が彼にとって大切だった。

軽く舌を這わせて、彼女のおなかと太腿の内側にキスした。唇の下で、しなやかになまめかしく、ニコルの体がわななく。彼女を味わいながら快楽を一滴残らず引きだした。デレクは拷問のように時間をかけてニコルを抱いたが、とうとう彼女が絶頂に達して熱くしめつけてくる感触に耐えられなくなった。決して動きを速めず、じりじりするほどゆっくりと前後に動きながら、彼女の中で果てた。

横たわっていると、デレクは彼女の涙が胸を濡らすのを感じた。腕の中で眠りに落ちる前に、ニコルはささやいた。「愛しているわ」

ニコルの言葉が胸に突き刺さった。彼女を求め、いっしょにいてほしいと願った数カ月を思い出した。そして彼女が屈し、わたしのために危険を冒し、わたしを信頼しようと決意したまさにそのとき、自分は去っていくのだ。デレクはかがみこんで髪にキスしながら、彼女の香りを嗅ぐのもこれが最後だと思った。

今朝、チャンシーに言った最後の言葉を思い返した。デレクは振り向いて、大男にたずねたのだった。

「どうしてラシター家にそんなに忠実なんだ？」

チャンシーはためらわなかった。

「ニコルの父親がおれの命を救ってくれたし、ニコルはおれの魂を救ってくれた」

デレクはうなずくと、重い気分できびすを返したのだった。ニコルがいなければ、自分の魂は迷子になることがわかっていたからだ。

24

「おれは出かけるぞ」

ジェイソン・ラシターはケープ・タウンに来て四日目に宣言した。

「わたしたちで出かけるんでしょ」マリアは頑固に訂正して、眼鏡を鼻の上にずりあげた。

「女ってやつは！　良識に反しておまえをここまで連れてきたんだ」彼は首を振った。「レシフェに寄るべきじゃなかった。しかし、言っとくが、ケープ・タウンを出航するときはおまえは連れていかないよ」

いらだたしげに彼女の肘をつかみ、甲板にうようよしている酔っ払った水夫たちの方を向かせた。ジェイソンとマリアはシドニーから入港する船の噂を集めにやって来たのだった。しかし、新しい情報は何もなかった。

マリアは彼に思い出させた。「単純なビジネスの問題よ」ビジネスは単純だった。しかも感情を交えないものだ。だからこんなに必死で働いてきたのかしら？　この男に対する報われない気持ちがあまりにも悲惨だったから、自分をつなぎ留めておくものが必要だったのかしら？「オーストラリアまでの運賃を払ったのはわたしよ。あなたは口出しできないわ」

マリアから手を放すと、ジェイソンは顔をしかめた。マリアが彼の腕にそっと手を置くと、彼は少し落ち着いた。

「ジェイソン、チャンシーは今頃ニコルを見つけているわ。それに彼女からの手紙も届いている。とても元気でやっているし、帰る手段が見つからなければ、ここで待っているようにクルーたちに伝えてほしいと書いてきたわ。それに送ってきたお金のことはどうなの？　ニコルがそんな大金を手に入れられる人物はサザーランドだけだって、あなただって知ってるでしょ」

「だから、こんな気持ちになっているんだ――あいつはおれの娘を手に入れた」

マリアはその言葉に胸がつぶれる気がしたが、それでもこの件についての決意は揺らがなかった。

「もうあの子は子どもじゃないのよ。あなたのクルーが言うことは話半分に聞いてるわ。デレクは彼女を粗末に扱わないわよ。レシフェで二人を見かけたとき、彼がニコルに恋をしていると思ったもの」

「じゃあ、どうしてクルーはあいつに死んでもらいたがってるんだ？」

マリアは唇を尖らせた。たしかにジェイソンは鋭いところを突いていた。だが、すぐに勢いこんで言った。

「この件ではわたしを信用してちょうだい。彼はちゃんとニコルの面倒を見るわ」

ジェイソンは頑固に首を振った。「あの子を連れ戻しに行かなくてはならない」

「あなたが行くなら、わたしも行くわ」彼女はきっぱりと言った。「だけど、あなたはまちがっていると思う。チャンシーが数週間前に出発したなら、きっとクルーを連れにこっちに戻る途中よ。行き違いになったらどうするの?」

ときどきこの男が理解できなくなる。マリアはこの広い大海で、絶対にニコルやチャンシーとすれちがってしまうと思っていた。ちゃんと出会えたら奇跡だろう。マリアはジェイソンを愛していた。しかし、彼はしばしばひどく短気になり、そのせいで良識が追いやられてしまうのだ。

「理性的になって、ジェイソン。チャンシーが命がけでニコルを守ることはわかってるでしょ。それに、ここに到着したときにあなたがいなかったら、どんなに彼女がショックを受けるか想像してみて。ニコルはオーストラリアからあなたが帰ってくるのを待たなくちゃいけない」

マリアは議論に勝ったことを悟った。たしかに、ケープ・タウンに足止めされるのはうんざりすることだ。海の酒場と名付けられた町には、最悪の連中がいた――浮浪者、泥棒、海賊たちまで。ケープ・タウンのただひとつの美点は、ビジネスにうってつけだということだ。自分の富をどう使ったらいいのか途方に暮れている、アフリカの鉱山からやって来た成金連中が大勢いた。

マリアは眼鏡の奥で目を見開いた。かすかにジェイソンがこうつぶやくのが聞こえたのだ。

「あの子を祖母のところに行かせなければよかった。圧力をかけてもあの子の母親にはきかなかった。あの子はローレルにそっくりなんだ。ニコルが祖母に言われた人生を望まないなら、それを生きる必要はない。彼女のために、もっといい暮らしをさせる方法を見つけなくてはならない」

マリアにある考えが閃いた。ケープ・タウンには潤沢な資金があった。残念ながら、ジェイソンはどこを探せばいいか心得ていない。

だが、マリアなら知っていた。

「もっと速く進めないの？」

ニコルは巨大な蒸気船の甲板でいらいらしながらあたりを見回した。ひっきりなしにいらついていたが、今ではそれに悲しみが加わっていた。というのも、シドニーを出航してケープ・タウンに向かう帆船を見つけられなかったばかりか、この石炭をやたらに食う船で手を打つしかなかったからだった。自分が何もできない船で海に出ると、身の置き所がなく役立たずになったように感じられた。

さらに、恋に落ちた男性が自分を捨てたからでもあった。

〝二度と誰にもきみを傷つけるような真似はさせない〟なんて、嘘ばっかり！　彼はその言葉をおごそかな誓いのように口にした。そしてわたしの胸をこじあけて、わたしの心臓をえぐりだしたのだ。

四、五日は彼について話題にせずにやり過ごせたが、やがて胸に押しこめた言葉が解放してくれと騒ぎ立てはじめ、外に出さないと窒息しそうになった。いつものように、チャンシーは辛抱強く耳を傾けてくれた。何度も何度も話しているのに、いまだに茫然としながら、ニコルはこうつぶやいた。「彼はさよならも言わなかったの。わたしが一人で町に出かけるのを待って、そして……出航してしまった」

涙が出そうになり、それを止めようとして彼女は上を向いたが、むだな努力だった。

「残酷だわ……でも彼は身勝手な人間なのよ。わたし、馬鹿みたいに、彼は変わったんだと思ってたの」

チャンシーはごつい顔に同情の念を浮かべていた。

「考えてみれば、彼はわたしに恋に落ちるように仕向けたのよ。いつもわたしを怒らせ、関心を向けさせようとした。心を開かせようとしたの」ニコルは困惑を隠そうともしなかった。「そして、こういう真似をするなんて。わたしはただの獲物だったのよ」

チャンシーは彼女の言葉に驚いたのか、奇妙な顔つきをした。

「いや、いや、そんなはずはないよ。たぶん目が覚めたら、あんたには自分のような酔いどれのろくでなしよりも、もっとふさわしい男がいると気づいたんだ」チャンシーは熱をこめて言った。

チャンシーは最近態度がおかしいわ、とニコルは思った。デレクのただの気晴らしだったのだとニコルが嘆くたびに、チャンシーはデレクを擁護するのだ。

チャンシーは眉をひそめ、何か言おうとした。ニコルは眉をつりあげて待ったが、彼は咳払いして、急いで立ち上がると仕事に行ってしまった。彼は蒸気船についてできるだけ学ぶために、下働きとして乗りこんだのだ。彼も父親も、今後は蒸気船が主流になると認識していた。チャンシーの仕事をうらやましいとは思わなかったが、ニコルには狂おしい記憶から心をそらすためにやることがまったくなかった。

あの強烈な記憶。自分には〝酔いどれのろくでなし〟よりももっとりっぱな男がふさわしいのかもしれないが、ああいう不埒な態度の陰に本当の彼の姿を感じとったのだ。それに彼を愛していた。

いまや彼のせいで、わたしは悩みを抱える羽目になった。

しかし、どうにか生き延びるだろう。自分にできるのは、騒いだりよろめいたりしながら、このできごとをくぐり抜けることだけだ。それはこれまでずっとしてきたことだった。

しかし、心のどこかに、この数カ月の経験から立ち直れるほどわたしは強いかしら、と危ぶむ気持ちがあった。ずっとほしがっていたわが家は、南太平洋の底に沈んだ。それが提供してくれたはずの生活ともども。レースに負けたせいで、父親の海運会社はつぶれかけている。そのうえ、わたしは愛していた男にゴミのように捨てられた。そして愚かにも、まだ愛していた。

夜中に彼女は泣いた。声に出さずに激しくすすり泣いた。

ときとして、男は何時間も飽きずに眺められる女に出会えるものだ、とデレクは酔っ払った頭で考えた。しかし何時間も話を聞いてやれる女となると確率はぐっと下がる。そして、そうした資質を持ち、さらにベッドで果てしない快楽を与えてくれる女性に出会う確率は、伝説と同じぐらい稀少だろう。

せっかくそういう女性を見つけたのに、わたしは捨ててしまった。だが、身勝手にも、彼女を取り返せないだろうかとしじゅう考えていた。

チャンシーはデレクが出発したあと、朝の潮で出航すると断言していた。デレクがどこに彼女を連れていくのかと聞くと、彼はこう答えただけだった。

「おまえが気を変えても、もう二度と見つけられない場所さ」

ああ、彼の言うとおりだ。わたしはとうに気が変わっていた……。

船室にすわり、何カ月ぶりかで深酒をしていると、壁の風景に視線が向いた。シドニーでニコルが描き直し、完成させた絵だ。もう隅から隅まで記憶してしまっていた。認めたくなかったが、そばにいつもあった彼女のものが恋しかった。椅子に投げだされたストッキング。アーモンドオイルやペンキの匂い。ぼんやりと、シドニーで彼女のために買ったサファイアの箱をいじった。

とうとうそれを彼女に渡す機会がなかった。二度とそういう機会は訪れないだろう。

ぼんやりと、ニコルを失った虚しさとともに過去の記憶を思い起こした。子どものとき――母親、叔母、友人たちのおしゃべりの場にたまたま出くわした。全員が少々酔っていて、彼はおもしろがって耳を傾けていた。

「長男は」と母は威厳たっぷりに口を開いた。「情熱を抑えるのに苦労するでしょうね。結婚はたぶん夫と妻が同じ激しさで愛し、憎みあうことになるわ」

「あら、まあ」セレナ叔母が言った。「悲しいけど、わたしにもそう思えるわ」

母はデレクがそこにいるのに気づき、にこにこしながら手招きした。「あなたたち兄弟の未来について話をしてたの。グラントについて聞きたい？」

デレクはうなずいた。「そうね、グラントは自分と正反対の女性と結婚するでしょう。彼はいたずらな無頼漢だけど、相手は美徳を絵に描いたような女性で礼儀正しくてお金持ちのすばらしい女の子」

「おもしろみのない子みたいね」母の友人の一人がグラス片手に意見を述べた。

「かもしれないわ」母は言葉を濁した。「でも、ちがうところに愛を見いだすの。そしてこの子は――」母がデレクの額の巻き毛をかきあげたので、彼は恥ずかしくなった。「あなたはどんなものよりも大切にする妻と家族を手に入れるわ。あなたは家族を愛し、家族はあなたの力になるでしょう」

「そうね、この子は相続人じゃないもの」誰かが言った。「恋愛結婚だってもちろんありうるわ」

「充分にありうるわね。デレク、覚えておきなさい。わたしの真ん中の息子は家庭的な男になるはずよ」

母は完全にまちがっていた。

彼は憎んでいる女性と結婚した。茶番劇のような結婚からまもなく、デレクは友人たちの同情に屈辱と怒りを覚えるようになった。そこで、まず友人と縁を切った。それから家族と。というのも、家族は承知の上で、妻と子どもをほしがっていた自分にこういう仕打ちをしたからだ。

社交行事に出るのをやめた。なぜなら必ずリディアについて聞かれ、いつ跡取りが生まれるのかと質問されたからだ。もっと悪いのは、彼女の最新の愛人について飛び交っている噂のせいで哀れみの目を向けられることだった。

人生で妥協をするたびに、どうにか怒りと折り合いをつけてきた。ギャンブルと酒に溺れた。資産ばかりか、商売も傾いた。そして、破滅した人間が手に入れる自由を楽しむようになった。誰からも何も期待されなかった。誰も彼に頼らなかった。生まれて初めて、彼は完全に自由だった。そして、とことん惨めだったが、意地でもそれを変えようとは思わなかった。

家族と関わる数少ない機会に、なんとなく母親が悔やんでいることを感じとった。さらにデレクが落ちていけばいくほど、人好きのするグラントがますますしっかりして責任が増えていくという事実にも気づいた。

亡くなった兄ウィリアムのことを思った。長いあいだ兄の存在は首からぶらさげられた重りのように感じていた。そしてデレクは狭量で意地の悪い兄にうりふたつの女性に縛りつけられたのだ。あの二人が惹かれあったのは不思議ではない。

ウィリアムは甘やかされていると、使用人たちが噂しているのを小耳にはさんだことを覚えている。もっとも使用人たちは長男がわがまま放題だとか過保護だとかまでは指摘するつもりはなかっただろうが、事実そのとおりだった。

兄は周囲からだめな人間になると思われていたのだ。

デレクはもはや船室にいることに耐えられなかった。サファイアの箱をつかむとポケットに突っ込んだ。ドアを勢いよく開けた拍子に、反対の手からボトルが滑り落ちる。

海を眺めながら、息を吸いこむ。手すりをきつく握りしめている手の関節が白くなっていた。

「船長？」背後で声がした。

振り返ると、ビグズビーが渋い顔つきで立っていた。

「お話ししたいことがあります」そう言った医者自身も自分で驚くほど厳しい口調だったが、あとにはひかなかった。

「どうしたんだ？　クルーが自発的に船長に話しかけてくるなんて」最近、誰もデレクに近づこうとしなかった。ジェブは陰でデレクをえらぶったやつと言っているようだが、他の連中はそれに〝ろくでなし〟という言葉をつけ加えたようだった。

「どうしてニコルを置き去りにしたのか知りたいんです。どうして彼女が町に行っているあいだにこっそり出航するように命じたのか。あなたはあっさりと……あの女性を捨てた」医者は困惑したように言った。

「まるでニコルが一人じゃ何もできないみたいな言い方だな。実際はちがうと知っているだろうに。それに、例のアイルランド人が彼女をどこかに連れ帰るために、シドニーに来ていたんだ」

「あなたが貴族だということは承知してますが、ニコルはたとえ身分は低くても、あなたの妻としてふさわしい女性だった」

「そのこととは関係ないんだ！」

ビグズビーはまごついているようだった。

「じゃあ、何が問題だったんですか？」

デレクはどうでもよさそうなふりをして肩をすくめた。

「彼女はもっといい相手を見つけられるよ。十歳も年上の酔いどれなんかに用はないだろう」

「じゃあ、酒をやめてください、船長。それに、九歳とか十歳はあなたたちの場合、たいした年の差じゃないですよ」医者は諭すように言った。それから、リストをチェックするかのようにたずねた。「で、ニコルを捨てた本当の理由は何ですか？」

デレクはこの男のぶしつけな質問が信じられなかった。ビグズビーは気骨を示そうとしたのだろうが、まずいタイミングを選んでしまったようだ。

「知りたいか？」怒りをこらえながらデレクは言った。「じゃあ教えよう——わたしはすでに結婚しているんだ！」

医者は口を開けたが、言葉は出てこなかった。

「ショックだったようだな。ああ。わたしは英国に妻がいるんだ。指一本触れたこともないほど嫌っている妻がね。しかし、それでも妻は妻だ」

その情報をじっくり考えてから、ビグズビーは眉をつりあげた。それからこう言った。

「それを聞いて残念ですよ。あなたが奥さまと離婚するまでは、あなたとミス・ラシターにとってつらいでしょうけど、いずれ解決するでしょう」さらに何か言おうとしたが、思い直したようだった。「おやすみなさい、船長」医者はそう挨拶して去っていった。

ビグズビーは実にこともなげに言ってのけた。しかし、父のいまわの際の約束と、埋めておいたままの方がいい一族の秘密について、彼は知らないのだ。デレクはニコルのためにこうしたのだった。

なぜならニコルを愛していたから。

宝石を海に投げこんだとき、苦悶の雄叫びが胸の奥からほとばしった。

波止場に入らないうちに、ニコルはそこで待っている人の群れの中に父とクルーを見つけた。停泊しようとしている船の一本目のロープがもやわれるやいなや、ニコルは人の群れをかきわけながら道板を走っていった。

「お父さん、船のことは本当にごめんなさい」ニコルは父に抱きしめられながら謝った。

「こんなことになるとは思っていなかったわ」涙が頬を伝った。

「いいんだよ、ニコル」父の声はくぐもっていた。「おまえが無事でいるなら、あとのことはどうでもいい」

「お父さんが外に出られなかったから、わたしはみんなのために勝利をおさめるつもりだったのよ」ニコルは自嘲するように言った。

「もう過ぎたことだ。これからうまくいくさ」父はもう一度ぎゅっと娘を抱きしめ、クルーの方を振り向いた。「みんな、おまえのことを心配してたんだよ」

クルー全員が元気そうなのを見て、ニコルは涙ぐみながら微笑んだ。

「みんな元気なの？」何人かは笑顔でうなずいたが、ニコルと同じように涙ぐんでいる者もいた。すると父が彼女をかたわらの別の人物の方に向かせた。マリア！　マリアは父親と並んで立ち、両腕を広げている。ニコルはこらえきれずに顔をくしゃくしゃにして、マリアの胸に飛びこんだ。

母親のように優しく抱きしめられて、ニコルは背負っていた重荷をようやく下ろすことができた。マリアなら報われない愛について理解してくれるはずだ。マリアは鈍感な父親をあまりにも長く愛してきたけれど、今でも愛しているのだろうか？　マリアも今のわたしと同じ痛みを経験したにちがいない。

マリアがきっぱり手を振ってクルーを追い払うのがわかった。立ち去るときに、二人がニコルの頭を軽くたたいていった。ニコルはほっとした。泣き止むことができるかどうか自信がなかったのだ。

しかし、マリアに優しい響きのポルトガル語で慰めの言葉をささやかれているとき、父がチャンシーにつぶやくのが聞こえた。「あいつの息の根を止めてやる」

「やめて、お父さん！」マリアの胸から顔を上げてニコルは叫んだ。「デレクを追っていくなら、わたしは彼と縁を切らないわよ。わたしはもう終わりにしたいの！　わたしの人生から永遠に消えてもらいたいのよ」怒りがわきあがると、涙が止まった。「わたしは相続人としての権利を行使して、おばあさまとの約束を守り、夫を見つけるわ」

父親は首を振った。「そんなことをする必要はない。もういいんだ」

「自分でそうしたいと思ってるの」ニコルは言った。数カ月前よりも自分の未来に対して確信を持っていた。「わたしは結婚するつもりよ。安心を手に入れ、二度と海で凍えかけたり怯えたりしないつもりなの」ニコルはそっとマリアから離れると、そでで目をぬぐった。

「二度と弱くて無力な女にはなりたくないの」

「それで、船長？」ロンドンに入港して、貨物をおろし終わると、ビグズビーがたずねた。

「どうするんですか？」

何についてか言うまでもなかった。二人のあいだの話題といえば、ニコルのことだけだったからだ。帰りの船旅でずっと話しあってきたのだ。

甲板の動きがぴたりと止まった。全員が黙りこむ。クルー全員――帆を下ろしている者、甲板を掃いている者――がデレクの答えを待って固唾をのんだ。航海のあいだに彼らの反感は薄れていた。おそらく船長がげっそりやつれているのを目の当たりにしたせいだろう。デレクが全員の顔を見回すと、ジェブがうなずいているのが目に入った。

この三カ月、デレクはこれまで経験したことのないほど自分の人生を呪っていた。ずっと後悔の念にさいなまれていた。出航したとたん、自分の下した決断に疑問を抱いた。しかし一度ぐらいは正しいことをしたかった。ニコルにとって最善のことを。チャンシーは正しかった。彼女にはもっといい相手がいるだろう。

そしてロンドンまで半分のところまで来て、ビグズビーが彼の決断を揺るがすようなことを口にした。

「たしかにもっといい相手に巡り合えるかもしれない。しかし、あなた以上に彼女を愛せる男がいますか?」

いや。それはありえない。

彼は自分とニコルを別れさせたすべてのものを恨んだ。その恨みは怒りと怨念にまでふくらみ、もはや胸におさめておけなくなった。

妻と離婚しよう。

そして父とのいまわの際の約束を破る。離婚は母親を打ちのめし、一族の名を汚すだろうが、もはや避けることはできなかった。ニコルのいない人生は想像できなかった。彼女こそ結婚相手にふさわしい。

「わたしは……彼女を見つけるつもりだ」デレクは船上からわきあがった歓声と、賭け金が支払われて硬貨がぶつかりあう音に背中を向けて歩み去った。

ロンドンの家まで貸し馬車で向かいながら、ニコルは受け入れてくれるだろうかと考えた。そのとき、最後の夜の記憶が脳裏に甦った。わたしはニコルを愛した。これがいっしょに過ごす最後のときになると知っていたので、心をこめて抱いた。そして彼女はわたしにすべてを与えた……。

馬車が屋敷の前に停まり、顔を上げた。落ち着こうとして、顔を手でなでる。デレクが馬車から降りるなり、母親と弟が歓迎の笑みを浮かべて玄関から現れた。

「デレク、ようやく帰ってきたのね！」母のアマンダが驚いたように叫んだ。「なんてひどい顔をしているの」デレクは苦い笑みを浮かべ、走り寄ってきた弟を見上げた。

「おかえりなさい、兄さん。優勝のことを新聞で読んだよ。おめでとう」弟は心のこもった握手をした。

「こんなことを言うときが来るとは考えもしなかったが、家に帰れてうれしいよ」

客間に三人で落ち着き、母親がお茶と軽い食べ物を持ってこさせると、デレクはレースの山場について語った。あえてニコルのことは省いた。しかし、話のあいだじゅう、母親は椅子にじっとしていられないかのようにそわそわしていた。グラントが母にたしなめるような視線を向けるのもわかった。

デレクが話を切り上げると、母がすぐさま言いだした。

「実はね、あなたに報告することがあるの」

「母上、それはあとで話しあえませんか？」グラントが緊張した声でさえぎった。「母上も言っていたように、デレクは過酷な旅をしてきたばかりなんです。落ち着くまで待ちましょう」

アマンダはぎゅっと唇を引き結んだ。

「でも、何週間もこの件は棚上げにされてきたのよ。それに、デレクはきっと何の話をしているのか知りたいと思うわ」

「そのとおりだ」デレクはため息をつくと、椅子にもたれた。「で、今度は何があったんですか？」

グラントをちらっと見ると、母はデレクの手をとり、同情のこもった顔を息子に向けた。「あなたの妻が妊娠したの」母はいきなり打ち明けた。「言うまでもないけど、どんなに想像力をたくましくしても、あなたはその父親じゃないでしょうね」

25

「ああ、そのとおりだ」デレクはうなじをなでながら答えた。

「彼女は今、妊娠三カ月なの」母親が説明した。

「まちがいないんですね?」ぬか喜びをしたくないと思って、デレクはたずねた。以前にもこういうことがあった。彼女が本当に別の男の子どもを宿しているなら、彼には離婚する選択肢しかない。「どうやって知ったんですか?」

「自分で言ってきたのよ」それから声をひそめてつけ加えた。「それも、上品とは言いがたいやり方で」

「母上、やめてください!」グラントが口をはさんだ。「この情報だけでも、耐えがたいことだと思います。事実だけを説明しましょう」彼はデレクの方を向いた。「リディアはどこかの外国人伯爵と結婚したいので、兄さんとの結婚を解消したがっている。妊娠しているのは彼の子どもらしい」

アマンダはうなずき、グラントの言ったことにうれしげに同意した。拍手をするまいと努力しているようだった。

「外国人伯爵はあなたよりもお金があるのよ」

それですべての説明がつくと言わんばかりだった。リディアの場合、たしかにそうだろうとデレクは思った。これでわたしの船にいきなり訪ねてきたことの説明がつく。彼女は金をせびった。おそらく裕福な伯爵を感心させ、誘惑するためだったのだろう。哀れな女だ。しかし、わたしよりも彼の方がましなのだろう。

母親がため息をついた。「この悪夢が早く終わるといいけど。あなたは再婚できるでしょうし——」

「わたしに再婚してほしいんですか？」彼は鋭く聞き返した。母からはさまざまな忠告を聞かされてきたが、再婚のことはまったく話題に出たことがなかった。

母は彼の質問にちょっと考えこんだ。「いいえ。必ずしもそうじゃないわ。これまで、あなたに何かをするように口うるさく言ってきたでしょ。何でもいいから、この五年間ずっと抱いてきた失望と怒り以外のことに目を向けてほしいの。ようやく、ずっとほしがってきた子どもを持てるでしょうしね」

ここまで心を読まれていたのだろうか？　リディアと結婚することでわたしがいちばん悩んでいたのがそのことだと——子どもを持てないことだと知っていたのか？　リディアがわたしに対して不誠実だから悩んでいると、家族は考えているものと思っていた。実を言うと、そのことは気にもかけなかったのだ。妻を愛していないどころか、好きでもなかったのだから。

いまや子どもは重要ではなかった。子どもはほしかったが、なによりニコルがいなければ生きていけない。

デレクは冷静にふるまったが、その知らせに頭と胸が痛くなってきた。ニコルを見つけたらすぐに、この偽りの生活を終わりにしたかった。誰にも邪魔させるつもりはなかった。決意すると、デレクは母の手を軽くたたき、弟の背中をドンとたたいた。

「失礼するよ。明日まで待てないのでね」

数分後、妻のタウンハウスの優雅な玄関の前に立ち、改めてこの家の贅沢さを思い知らされた。結婚してまもなく、リディアはデレクの金でここを買い、金にあかせて飾り立てたのだ。それでも、ここに足を向けさえしなければ、彼女と会う頻度も減るので、喜んでタウンハウスを提供したのだった。旅から帰ってきたとき、彼は田舎の地所ばかりか、上流階級の華やかだが軽薄なお楽しみの場も避けていた。五年間の結婚生活で、妻に会ったのは片手で数えられるぐらいだった。

「おはよう、リディア」

彼女の居間に通されると、デレクは礼儀正しく言った。いつものように青みがかった黒髪ときらきらした緑の瞳をしている彼女は美しかった。そしていつものように、彼女はヘビを連想させた。

「どういうご用?」

リディアはつっけんどんに言った。憎しみをまとっているせいで、その完璧な顔はそこなわれている。彼女の目に表れている悪意に、なぜ他の人々は気づかないのだろう。だが考えてみれば、彼もだまされたのだ。

出会ったころ、どうしてそんなに激しい怒りをたぎらせているのかと聞きたいぐらいだった。彼女にとっては簡単な質問ではないだろう。彼女の一族のとてつもない強欲の犠牲になったせいなのか？　あるいは本当は結婚したかった男の死のせいなのか？　しかし、妻に対する形ばかりの興味すらいまや抱いていなかった。

「前置きは不要だね？　けっこう。要点に入ろう。きみは妊娠している」デレクはかすかにふくらんだ腹部にうなずきかけながら言った。「わたしは離婚を求める」

するとリディアはわざとらしい笑い声をあげた。

「離婚はできないわ」

「できるし、そのつもりだ」

「そこがまちがいなのよ」

リディアはおかしそうに言うと、豪華なブロケード織りの朝用ドレスを直した。そのドレスのためにわたしはおそらくひと財産払わされたのだろう。

デレクはあえて冷静さを保とうとした。これはわたしとニコルの未来のためにしているのだ。ここで怒りを見せたら逆効果になりかねない。

「離婚を望んでいるんだと思っていたよ。誰か別の人と結婚したいんだろう」彼は冷静に言った。

「婚姻無効を申し立てるつもりなの」

「実を言うと」リディアはお茶をひと口飲むと言った。「婚姻無効を申し立てるつもりなの」

デレクは無表情を装った。リディア相手だと、少しでも感情を表そうものならすぐにつけこまれるのだ。眉をつりあげ、関心のないふりをした。

「どういう条件で？」

「あなたが……結婚の義務を果たせなかったというものよ」彼女は長い爪に視線を落とした。

「あなたは男としてわたしに接しなかった」

「きみは周囲の人にそう言ってるのかい？」

彼女は冷たい笑みを浮かべて顔を上げた。「そうよ」押し殺した声で言うと、いかにも満足気な顔つきになった。

デレクは笑いをこらえた。こんな成り行きになるとは予想もしていなかった。

「じゃあ、どうやってきみのその状態を説明するつもりなんだ？」

「誰かが気づく頃にはいなくなってるわ。次の夫の一族はカトリックなの。彼は子どもをほしがっている――でも離婚した母親では困るのよ」

「こんなことをするとは信じられないよ」彼は正直に言った。

「信じて。すでに申し立てたのよ。数日でわたしはあなたから自由になるわ」

「もうみんなに話したのかい？　もう引き返す方法はないんだね？」

また不気味な笑みを浮かべた。「わたしはもう誓いを立てたわ」

「すばらしい！」

リディアはびっくりしたようだった。

「実にすばらしい考えだ。弁護士に大急ぎで事を進めるように言っておくよ」

ふっくらした赤い唇を魚のようにパクパクさせて何か言おうとしている美しいリディアを残して、デレクは立ち去った。


叱責される心の準備をすると、ニコルは七カ月以上ぶりに祖母に会いに行った。祖母には、大陸でのんびり休暇を楽しむつもりだと嘘をついて、航海に出たのだ。いまや侯爵未亡人はすべてを知っていたので、ニコルはお説教と手厳しい非難を覚悟していた。

だから、祖母が、あのアトワース侯爵未亡人がパグの一匹にいとおしげに鼻をこすりつけ、じっとしている動物に話しかけているのを見て、ニコルは仰天した。

「あなたはママのちっちゃいピクシーでしょ？」祖母はたずねた。そして、犬に代わって作り声で返事をした。「うん、うん……そう……だよ」

犬はニコルに劣らず唖然としているようだった。とうとうニコルは咳払いをした。

祖母はぱっと顔を上げた。「あなたの到着を誰も知らせに来なかったけど？」祖母は犬を抱きかかえながらたずねた。

「チャップマンに一人で行けると言ったんです――でも、お邪魔なら……」ニコルは不安そうな声で言った。

驚いたことに、祖母はクスクス笑った。

「まあ、パグを甘やかしているところを見られてしまったわね」それから犬を抱き上げてみせた。「ピクシーはとてもかわいい女の子でしょ？　これまでこの子にそう言ったことは一度もないけど」

答えの代わりに、ニコルはただ眉をつりあげてみせた。驚愕の表情を顔から消すことができなかった。祖母が犬をおろしてからつかつかと近づいてきて、意外なほど強い力で、生まれて初めてぎゅっとニコルを抱きしめたので、驚きはますます大きくなった。

ニコルはケープ・タウンでマリアが甲板にいるのを見つけたときのことを思い出した。チャンシー、クルー、父親――全員がそこにいた。そのときある考えが頭をよぎり、そのせいで恥ずかしくなったのだ。欠けているのはおばあさまだけだわ、と。

「そんなに驚いた顔をしないでちょうだい。もう気持ちを抑えておけなくなったのよ。わたしは感情を表に出したいから、そうしているの」

そのとき、祖母の襟元が窒息しそうなほどきっちり上まで留められていないし、黒ずくめではないことに気づいた。濃い灰色だったが、それでもいつもほど陰気な装いではない。

「何がおばあさまを変えたんですか？」ニコルはゆっくりとたずねた。

「お父さんからあなたがいなくなったと聞いて、とても悲しかったの。わたしから逃げるためなら、どんなことでもするのではないかと思って」

ニコルは罪悪感で胸がチクリと痛み、説明しようとしたが、祖母は言葉を続けた。

「今はあのレースがあなたにとってどんなに大切なものだったか理解しているわ。あなたはローレルにそっくり。いいえ、本当にわたしを変えたのはあなたの船が沈んだという知らせだったの。てっきり、あなたは死んだと思った。そして、あなたがここで過ごしたときのことを後悔しながら思い返すことしかできなかったの。もっとちがう対応をすればよかったと後悔したのよ。あなたがどんなにローレルに似ているか、話しておくべきだったって」祖母は黒い目をきらめかせながら告白した。

ニコルは母の話に興味を引かれてすわりこんだ。「母もわたしも航海を愛していたんです。お母さまの笑い声を思い出すわ」彼女は祖母の目を見つめて言った。「お母さまは幸せな人生を送りました」

祖母は大きく息を吸うとうなずいた。「どうしてあの子が家出したのか、今なら理解できるわ――ただし、あの子がどうしてあんな夫を選んだかはさっぱりわからないけど」彼女がそっけなくつけ加えたので、ニコルはつい口元をゆるめた。

それから侯爵未亡人は真面目な顔になった。

「孫娘まで追いだすつもりはないの。わたしはいろいろ変えていくつもりよ。あなたには二度と以前のような態度はとらないわ」祖母はきっぱりと約束した。

ニコルは信じられないという顔をしたにちがいない。

「あら。信じていないの？」片方の眉をつりあげ、祖母は大胆にもこう言った。「お父さんを今夜ここに招待なさい」

「お父さんを？」ニコルは悲鳴のような声を出した。「ここに？　おばあさまと？　本気ですか？」

「いつだって本気よ」

「チャンシーはどうしましょう？」ニコルは思い切ってたずねた。

祖母は息を吸いこんでから、苦しげな声で言った。「けっこうですとも」それからつけ加えた。「ちゃんとした服装なら……」

ニコルはうなずき、さらに勇気をふりしぼった。

「父のところには……お客さまが滞在していると思います」

侯爵未亡人はちょっと眉をひそめてから、はっと気づいたようだ。

「ああ、お客さまね。ええ、彼女もご招待するべきだわ」

その晩、ジェイソン・ラシターは侯爵未亡人に会ったとたん、何もしゃべれなくなった。というのも祖母がきびきびとこう言ったからだ。

「無事にニコルを連れ帰ってくれるにちがいないと思ってましたよ、ジェイソン」それから、つぶやいた。「ありがとう」

マリアが父を肘で突くと、ラシターはうわずった声で言った。

「礼を言わなくちゃならない相手はチャンシーです。彼があの子に目を光らせていたんです」

チャンシーはよく考えもせずに、襟をひっぱりながらこう言った。

「彼女の命を救ったのはおれじゃねえです。サザーランドです」

「まあ。そのサザーランドというのは何者なの？」

全員がぴたりと口を閉ざし、ニコルは無関心を装った。侯爵未亡人は顔から顔へ視線を移していきながら、どうして部屋が静まり返ったのか首をひねっているようだ。気まずい沈黙を破るように、マリアが侯爵未亡人に近づいていき、膝を曲げてお辞儀をした。

長年の習慣で、侯爵未亡人はじっと彼女を見つめ、上等な布地の簡素なネイビーブルーのドレスから眼鏡にいたるまで、つぶさに観察した。決然とした表情で、祖母はきっぱりと言った。

「あなたは家庭教師にちがいないわ」

笑いがわきおこった。ニコルは唇をすぼめて、天井を仰いだ。

最初のうちディナーはぎこちなかったが、エシャロットを添えた鴨の蒸し煮という贅沢な料理と、豊富なワインのおかげで、チャンシーは銀器をにらみつけなくなった。

従僕が食器を下げるころには、話題は海運会社のことに移った。ニコルは帰りの船旅で、父とマリアが会社の経営を安定させるために資金を調達したことを知った。最初にするべきことは、代わりの船の建造を依頼するか、すぐに別の船を買うかだと彼らは考えた。ただし、父もマリアもチャンシーも、ニコルと行動をともにしたがっていた。

「わたしは大丈夫よ」ニコルはテーブルで宣言した。「ビジネスを軌道に乗せなくてはならないことは承知しているわ。わたしの心配をするのはどうかやめてちょうだい。お父さんたちが留守のあいだには結婚しないようにするから」彼女は冗談を言った。

父親はにっこりしたが、まだ納得していないようだ。

ニコルは彼を安心させた。「商売のために最善を尽くしてほしいと願っているのは知っているでしょ。結婚したあとは、できるだけ援助したいと思ってるわ」マリアの方を向いた。「あなたからも出発するように勧めてちょうだい」

マリアは問いかけるようにニコルを見た。

「お願い、マリア。わたしは二十歳よ。三人の従僕がいて、メイフェアで暮らしている。これまでなかったほど安全だわ」

祖母が指摘した。「ジェイソン、あなたたち二人は少しのあいだ会わないのがいちばんいいんじゃないかしら。十五年間、同じ話を繰り返しているのよ。ミドルネームで呼べば、上流階級の誰一人として、彼女を船乗りのニコル・ラシターと結びつけないわ。少なくとも、この子が結婚するまでは」

「本当にそれでいいのかい、ニック?」チャンシーがどら声でたずねた。

「ええ。わたしは結婚したいの。子どもがほしいし、来月には二十一歳になるのよ」ニコルは侯爵未亡人に微笑みかけた。「おばあさまはせかしていないけれど、わたしはもう結婚する心の準備ができているの。それに、時間があまりないわ——社交シーズンはすでに始まっているから」

みんなが別のことをしゃべりはじめると、ラシターは娘に顔を近づけ、低い声でささやいた。

「こんなことをする必要はないんだよ。これまで言ったことはすべて撤回するよ。もうじきおまえにもいい暮らしをさせられるようになるだろう」

ニコルは愛情をこめて父に微笑みかけた。「マリアの助けがあれば……」

ラシターは目を輝かせた。「実は、われわれは正式に——」

「結婚するつもりなの？」ニコルは興奮してささやいた。

ラシターはびっくりし、とまどった顔になった。

「いいや。正式に彼女を会社のパートナーにするんだ。彼女はブラジルの、その……会社を売るつもりなんだよ。どうしてわれわれが結婚するなんて思ったんだ？」

「二人ならとても幸せになれると思うわ」

ラシターの表情は、マリアをそういう観点から考えたことはないとはっきり告げていた。

「ニコル——おれはすでに結婚しているんだ」

「わかってる」彼女は心から言った。しかし、だからといって、父の気持ちが永遠に変わらないとあきらめるつもりはなかった。

ふいにラシターはたずねた。「サザーランドはどうなったんだ？」

ニコルはわざと質問を誤解したふりをして、父の懸念を吹き飛ばそうとした。

「ああ、わたしは〈マーメイド〉や埠頭の酒場には二度と近づくつもりはないから、彼とまた会うこともないでしょうね」

父は彼女の虚勢を見抜いて微笑んだ。「さすがおれの娘だね。強い子だ」

祖母が最後の言葉だけを小耳にはさみ、口を出した。

「そんな考えは捨てなさい。彼女は強くなんてありませんよ。繊細です。二度とそんなことを言わないでちょうだい、ラシター」

五日後ニコルは、父とマリアとチャンシーが〈ベラ・ニコラ〉号のクルーの大半といっしょに、父の新しい船〈グリフィン〉号でリバプールに向けて出航するのを見送った。悲しんでいる暇はなかった。というのも祖母が大勢のお針子を呼びつけて、ニコルのドレスを仕立てさせはじめたからだ。その週末には、最初の舞踏会の準備が整っていた。ドレスのためにこんなにたくさんの女性たちを働かせるなんて大げさだと文句を言ったが、祖母は緊急事態だからと譲らなかったので、おとなしく従った。

侯爵未亡人はいくつもの招待をとりつけ、ニコルを社交界にデビューさせ、上流社会の仲間入りをさせるつもりだった。そうしたら、自分も安心してあの世に行けるといって。

最初に参加した舞踏会では、照明、シルク、舞踏会場を動き回る美しく着飾った人々に、ニコルは頭がくらくらした。

だがじきにそれにも慣れた。

実際のところ、ニコルはとてもうまくやっていた。この世界、この社交界は彼女の居場所ではなかった。でも陸地で暮らす以上、その世界を知ろうとした。金のかかった庭園のあるいかめしい邸宅や、公園ですら、興味をそそられなかったが、大海原のようにどこまでも広がる平野や丘陵なら見たかった。

正直なところ、ニコルはどうしても海に戻りたいわけではなかった。〈ベラ・ニコラ〉号がなくなった今、すべてが変わってしまった。とはいえ、上流社会の生活も彼女にふさわしくなかった。そこに足を踏み入れてから数週間後、ニコルはまるで、通りで見つけたきらきら輝く硬貨が実は価値のないものだとわかったときのような失望を味わっていた。

この夜、祖母といっしょに列席した舞踏会もいつもと同じだった。ニコルは会話の重苦しさと、ドレスのデザインのせいで息がつまりそうになっていた。最初は快く感じられた香水にも頭がズキズキしはじめ、混み合った舞踏会場で燃えている何千本ものロウソクの甘ったるい匂いが鼻についた。充分な空気が吸えなかった。

頭がくらくらして息苦しくなっているとき、ニコルは信じられないことに〝彼〟を目にした。

広い背中、豊かな黒髪。部屋の誰よりも背の高い力強い姿を凝視していると、胃がしめつけられた。彼はこういう催しには絶対に出ないから大丈夫と安心していたのではなかった？その場から動くことができず、彼が振り向いたとき、ニコルは目をみはった。

思わず眉をひそめた。デレクではなかった。

だが目をそらせなかった。そっくりだから、兄弟にちがいない。デレクは兄弟がいるとはひとことも言っていなかったが。そもそも、家族のことはまったく話さなかった。

その男性はこちらの視線に興味を引かれたらしく、眉をつりあげた。人のよさそうな微笑を向けてきたが、彼女が凍りついたように立っているので不安そうな顔つきになった。祖母の友人で、これまで何度も舞踏会に付き添ってきてくれたアレントン伯爵の方に、その男性は歩いていった。男性は彼女の方にうなずいてみせ、アレントン伯爵といっしょに近づいてきた。

ニコルは息をのんだ。デレクはわたしのことを話したのかしら？　この人はわたしが誰なのかを知っているのかしら？　わたしが兄弟と愛を交わしたことを知っているの？　パニックになり、頭がふらついた。

「レディ・クリスチナ」アレントン伯爵が呼びかけた。「あなたはまたもや愛を勝ち得たようですよ。グラント・サザーランドをご紹介させてください」

彼はお辞儀をしながら、またも親しみやすい微笑を浮かべた。ニコルは感じのいい受け答えをして微笑もうとしたが、凍りついたままだった。この男性の彫りの深いなめらかな顔は、封印していたデレクへの感情を無慈悲にもまざまざと甦らせ、苦痛を閉じこめるために築いた塀をすべて崩してしまった。

そのとき、思いがけない方面からニコルは救われた。「グラント、新しいお知りあいはどなたなの？」女性がたずね、二人の男性のあいだに割って入ってきた。

信じられないことに、完璧な紳士に思えるグラント・サザーランドはその女性を無視した。

「ねえグラントったら」女性は甘ったるい声で言った。「上流社会の噂話をわたしにも聞かせてちょうだい」

ニコルはこのグラントという男性に同情を覚えた。

「リディア、荷造りをしなくていいのか？」あきらかにうんざりしている口調でグラントはたずねた。「長い旅をすると聞いているが」彼女が動こうとしないと、グラントはたずねた。「きみの伯爵はどこなんだ？　さっき、きみを捜していたと思ったけど。きみを置いていかれたら困るよ」

「彼はわたしなしではどこにも行かないわよ」奇妙なことにグラントの目の冷たい怒りを気にも留めずに、リディアは傲慢な口調で言った。「紹介してくれないの？」

紹介というよりも、不快そうな顔でしぶしぶグラントは言った。

「こちらは義理の姉のリディア・サザーランドです」

「グラント！　まったくもう、不作法ね」彼女はニコルに向き直った。「レディ・スタンホープです」その女性はおざなりな挨拶の仕草をした。「スタンホープ伯爵夫人ですの」

ニコルはグラントが声をひそめてつぶやくのが聞こえた気がした。

「あと少しのあいだだけだ、お義姉さん」今のは空耳かしら？

待って……彼女はどうして伯爵夫人なの？　さまざまな考えがわきあがり、必死でそれを追いやろうとした。「ぎ、義理のお姉さまですの？」どうにかたずねた。

「ええ」伯爵夫人はゆっくりと言った。じろじろとニコルを観察するうちに、顔にはっきり表れている彼女の困惑に気づいたようだった。

ニコルは平静なうわべを必死につくろった。「では、お兄さまのどなたとご結婚されてますの？」そうたずねながらも、頭の中で自分の質問に答えていた。ニコルはつややかな黒髪とカメオのように完璧な彼女の顔をちらりと見て、遅ればせながら見覚えがあることに気づいた。この女性は美しい。ただし、彼女の目の中をのぞきこまなければ……。

レディ・スタンホープは不愉快な笑い方をした。「兄弟は二人だけよ」

目の前の明かりが点滅し、ふっつりと消えた。どうしてもっと空気を吸っておかなかったのかしら？　いまや耐えがたいほど喉が絞めつけられている……。

ベッドにすわって自分の状況を考えながら、ニコルは笑ったが、悲しげでユーモアのかけらもない笑い声だった。あの憎むべきろくでなしがわたしと結婚したがらなかったのも無理はない。ひと晩じゅう泣き明かすかと思っていたが、もはや彼のための涙は一滴も残っていなかった。今朝、胸にうつろな痛みを感じながら目覚め、わたしは不倫をしていたのだという厳しい結論を下した。自分自身を軽蔑したかった。しかし、その気持ちは彼に向けた。怒りによってニコルは強くなれる気がした。

ニコルは前へ進んでいこうと決意した。こんなことでわたしの計画を邪魔させるつもりはない。それに、もっと重要なことは、わたしが胸に抱えている痛みを誰にも悟られないことだ。

「ニコル、いったいどうしてあんなふうに失神したの？」朝食の席で侯爵未亡人がたずねた。

「見えなかったけど、あなたが岩みたいにドスンと床にころがる音は聞こえたわ」

それほどぶざまではないことを祈った。自分では、ドレスのひだをクッション代わりにしてゆっくりとくずおれたと思っていた。

「それほどみっともなくはないわ。もちろん、恥ずかしかったですけど」

「具合が悪いの？」侯爵未亡人は心配そうな表情でたずねた。

「健康そのものですわ。ただ、ドレスの重さと部屋の息苦しさにまだ慣れていないだけです」ニコルはある程度正直に答えた。

侯爵未亡人は孫娘をじろりと見て、何か言いかけたが、ニコルが先んじた。

「どのくらいしたら及第点をとれる求婚者が現れるかしら？」

祖母は驚いたようだった。「そうね、はっきりとは……」

「推測だけでいいんです。一週間？　二週間？」

「それは求婚者によるわ」祖母は慎重に答えた。「あなたが誰を選ぶかにもよるわね」

ニコルはドレスの膝に置いた手を握りしめた。

「いちばん早く及第点をとった求婚者を選びます」

侯爵未亡人は皿をわきに押しやった。

「それなら、わたしがお相手に少し圧力をかければ、結婚を約束するまでに一週間というところかしら」

ニコルは祖母を見つめた。

「じゃあ、おばあさま、圧力をかけていただくようにお願いします」

有頂天になるべきだ、とデレクは思った。五年間リディアから自由になりたいと願い続けてきた。五年間。いまやニコルを見つけたらすぐに結婚できるのだ。しかし、その考えに続いて、またもや、チャンシーの言葉が脳裏をよぎった。わたしは彼女にふさわしいのか？わたしの人生はめちゃくちゃだった。婚姻無効が認められても、以前に結婚していたという事実は残る。酒も飲み過ぎだし、弟が兄の果たすべき責任を代わりに果たしてくれなかったら資産を食いつぶしてしまうだろう。

しかしニコルと過ごした日々から学んだことがあるとすれば、ほしいもののためには戦わねばならないということだ。だから今、彼女のために戦おう。彼女にふさわしい人間になろう。

書斎で調査員の報告書に目を通していると、母親がふらりと入ってきて、彼の書棚を眺めはじめた。

肩越しに母は言った。「これまで詮索しなかったけど、わが家に出たり入ったりしている連中が何をしているのか、そろそろ話してもらえないかしら？　一日じゅう何をしているのか、話す気はないの？」

母が知ったからといって問題だろうか？　結婚するためにニコルをここに連れてきたら、

母はすぐに知ることになる。

「ボウ・ストリートの捕り手なんです。結婚したいと思っている女性を捜すために雇ったんです」

母は体を支えようとして、手近の椅子にさっと腕を伸ばした。

「もうそういうお相手と出会ったの?」母は目を丸くしてたずねた。「で、どこの一族なの?爵位は?」

デレクはにっこりした。「彼女の一族のことは聞いたことがないでしょう。実を言うと、彼女に家族がいることは忘れたいと思っているほどなんです。爵位はありません」

母はぐったりと椅子にすわりこんだ。

母の気持ちを傷つけずにすませることはできないだろう。彼がニコルを連れてくるまでに、せめて母がその事実に慣れておく時間を与えた方がよさそうだ。デレクは深呼吸をすると、母に伝えた。「わたしが結婚したいと願っている女性はアメリカ人なんです」

母はその情報にほっとしたようだった。知り合いのほとんどは爵位のないアメリカ人を大目に見る。ただし、とてつもない大金持ちならだが……。

「現在、一家の資産状況は思わしくありません」

母は片手を口にあてがった。「うちの一族にとって、それ以上にふさわしくない人がいるかしら?」

よくもそんなことが言えるものだ!

「資産のない人間との結婚を終わらせたばかりなのをお忘れですか？」デレクはそっけなく答えた。「一度目は家族の決めた結婚を受け入れたんですから、今回は自分で花嫁を選ぶことが許されると思いますが」

「こんなふうになるとは思わなかったわ」母親は悲しげにつぶやいた。

「まあ、心配するまでもないかもしれませんよ。わたしは彼女をシドニーに置き去りにしたんです、捨てたんです。そのときはまだ結婚していましたから。彼女はおそらく身勝手なわたしをはねつけるでしょう」

彼が背中を向けると、母が立ち上がって部屋を出ていく気配がした。いらだちがふっと体から抜けるのを感じた。

「グラントを見かけませんでしたか？」デレクは叫んだ。地所の管理についてすべてを弟に教えてもらわねばならなかった。そして、自分の義務を自分の手で果たそう。「それからこの家にある、ありとあらゆる酒を処分してください」

グラントが部屋に入ってくると、弟はいつものように完璧に身繕いして、こざっぱりして見えた。

「どうしてそんな暗い顔をしているんです？」グラントは腰を下ろしながらたずねた。「大喜びしていいはずでしょう。レースには勝った、また独身に戻れる」

デレクは、弟にすべてを打ち明けようか迷った。少年時代はとても親しかったが……。

苦い笑みを浮かべて、デレクは明かした。「実は、ラシターの娘にまだ気があるんだ」

グラントは息を吸いこみ、椅子に寄りかかった。「話してくれないかい？」

一時間後、グラントはデレクの話の衝撃からようやく立ち直りかけていた。

「彼女はそんなに美しいのかい？」

「わたしにとっては——最高に」デレクは髪をかきあげた。「だが、それ以上のものがあるんだ」

グラントは眉をひそめた。「それでも、ただ彼女を置き去りにしたんだね？」

「高潔なふるまいをしたかったんだ、彼女のためになるように。今はとんでもない馬鹿者だったとわかっている。ここに連れ帰り、リディアとの結婚生活を終わらせたらすぐに結婚するべきだった」

「でも、その、チャンシーという男はいいところを突いているよ。そのとき兄さんがその娘と結婚できない状態だったなら」

「あのときは彼の言うとおりだった。でもいまや事情は変わったんだ」

「再婚する気はあるのかい？」

デレクは顔をしかめた。どうしてグラントはそんなに懐疑的なんだ？

「するよ、おまえの助けを借りて」

何時間ものち、帳簿をはじめ、グラントが思いつく書類にすべて目を通したあとで、デレクは立ち上がって伸びをした。

「あとはもうたいしたものは残ってないな」グラントは言った。

グラントは兄の計画に協力していた。おそらく兄がとても真剣に学ぼうとしているのを目の当たりにしたせいだろう。それでも、デレクは彼を安心させたかった。

「これからは自分でやれそうだ、グラント」

グラントは心を決めかねているように兄を見つめてから、うなずいた。

「最初の数カ月は試行錯誤しながら学んでいくことになるだろうね。ぼくはこれまであらゆるものをちゃんと管理してきたからさしあたって問題もないし、兄さんが忙しくなるまで、その女水夫を探す時間もとれるはずだ」

「協力に感謝してるよ。今日についても、この数年間についても」

グラントは落ち着かない様子になった。「ねえ、そんなにぼくにやさしくしないでいいよ。資産管理人として多額の給料をもらっているんだから」

デレクが眉をつりあげると、グラントはにっこりして、話題を変えた。

「それより、母上がしつこく言っている舞踏会にたまに出たからって死にはしないよ」

「遠慮しておく」

「いいから聞いてくれよ。その娘に恋をしていることは知っている」彼はデレクの表情を探りながら言った。「たしかに、こんな兄さんは見たことがないよ。だけど、少なくとも母上に協力しているようにふるまってもいいんじゃないかな」

「なぜ？　婚姻無効が認められたら、母上は新しい花嫁を探したがるから？　ニコルのことは話したが、母上が簡単にあきらめないのは知ってるだろ。そういう場に足を運んだら、一文なしで爵位もないアメリカ人の代わりにと、百人ぐらいの女性を押しつけてくるだろう。わたしが出席したら、ニコル以外の女性と結婚させられそうだと期待を抱かせてしまう」やつれた顔を手でこすった。「それは母上に対して公平じゃない。なぜなら、絶対にそうはならないんだからな！」

その口調の激しさにグラントは驚いたようだった。

「婚姻無効にまつわる噂を打ち消すために、ふた晩だけでもだめかな？ ひさしぶりに姿を見せたら、噂の最悪の部分を打ち消すのに役立つだろう。シーズンはもう半分過ぎたんだ。兄さんはそんなに期待されていないよ」

残念ながら、グラントの意見は筋が通っていた。そんな噂が流れていることを屋敷に連れてきたニコルに知られたくなかった。それでも彼は迷った。

「何か知らせがあったときに備え、ここを離れることはできない」

グラントはいらだたしげにため息をついた。

「舞踏会場なら、ほんの数ブロック先だよ。何か知らせがあっても必ず伝言を届けさせる」

デレクが無言でいると、グラントは重ねて言った。「兄さんが世界じゅうをうろつき回っているあいだ、リディアのふるまいのせいで屈辱に耐えていたのは母上なんだよ」グラントは立ち上がって歩き回りはじめた。「いちばん噂に苦しんでいたのは母上だし、リディアのいつもの癇癪に対処していたのも母上だったんだ。あの女は節度ってものがないからな」

グラントは身震いしたように見えた。リディアの感情的で短気なところは、無骨な弟が兄嫁に抱くいちばんの不満だった。

「そして、おまえは？　彼女のせいでおまえも屈辱的な思いをしたのか？」デレクは心配そうにたずねた。

「冗談だろう？　結婚なんて絶対にしないと思いかけたけどね。でも、母上は気の毒だった。母上のように誇り高い人にとっては、とてもつらかっただろうな」

グラントの言葉に、家族をリディアとともに残していったことがいかに自分勝手だったかに気づかされた。ニコルだけではなく、もっと多くの人たちを傷つけたのだ。

デレクは降参だとばかりに両手を上げた。「わかったよ。今夜は行くよ。だが、わたしが連れとしてふさわしいかどうかは保証の限りじゃないが」

「ありがとう、兄さん」グラントはドアに向かいかけ、振り向くと、少ししゃがれた声で言った。「兄さんが戻ってきてくれてよかった」

26

たしかにデレクは母を幸せにしていた。アマンダはレディ・クロスマンの舞踏室で良縁を求めている母親から母親へと飛び回り、飢えた獣の前に置かれた肉片のように、デレクを見せびらかした。みんなあなたが再婚するという考えを意外なほどすんなり受け入れているわ、と母は口にした。じきに大量の新しい噂話がこのスキャンダルを葬ってしまうわ、と。ロンドンでもっとも裕福な貴族の一人がふたたび結婚市場に出たので、みんなスキャンダルのことは大目に見ていた。とりわけ、母親が息子は熱心に妻を探していると吹聴していたのだからそれもまんざら嘘ではないとデレクは思った。熱心に妻とすべきニコルを捜していたのだから。

社交の集まりや夜会を、デレクはいつも時間のむだだと感じていた。今夜も例外ではなかった。彼は不安でいらだっていた。ニコルといっしょなら、今、この瞬間を生きられただろうに。将来や過去のことを考えず、彼女といっしょの時間だけを考えていられた。ニコルといっしょにいるとどんなにくつろげたかを思い出すと、押しつけられた娘たちに礼儀正しくふるまうのすら、むずかしく感じられてきた。久しぶりに戻ってきても、娘たちの気の抜けた会話は改善されていなかった。もちろんそんなことを期待していたわけではないが。

できる限りいらだちを隠そうと思っていたが、顔つきや、背中を向ける態度に、それがありありと表れていたようだ。礼儀正しく人混みから離れていったとき、ついにグラントは兄が限界に達しているのを察した。デレクが両手で首を絞めるジェスチャーをしたので、グラントはふきだしそうになった。

「さて、弟よ、わたしは義務を果たしているかな？」

「いちおうね。心の中ではちがうだろうが」グラントはにやりとした。「そのしかめ顔を見てごらんよ。すごく怖い」

「すごく惨めだからだよ」

グラントは残念そうに笑った。「どうやらうまくいきそうもないね。ともあれ、やさしい愛すべき母上のためにしてくれたことには感謝しているよ。というか、しようと努力してくれたことには」

まさにそのとき、アマンダが二人の方にうんざりした顔でやって来た。二人の息子たちはうめいた。

「まったくもう、デレク、未来の花嫁たちを怯えさせるためにここに来てもらったんじゃないのよ」母は扇を開いてパタパタあおった。「本気で言ってるのよ。あなた、お嬢さん方を怖がらせているわ！　いい？　レディ・ハンソンから、お嬢さんがすっかり怯えて、不機嫌そうなあなたのそばには近寄れないって聞いたばかりなのよ」

デレクはさりげなく肩をすくめた。「グラントは、少なくともわたしが努力したことは認めていますよ。それに、今夜はたくさんのご婦人方に紹介されました」

「ええ、でもそれはせっぱつまっている人たちよ。あまり上流とは言えないわ。あなたのような男性を手に入れさせるために、一族が娘を近づけてきたのよ」

グラントはあきらかにそのことを滑稽きわまりないと思っているようだったが、涙目になりながらも笑いはこらえていた。

デレクはにやりと笑い返した。ときどきグラントの中にかつての屈託のない少年を垣間見ることがあった。

「シャンパンはどうですか？」グラントがたずねた。「母上は？」

「喜んでいただくわ」息子のマナーに母親としての誇りをにじませながら答えた。

グラントがデレクを見たので、デレクは首を振った。グラントは微笑んで背中を向けた。

それからデレクは母親がさまざまな若い女性たちの美点をあげるのにおとなしく耳を傾けた。母はどんな女性よりも、とりわけ彼が心にかけている一人の女性よりも、ここにいる女性たちを選ぶべきだと、あからさまに言葉や態度に表わした。さりげなくほのめかすことは母の得意とするところではなかったのだ。

だから、うっかりグラントが、デレクの捜している女性は船乗りだと口を滑らせると、母親は気が遠くなりかけたようだった。船で暮らしている一文なしのアメリカ娘に息子が夢中になっているなんてと。

会場が波を打ったように静まり返り、デレクは会話から注意をそらした。なぜか胸に期待がわきあがった。

アマンダはデレクが聞いていないことにも気づかず、大胆にも言葉を続けた。

「ええ、リディアとの離婚後は、最高の女性と結婚しなくてはだめよ。彼女のような一族とは二度と血縁関係を結ぶことはできないわ」母はそう言って、アメリカ人の〝波止場ねずみの娘〟は彼にふさわしくないと釘を刺した。

「当然ですね」デレクは入り口あたりの騒ぎに興味を引かれ、機械的に答えた。たちまち興奮がわきあがり、全身が硬直する。

そのときだった……。

目を丸くし、口をポカンと開ける。ニコルを見たとき、それも夢にも思わなかったニコルの姿を見たとき、彼は茫然として凍りついた。彼女は薄い透けそうな生地で作られた淡いブルーのドレスを着ていた。いつも血色がよかったが、やわらかなブルーをまとっている姿を見ると、デレクの心の中で賞賛がわきあがった。それに赤みがかった金髪を編んだ髪を頭のてっぺんでまとめているので、体がとても小さくきゃしゃに、まるで妖精のように見えた。同時に前よりもしなやかで豊満になり、襟ぐりの深いぴったりしたドレスの身頃がはちきれんばかりになっている。

彼女を賞賛のまなざしで眺めていたのは、デレクだけではなかった。部屋をにらみ回して、それに気づいた。年上の男性の腕に手を添えて誇らしげにニコルが部屋に入ってきたとき、周囲の人々は会話をやめ、じっと彼女を見つめた。

ニコルは変わったように見えた。それは服のせいだけではなかった。控えめな雰囲気になり、エスコートの男性が彼女を人々に紹介するとき、王族のような風格のある態度で受け答えしている。待てよ、なぜ人々は彼女に紹介されているんだろう？

母親は彼のあからさまな関心を見逃さなかった。

「あら、社交界で注目の人を見つけたみたいね」母は満足そうに言った。「あれがアトワースの孫娘よ。レディ・クリスチナ。内気でひきこもりがちの相続人がようやくロンドンに戻ってきたと聞いていたんだけど、あんなに愛らしい人とは誰も思わなかったでしょうね」

「レディ？　内気？」どうにかそれだけ声に出し、口を閉じた。

デレクは全身が冷たくなり、胸がしめつけられた。王女のようなニコルが人混みを抜けてくるのを、ほうけたように見つめていた。彼女をエスコートしている男は何者なんだ？

顔に手をあてがった。物事がおかしなことになりはじめている。ニコルはドレスを着せられ、レディに変身させられた。「彼らの爵位は？」彼はいきなりたずねた。

母親は顔をしかめたが答えた。

「彼女はアトワース侯爵家の唯一の相続人なの」息子の茫然とした表情を誤解して、母は説明した。「数百年前の政治的論争の結果、直系の男性相続人がいないときは、爵位は女性に譲られることになっているの。だから彼女は女相続人なのよ。いずれ侯爵夫人になるでしょう。それもとんでもなく裕福な。もっと早く英国に来てもよさそうなものだけど、旅行が怖いとかで――」

「旅行が怖い？」あの女性は過酷な帆船のレースで、わたしと互角に競いあったのだ。未来の侯爵夫人で、どの作業のときにどの船頭歌を歌うか知っている女性がいるだろうか？　あるいは、人を殴りつけるときには拳の中に親指をしまってはいけないことを知っている女性が？

どうして彼女は本当の身分を言わなかったのだろう？

母親のおしゃべりを半分だけ聞いていたが、ある意見に注意を引かれた。「彼女なら結婚相手がすぐに見つかるでしょうね。すでにたくさんの申し込みを受けているみたいよ。今だって、レディ・クリスチナにのぼせあがっているあの連中を見てごらんなさい」

ニコルは求婚者たちに囲まれていた。デレクは両手を握りしめた。

「ああ、デレク、あなたもレディ・クリスチナみたいな人と結婚してくれればいいのに」母はため息をついた。

「わかりました」デレクはいきなり母親の手を軽くたたいた。

「わかりました？　何がわかりましたなの？　いったい――」

「いつものようにお母さまはあくまで正しいと思ったんです」ニコルが消えてしまうのではないかと恐れるように、かたときも彼女から目を離さずに答えた。

「それに、一族のために最善と思われることをするつもりです。さて、よろしければ失礼して……」グラスを手に戻ってきたグラントとぶつかりそうになりながら、大股で歩き去った。

ニコルはデレクを見つけると、驚きに目を丸くした。苦悩のにじんだ声で言う。

「デレク！」

はっと言葉を切り、周囲の驚いた顔を見回した。

「あの、スタンホープ卿。今夜はご臨席たまわるとは思ってもみませんでしたわ」彼女は馬鹿丁寧に空々しい挨拶を口にした。

「ちょっと歩きませんか？」デレクはかがんで彼女の腕をとった。

「いえ、それは――」ニコルはきっぱり断りかけたが、デレクは彼女をソファから立たせ、テラスに連れていった。

「デレク！」彼が外に連れだしたとたんに、ニコルは叫んだ。「いったい何をするつもりなの？　こういう催しにはこないんでしょ。こういう舞踏会には参加しないと言ってたじゃないの！」

「同じことをきみに聞きたいね。いつから船乗りがレディ・クロスマンの華やかな招待客リストに名を連ねるようになったんだ？」

ニコルはきゅっと目をすがめた。「あなたに劣らず、いえ、あなた以上にここにいる権利があるのよ」

「そのとおりだ。階級でもきみはわたしより上のようだからね。伯爵をものにしようとしているんじゃないかときみを非難したとき、さぞおかしかったにちがいないな」

彼女は小首をかしげた。「そうね、滑稽な皮肉だったわ、たしかに」

「完璧な口実だな――大陸のフィニッシング・スクールで静かな生活を送っているレディ・クリスチナはこれまで英国に来なかった。なぜなら旅が怖いから。おそらくレディ・クリスチナは内気なせいで訪問客をあまり受けつけていないので、情報を得るのがむずかしいんだろうね。賭けてもいいよ」

ニコルはしらけた顔になった。「じゃあ、事情をすっかりご存じというわけね。拍手でもしましょうか？」

「きみのことを知っていると思っていた」デレクはからかうような笑みを浮かべて言った。「神経質になると、片方の足で反対側のふくらはぎをこする。興味を引かれると、首をかしげる」彼女の耳元に唇を近づけ、低い声で言った。「それに、わたしがきみを絶頂に導くときには小指が曲がる」

ニコルは身を震わせながら彼から離れた。

「もう終わったことでしょ？」

デレクは手袋をはめた手をつかもうとしたが、ニコルは彼の手を逃れるようにさっと手すりの方に近づいた。ニコルの印象的な顔は冷酷な仮面をつけたようになった。

「わたしの第二の人生に関わる権利があると考えている理由を教えていただきたいわ」

デレクは大きく息を吸った。「説明する必要があるんだ――」

「説明ですって？」冷たくさえぎった。「計画どおりには行きそうになかった。自分に会えて喜んでくれると期待していたのに――

少なくとも説明に耳を傾けてくれるぐらいには、寂しがっていたのではないかと。「どうしてわたしがきみのもとから去ったのか知りたくないのか？」

「いいえ、理由はわかっているつもりよ」ニコルは言い捨てて背中を向けかけた。

デレクがまた腕をとると、彼女はそれを振り払おうとした。

「放して」声が険しかったので、デレクはあわや従いかけた。

「説明させてくれるまではだめだ」

ニコルはまた腕を振り払い、廊下越しに誰かの注意を引こうとした。

「誰を捜しているんだ？　若造どもの一人か？」

ニコルはにっこりした。「たぶんそのうちの一人と結婚することになるでしょうね」

「絶対にそんな真似はさせないぞ！」

「あら、どうして？　わたしの身分がそれに値しないとは、もう思ってないでしょ？」

「そのせいじゃない」

「じゃ、どうしてなの？」

こらえきれずにデレクは低い声でこう言った。「きみはわたしの妻になるからだ」

ニコルの目は丸くなり、それから怒りにぎらついた。

「まあ、ずいぶんすばやく方針転換したものね。最近、妻を追い払ったという噂だけど」

「じゃあ、知ってたのか？」

「誰も彼もが知ってるわよ」ニコルは視線を落として、いらだたしげな、やけに几帳面な仕草でスカートのひだをなでつけた。

「それについて説明する機会をくれ。頼む」デレクは一歩も引かない目つきで訴えた。

「何を説明するの？　あんなに長くいっしょに過ごしていたのに、ひとことも結婚しているとは言わなかったでしょ」

「きみだって、英国でもっとも裕福な一族の相続人だと言わなかったじゃないか」

「それとこれとはちがうわ！　わたしは黙っていたことであなたを傷つけていないもの」

デレクはため息をつき、彼女の手をとった。「そのとおりだ」

彼が認めたので、ニコルはびっくりしたようだったが、すばやくその表情を隠した。

「あなたの言い訳は聞きたくないの。わたしをあんなふうに扱うに値する理由なんてありえないもの」彼女の目は驚くほどぎらついていた。「放っておいて」命令すると、彼の手を振り払おうとした。

デレクがきつくつかんでいると、ニコルは靴のヒールで彼の甲を踏みつけ、同時に手を振り払うと、すぐさま婦人用休憩室に飛びこんでいった。

周囲の騒ぎに目もくれず、デレクは急いで彼女のあとを追った。戸口でお供をしているがっちりした婦人に制止された。

「この部屋には別の出口もあるのか？」彼は怒鳴った。

「まったくスタンホープ、そんな図々しい――」

「あるのか、ないのか？」彼は押し殺した声を出した。

「ありますよ！」

デレクは中庭から走り出て、建物沿いに走り、休憩室のドアを見つけた。長く待つ間もなくニコルの姿が見えた。スカートを翻し、通りに走りでてきた。彼は思わず口元をゆるめた。王族のように装っていても、やはり手に負えないあのニコルだった。デレクは彼女のあとを追った。

ニコルはメイフェアに着くと、角を曲がり、その一帯でもっとも大きな屋敷の階段を駆け上がった。

デレクは豪勢な屋敷に目をみはった。贅を尽くしたこんな場所で、ニコルはくつろぐことができるのだろうか？　デレクは階段を上がっていき、重い真鍮のノッカーをたたきつけた。いらいらと待っていると、年配の執事が現れた。

「お目にかかりたい……レディ・クリスチナに」

「お嬢さまはこの時間には訪問客を受けつけません」執事はゼイゼイ息を切らしながら言った。「お名刺をちょうだいできますか？」

「いや、彼女に会いたいんだ」

執事は足を踏みかえた。「お嬢さまは――」

「それならいい」デレクはさえぎると、やすやすと老人を押しのけたが、不機嫌そうな表情を浮べた二人の巨漢の従僕に迎えられた。従僕の体の大きさは、地位に比例するものなのだろうか？　だとしたら、侯爵の爵位は実にすばらしいということだ、と二人に腕をつかまれながらデレクは思った。二人を振り払おうとしていると、二階でドサッという音がした。

ニコルがそこにいた。たった今落とした本を手に立っている。片手でさっと口を押さえてから、その手をわきに垂らした。二人の従僕も音のした方を向いたので、デレクは彼女をこっそり盗み見ることができた。ニコルは背筋をまっすぐ伸ばして誇らしげに立ち、デレクには無関心な様子だった。

デレクはにやりとした。彼女はわたしのものだ。二週間以内にはわたしと結婚させてみせる、彼女はまだ気づいてもいないだろうが。二人の従僕に外に連れだされたときも、デレクはにやにやしていた。

「わたしを捜してくれ、ニコル」彼は肩越しに叫んだ。「きみが話をしてくれるまで、きみの行く先々に現れるから。これはほんの始まりだよ」

27

翌朝早く、デレクはコーヒーをあわただしく飲むと、アトワース・ハウスに出発しようとしたが、母親に引き留められた。

「話があるの」

息子は首を振った。「あとでもかまわないでしょう」

アマンダは息子の前に立ちふさがった。「いいえ！　あとにはできないのよ」

デレクは母にしかめ面をしたが、相手は動じなかった。

「ゆうべのあなたのふるまいに対しては、一切の釈明ができないと言っておきたいの。レディ・クリスチナにあんなふうにつきまとって！　バルコニーで迫っているのを見たわ。彼女はあなたから逃げようとしていた。いろいろつらいことがあったのはわかっているけど、自分の行動にそろそろ責任を持たなくてはならないわ。ああいうふるまいには弁解の余地がありませんよ」

「彼女こそ、ニコル・ラシターなんです」

アマンダは眉をひそめ、それから悲鳴のような声を出した。

「な、何ですって？　嘘でしょう」彼女は叫んだ。「あなたが戻ってきてからずっと夢中になっていた薄汚い波止場ねずみだというの？　そんなことありえないわ！」

「彼女は何カ月もわたしの船にいたんです。まちがえたりしませんよ」

グラントが階段を下りてきた。「誰が何カ月も兄さんの船にいたって？」彼は棚のコーヒーをカップに注ぎながらたずねた。

「レディ・クリスチナのことを話しているんだと思うわ」アマンダは動揺した声で言った。

グラントは眉をひそめた。「レディ・クリスチナが――」

「ニコル・ラシターなんですって」アマンダがあとをひきとった。

グラントは笑いをこらえているように見えた。

「レディ・クリスチナがラシターの娘？　兄さんはラシターの娘と結婚するのかい？」彼は首を振り、クックッと笑った。

「彼女がわたしを受け入れてくれれば」

「ラシターが義父になるんだぞ」グラントは指摘し、涙をぬぐった。「どうやってやっていくんだ？」

苦しげな表情でデレクは言った。「しなければならないことをするまでさ」

アマンダが割って入った。「たんにあなたの空想かもしれないわ。彼女はどう見てもあなたと結婚したがっているようには思えなかったもの」

「わたしが結婚していると知ったせいだ」

「待って、ぼくはその場にいたよ」グラントが言った。「リディアがレディ・クリスチナに近づいていき、自分はスタンホープ伯爵夫人だと言ったんだ」

リディアとニコルが顔を合わせただと？　「ニコルの反応は？」

「その場で卒倒したよ」

デレクは片手で顔をこすった。なんてことだ。彼女をそんな目にあわせたくなかった。今すぐ会って説明しなくてはならない。

アマンダが片手をデレクの腕に置いた。

「デレク、聞いてちょうだい。何があったのかすべては知らないけど、こんなありさまで駆けつけるわけにはいかないわよ」

「こんなありさまとは？」

グラントが喜んで答えてくれた。「髭のそり残しがあるし、ブーツはちぐはぐだ」

彼は足元を見下ろしたが、そのままドアに向かった。

「あなたとあのお嬢さんのあいだに何があったにしろ、そんな格好でアトワース・ハウスに行くのはよくないわ」

デレクはろくに計画を立てていなかった。ついに見つけたことで舞い上がっていたのだ。しかし彼は……ニコルが恋しかったし、ほんの一キロ先にいると思うと、頭がおかしくなりそうだった。

「もう充分待った」

ら?」
「どういう意味ですか?」アマンダがたずねた。
「その女性がニコル・ラシターなら、彼女はあなたに捨てられたことから立ち直れたのかし
「彼女の方は?」
「わたしは――」
「もうけっこう。わたしのアドヴァイスは求められてもいないし、必要でもないでしょうか
ら」母はぴしゃりと言った。「わたしはホワイトストーンに戻るわ」
グラントは指摘した。「まだ社交シーズンは数週間残ってますよ」
「かまうものですか」デレクの顔をじっと見つめながら辛辣に言った。「あなたがこういう
ふるまいをして、これ以上自分を笑いものにするなら、わたしは口実を作ってここを出てい
きます」
デレクがドアから出ていくと、母が大きくため息をつき、こう言うのが聞こえた。
「愛のせいであの子はまともにものを考えられないんだわ。グラント、あなたまでこういう
ふるまいをしたら、ただじゃおかないわよ」
デレクがふたたびアトワース・ハウスの入り口に立ち、ノックをすると、数分後、昨日と
同じ喘息気味の執事が出てきた。
デレクが「ニコルと会いたい」と言うと、執事は驚きを押し隠した。
そしてこれみよがしに大きく嘆息すると、はっきりと言った。

「ただいまお留守でございます」

デレクはうつむいてにやっとした。顔を上げたとき、彼は無表情だった。

「まだ朝の七時だが」

「それでも、お留守でございます」

「今日、何度わたしが訪ねてきても、そう答えるつもりだな。そうだろう？」

かすかにうなずくと、執事はまた言った。「ただいまお留守――」

片手を上げて、デレクは首を振った。

「要点はわかった」

また従僕ともみあうのは避けることにして、彼は執事にうなずきかけると階段を下りていった。ドアが閉まるなり、デレクは屋敷の裏に回った。そこには蔦《つた》に覆われた庭園の塀があった。息をつめて門の掛けがねを下ろしたが、門はやすやすと開いた。中に入り、家の裏手に近づいていく。テラスに通じる階段に立ったとたん、彼女が見えた。

まだ早朝なのに、ニコルは桜の花びらが舞い落ちるベランダのテーブルにすわって、ぼんやりとイチゴをもてあそんでいた。湯気を立てているお茶のセットも、目の前の新聞にも無関心だった。彼女は広大な庭園に目をやったが、何も見ておらず物思いにふけっている。

ニコルは椅子に寄りかかり、ゆうべのできごとを頭の中で再現した。デレクは許しを乞わなかった。結婚してほしいと申し込みすらしなかった。ただ宣言したのだ。またもや、予想に反して、涙はこぼれようとしなかった。

あの男が何にとりつかれて、あんなふるまいに及んだのか、ニコルには理解できなかった。厚かましく傲慢というのは、彼を言い表すのにぴったりの言葉だ。彼女の胸に憤怒がわきあがった。デレクがひざまずいて許しを乞う姿を毎晩のように想像していたのだ。それなのに、自分からあれほど無情に捨てておいて、また簡単に手に入れられることを期待しているとは。まるでわたしが彼と結婚したがっていると言わんばかりに！　わたしにはたくさんの求婚者がいる。わたしのしぼみかけたプライドを支えてくれる求婚者たちが。居心地のいい静かな生活を与えてくれる人を選ぼう。そういう人を選べるはずだ。デレクがしつこい真似をしなければ。祖母はずっと、上流社会でニコルが問題を起こすのではないかと心配してきたが、おかしなことに、問題を起こしているのは伯爵のほうで、彼女を破滅させようとしていた。

ふいにニコルは凍りついた。目の隅で、誰かの姿が見えたのだ。いや、まさか彼のはずがない。彼女は振り向いた。デレク！

彼の姿を見て、胸がしめつけられる気がしても意外ではなかった。それでも、その気持ちを抑えつけようとした。ニコルは彼から無理やり目をそらし、椅子から立ち上がるとあとずさりしはじめた。デレクの前を通り過ぎようとしたとき、彼は手をつかんだ。

「何をしているの、デレク？」

「これから結婚するんだ」

またなの。パニックになりそうだ。「頭がおかしくなったの？」

「いや、これまでになくはっきりとものが見えている。きみをスコットランドのグレトナ・グリーン（駆け落ちで有名な町）に連れていくつもりだ」

ニコルは息をのみ、ようやくの思いで言葉を口にした。

「冗談でしょ！　あなたを嫌っているのに、どうして結婚しなくちゃならないの？」それにどうして今感じている怒りをあらわにできないのかしら？

デレクは手を伸ばして、彼女の髪を額からかきあげた。初めは抵抗したが、ニコルは彼の手を払いのけることができなかった。それほどわたしは彼が恋しかったのかしら？　ちょっと触れられただけでおとなしくなってしまうほど？

「信じてくれ――きみはあのまぬけどもの一人となんて結婚したくないんだ。あいつらはきみにふさわしい男じゃない」

ニコルはそれは疑わなかった。「じゃあ、あなたは？」

「もちろんふさわしいさ」

なんて傲慢なの！　しかしまた髪をなでられるとうっとりしてしまい、ニコルは自分の弱さが恥ずかしくなった。彼がいつなでたのかニコルは気づかなかったし、彼はそれを承知しているのだ。

ニコルがおとなしくなったのですかさず、デレクはその手をつかみ、階段の下へ連れていった。

「馬車の中で話そう」

「いやよ」彼女は手を引いて、叫んだ。「あなたとは結婚するつもりはないわ。それにしたいと思っていても――あいにく思ってないけど――いきなり押しかけてきて、こんなふうにわたしを所有物みたいに扱うなんて……。わたしには家族も義務もある。結婚式には家族たちも列席したがるわ」

「じゃあ、二度結婚式をすればいい」

「もう一度言うけど、わたしはあなたと――」

執事のチャップマンがベランダの入り口に現れ、礼儀正しく咳払いした。

「大丈夫でございますか、お嬢さま？　侯爵未亡人をお呼びしましょうか？」

「いいえ！　その必要は――」

「侯爵未亡人がここにいるのか？」デレクがたずねた。

ゼイゼイあえぎながら、チャップマンはドアの方に頭を向けた。ニコルが抗議する前に、デレクは彼女を半ばひきずりながらそちらに歩きだした。この大男が静かな部屋にずかずか入ってきたら、おばあさまはどう思うかしら？

それにどうしてわたしは本気で抵抗しようとしなかったのかしら？　彼の横暴なふるまいに従っているなんてどうかしてる。

部屋の入り口まで来ると、デレクは侯爵未亡人に叫んだ。「侯爵夫人――」

「どういうご用なの？　わたしは耳が遠くないのよ」祖母は顔も上げずにさえぎり、手元のクロスステッチの方が興味があるということを明確にした。

デレクはためらわなかった。

「わたしはデレク・アンドリュー・サザーランド、六代目スタンホープ伯爵です。あなたのお孫さんと結婚するためにグレトナ・グリーンに連れていくつもりです」

侯爵未亡人はいらだたしげにため息をついた。

「どうしてもと言うなら……」

デレクはあきらかに驚いて息をのんだ。

「彼女の荷物を――彼女の荷物を今夜ビッカム宿屋に送っていただけますか？」

祖母はまるで塩をとってくれと頼まれたかのようにあっさりとうなずいた。

ニコルは目を丸くした。デレクは彼女がショックを受けているのをいいことに、また彼女をドアの方へ引っ張っていく。ニコルは茫然として振り返った。

侯爵未亡人は顔に笑みを浮かべていた。

「もう少し分別を失っていたら」デレクはニコルを馬車に押しこみながら言った。「あの老婦人がわたしを好きになるんじゃないかと思ったところだ」

まるでお茶を飲みながらおしゃべりしているかのように、彼は淡々としゃべっていた。おかげでニコルは混乱したままだった。道理を説き、二人がいかにつりあわないかを論理的に指摘したかった。しかし、彼の平静な口調の前では、がみがみ女のように思われるだろう。

デレクのうぬぼれぶり――わたしが大喜びで結婚すると予想していることに、本当に腹が立つ。とぎれとぎれに考えていることが口からあふれでた。

「これは誘拐よ！　以前と同じように――わたし――二度と――あなたにこういう目にあわされたくないわ」

「これは誘拐じゃない。駆け落ちだ」彼は当然のように言った。

「駆け落ちですって？　あなたと結婚するつもりはないわよ。絶対に！　あなたは信用できないし――あんなふうにわたしを置き去りにしておいて」とうとう声がひび割れた。熱い涙が目からあふれ、ぬぐってもぬぐっても頬を伝った。「二度とわたしをあんなふうに傷つけないで。またあんな目にあうくらいなら死んだ方がましよ」

28

「きみを置き去りにして……わたしも胸がつぶれそうになった」デレクはニコルの頬の涙をぬぐいながら答えた。彼女の唇が震えるのを見て、やさしくつけ加えた。「だけど、あのときは行かなくちゃならなかったんだ。もし聞いてくれるなら、その理由を説明するよ」

ニコルは無言だった。

「頼む、どうか説明させてくれ。これから話すことは誰にも言ったことがないんだ。グラントはうすうす感づいているが、はっきりしたことは知らない」

ふうっと息を吐くと、ニコルは答えた。

「じゃあ、話してちょうだい！」

彼女の攻撃的な口調にデレクは笑いそうになったが、代わりにひとつ息を吸った。

「ウィリアムは三人兄弟のいちばん上で、相続人だった。しかし、りっぱな人間じゃなかった。快楽主義者で甘やかされていた。家族と使用人が過保護に育て、神に次ぐような人間だと思わせたからそうなったんだ。さらに、父の目には、兄は非の打ち所がないように映っていた」

デレクが様子をうかがうと、ニコルは熱心に耳を澄ませていた。

「続けて」

デレクは眉をつりあげてから言葉を続けた。

「酔っ払ったウィリアムが決闘で撃たれて死んだとき、近所の地主の娘がわが家にやって来て、ウィリアムの子どもを宿していると言ったんだ」

彼が言葉を切ると、ニコルはいらだたしげに彼の手を軽くたたいて先をせがんだ。彼女の涙は乾きかけていた。

「父はウィリアムの子どもがいると聞いて有頂天になった。ウィリアムの子どもがあとを継げば――」

「だけど、その子どもは庶子になるんじゃない?」彼女はさえぎったが、すっかりその話にのめりこんでいた。

デレクは数秒ほど答えなかった。「そこにわたしが登場するんだ」彼は乾いた声で答えた。

「そう」ニコルはつぶやいた。彼がこれから話すことの想像がついたのか、彼女の顔には彼に劣らぬ深い苦悩が浮かんだ。

「母はわたしがその娘と結婚して、子どもを自分の子として育てることに反対した。しかし、最終的にみんなが彼女に同情し、結婚を勧めたんだ。わたしですら、その娘に対して責任を感じていた。ウィリアムのしたことを恨んだ――それまでいつも兄の後始末をさせられていたからね。わたしは兄の代わりに義務を一生負うことになった。しかし、今言ったように、その娘を気の毒に思ったから結婚したんだ」

「あなた自身の子どもはどうなるの？　息子が生まれたら？」

「父は誰よりもウィリアムを愛していたんだ」

ニコルがうなずくと、デレクは先を続けた。

「結婚の初夜とその後の数晩、彼女は婚礼のベッドに来ることを拒んだ。妊娠しているので気分が悪いと言ってね。しかし、最初の夜、変に思われないように、自分の部屋で過ごしてほしいと頼んできたので、わたしは承知した。

一週間後、彼女は本当の意味でわたしの妻になるつもりだと言った。しかし、その晩家に帰ってくると、匿名の手紙を受けとったんだ。つづりはまちがいだらけで、文字もぎくしゃくしていたから、使用人が書いたにちがいなかった。その手紙には、彼女がわたしとベッドをともにしたがらなかったのは月のもののせいだ、と書かれていた」

「だけど、赤ちゃんが――」

「赤ん坊なんていなかったんだ」ニコルが息をのむと、デレクはまた話しはじめた。「わたしは怒って問いつめたが、彼女は否定し、妊娠していると誓った。とても説得力があったよ。しかし、そのとき彼女はあせって、わたしを誘惑しようとしたんだ。それでわかった。一時間ばかり怒鳴ったり脅したりしたあげく、彼女はついにわたしの家族全員をだましたことを白状した。ほくそえんでいたよ。彼女の父親は金に困っていたので、娘をスタンホープの次の伯爵夫人にしようと考えたんだ。ウィリアムの死は神の贈り物だったとも言った。というのも、どんなに彼女がせがんだり、誘惑したりしても、兄はいっこうに結婚する気配がなかったからだ……」

「まあ、なんてこと……」

「まだあるんだ。わたしには証明も否定もできないが、リディアはウィリアムの死に至るできごとを企んだとほのめかした。二人の男をもてあそんで、決闘をするように仕向けたんだよ。そのときの目の冷酷さに気づいた。本当に……残酷な女だった。わたしをさらに傷つけるためにそういうことを言ったのか、それとも真実を語ったのか、今日までわからずじまいだ。わたしは婚姻無効を申し立てると脅したんだが、わたしが一度もリディアと深い関係になっていないとは、誰も信じないと主張した。結婚式の夜にわたしは彼女の部屋で過ごしたからね。おまけに、評判の美人だった」

「離婚は考えなかったの？」

ニコルは憤慨した声でたずねた。

「死ぬまで離婚しないというのが一族の決まりだった。しかし、わたしは彼女に離婚を迫ったんだ。そんなことをしたらウィリアムが亡くなってから病気がちになっていた父を殺すのも同然だと、言い返してきた。実際、父は亡くなる前の晩に、ずっとウィリアムの恋人の面倒を見るとわたしに誓わせたんだ。

すっかり追いつめられた。わたしにできることは何もなかった。家族を傷つけ、父との臨終の約束を破るか、ずっと彼女と結婚しているか、どちらかしかなかった。わたしのとるべき道ははっきりしていた。だが、ああいう女を絶対に母親にはさせまいと思った。本当の意味での夫には絶対にならないと、彼女に明言した。実際そうだった。そしてこの前、オーストラリアから帰ると、リディアは外国人伯爵の子どもを妊娠していた。彼女は婚姻無効を申し立てようとした。わたしに結婚の義務を果たす能力がないと、周囲に触れ回ったんだ――」

ニコルがまったく信じられないと言いたげな声をもらしたので、デレクは自分の能力を賞賛してくれたのだと解釈した。それから彼女はたずねた。

「そのことをあのとき説明するわけにいかなかったの？　シドニーでわたしを置き去りにする代わりに」

「自分がろくでもない酔いどれだと気づいたんだ。わたしが去っても、きみはわたしのことなんて忘れ、もっとふさわしい人を見つけるだろうと信じこもうとした。きみにはもっとりっぱな人がふさわしい――ちゃんと結婚して、庶子ではない子どもを産むだろう。わたしは正しいことをしようとしたんだ」

彼はニコルの目を見つめて彼女の手をとった。

「わたしが去ることを伝えたときに、きみがわたしを求めていることを少しでも示していたら、絶対に離れられなかっただろう」

デレクは彼女が表情を和らげるのを見てとった。それからまた疑わしげな目つきになったので、ニコルの鋭敏な頭がすべてをつなぎあわせているのだと察した。

「それで、ちょうどチャンシーがわたしを迎えに来たタイミングで、正しいことをするべきだと気づいたっていうの？」

デレクは黙っていた。あの男に非難の矛先を向けさせたくなかったが、ここでまた嘘をつきたくもなかったのだ。

ニコルは首を振った。「チャンシーが航海に出る前にわたしに何か言いたげだったのも当然ね」ニコルはひとりごとのように言った。「それに帰路はずっとうしろめたそうだったわ」

デレクは沈黙を守った。

ためらいがちに、ニコルはたずねた。

「お酒のことはどうなの？」

「心の奥底では、きみを迎えに行くつもりだったんだと思う。それをはっきり意識する前から。帰りの航海の途中で酒をやめたんだ――りっぱな男に、きみのりっぱな夫になりたかった。それ以来一滴も飲んでないよ」きっぱりと言った。

「まあ、デレク……」ニコルはささやき、両腕を彼に巻きつけた。

「きみだって、わたしといつか結婚することになると思っていただろ」

質問ではなく、自信たっぷりに、まるで真実であるかのように言った。ニコルが体を離して彼を見ると、こう言った。

「きみがわたしと同じように感じていたことはわかっていた。だから、これは正しいことなんだ。ニコル、わたしたちはお互いになくてはならない存在なんだ」

ニコルもそれを知っていた。彼が結婚すると言ったとき、パズルのピースがぴたりとおさまったかのように感じたのだ。

デレクは彼女の沈黙を別の意味にとったようだ。なぜならこう宣言したからだ。

「もう一度言っておく――きみはあの連中と結婚したいと思っていないはずだ。ひどい結婚がもたらす惨めさについては口で説明することすらできない。でも、信じてくれ、わたしは経験者だからね」

ニコルは警戒しながら彼の目をじっとのぞきこんだ。この数年、この人はどのくらい苦しんだことだろう！　でも、彼を信頼できるだろうか？　以前、彼はわたしを傷つけた。しかしその目をのぞきこむと、愛されていると信じることができた。デレクはそれを一度も口に出したことはなかったが。デレクを安心させようとして、キスしようとした。そのとき、今朝の彼の横暴ぶりを思い出した。

二人のあいだでいくつかのルールを決めなくてはならないだろう。

ニコルは彼から離れると、できるだけそっけない態度をとった。てきぱきした口調で宣言した。

「警告しておくけど、わたしは型にはまるような花嫁じゃないわよ」

彼の表情も真剣になった。「こっちだって型にはまるような夫じゃない」

「あなたの不誠実には我慢しないわ」

「不誠実な真似はしないし、きみがそうすることも許さないよ」

ニコルはそれで話は決まりね、とばかりにうなずいてから、こう言った。

「わたしは英国で暮らしたくないの」

デレクはうっすらと笑みを浮かべた。

「でも、わたしは英国で暮らさなくてはならない。きみを手放すわけにはいかないから、きみも暮らすことになるな」ニコルが唇を嚙むと、彼は言った。「好きなだけアメリカを訪問すればいい。でも、わたしのホワイトストーンの屋敷での暮らしは気に入ると思うよ。それに、きみは英国人の血も引いているんだし」

彼の意見は気に入らなかったが、実際、他にどこに住めばいいのだろう？ それに英国にいた方が父とマリアを助けるのに好都合だ。

「子どもは一ダースもほしくないわ」ニコルは考えこむように言った。「二人でいいと思う」

デレクはちょっと思案してから言った。「とりあえず了解した。だけど、最初の子どもが生まれたあと、きみにもっと子どもがほしいかどうかたずねる権利をとっておくよ」

最初の子ども？ デレクの子ども。「わかったわ」あまりにも簡単だった。「家では父をいつでも歓迎したいの。マリアとチャンシーも」

「チャンシーとマリアはいいが――」デレクは条件をつけようとした。

「デレク――」ニコルは警告するように言葉をはさんだ。ああ、誰と結婚したか知られたら、お父さんに殺されるわ。

とりあえずはこれで充分だわ、と彼女は思った。そこでしめくくりとして彼に微笑を向けた。

「彼も……歓迎しよう」

狂おしげな感情がデレクの目の中で燃え上がった。その欲望をニコルが読みとったとたん、唇を重ねてきた。デレクが舌を差し入れて彼女をたちまち興奮させる。ニコルは息が止まりそうになりながら、両手を相手の体に這わせた。デレクがキスしながら笑っているので、ニコルは体を離した。「どうしたの？」

「きみはね、ニコル」彼女の髪と顔に手を這わせながら言った。「宝物だよ」

デレクがどうしてそんなことを口にしたのかわからなかったが、ニコルは微笑んだ。彼の唇がまたもやニコルの唇をむさぼる。

デレクは彼女のドレスの前身頃を引っ張って、胸をはだけた。

「何をするつもり？」ニコルはささやいた。

「きみと愛を交わすんだ」

ニコルは身を引いて眉をひそめた。

「馬車の中では愛を交わせないわ」

「できることを証明するよ」デレクがきっぱりとつぶやいたので、ニコルはぞくぞくしてきた。

「今、ここでそういうことはできないわ」自分の言葉に、それを改めてはっきりと認識した。

「わたしをほしくないふりをしないでほしいな、わたしと同じぐらいほしがっているくせに」デレクの言葉にはトゲがあった。

「もちろんほしいわ」ニコルが必死になって言うと、彼はにやりとした。「でも、結婚しないであなたと愛を交わしたことは、わたしの最初の過ちだった。もう二度と過ちを繰り返すつもりはないの」ひとことごとに決意をあらたにしながら、最後まで言い終えた。

デレクは彼女の手をとり、それをズボンの股間にあてがった。固く盛り上がった部分に。「これを感じる？」彼は苦しげな声で言った。「何カ月もきみの中に入れなかったんだ。どんなにきみを求めているかわかるかい？」

ニコルは欲望で熱くとろけそうになったが、断固たる決意のかけらは残っていた。それだけで充分だった。

「そんなことしないで、デレク。わたしはあなたと新しくスタートしたいの――」

たちまち、彼の大きな手がニコルのウエストをつかみ、座席から持ち上げた。ニコルは腹を立てたが、同時に彼がもらす低くうなるような声に興奮がかき立てられてもいた。そのとき、デレクの手が放れた。ニコルは目を開けた。気づくと、馬車の向かいの座席にすわらされていた。

「きみの求めは拒めないみたいだよ」デレクは淡々と言ったが、その顔はこわばり、両手はぎゅっと握りしめられていた。

彼のふくらんだズボンの前を触ったときの記憶を頭から追い払うために、ニコルはおしゃべりを始めた。しばらくするとデレクはリラックスして、話に加わった。ニコルは髪をなでられながら、彼の膝にすっぽりおさまっていた。好き嫌いや、家庭への期待について話しながら何時間も過ぎていった。デレクはニコルの子ども時代の暮らしについてさまざまな質問をした。

シドニーでいっしょに過ごしたときのように、デレクがとても気を配ってくれたので、ニコルは二人で過ごしたすばらしい時間のことをすべて思い出した。そしてあの夜のことも――荒々しく熱い夜も。困惑を押し隠しながら、ニコルはたずねた。

「どうして急にそんなに子ども時代のことに興味を持ったの？」

デレクは巻き毛を耳にかけてやった。

「これまでは、これ以上深くきみのことを知らずにいようという気持ちがあったんだ。きみを手放したくなくなるといけないから」

ニコルはゆっくりと笑みを浮かべた。デレクはわたしを愛していたのだ。言葉に出さないかもしれないが、確かにそうだった。

笑顔を返すと、デレクは言った。「どうか説明してほしいな、並外れた航海術を身につけた若い船乗りが、どうやって未来の侯爵夫人になれるんだい？」

「わたしは英国に戻って、おばあさまのあとを継ぐことになっていたの。でも、父を説得して、いっしょに航海させてもらうことになったの。もっとも、十八歳になって資金が尽きるまでだったけど」彼女は眉根を寄せて先を続けた。「わたしが海で過ごしているあいだ、祖母は評判を守るためにああいう話を広めたのよ」

「旅が怖いという言い訳は古典的な手法だと思うよ」

「そのとおりね！」ニコルはクスクス笑った。「あなたに真実を知られたと祖母に話したときはおかしかったわ。あの晩、祖母と執事のチャップマンは部屋を歩き回って、どうしたらいいか頭をひねっていたの。で、祖母はいい考えを思いついたのよ」

「へえ、どういう考えだい？」

「〝ねえ、チャップマン〟」ニコルは祖母の気むずかしげな声音を真似た。「〝たぶん彼を殺すべきだわ〟」

五日間にわたって昼間は旅をし、夜は街道沿いの宿屋で別々に眠りながら、デレクもニコルも二人の結婚を祝うときを心待ちにしていた。結婚式の数分後、二人はすぐに部屋に戻った。永遠の愛を誓うデレクのおごそかな声に流した涙が、まだ彼女の目できらめいていた。二人が名前をいっしょに署名したとたん、荒々しい野獣のような表情が彼の目に浮かび、二人ともおめでとうの言葉もろくに耳に入らないほどだった。

彼の情熱に、たちまちニコルも火をつけられた。宿屋の部屋のドアが閉まるなり、ひとことも交わさずにお互いを求めあった。ニコルは彼の服をつかみ、ボタンと格闘し、シャツを引っ張った。そしてややこしい作りのドレスを脱がせようとする夫に協力して、ときおり腕を後ろにひねった。

「いまいましいやつだ」デレクは面倒な服に文句を言い、ニコルの胸に唇が押し当てられるように前身頃を引き裂いた。

「デレク」乳首を吸われたとたん、祈りのように彼の名前を呼んだ。

「ああ、きみがほしかった」そうつぶやくと、デレクの吐息が熱く湿った胸をくすぐった。それから、唇はもう片方の乳房へと移動した。「きみがここにいるなんて信じられない。わたしといっしょに」

「ああ、デレク……中に入ってほしいの」ニコルはねだった。「ねえ、今すぐ」

デレクは喉の奥でかすれた声をもらすと、片手をドレスの下に差し入れ、ストッキングをなであげた。太腿に指を這わせながら、邪魔をしている薄い布地をつかみ、それもむしりとる。彼の手はニコルの湿って熱い場所を見つけ、指はその中を味わっていた。

「お願い……」ニコルはうめいた。

デレクはスカートをめくりあげ、彼女を壁に押しつけると、手早く彼自身をあらわにした。ニコルはすばやく手を伸ばし、固くいきりたったものをつかむと、手で包みこみながら自分の方に導く。彼を自分の中に導き入れようとすると、デレクはその手をきつく押さえ、彼女の濡れた部分に先端をこすりつけた。一度、二度。……そして絶頂が体を貫いたとき、そのあまりにも鋭敏な反応に自分でも驚いて、ニコルは目を見開きながら、夫の名前を叫んだ。

デレクは彼女の後頭部に手を回すと、彼女のわななきがおさまらないうちに中に突き進んだ。

「きみのせいでおかしくなりそうだ」うめくように言いながら、ニコルのヒップをつかんだ。「何カ月もきみがほしくてたまらなかった」唇をこすりつけながらささやく。

デレクが何度も何度も突き立てると、またもやニコルは彼の名前を呼びながら、やすやすとふたたび絶頂に達した。そして、うっとりしながらも、さらに高みへとそのまま上りつめていく。

デレクが身を沈めるたびに、ニコルは痛いほどの喜びへとぐんぐん近づき、必死にこらえようとした。彼にも喜びを感じてもらおうとした。自分の中で彼がとてつもなく大きくなった最後の瞬間、デレクの喉から低いうめき声がもれ、ニコルも身を震わせながら砕け散った。そしてただ恍惚として、デレクが彼女の中で熱く果てるのだけを感じていた。

29

スコットランドの宿にこもり、ベッドの中で三日間を過ごしているあいだ、デレクもニコルも部屋から出て現実に戻りたくなかった。外は土砂降りだったが、室内は暖かく、暖炉の明かりと安らぎに包まれていた。

「夫になることは」デレクが彼女の太腿を指の背でゆっくりとなでながら言った。「実に簡単だな」

「そう思う?」彼女は吐息をついた。最後に彼のベッドで過ごしてから、これほどのんびりとリラックスした気分になったことはなかった。ニコルには彼が必要だった。彼だけが与えてくれるものが必要だった。腹這いになり、肘をついて頭を起こすと、彼の手からブドウをとって食べた。

「ふさわしい妻がいればね」彼はにやりとした。「ここや」彼女の割れ目を指でなであげる。「これが」むきだしのヒップに手のひらをあてがう。「年とった夫をどんなふうにするのか、きみには見当もつかないだろうね」

ニコルはシーツを持ち上げている彼の猛々しいものを見下ろし、唇の端をつりあげた。あとであの面倒を見てあげなくては……。

　愛を交わしていないときは、古風な宿屋が部屋まで運んでくれた仔牛のステーキのおいしいランチを味わった。今はベッドに寝そべり、フルーツをつまみながら、夜に備えて休憩しているところだった。

「ハネムーンにイタリアに行ったらどうかと思うんだ。二カ月の休暇をとって――」

「二カ月？」ニコルは彼の指からもうひとつブドウをつまんだ。「知ってるでしょ。父とマリアを手伝うために戻らなくちゃならないの」

　デレクは顔をしかめた。「いや、それは知らなかった」そう言って手を下ろした。「ニコル、お父さんは自分で厄介ごとを招いたんだ。きみに金を出してもらうことを期待するべきじゃないよ」

「そうじゃないの」彼女は体を起こすと、上掛けを引っ張りあげた。「父はわたしからは一ペニーだって受けとらないわ。ただ手助けをしたいのよ」

「お父さんを助けることで、わたしを傷つけているってわかるかい？」デレクは奇妙な表情を浮かべてニコルにたずねた。

　ニコルは結婚後初めてのけんかになりそうだと悟った。結婚式からわずか数日で。

「お父さんを助けるためにきみに何ができると思うんだ？」デレクは食べ物のトレイをベッドわきのテーブルに置きながらたずねた。「彼はマリアを仲間に入れたと言ってたね」

「英国に人が必要になるわ。わたしはこっちで連絡係を担当して――」

「つまり債権者を相手にするってことだ。きみはもう伯爵夫人なんだよ。わたしが妻にそんなろくでなし野郎たちの相手をすることを許すと思っているなら、どうかしているよ。ましてや、わたしの最大の競争相手に弁済を求める債権者たちをだ」

「そんなことを言うなんて信じられないわ」ニコルは傷ついた目で彼を見ると、ベッドから飛び下りてスリップを着た。

デレクは体をのりだした。ニコルは彼がその気になれば人を威嚇できるということを忘れていた。もっと穏やかな諭すような口調で、デレクは説明した。

「ニコル、きみはお父さんと仕事をすることはできないよ。というのも、もうじきお父さんには仕事がなくなるからだ」

父たちは新しいもっと有望な資金源を見つけたと言いそうになったが、父を裏切るわけにはいかなかった。ラシター海運が以前よりも強力になって復活したとき、世間といまいましい夫をあっと言わせたかった。

「きみはもうその会社には関わりがないんだ」デレクは顎をひきしめた。「以上。妻にはもう少し忠誠を期待したいね。お父さんには自分で解決策を見つけてもらえばいい」

「どうして妥協できないの？　父と対決しない方法が見つけられる――」

「どうしてわたしが妥協しなくちゃならないんだ？」彼は切り口上に言った。彼もベッドから下りて、ズボンをはきはじめた。「きみの忠誠がどこにあるべきか決める必要があるよ。きみがお父さんを助ける一分一秒は、わたしをないがしろにしているんだ」

「じゃあ、これは会社の問題以上のことなんでしょ？　あなたはわたしに忠誠を求め、わたしがあなたと父の両方に忠誠を示すことはできないと考えている」父親にお金がないとわざとデレクに思わせたせいで、胸がざわついた。彼がさらに何か言おうとしたので、ニコルはさえぎった。「選べなんて言わないで。今それをしてほしくないはずよ」

デレクは顔をこわばらせて、食い入るように彼女を見つめた。

「横暴で理不尽なあなたと、あなたがわたしを捨てたときに迎えてくれた父とマリア、そのどちらかを選べなんて言わないで」頰を涙が一筋こぼれ落ちた。

デレクはぎくりとしたように、手を伸ばして涙をぬぐった。

「ニコル。どうしようもないんだ。わたしは……」彼は息を吸いこんだ。「すまない。きみといるとどうしてこんな馬鹿なことを口にしてしまうんだろう。たぶん、お互いの絆が確かなものか、自信がないせいだ」

「絆が確かか？　いつわたしが疑われるような真似をしたのかしら？」

「してないよ。でも、わたしがしたことを考えると……わたしを許してもらえるのか不安で」

「つまり、あなたへの気持ちを証明してほしいのね、家族よりもあなたを選ぶことで？　それは結婚したという事実で充分なんじゃない？」

「でも祭壇に引っ張っていったから」

「もし結婚を強要したと思っているなら、わたしのことをまったくわかっていないんだわ。

いっしょにいい人生を送れると思ったから、決断したのよ。ただし、あなたが理不尽なことを求めず、わたしの気持ちを尊重してくれたらだけど」

「すまない。この件は忘れよう」

「いざとなれば、あなたが父を助けてくれると信じていたいわ」

デレクはのろのろと首を振った。「きみにはどんなものも与えるけど、それだけは絶対にできないな」

デレクのその言葉に、ニコルは父と夫のあいだの憎悪を受け入れるしかないと悟った。逆らってもしょうがない。そもそも父がデレクを挑発したのだ。それにデレクはどうやら父よりも度量の大きい人間として恨みを水に流すつもりはなさそうだった。

ただ、父がペレグリン海運に与えた打撃を考えると、デレクを責めるのはむずかしいだろう。しかし、それでも落胆は消えなかった。彼がニコルの顔をなでてしかめた皺を消してくれても、ずっと父の最大の敵であり続ける男と結婚したことを報告するのが怖かった。

デレクはこのままではニコルとやっていけないとわかっていた。ニコルを傷つけてしまったのだ。今や彼女はわたしの妻だ。このわたしを愛してくれる美しく勇気ある女性。彼女が自分のせいで完璧な幸福を味わえないとは思いたくなかった。

家路をたどっている今ですら、彼女のことが心配だった。馬車の窓の外を眺めているニコルは、結婚を悔いているのだろうか？　ラシターの会社を心配していることはわかっていた。

それに父親に結婚について報告することも、心に重くのしかかっているにちがいない。

ロンドンの家に到着すると、彼はニコルを使用人に紹介したが、彼女があくびをこらえていることに気づいた。デレクは赤面した。毎晩の夜更かしと長い旅が、彼女を疲労困憊させていることに配慮していなかった。

すぐさまデレクは彼女を抱き上げ、寝室に連れていった。

「デレク！」

「きみをベッドに連れていくんだ」

「真っ昼間よ。眠れないわ」寝室に入ると、ニコルはまたあくびをした。「そうね、もしかしたら……」広々としたマホガニーの羽目板張りの部屋を見回した。「ここはあなたの部屋ね」

わたしといっしょに眠りたくないのだろうか？「まずいかな？」

「いいえ、気に入ったわ。ただ、どうしてこんなに疲れているのかわからないの」

「三日間ずっと愛を交わしていたせいだよ」デレクは言いながら妻をベッドにおろし、ボタンをはずしはじめた。「きみみたいな色っぽい女性でも限界があるってことだな」彼はドレスを脱がせ、首筋にキスをした。「ここ数日のような夜を過ごしたら、誰だって休息が必要だよ」

ニコルは服を脱いでスリップ姿になった。

「ほんの数分寝るわ。でも、父に会いに行かなくちゃならないの。今頃はもう戻っているでしょうし」その声は悲しげで、眠たげだった。

デレクのベッドに丸くなったニコルに上掛けをかけてやった。彼女がそこに寝ているのを見るのは楽しかった。額にキスしながらデレクは言った。

「わかってるよ。目が覚めたら話しあおう」

妻を残してデレクは書斎に戻ると、窓の外に目をやり、物思いにふけった。ああ、ニコルに悲しい思いをさせたくない！　たしかに一見、以前と同じようにふるまっていたが、ニコルは幸せではなかった。わたしはもっといい夫になる、お酒を断つと誓った。ニコルがそれを信じていることはわかっている。しかし、彼女はさらに多くを求めているのだ。

デレクは椅子にもたれた。

ラシターとのあいだの戦いを終わらせるには、どうしたらいいのだろう？　ニコルとちがって、デレクはあの野郎――いや、あの男を満足させるような謝罪や握手をすることは考えていなかった。いや、それは避けておいた方がいいだろう。

シドニーで、心の中は善良な人間だとニコルに言われたことがあったが、これまでそれを彼女に証明する機会がなかった。わたしが今変わらなかったら、彼女を失うことになるだろう。そうしたらこの世の終わりだ。彼女のいない人生など想像ができなかった。

30

一時間後にニコルは目覚め、もうそれ以上は眠れなかった。起き上がって服を着ると、顔を洗って髪を整え、広大な屋敷の中で夫を探しに行った。デレクは十分前に出かけ、夕食前には戻らないと使用人から聞かされた。

仕事に出かけたにちがいない。ニコルはため息をついた。心のどこかで、デレクがいっしょに来てくれるかもしれないと期待していたのだ。だから、議論を棚上げにしたのに。しかしデレクは父の船まで付き添いもせず、行ってきますのキスすらせずに出かけてしまった。父親とは一人きりで対決することになりそうだ。

港まで馬車を少し走らせ、〈グリフィン〉号に乗船した。チャンシーが出迎えてくれた。いや、正確に言うと、手振りでついてくるように指示して、客用船室のすぐわきの部屋に連れていくと無言のまま出ていった。

隣の部屋から聞こえてきたのは、父と……なんと夫との会話だった。チャンシーはこれを立ち聞きさせようとしたのだろうか？

「どういう用だ？」ラシターが居丈高に言った。

ニコルはマリアが穏やかにとりなすのを聞いた。「ジェイソン……」

驚いたことに父親は冷静になり、無愛想に言った。

「ええと、どうしてここに来たんだね？」

マリアがつけ加えた。「サザーランド船長、わざわざ訪ねていただき光栄ですわ」

「迎え入れていただきうれしく思います」デレクは応じた。

父親がまた怒った口調になった。「待っているんだから――さっさと用件を話して、帰ってくれ」

デレクは深呼吸した。「わたしにはあなたの助けが――必要なんです」とうとう最後まで言い切った。

ラシターはげらげら笑いはじめた。ニコルは、自分がこの馬鹿笑いしている男性と血がつながっているとは信じられなかった。

マリアが笑い声を圧するように口を開いた。「どうしたらお役に立てますの？」

「ニコルについて助けを必要としています」

その言葉にラシターは黙りこんだ。やがて「何をしたんだ？」と叫んだ。デレクにつかみかかっていったのだろう、もみあう音とグラスが割れる音が聞こえた。

ニコルが立ち上がり、ドアまで行かないうちに隣の部屋でマリアが言った。

「ジェイソン！」すると部屋がしんと静まり返った。ニコルはほっと肩の力を抜いた。

「別の女性との婚姻無効が宣告され、わたしはニコルと結婚しました」

ふたたび、怒りにまかせた攻撃が始まった。今回はパンチの音が聞こえ、ニコルはドアから飛びだしていった。廊下に立っていたチャンシーは眉をつりあげ、彼女の行く手をさえぎった。ニコルは不機嫌そうにチャンシーに向かってささやいた。

「そうよ、彼と結婚したの」

チャンシーはニコルに真面目な顔で満足そうにうなずくと、唇に人差し指をあて、前屈みになってみんなのいる部屋のドアで聞き耳を立てた。ニコルは左右を見て、まいったというように両手を上げると、忍び足で近づいた。

「先週わたしは彼女と結婚しました」デレクはいかにも痛みをこらえているような声で言った。その声を聞いたチャンシーは宙を小さくパンチしてから、鼻を指さして問いかけるように彼女を見た。ニコルは首を振った。鼻でなく顎を殴られたときにああいう声になると経験から知っている。ニコルは自分の顎を軽くたたいて応じた。

「わたしたちが留守にしているあいだに起きたことを、説明していただいた方がよさそうね」マリアがうむを言わせない口調で言った。いっぽうで、どうにかして父をおとなしくさせているようだ。デレクはこの二週間に起きたことを語った。

「というわけで、こちらにうかがったんです、あなたに助けていただくために」彼はしめくくったが、長々と説明しなくてはならなかったことで少しいらだっているようだった。

「どうしておれたちがあんたを助けなくちゃならないんだ？」父親はがさつな口調で言った。しかし、さっきよりも少し怒りがおさまってきたようだ。

「なぜならニコルに満足してもらうために、できるだけのことをしたいと思っているからです。そして彼女に対して償いをしたいと思っています。わたしが――」

「愚かだったことを？」これはマリアが口にしたのだった。

「そう、愚かだった」彼は口からその言葉を押しだすように言った。

「それで、おれたちに何ができるんだ？　あんたのためになるようなことは何も思いつかないがね」父親は言うまでもないというように言った。

「ニコルはあなたに結婚を報告することを恐れています。それからあなたの会社についても心配しています。結婚についてはすでにご報告しました。その件で彼女に怒ってもむだですよ。わたしは絶対に彼女を手放しませんから。彼女がイエスと言うまで、ずっとを追い回したんです。それからあなたの会社ですが……」ここで言葉を切った。ニコルはデレクがいらいらするときによくやる癖で、片手で髪をかきあげているのが目に見えるような気がした。

「あなたにお金を貸すという以外に、会社を救う方法は思いつかないんですが」

「おれに金を貸す？」

「〈ベラ・ニコラ〉号の損失で、債権者が押しかけてきているんでしょう。わたしに援助をさせてもらえたら、軌道に乗るまで債権者を追い払っておけます」

「ちょっと整理させてくれ――あんたは娘が幸せになれるように、おれに金を貸したいと言うんだな？」

「彼女はあなたのことを心配しているんです。もっといい考えがあるなら別ですが、まさにそれがわたしの提案していることです」すると、またもや笑い声が返ってきた。

マリアの声はさっきよりもやさしかった。「サザーランド船長」彼女は思いやりのこもった声で言った。

「ラシター海運は新たに資本を投入したんです。ケープ・タウンでその手続きをしました。わたしは経理と資金調達のお手伝いをしました。以前よりも会社の基盤はずっと強固になっていると思いますわ」

「そのとおりだ、サザーランド船長。あんたの金なんてほしくないし、必要ない」

お父さん！

「ジェイソン、もう少し大人になってちょうだい」マリアが言った。「この人がニコルの命を救ったことを忘れたの？」

「同時にあの子を汚した。他の女と結婚しているときに」

デレクは口を開いた。「たしかにそれはまちがっていました。わたしは――」

「でも、あなたはニコルを愛してしまい、自分を抑えられなかったんでしょ？」マリアはやさしくあとをひきとった。

部屋に張りつめた沈黙が広がった。ニコルは、心臓が鼓動を停止したにちがいないと思いながら息を止めた。デレクはどう答えるのかしら？　本当にわたしを愛していたのかしら？

すると、吐息とともに低い声が答えを告げた。「そうです」

ニコルはチャンシーの前を通り過ぎて部屋に飛びこみ、驚いている夫にまっすぐに駆け寄った。彼はさっと両腕を広げた。「あなたを心から愛しているわ」ため息交じりに夫の首筋に向かって言った。

ニコルの髪に顔をうずめて、デレクはつぶやいた。

「愛しているよ、ニコル。言葉では言えないぐらい」

マリアが控えめに咳払いすると、ニコルはデレクの腕の中で向きを変え、二人で父親の方を向いた。

「お父さんはまちがってるわ」父はいくぶん悔しそうな顔になった。「わたしは二人とも愛しているの。だから過去のことは水に流してちょうだい」

「だが、香港沖でおれの船を防波堤に突っ込ませたときのことはどうなるんだ？」父は叱られた子どものように文句を言った。

デレクは父をにらみつけてつけ加えた。

「メルボルンで、あなたが港湾役人にわたしのクルーが天然痘にかかっていると言った件は？　そのせいでクルーと貨物は三週間も足止めを食ったんだ」

「もうやめて」ニコルは命令し、二人を交互に見た。「今すぐ——二人とも、握手をしてちょうだい」どちらも動かなかった。マリアがラシターを前へ押しだし、ニコルがデレクを引っ張る。しぶしぶデレクと彼女の父親は握手をかわした。

「娘を幸せにしなかったら、おまえを殺してやる」

「わたしが彼女を幸せにしていなければ、どうぞそうしてください」

〈結婚披露宴は二週間後、アトワース・ハウスで開きます〉

侯爵未亡人がそう宣言し、全員が喜んで賛成した。

披露宴の夜はすばらしかった。ラシターが口にしたいくつかの皮肉っぽい言葉を除けば完璧だった。しかし、デレクは義父の言葉の裏にユーモアを見いだすようになっていた……きわめて寛大な見方をすれば。時間をかければ、二人のあいだには好意が芽生えるようになるかもしれない。

宴はまだまだ盛り上がっていたが、デレクはドアに向かった。ニコルが早めに寝室にひきとっていたので、様子を見に行きたかったのだ。

「兄さん」弟のグラントがテラスから呼びかけた。彼は一人で外にいて、葉巻を吸っていた。

デレクは〈グリフィン〉号からニコルを連れ帰ってから、ずっとグラントと話をしたいと思っていた。あの夜の彼女を思い出すと、口元がゆるんだ。彼女は小さな司令官さながら、人生の指針と目標を設定するように主張し、それからようやくベッドに入ったのだ。ベッドの中でのことについては、調整は必要ないわ、と彼女は言った。でも残りの部分は……。

妻を喜ばせるためとはいえ、信念を語るのは落ち着かない気持ちだった。しかし最終的に彼女を満足させることができた。やり遂げたのだ。ニコルと家庭を築くチャンスを改めて与えられたのだ。だから、二度と兄は責任を果たさないのではないかと弟を心配させたくなかった。

デレクは手すりにもたれてグラントと並び、角灯が照らしている庭園を眺め、差しだされた葉巻を受けとった。

「いつになったらおまえのためにこういう宴を開けるのかな？」

グラントは笑った。「気長に待ってくれ」

「そうなのか？　ベインブリッジの娘はどうなったんだ？」

「彼女の家族の熱烈な努力にもかかわらず、ぼくは独身のままだよ」

デレクは葉巻に火をつけた。「求婚すると思ってたよ。彼女は感じがいいし真面目だ。スキャンダルとは無縁だし。よく抵抗できたな」

「彼女はいい娘だ。ぼくが戻ってくるまで待っているとさえ誓ってくれた」

デレクは眉をつりあげた。「戻る？」

「ベルモント卿の捜索活動のことは知ってるだろう？」グラントはにやっと笑ってたずねた。「使いっ走りとして契約することにしたんだ」

「本気か？」

グラントはうなずいた。「彼のところに行って申しこみをしてきた。亡くなったら、ぼくにベルモント・コートの地所をそっくりくれることになっている」

デレクは驚いて息を吐いた。

「全財産を譲るとは、よっぽど息子の家族が生存していると信じているんだな」

「だから、ベルモント卿は必死になっているんだ。とても感傷的な男なんだ、あのベルモント卿は」グラントは批判的な口ぶりで説明した。「自分の健康に自信がなくなってきているものだから、息子たちが座礁していると思うと、捜索のために家を手放すことなどささやかな代償なんだろう」

デレクは眉をひそめた。

「しかし、地所を手放してしまって、おまえが家族を見つけたらそのあと彼らはどうするんだ？」

「さすがにすぐ問題に気づいたな。ベルモント卿は、ぼくが発見した孫娘と結婚すると期待しているんだろう。その後全員が屋敷で幸せに暮らしましたとさ、ってね」

デレクは首をかしげてから指摘した。「発見した、と言ったな」

照れたような笑みを浮かべてグラントは言った。

「ああ。すっかり彼に乗せられてしまって」上着のポケットから彼は亜麻色の髪をした少女の色あせた銀板写真を恥ずかしそうにとりだした。「この娘を見てくれ。とても繊細だろう。生き延びていれば……彼女が海でひとりぼっちでいると思うと――」

デレクはグラントを驚いた目で見たにちがいない。弟はあわてて写真をポケットにしまい、低い声で言った。

「たぶん時間のむだだろう。その娘はおそらく生き延びられなかったにちがいない」

「この成り行きはあまり気に入らないな」デレクは葉巻を振りながら言った。「おまえはペレグリン海運に腰をすえかけていたところだ。それに、ようやくおまえの信頼をとり戻した気がしていたのに」

デレクはつぶやくように言った。家族に対して気持ちを隠さないようにと妻は言ったが、まだそういうことに慣れていなかった。

「戻ってくるまで、ぼくの不在に耐えるしかないな。もう決まったことだから」グラントは愛想よく言った。「それに、兄さんとニコルだったら、ホワイトストーンとペレグリン海運を一年やそこら管理するのは朝飯前だと思うよ」

デレクは葉巻をひねりながら、心から賛同するようにグラントを見た。

「ああ、ニコルはペレグリン海運の仕事を手伝ってくれると思う。もう父親は角突きあわせる競争相手じゃなくなったからね」

「たしかにそうだ」グラントは同意した。「だけど先のことはわからないぞ」彼は口の片端を持ち上げた。「もしかしたらぼくだって隠された財宝を見つけるかもしれないしね」

デレクの背中をポンとたたくと、何年もデレクが聞いたことのないような興奮した口調で言った。

「二週間後に出航だ」

きたる冒険にグラントは興奮していたが、行方不明のベルモント一家が生き延びていることはまずありえないと誰もが承知していた。めざすオセアニアの島々は孤立していて、海賊にさんざん荒らされていたのだ。それでもその航海がグラントを幸せな気持ちにするなら、ニコルとデレクは応援するつもりだった。

31

出航の前日、ニコルとデレクは波止場に行き、グラントに航海の無事を祈った。彼は翌朝早く満潮に乗って、〈ケベラル〉号で出航する予定だった。積み込み作業は活気があったが、グラントが長く留守にすることや、弟がいなくてデレクが寂しく思うだろうことを考えると、ニコルの目には涙がにじんだ。最近、彼女は些細なことで涙ぐむようになった。

グラントは彼女が目をふいているのを見て言った。

「泣かないでくれ、ニック」それからつらそうに続けた。「ねえ、本当に泣かないで」

ニコルはグラントが感傷的な女性を前にすると落ち着かなくなることを思い出し、彼を安心させようとにっこりした。デレクが妻の腰に手をあてがったので、その笑みは大きくなった。近々、彼の腕に抱かれた夜に、この数日疑っていることを打ち明けるつもりだった。

グラントはぎりぎりで到着した荷積み品の監督をしなくてはならなかったので、デレクが言った。

「仕事に戻ってくれ、グラント」心のこもった握手を交わし、背中をたたきあった。

「いい航海を、グラント」ニコルは義理の弟を抱きしめ、また泣きそうになりながら言った。

「彼らが見つかるように祈ってるわ」

グラントは自信たっぷりで強そうに見えた。

「彼らがあそこにいるなら、きっと見つけますよ」

デレクがニコルの手をとって船から降ろすと、二人は最後の別れと航海の無事を叫んだ。

グラントはお返しに二人に言った。「お互いに仲よくね!」

デレクとニコルは腕を組んで、馬車まで歩いていった。

「こういうことをまたすぐやらなくちゃならないね」彼は心配そうな声で言った。

ニコルが彼を肘で突くと、デレクはクスクス笑った。来週は父とマリア、チャンシー、〈ベラ・ニコラ〉号の昔のクルーたちにお別れを言うことになっていた。新たな航路を発見するために、全員が南アフリカめざして出航するのだ。彼らがいなくなったら、とても寂しいだろう。父とチャンシーと〝女家庭教師〟のマリアをすっかり好きになった祖母ですら、寂しがるはずだ。しかし、侯爵未亡人はニコルと将来的には〝ひ孫の一団〟が英国に残るのでわくわくしていた。

マリアと父のことはもう心配していなかった。二人でいっしょにラシター海運をちゃんと経営していくにちがいないし、父はやがて……マリアを女性として見るようになるにちがいない。愛らしく頭のいい女性は、あふれんばかりのやさしさをこめて父を見つめていたので、最後には父の心を獲得するだろう。あれほどまばゆい愛はどんな障害をも乗り越える。

ニコルはそれを知っていた。なぜなら彼女の愛もそうだったから。

最後にグラントが手を振るのを見届けてから、馬車は走りだした。

「わたしたちが見つけたみたいに、グラントも航海でたくさんの幸せを見つけられるといいな」デレクは言った。

「まだわたしたちも、見つけている最中よ」ニコルは微笑み、ぴったりとデレクに体を寄せた。「それにグラントが戻ってくるまでに、彼の願いをかなえられるんじゃないかと思うの」

「どういう願い？」デレクは彼女の髪に向かってささやいた。

「叔父さんになりたいという願いよ」

訳者あとがき

ライムブックスでもすでに『宿命の王家の花嫁』『かりそめの蜜月』や『屋根裏に偽りの天使』が紹介されている人気作家クレスリー・コールの処女作『嵐の海に乙女は捧げて』をお届けします。

舞台は一八五六年のロンドン。娼婦のたむろする安酒場に、少年の格好をしたニコル・ラシターがやって来ます。〈ベラ・ニコラ〉号の船長である父親が、船の破壊工作の情報を得ようとして、この店に来ているはず、と考えたからです。そして、その店で、彼女は運命的な出会いをするのです。お相手は父の最大のライヴァルであり憎むべき敵、〈サザンクロス〉号の船長デレク・サザーランド。伯爵という身分でありながら、飲んだくれで放蕩者と悪名高いデレクに熱いまなざしで見つめられ、まだ恋をしたことのないニコルの胸はときめきます。

ニコルには、ひそかな計画がありました。世紀の大レース、グレート・サークル・レースに父とともに参加しようというのです。五歳で母を失ったニコルは、十八歳まで父とともに世界じゅうを航海してきて、海と船、そしてクルーたちを心から愛していました。しかし母方の祖母である侯爵未亡人の意向で、この二年はフィニッシングスクールで過ごしていたものの、グレート・サークル・レースに出ないわけにはいかないと決心して英国に戻ってきたのです。レースが終わったら、祖母との約束どおり、退屈な年上の貴族と結婚するつもりでした。

しかし、何者かの船の破壊工作のせいでニコルは命を狙われ、助けてくれたデレクの船に泊まる羽目になります。それを知って激怒した父とデレクは乱闘になり、父は勾留されてしまいます。レースがもうすぐスタートとするというのに、〈ベラ・ニコラ〉号には船長がいません。

そこで自ら船長として航海に乗り出す決意をした、ニコルを待ち受ける運命とは？

さらに、ニコルを酒場の娼婦だと思いこんでいるデレクとの関係はどうなるのでしょうか？

気が強くて勇敢なニコルは、船の上でも恋愛でも、大胆に、まっすぐに行動します。そのピュアな恋心はまぶしいほど。かたや十歳上のデレクはある事情で鬱屈した生活を送っていますが、ニコルに会って、少しずつ変わっていきます。船長として卓越した技量を持つデレクは、温室育ちの伯爵ではなく、ハンサムで野性的で危険な香りを漂わせた男性です。この二人の情熱的な場面を、クレスリー・コールはどきどきするほど大胆に描いています。

さらに手に汗握る航海シーンは、帆船に興味のない読者にとっても胸躍るものでしょう。脇役にも魅力的な人物がたくさん登場しますが、とりわけ第二の父親とも呼べそうな一等航海士のチャンシーは強い印象を残します。さらに厳格な侯爵未亡人の後半での変化も注目です。実際に潮の香りさえ感じられる気がする航海の描写を楽しみつつ、波瀾に富んだ二人の恋の行方を追っていただけたらと思います。

ところでデレクには弟のグラントがいて、彼の冒険と恋を描いた *The Price of Pleasure* も二〇一三年春にライムブックスからお届けできる予定です。デレクとは性格のちがう真面目で誠実なグラントの海と恋の冒険も、期待してお待ちください。

ライムブックス

嵐《あらし》の海《うみ》に乙女《おとめ》は捧《ささ》げて

著　者　クレスリー・コール
訳　者　羽田詩津子《はたしずこ》

2012年10月20日　初版第一刷発行

発行人　成瀬雅人
発行所　株式会社原書房
〒160-0022東京都新宿区新宿1-25-13
電話・代表03-3354-0685　http://www.harashobo.co.jp
振替・00150-6-151594
ブックデザイン　川島進(スタジオ・ギブ)
印刷所　中央精版印刷株式会社

落丁・乱丁本はお取り替えいたします。
定価は、カバーに表示してあります。
 ISBN978-4-562-04437-5 Printed in Japan